grafit

Chemnitzer Str. 31, 44139 Dortmund
Internet: http://www.grafit.de
E-Mail: info@grafit.de

Umschlagfoto: T.O.P.F. / photocase.com
Druck und Bindearbeiten: CPI – Clausen & Bosse, Leck
ISBN 978-3-89425-425-4
1. 2. 3. / 2015 14 13

Sunil Mann

Familienpoker

Kriminalroman

grafit

Der Autor

Sunil Mann wurde als Sohn indischer Einwanderer im Berner Oberland geboren. Er ist als Flugbegleiter tätig, ein Job, der ihm genügend Zeit zum Schreiben lässt. Viele seiner Kurzgeschichten wurden ausgezeichnet. Mit seinem Romandebüt *Fangschuss*, dem ersten Krimi mit Vijay Kumar, gewann er den Zürcher Krimipreis 2010. Seitdem sind mit *Lichterfest* und *Uferwechsel* zwei weitere humorvoll-spannende Fälle für den indischstämmigen Privatdetektiv erschienen.

www.sunilmann.ch

Für meine Mütter

Prolog

»Wach auf!«, flüsterte ich und richtete mich geräuschlos auf. Ein leises Plätschern hatte mich geweckt, doch als ich jetzt angestrengt in die Dunkelheit der Scheune starrte, war außer dem sanften Rauschen der Tannen kein Laut zu vernehmen. In der Ferne schrie zweimal ein Käuzchen, ansonsten herrschte eine absolute Stille, wie sie nur hier in den Bergen vorkam.

Im Gegensatz zum Vorabend, als der Vollmond die Alp beschienen und der Wind sporadisch das friedliche Bimmeln der Kuhglocken vom Stall herübergeweht hatte, schien die Atmosphäre jetzt mit etwas Bedrohlichem geladen, mit einem geradezu greifbaren Unheil – als Privatdetektiv hatte ich das im Gespür.

Ich startete einen erneuten Weckversuch, als sich aber der Lockenschopf neben mir immer noch nicht regte, öffnete ich den Reißverschluss meines Schlafsacks, streckte den Arm nach Mirandas Schulter aus und rüttelte sie kräftig.

»He! Aufwachen!«, zischte ich eindringlich, worauf sich meine transsexuelle Freundin nur unwillig knurrend in die Wolldecken schmiegte, die sie wie ein Nest um und über sich drapiert hatte, und wenig damenhaft weiterschnarchte.

Wie gewohnt hatte Miranda gestern Abend beim Nachschenken alle Warnungen ignoriert und sich mit selbst gebranntem Enzianschnaps systematisch in ein Koma befördert, aus dem sie aufzuwecken mir wohl nicht ohne Weiteres gelingen würde.

Ich schlüpfte aus dem olivgrünen Militärschlafsack und stellte angewidert fest, dass sein muffiger Geruch, der an verschwitzte Wandersocken und feuchte Kellergewölbe erinnerte, nun an mir klebte. Der Mief der Schweizer Armee.

Wankend erhob ich mich und versank schon beim ersten Schritt bis zu den Waden im Heuhaufen, auf dem wir behelfsmäßig unser Nachtlager errichtet hatten. Ich stapfte um Miranda herum und erkannte im Dunkeln schemenhaft den Schlafsack neben ihr – er war aufgeschlagen und leer. Mein ungutes Gefühl verstärkte sich.

Am Rand des Heustocks schwang ich mich auf die angelehnte Leiter und stieg leise die Sprossen hinunter. Das Scheunentor stand etwas offen, hell schimmernd beschien ein schmaler Streifen Mondlicht die aufeinandergestapelten Strohballen an der Wand. Ich war mir absolut sicher, dass ich das Tor vor dem Zubettgehen geschlossen und den Riegel von innen vorgeschoben hatte.

Jetzt bereute ich, nicht in Jeans und Schuhe geschlüpft zu sein, barfuß und nur mit Boxershorts bekleidet, fühlte ich mich ungeschützt und verwundbar. Ich machte mich daran, die Leiter wieder hochzuklettern, als ich ein Flüstern vernahm. Mit angehaltenem Atem horchte ich genauer hin: Von draußen waren gepresste Stimmen zu hören, knappe Sätze, in verschwörerischem Befehlston geraunt. Instinktiv duckte ich mich, schlich zur Scheunenwand und spähte durch einen Spalt in der Holzwand ins Freie.

Was ich dort sah, versetzte mich in Panik. Das hatte also das Plätschern verursacht, das mich geweckt hatte. Im nächsten Moment stach mir ein durchdringender Geruch in die Nase. Erschrocken wich ich zurück und streifte dabei mit einem Arm die Heugabel, die an der Wand neben mir lehnte. Ich fuhr herum und versuchte, sie festzuhalten – zu spät. Wie gelähmt sah ich das Werkzeug fallen und zog unwillkürlich den Kopf ein, als der Gabelstiel auf den festgetretenen Erdboden knallte.

Draußen verstummten die Stimmen abrupt.

»Hast du das gehört?«, wisperte jemand nach einer Schrecksekunde.

Die Antwort bestand aus einem gleichgültigen Brummen.

»Das ist einer von denen!«

»Und wenn schon«, gab der andere grimmig zurück. »In wenigen Augenblicken spielt das eh keine Rolle mehr.«

Er lachte auf und ein metallisches Klicken ertönte. Auf der Stelle rannte ich los, doch kurz bevor ich die Leiter erreichte, rutschte ich auf einem Büschel Stroh aus und fiel hin. Ein greller Schmerz durchzuckte mein Knie, aber wenn ich soeben wirklich ein Feuerzeug gehört hatte, blieb mir nicht einmal Zeit zu fluchen. Ich biss die Zähne zusammen, rappelte mich auf und hetzte die Sprossen hoch.

»Wach auf!«, schrie ich Miranda ins Ohr und schüttelte sie. »Verdammt, wach auf!«

Schlaftrunken öffnete sie die Lider und setzte zu einer empörten Tirade an, als ein flackernder Schein ihre Gesichtszüge erhellte. Zeitgleich setzte in meinem Rücken ein rasch anschwellendes Prasseln ein.

Mein Blick flog zum Scheunentor. Es brannte bereits lichterloh, auch an der Frontseite des Holzverschlags züngelten Flammen hoch. Gleich würden die ersten Funken auf die gestapelten Strohballen hinter dem Tor hüpfen, von da war es nicht mehr weit bis zum Heuboden.

»Miranda! Schnell!« Ich riss sie am Arm hoch. Das Feuer breitete sich mit rasender Geschwindigkeit aus, das mürbe Holz der alten Scheune wirkte wie Zunder.

Irgendwo splitterte eine Glasscheibe und draußen grölten Männerstimmen. Die sengende Hitze verschlug mir den Atem.

Taumelnd tat meine offenbar immer noch mittelschwer beschwipste Freundin ein paar Schritte, um im nächsten Moment, als sie das Inferno um uns herum erfasst hatte, schrill aufzuschreien.

»Halt bloß die Klappe, deine Enzianfahne jagt hier sonst noch alles in die Luft!«, stieß ich zwischen zusammengebissenen Zähnen hervor, während ich ohne Rücksicht auf das zerschundene Knie in meine Jeans schlüpfte. Dann zerrte ich Miranda, die wie paralysiert stehen geblieben war, hinter mir her zur Leiter.

»Vijay, wir müssen raus hier! Sofort!«, wimmerte sie.

»Ach, wirklich? Ich wollte zur Feier des Tages gerade ein Barbecue vorschlagen!«

Unsere Widersacher hatten ganze Arbeit geleistet und die Scheune von allen Seiten mit Benzin besprengt. Dunkle Rauchschwaden erschwerten die Sicht und trieben uns Tränen in die Augen.

Nach kurzem Zögern zog ich mein eben übergestreiftes T-Shirt wieder aus, zerriss es und bedeutete Miranda, sich den Stoff vor Mund und Nase zu pressen.

»Du benutzt immer noch *Blue Water* von Davidoff?«, rief sie fassungslos, doch ich ging nicht darauf ein. Gemeinsam stolperten wir bis zum Rand des Heubodens. Als ich mich nach Miranda umwandte, sah ich sie entsetzt nach Luft schnappen. Was wohl weniger mit meinem Eau de Toilette als mit der undurchdringlichen Feuerwand zu tun hatte, die sich ringsum erhob. Das offene Tor war unsere einzige Fluchtmöglichkeit.

»Komm!«

»Nicht ohne meine Handtasche!« Meinen ungehaltenen Einwand ignorierend, machte sie kehrt.

Fiebrig wartete ich auf Mirandas Rückkehr und schickte sie dann die Leiter hinunter.

Als ich ihr folgte und meinen Fuß auf die erste Sprosse stellte, war von oben ein widerwärtiges Knacken zu vernehmen. Ich blickte zum Dach hoch, das mittlerweile ebenfalls in Flammen stand, und registrierte eine Bewegung im Gebälk. Wie in Zeitlupe verschob sich ein dunkler Umriss hinter dem brodelnden Qualm, begleitet von einem abgrundtiefen, alles durchdringenden Ächzen.

»Pass auf!«, schrie ich Miranda hinterher, doch sie reagierte nicht. Hastig stieg ich ein Stück die Leiter hinab und sprang von der Mitte aus runter. Den gleißenden Schmerz in meinem Knie missachtend, humpelte ich meiner Freundin nach, die auf das Scheunentor zugehastet war. Ich erwischte sie am Handgelenk und riss sie so heftig zurück, dass wir beide zu Boden stürzten. Einen Wimpernschlag später krachte der Dachbalken funkensprühend in die Tiefe und zerbarst genau an der Stelle, wo Miranda eben noch gestanden hatte.

»Kopf runter!«

Massive Holzteile schleuderten durch die Scheune und eine glühende Hitzewelle jagte über uns hinweg. Die Luft war plötzlich erfüllt von einem heulenden Ton.

Wir warteten ab, bis das Getöse etwas abgeflaut war, bevor wir uns vorsichtig aufrichteten. Miranda ergriff sofort meinen Arm und klammerte sich hustend an mich, während ich bestürzt zum Scheunentor starrte: Ein Balkenstück, aus dem Flammen schlugen, blockierte den Ausgang. An ein Durchkommen war nicht zu denken.

Benommen sah ich mich um. Die Scheune hatte sich in null Komma nichts in eine tödliche Feuerhölle verwandelt, und ich wusste nur zu gut, dass es keinen anderen Fluchtweg gab.

Wir saßen in der Falle.

Mittwoch

»Zählen Sie bitte einige Ihrer Stärken auf!«

»Trinkfest, sarkastisch, zeitweise findig.«

»Äh … und Ihre Schwächen?«

»Amrut.«

»Wie bitte?«

»Mein indischer Lieblingswhisky.«

»Oh! Das kommt jetzt etwas … überraschend. Wie würden Ihre Freunde Sie beschreiben?«

»Vermutlich wortreich. Und kaum zusammenhängend.«

»Herr Kumar …«

»Nennen Sie mich Vijay.«

»Herr Kumar, weshalb haben Sie sich gerade für eine Stelle in unserer Firma entschieden?«

»Das war *Kismat*, Schicksal.«

»Wie meinen Sie das?«

»Nun, nachdem ich meinen beruflichen Werdegang eingegeben hatte, spuckte die Suchmaschine der Internetstellenbörse als einziges Resultat den Namen Ihres Ladens aus.«

»Tatsächlich? Wie bedauerlich.«

»Für mich war das ein Zeichen. Unter uns gesagt: Die geforderten Vorkenntnisse und Fähigkeiten in allen anderen Anzeigen schienen mir doch ziemlich unrealistisch.«

»Weshalb?«

»Weil Leute, die so perfekt ausgebildet und gleichzeitig einsatzfreudig, flexibel, belastbar, kostenbewusst, kommunikativ, zielorientiert und motiviert sind und darüber hinaus auch noch über Durchsetzungsvermögen und Teamfähigkeit verfügen, gar nicht existieren. Und wenn doch, sind sie meiner Erfahrung nach Arschlöcher.«

»…«

»Schwierig im Umgang, wollte ich sagen.«

»Was haben Sie in den letzten fünf Jahren gemacht?«

»Ein Detektivbüro eröffnet und ein paar Fälle gelöst. Davor ein wenig studiert, gereist und im indischen Lebensmittelgeschäft meiner Mutter ausgeholfen.«

»In einer leitenden Position?«

»Sie kennen meine Mutter nicht.«

»Wo sehen Sie sich in Zukunft?«

»Wenn es nach ihr ginge: im Kreis einer kinderreichen Familie.«

»Wieso sollten wir Ihnen die Stelle geben?«

»Ich bin jung und brauche das Geld. Dringend.«

»Haben Sie noch Fragen zum Betrieb oder Ihren Aufgaben?«

»Wann wird der Entscheid denn gefällt? Ich könnte Sie im Verlauf des Nachmittags telefonisch …«

»Bitte nicht! Wir werden uns zu gegebener Zeit bei Ihnen melden.«

Als ich wenig später in die Dienerstrasse einbog, hatte ich das Gefühl, mein erstes Bewerbungsgespräch seit Jahren sei ganz passabel verlaufen.

Ich wünschte einzig, das spontane Besäufnis am Vorabend hätte mein Gehirn nicht zu klebrigem Schlick verwandelt. Wahrscheinlich hätte ich dann die impertinenten Fragen der Personalchefin nicht so sanftmütig pariert. Denn heutzutage waren Kampfroboter auf dem Arbeitsmarkt gefragt – so viel war mir immerhin klar geworden –, keine einfühlsamen Philanthropen.

Ich parkte meinen hellblauen Käfer am Straßenrand und steuerte auf die Eingangstür des schäbigen Wohnblocks zu, in dem sich mein Apartment befand. In genialer Doppelnutzung war in denselben Räumlichkeiten auch mein Detektivbüro untergebracht, was wohl manchen nicht so gesetzestreuen Staatsbürger zu steuertechnischen Spitzfindigkeiten verleitet hätte. Mich leider nicht, denn ich hatte schlicht keine Ahnung, wie so etwas zu bewerkstelligen gewesen wäre.

Meine Kernkompetenz lag ganz woanders, nämlich im Lösen kniffliger Fälle. Selbst wenn ich in letzter Zeit ernsthaft daran zweifelte.

»Dein Briefkasten quillt über!«, rief jemand hinter mir, als ich umständlich den Hausschlüssel aus meiner Hosentasche kramte.

»Und?«, blaffte ich zurück, ohne mich umzudrehen.

»Der wurde seit mindestens einer Woche nicht mehr geleert!«, tönte es vorwurfsvoll weiter.

»Willst du mich jetzt beim Ordnungsamt anzeigen? Was geht dich das überhaupt an?« Ich wandte mich um und starrte in das blasierte Gesicht eines pausbäckigen Mädels, das an die Wand gelehnt unter dem Vordach stand. Sie sah aus, als hätten ihre Eltern sie mit Mettwurst großgezogen.

Missmutig suchte ich den Briefkastenschlüssel am Bund und nahm die Post heraus. Tatsächlich handelte es sich dabei um einen ungewöhnlich dicken Stapel, was meinen Unwillen, mich damit zu befassen, nur noch verstärkte.

»Zufrieden?«, knurrte ich, doch die junge Frau zuckte gleichgültig die Achseln. Ich bedachte sie mit einem giftigen Blick und schloss die Eingangstür auf.

Ich hatte gerade den ersten Treppenabsatz erreicht, als ich hinter mir schlurfende Schritte vernahm. In der flackernden Flurbeleuchtung wirkte ihr Gesicht noch blasser als draußen. Für den Bruchteil einer Sekunde glaubte ich, Unsicherheit darin zu erkennen, doch im nächsten Moment schob das Mädchen trotzig die Unterlippe vor.

»Was willst du?«

»Zu dir.« Leise keuchend, aber mit entschlossener Miene stapfte sie die Stufen hoch.

Auch das noch!, dachte ich gereizt und ging wortlos weiter. Ich betrat meine Wohnung und ließ die Tür offen stehen. Mit der Selbstverständlichkeit einer zugelaufenen Katze folgte mir die Kleine.

Ich warf die Post auf den Schreibtisch, der zusammen mit dem abgewetzten Sofa und den beiden Sesseln die Basisinfrastruktur meines Büros bildete.

Mit kritischem Blick musterte das Mädchen die Einrichtung und rümpfte unmissverständlich die Nase, bevor sie sich in den Besuchersessel fallen ließ. Von wo aus sie Kaugummi kauend jede meiner Bewegungen mit einer Mischung aus Verachtung und Neugier verfolgte, als wäre ich ein sonderbares kleines Tierchen im Zoo.

Ich kümmerte mich nicht um sie und verschwand im Schlafzimmer, um die Krawatte abzulegen und den alten Anzug von H&M sorgfältig im Schlafzimmerschrank aufzuhängen. Das knitterige Hemd behielt ich an, schlüpfte in Jeans und kehrte zu meinem ungebetenen Gast zurück.

Das Mädchen war höchstens sechzehn. Ihr zu einem Bob geschnittenes, schwarzes Haar glänzte wie Klavierlack, derweil das eigentlich hübsche Gesicht leichenblass gepudert war. Zusammen mit den schwarz getuschten Wimpern und den brombeerfarbenen Lippen sah das aus, als wäre sie erst kürzlich einem Sarg entstiegen.

Zu anthrazitfarbenen Leggins trug sie schwere geschnürte Motorradstiefel und unter einem offenen schwarzen Jeansjäckchen eine Designerbluse, deren olivgrüner Stoff sich über Bauch und Brust spannte.

Obwohl die Sonne hell in mein Büro schien, lag ein düsterer Schatten auf ihrem Antlitz und hinter ihrer überheblichen Haltung verbarg sich etwas Dunkles, Schwermut oder Trauer vielleicht.

»Was führt dich zu mir?« Ich breitete auffordernd die Arme aus.

Abschätzend taxierte sie mich und sagte schließlich in bestimmendem Ton: »Finde mich!«

»Wie bitte?«

»Du sollst mich finden!«

Ich starrte sie an, während ich in Gedanken alle Erklärungsmöglichkeiten für diese hirnrissige Forderung durchging: Entweder war die junge Frau schizophren oder schwachsinnig, was mir angesichts ihres Vampirlooks am einleuchtendsten erschien. Vielleicht war sie aber auch von Freunden bezahlt worden, um mich zu verarschen. Der Racheakt einer Exfreundin. Der Berufsverband machte eine Qualitätskontrolle. Oder es handelte sich um einen Streich mit der versteckten Kamera, worüber später Millionen auf YouTube lachen würden.

Auf jeden Fall musste ich auf der Hut sein.

»Sorry, jetzt hab ich wohl die Pointe verpasst«, sagte ich vorsichtig.

»Das war ja auch kein Witz!«, erwiderte sie gehässig. »Ich will nur, dass du mich findest.«

»Gibt es denn eine Vermisstenmeldung?«

»Die gebe ich gerade auf.«

»Ist das ein Spiel?«

»Sehe ich aus wie ein Kind?«

»Ich glaube, du verarschst mich.«

»Und du nimmst mich nicht ernst.«

Ein durchaus diskussionswürdiges Argument. Ihr Anliegen war – milde ausgedrückt – absurd.

»Sag mir, was du wirklich willst.«

Sie verdrehte die Augen. »Welchen Teil von ›Finde mich‹ verstehst du nicht?« Offensichtlich ödeten mein mangelndes Verständnis und ich sie gerade voll krass an.

»Ich komm einfach nicht drauf, welche wichtige Information mir abgeht, aber in meiner Realität sitzt du gerade vor mir. Auf meinem Sessel. Ich sehe dich, ich höre dich, wenn ich wollte, würde ich dich sogar riechen und spüren. Was also soll der Scheiß?«

»Aber ich bin nicht ich!«

Ich strich mir mit der Hand übers Gesicht und versuchte, die Beherrschung nicht zu verlieren. »Sondern?«

»Jemand anders!«

»Wer denn?«

»Du bist der Schnüffler! Find es raus!«

»Was stimmt bloß nicht mit dir?«

»Dasselbe könnte ich dich fragen!«

Voller Abscheu kreuzten sich unsere Blicke, als unvermittelt ihr Handy zu klingeln begann. Ruckartig erhob sie sich und nahm den Anruf entgegen, während sie wie selbstverständlich durch mein Arbeitszimmer schlenderte und abwesend Dinge betatschte oder verrückte.

»Ja, voll! Megadoof!«, rief sie, verzog angeekelt das Gesicht, als sie ein seit geraumer Zeit herumstehendes Proseccoglas erblickte, und blieb am Fenster stehen. Unvermittelt stieß sie ein quietschendes Kichern aus, kaute an einem Fingernagel und legte den Kopf schief. Das betont erwachsene Getue von eben war wie weggewischt.

Ich nahm mir vor, später empört über ihr respektloses Verhalten mir gegenüber nachzudenken. Momentan gab es Wichtigeres: Soeben hatte ich nämlich die Whiskyflasche entdeckt, die immer noch auf meinem Schreibtisch stand, wo ich sie gestern Nacht zusammen mit einem benutzten Glas zurückgelassen hatte. Ich zog die Flasche zu mir hin, fischte mit dem Zeigefinger ein paar verendete Fruchtfliegen aus der Pfütze, die auf dem Grund des Tumblers schwappte, und schuf den Viechern ein Massengrab an der Tischkante, bevor ich mir eine tröstliche Ration *Amrut* einschenkte.

»Ein schöner Tod«, sagte ich zu mir selbst und setzte das Glas an. Wie Schmirgelpapier brannte das Gesöff durch Kehle und Eingeweide. Kaum hatte ich meinem Körper die ganzen vier Fingerbreit Whisky zugeführt, fühlte ich mich wesentlich besser.

»... und dann er so, ey sorry, und ich so: Fick dich, Mann! Und er so, wehe, wenn er den Imre erwischt, und dann mischt sich voll die Anja ein, total crazy, und ich so, was geht denn hier ab, und sie gleich so: Scheiße ...«

Mit einem Mal kam ich mir uralt vor.

»Echt, hat er das voll über mich gesagt? Krass!« Ihre Stimme rutschte plötzlich eine halbe Oktave höher, doch so wie sie sich jetzt die Fingerspitze an die Lippen legte, sah sie eher wie ein ratloses Mädchen bei der Matheprüfung aus und weniger wie der verführerische Vamp, der sie wohl sein wollte. Sie drehte sich um und warf mir einen verklärten Blick zu.

Ich tippte demonstrativ auf meine imaginäre Armbanduhr und nachdem sie nochmals höchst umständlich durchgespielt hatte, wer wen wie wo weshalb megafies gedisst hatte, beendete sie den Anruf und ließ sich wieder in den Sessel mir gegenüber plumpsen.

Ich glotzte sie fassungslos an. Trotz meines Zustandes ließ ich mich nicht so leicht verarschen. Ich hatte die säuselnde Melodie des Weckdienstes zwar nur gedämpft gehört, aber ich war felsenfest überzeugt davon, dass da keiner am Telefon gewesen war. Ich fragte mich, was das Mädchen mit dem ganzen Theater bezweckte.

»Können wir?« Ich schenkte mir einen klitzekleinen Drink nach und schob das eben zugespielte Ass als späteren Trumpf in meinen Ärmel.

Meine potenzielle Klientin inspizierte einen Moment lang eingehend den abblätternden schwarzen Lack ihrer Fingernägel, bevor sie aufsah und mich verächtlich fixierte. Ungerührt fixierte ich zurück.

»Also nochmals von vorn: Du bist nicht du, sondern jemand anders.«

»Genau!«

»Ich komm immer noch nicht mit.«

Sie seufzte ungehalten, als sei ich schwer von Begriff. »Ich bin nicht diejenige, von der alle glauben, ich sei sie, also … Ich meine, ich bin eine andere, als die, die jetzt vor dir sitzt.«

»Ach so!« Multimedial vernetzt und jederzeit erreichbar, aber ein halbwegs sinnvoller Satz wurde heutzutage zur Mangelware.

»Ich weiß auch nicht, wie ich es erklären soll …«

»Versuchs trotzdem, meine Dankbarkeit wäre unendlich!«

Unschlüssig kaute sie auf ihrer Unterlippe herum, bevor sie tief Luft holte: »Manchmal denke ich, meine Eltern sind nicht meine Eltern.«

Dieser Gedanke war in der Pubertät wohl jedem schon mal gekommen, mich eingeschlossen. Aber nur so eine verzogene Tussi kam auf die Idee, deswegen gleich einen Ermittler einzuschalten.

»Und was führt dich zu der Annahme?«

»Meine Eltern und ich, da klickt nix. Anderer Planet. *No connection*, verstehst du?« Sie sah mich abwartend an, doch als ich nichts erwiderte, präzisierte sie: »Die sind so … so … krass anders.«

»Und was soll ich deiner Meinung nach jetzt tun?«

Sie machte eine vage Handbewegung, die alles Mögliche, aber auch nichts bedeuten mochte.

»Hör mir mal gut zu, Kindchen: So kommen wir nicht weiter.« Ich richtete mich auf und betonte jedes Wort, damit sie merkte, wie ernst es mir war. »Ich habe weder Zeit noch Nerven für irgendwelche idiotischen Teenieallürchen. Geh nach Hause und rede mit deinen Eltern oder red eben nicht mit ihnen, es ist mir ehrlich gesagt egal! Aber bei mir bist du fehl am Platz!«

Sie griff in die vordere Hosentasche und nestelte ein pralles Bündel Hundertfrankennoten hervor. »Nimm dir, so viel du brauchst.«

Mit abfälliger Miene warf sie mir das Geld über den Tisch hinweg zu.

›Wohlstandsverwahrlosung‹ war der Begriff, der mir spontan in den Sinn kam. Eine von ihren Eltern emotional – aber keineswegs pekuniär – vernachlässigte Göre, die sich dermaßen nach einem kleinen bisschen Aufmerksamkeit sehnte, dass ihr jedes Mittel recht war und sie nicht einmal vor einem verkaterten indischstämmigen Privatdetektiv haltmachte. Ich hatte nicht die geringste Lust, mich auf ihr Spiel einzulassen.

»Es ist nur so ein Gefühl, weißt du …«, setzte sie hinzu.

Ich stöhnte auf.

»Hallo? Ich mein ja nur, gell!«, fuhr sie mich an. Ich war überrascht, wie abrupt sie von einer Rolle in die andere schlüpfte. Von der Zicke zum Vamp, zur Lolita, zur Furie. Das musste mit der Spätpubertät und den verrücktspielenden Hormonen zusammenhängen. Kein Wunder wollten ihre Eltern nichts mehr mit ihr zu tun haben.

»Das ist ein voll konkreter Auftrag und wenn dir das nicht fein genug ist, geh ich zu einem anderen Schnüffler!«

»Dann tu das! Aber ich habe kein Interesse, vielen Dank!«

»Was?« Schlagartig hielt sie inne und fuhr sich irritiert durchs Haar.

»Welchen Teil von ›kein Interesse‹ verstehst du nicht«, äffte ich sie mit mädchenhafter Stimme nach. Es tat unglaublich gut.

»O Mann, aber echt jetzt! Ich hab hier den voll fetten Auftrag für dich!« Sie griff sich das Notenbündel vom Tisch und wedelte damit vor meiner Nase herum.

Dass sie davon ausging, mit Geld alles kaufen zu können, nahm ich ihr nicht übel, schließlich war das überall auf der Welt so – nicht nur in Zürich. Aber ihre überhebliche Göre-aus-reichem-Elternhaus-Haltung, mit der sie mir unmissverständlich zu verstehen gab, dass sie Leute wie mich, mit Jobs wie meinem, in heruntergekommenen Wohnungen wie dieser grundsätzlich ihrer unwürdig hielt, war mir zutiefst zuwider.

Sie musste meinen Zorn bemerkt haben, denn als ich mich jetzt mühsam aus meinem Sessel hievte, sank sie in sich zusammen und guckte mir enttäuscht hinterher.

»Auf Wiedersehen!« Ich riss die Tür auf und wies mit einer bestimmten Handbewegung hinaus. Dabei hielt ich mich krampfhaft an der Klinke fest und hoffte, dass sie mein Schwanken nicht bemerkte.

»Aber …«, fiepte sie, doch ich blieb hart. Das Mädchen hatte nicht nur eine fragwürdige Haltung, sie trug darüber hinaus eine ganze Gucci-Handtasche voller Probleme mit sich herum. Der getürkte Anruf vorhin war mir Beweis genug. Sie brauchte nicht mich, sondern eine einfühlsame Lehrerin, verständnisvolle Eltern, die ihr zuhörten, oder wenigstens eine halbwegs dichte Freundin. Dass ihr wahrscheinlich nichts von alledem zur Verfügung stand, war wirklich nicht meine Schuld.

Wie ein geschlagener Hund erhob sich die Kleine und schleppte sich zur Tür. Als sie mich mit ihren großen, veilchenblauen Augen verzweifelt ansah, tat sie mir plötzlich leid. Doch ich war lang genug im Geschäft, um Ärger meilenweit gegen den Wind zu riechen. Und gerade jetzt müffelte es ziemlich in meinem Büro.

»Ich möchte doch nur wissen, wer ich bin«, wisperte sie halblaut. Mit hängenden Schultern schlurfte sie in den Korridor hinaus. Auf dem Treppenabsatz wandte sie sich noch einmal mit einem mitleiderregenden Augenaufschlag nach mir um und ich hatte plötzlich einen dicken Kloß im Hals. Sie mochte noch ein halbes Kind sein, aber auf der Klaviatur der Gefühle spielte sie bereits wie eine preisgekrönte Pianistin.

Ich schenkte mir einen weiteren *Amrut* ein und versuchte, das sonderbare Mädchen aus meinen Gedanken zu verbannen, indem ich meine hängigen Fälle durchging. Fünfzehn Sekunden später war ich fertig damit. Obwohl ich mich abmühte, möglichst viele Aufträge an Land zu ziehen, kam ich irgendwie auf keinen grünen Zweig. Anders als bei den Privatdetektiven in Romanen oder Fernsehserien, die sich vor aufregenden Missionen kaum retten konnten, verbrachte ich meinen Alltag größtenteils mit ›Obsen‹, wie man Observationen im Detektivjargon nannte. Das bedeutete stundenlanges Ausharren bei jeglicher Witterung, um das verdächtigte Objekt eines Vergehens zu überführen, sowie endlose Beschattungen von Zielpersonen, dazu kamen das penible Zusammentragen von Beweismaterialien und nicht selten langwierige Befragungen von Zeugen. Zeitweise war ich geradezu erschüttert, welch unfassbar langweilige Leben manche Leute führten.

Nur sehr selten wurde es wirklich spannend. Und noch seltener reihten sich die Engagements so nahtlos aneinander, dass ich von einem geregelten Einkommen hätte sprechen können.

Nicht allein aus diesem Grund hatte ich begonnen, mich nach einer beruflichen Alternative umzusehen, und dabei überrascht festgestellt, wie großzügig ein bisschen im Büro Rumsitzen entlohnt wurde. So im Vergleich.

Gegen halb zwei begab ich mich an die Badenerstrasse und setzte mich ins *Forum*. In den Zwanzigerjahren das größte Kino der Stadt, später ein Spielsalon und Schnellimbiss, war die Lokalität nun zu einer Bar mit durchgehenden Fensterfronten und pseudoheimeliger Holzvertäfelung umgebaut worden, *the place to be* für hippe Leute und solche, die es krampfhaft zu sein versuchten. Nicht unbedingt der Ort, an dem ich mir einen Feierabenddrink gegönnt hätte, dazu war mir alles zu Bling-Bling, aber weder war für mich Feierabend noch befand ich mich aus privaten Gründen hier.

Gegen einen Drink sprach jedoch nichts, bestand doch meine Aufgabe einzig darin, im Auftrag einer großen Zürcher Versicherung einen Mann namens Raphael Fontana zu observieren.

Raffi, wie er in der Szene genannt wurde, trug den obligaten Dreitagebart, war dunkelhaarig, gut aussehend für Leute mit schlichtem Geschmack, etwas über dreißig und das, was man im Schweizer Volksmund einen Filou nannte. Ein gegenüber üblichen moralischen Grundsätzen immunes Schlitzohr, wie ich den Begriff wohlwollend übersetzt hätte. Er war ein umschwärmtes Mitglied der Zürcher *Jeunesse dorée*, was nicht unwesentlich an seiner unermüdlichen Feierlaune lag und den von ihm geschmissenen Champagnerrunden. Kreise, in denen Freundschaften geschlossen wurden, während man sich gemeinsam mit einem zusammengerollten Hunderter im Nasenloch über einen Klodeckel beugte. Kreise auch, in denen das Ausüben einer geregelten Arbeit belächelt wurde und Charakter als maßlos überschätzt galt.

Die kursierenden Gerüchte bezüglich Raffis immenser Spielschulden und drohendem Bankrott wurden jeweils mit der standesüblichen Vehemenz dementiert, drei Klagen wegen sexueller Nötigung waren nach außergerichtlichen Einigungen fallen gelassen worden. Von seiner Familie drang kaum etwas an die Öffentlichkeit, es wurde aber gemunkelt, der Vater sei ein hohes Tier und finanziere den ausschweifenden Lebenswandel seines Sprösslings zähneknirschend mit.

Aus der Boulevardpresse wusste ich, dass Fontana in den letzten Jahren eine Handvoll Unfälle verursacht hatte, meist wegen Raserei oder Fahrens in betrunkenem Zustand. Laut meinen Unterlagen litt er an einem Schleudertrauma, doch es bestand der Verdacht, dass dieses nur vorgetäuscht war, um sich unrechtmäßig Versicherungsleistungen auszahlen zu lassen. Die Röntgenbilder taugten als Beweismaterial nichts, da auf ihnen diese Art von Verletzung normalerweise nicht ersichtlich war und manche Ärzte einem gut situierten Patienten lieber Arbeitsunfähigkeit attestierten, als ihn zu verlieren. Ich musste den jungen Mann auf andere Weise des Betrugs überführen.

Glücklicherweise war Raffi kein Frühaufsteher und seine Vorliebe, ganze Nächte in – für meinen Geschmack meist zu schicken – Bars und Klubs zu verbringen, kam meinem eigenen Lebensstil entgegen. Die Spesenabrechnung würde wohl für einiges Stirnrunzeln sorgen, andererseits verlangte man von mir ja ausdrücklich, dass ich Raffis Tagesabläufe lückenlos dokumentierte. Das forderte eine perfekte Camouflage.

Ich nippte also an meinem Gin Tonic, den ich als erfrischende Alternative zum üblichen Whisky bestellt hatte, und observierte vom Tresen aus.

Raphael Fontana hatte es sich mit zwei Damen, deren spektakulär kurze Designerkleidchen zusammen mit einem wenig subtilen Make-up missverständliche Signale bezüglich ihrer beruflichen Tätigkeit aussandten, auf einem der Sofas in der Nähe der Fensterfront bequem gemacht.

Wie immer wirkte der junge Mann fahrig, der Blick schweifte selbst im Gespräch unstet umher, seine linke Ferse stampfte dazu unablässig einen rasenden Technorhythmus. Als stünde Raffi unter Dauerstrom. Eine tägliche Ritalindosis hätte wohl Wunder bewirkt, doch angeblich war er eher aufputschenden Substanzen zugetan. Beweise, um diese Gerüchte zu untermauern, gab es bislang keine, doch ich wusste, dass die Boulevardpresse seit Monaten nach einschlägigen Fotos geiferte. Wahrscheinlich war jedoch nichts dran. Ich hatte den Mann in den letzten Wochen beinahe rund um die Uhr vor meiner Nase gehabt, dabei wäre mir garantiert aufgefallen, hätte er seine eigene in irgendwelche

Pülverchen gesteckt. Mittlerweile war ich mit Raffis Tagesablauf ziemlich vertraut und machte in gewissen Abständen Fotos, um der Versicherung gegenüber meinen Arbeitsaufwand dokumentieren zu können.

Doch eigentlich war wenig Aufregendes an seinem Leben: spät aufstehen, ein paar Drinks mit hübscher Begleitung zur Mittagsstunde, danach ein paar Stunden Arbeit an seinem Laptop, gerne für jedermann sichtbar in der Öffentlichkeit. Was er beruflich genau machte, war mir nicht ganz klar. Gelang es mir hin und wieder, einen Blick auf seinen Bildschirm zu erhaschen, war er meist auf Facebook eingeloggt.

Später verschwand er für anderthalb Stunden im Fitnessstudio und machte sich anschließend in seiner Loftwohnung im Kreis 4 für das Diner mit vorherigem Apéro bereit, meist in einem angesagten Lokal, immer mit attraktiven, wenn auch wechselnden Damen. Kein Hinweis darauf, dass er an irgendeinem Gebrechen litt, allerdings sah ich ihn auch nie selbst etwas anheben oder schleppen. Und beim Sport wurde er von einem Privattrainer begleitet, der ein schonendes Muskelaufbauprogramm für ihn zusammengestellt hatte.

Bislang fehlten die eindeutigen Anzeichen für Betrug. Die Versicherung hatte sich wahrscheinlich geirrt. Angesichts meiner finanziellen Lage hatte ich jedoch beschlossen, meinen Befund erst in ein paar gut bezahlten Tagen zu melden. Wer – außer vielleicht Paris Hilton, als sie noch etwas hergab – wurde schon fürstlich dafür entlohnt, in Klubs rumzuhängen und Drinks in sich hineinzukippen?

Als hätte sie meine Gedanken gelesen, fragte mich in diesem Moment die Bedienung, ob ich noch ein Schlückchen vertrüge. Reflexartig antwortete ich mit einem Nicken. Während sich die Bardame, die aussah wie eine aus Heidi Klums Modelshow ausgeschiedene Kandidatin, um den G&T kümmerte, schoss ich mit einer handlichen Digitalkamera weitere Fotos von meiner Zielperson. Die Damen blickten teilnahmslos auf die Straße hinaus, während der junge Mann hektisch auf seinem Blackberry herumtippte. So sah es also aus, wenn Zürichs feine Gesellschaft Spaß hatte.

Da widmete ich mich lieber dem brandneuen Drink und grübelte dabei über meine finanzielle Situation nach. Trotz der zusätzlichen Einnahmen durch die leicht ausgedehnte Überwachung von Fontana blieb diese prekär.

Nicht, dass ich mir viel aus Geld machte. Schließlich war ich jahrelang mit wenig Zaster zurechtgekommen und wäre ich allein gewesen, hätte mich mein knappes Einkommen auch weiterhin kaum gestört. Der Haken war nur: Ich war nicht mehr allein.

»*Hai rabba!*«, hatte meine Mutter freudig ausgerufen, als Manju und ich endlich offiziell ein Paar geworden waren, und sich überschwänglich beim hinduistischen Liebesgott Kama bedankt, dem sie über Jahre hinweg unzählige Opfer erbracht hatte, ›damit er mit seinen fünf Blütenpfeilen endlich, endlich das bebende Liebesverlangen in unsere Herzen sende‹. Unzweifelhaft hatte der Zauber gewirkt, doch waren damit die Wünsche meiner Mutter natürlich noch längst nicht alle erfüllt. So war das mit indischen Müttern: Reichte man ihnen einen Finger, versuchten sie ihm sofort einen Ehering überzustreifen. Seither schwebte ihr Hochzeitswunsch wie ein Damoklesschwert über meinem Kopf.

Andererseits sorgte meine Freundin selbst dafür, dass mich der Gedanke an eine dauerhafte und steuertechnisch geregelte Verbindung immer weniger schreckte. Was nicht nur mit Manjus Liebreiz zu tun hatte und dem Wissen, dass von all den Frauen, mit denen ich zusammen gewesen war, sie die einzige war, mit der ich mir diesen Schritt vorstellen konnte, sondern mit einer von ihr gestellten Auflage. Eine für mich wenig befriedigende Angelegenheit, die ich erst unwillig und verständnislos zur Kenntnis genommen hatte, die mir aber je länger, je deutlicher die weitreichenden Vorteile einer Ehe vor Augen führte.

Eigentlich wollte ich Manju ja nur glücklich machen. Sie sollte alles haben, was sie sich wünschte, das hatte ich mir an jenem Abend geschworen, als sie mich zum ersten Mal geküsst hatte. Richtig geküsst, meine ich.

Erst danach hatte ich im Gespräch mit Freunden herausgefunden, was sich eine Frau alles zu wünschen imstande war. Auf jeden Fall war dazu ein gesichertes Einkommen unabdingbar.

Ich lenkte meine Aufmerksamkeit wieder auf Raphael Fontana und seine beiden Begleiterinnen, die sich soeben wie auf Kommando erhoben hatten und dem Ausgang zustrebten. Mit einem Zug leerte ich meinen Gin Tonic, legte den geschuldeten Betrag auf den Tresen und steckte die Quittung ein. Dann folgte ich dem Trio in sicherem Abstand hinaus auf die Badenerstrasse. Die drei schienen es ziemlich eilig zu haben, sie bogen in die Langstrasse ein und marschierten dann die trotz fortschreitender Aufwertung immer noch verruchteste Meile Zürichs entlang.

Mit eingezogenem Kopf passierte ich den indischen Lebensmittelladen meiner Mutter beim Helvetiaplatz und atmete erleichtert auf, als ich sie beim Abräumen der Tische im hinteren Teil des Lokals ausmachte. Manju beugte sich derweil über die Abwaschmaschine und stapelte Geschirr hinein. Der Mittagsservice war gerade vorbei. Gut, dass die beiden so beschäftigt waren, eine überschwängliche und zeitraubende Begrüßung mit hundertprozentig folgender Einladung zum Essen war das Letzte, was man als Detektiv bei einer laufenden Überwachung brauchen konnte.

Irritiert beobachtete ich, wie Raffis Begleiterinnen, ohne sich zu verabschieden, das Café *Casablanca* betraten, derweil dieser beschleunigte und am *Coop* vorbeihastete, um wenig später in einer Seitenstraße zu verschwinden. Sie mussten sich zuvor abgesprochen haben, jeder schien genau zu wissen, was er zu tun hatte. Das roch nach einem abgekarteten Spiel.

Ich hatte Raffi nur einen minimalen Vorsprung gelassen, doch als ich um die Ecke lugte, war er wie vom Erdboden verschluckt. Blitzschnell checkte ich alle Hauseingänge ab, doch ich war so nah an ihm dran gewesen, dass ich einen rasselnden Schlüsselbund oder das Zuklappen einer Tür garantiert gehört hätte. Zudem verkehrte Raffi eigentlich nicht in solch abgehalfterten Wohnungen, wie sie hier zu finden waren.

Achtsam lief ich in die Straße hinein und nahm nach wenigen Metern eine Bewegung in einem Hinterhof wahr. Sofort drückte ich mich an die Wand und linste vorsichtig durch die tunnelähnliche Einfahrt.

Raffi lungerte vor der rückwärtigen Tür eines der schäbigen Wohnhäuser herum, die noch nicht dem Renovierungswahn in diesem Quartier zum Opfer gefallen waren. Er hatte mir den Rücken zugedreht und blickte immer wieder zu den oberen Stockwerken hinauf. Auf Zehenspitzen trat ich in den Durchgang, während ich gleichzeitig die Kamera aus meiner Umhängetasche nestelte. Drehte sich Raffi jetzt um, flog ich auf und konnte mir das Auftragshonorar ans Bein streichen. Zu meiner Erleichterung öffnete sich in diesem Augenblick die Hintertür und ein muskulöser Mann mit blondem Bürstenschnitt trat in einem glänzend blauen Trainingsanzug heraus. Per Handschlag begrüßte er Raffi.

Ich nutzte die günstige Gelegenheit, hastete die letzten Meter bis zum Ende der schattigen Einfahrt und duckte mich dort hinter einen nah am Haus stehenden Geländewagen. Ein schabendes Geräusch erklang, als meine Tasche an der Wand entlangstreifte. Mit angehaltenem Atem beobachtete ich durch die Seitenfenster des Offroaders, wie Raffis Fitnesstrainer – den ich sofort erkannt hatte – misstrauisch die Augen zusammenkniff und jeden Quadratmeter des Innenhofs rasterte. Ich rührte mich nicht. Erst als sich der Trainer wieder mit Raffi beschäftigte, rückte ich weiter hinter das Auto und streckte gleichzeitig die Hand mit der Kamera vor. Dank des Displays konnte ich so problemlos beobachten, was sich vor dem Hauseingang abspielte. Gerade übergab der Fitnesstrainer Raffi ein halbes Dutzend Plastiksäckchen und verschwand, nachdem er bezahlt worden war, sofort wieder im Haus. Ich drückte ein paar Mal ab, während sich Raffi unverzüglich aus einem der Beutel bediente und das weiße Pulver direkt von der Fingerspitze schnupfte. Jetzt wurde mir klar, wie er den Nachmittag mit den beiden Damen zu gestalten dachte.

Ich besah mir die gestochen scharfen Bilder und konnte mein Glück kaum fassen. Die Aufnahmen waren Gold wert. Gleich anschließend würde ich meinen besten Freund José anrufen, der als Journalist bei einem Gratisblatt arbeitete, und ihn fragen, wie viel der ungefähre Marktwert für Fotos von Raphael Fontana betrug, auf denen er am helllichten Tage kokste. Meine Geldsorgen war ich auf alle Fälle los. Nun dämmerte mir auch, wo Raffi normalerweise seinen Stoff kaufte: im Fitnessstudio bei seinem Privattrainer.

Obschon ich selbst Mitglied im Klub geworden war, um ihn während des Trainings beobachten zu können – ich sollte ja beweisen, dass er körperlich keineswegs beeinträchtigt war –, war es mir unmöglich gewesen, den beiden Typen jedes Mal bis in die Männergarderobe zu folgen, das wäre mit der Zeit doch aufgefallen. Der günstigste Moment, um unauffällig ein kleines Geschäft zu tätigen: Man lässt den Garderobenschrank offen stehen, wendet sich kurz ab, während der andere den Betrag reinlegt und gleichzeitig die Plastiktütchen an sich nimmt.

Dass er heute seinen Dealer zu Hause aufsuchte, musste mit seinen beiden Begleiterinnen zu tun haben, anders konnte ich mir nicht erklären, weshalb der sonst so vorsichtige Raffi jegliche Diskretion außer Acht ließ.

Plötzlich hob Raffi den Kopf, zog die Nase hoch und steuerte zielstrebig auf den Durchgang zu. Hastig bewegte ich mich rückwärts, dabei entglitt mir die Kamera und fiel mit einem hohlen Klackgeräusch auf den Asphalt. Ich erstarrte und horchte angespannt auf Schritte, doch alles blieb still.

Geräuschlos ließ ich mich aus meiner Kauerstellung auf die Knie nieder, schob die Kamera hinter den Vorderreifen des Geländewagens und guckte unter dem Auto hindurch. Nichts. Keine weißen Ferragamo-Sneakers mit hellbraunen Wildlederapplikationen. Zentimeter um Zentimeter kroch ich nach vorn, doch als ich das Geräusch aufsetzender Sohlen hörte, war es bereits zu spät. Eiskalt drückte sich der Lauf einer Pistole an meine Schläfe. Raffi musste sich zwischen zwei geparkten Wagen hochgestemmt haben.

»Die Kamera!«, blaffte Raphael Fontana. »Denkst wohl, du könntest mit den Fotos das große Geld machen, du Schmierfink?«

Nicht nur weil eine gegen den Kopf gehaltene Waffe freies Assoziieren beträchtlich einschränkt, fiel mir keine schlagfertige Antwort ein. Er hatte mich durchschaut. Wie es schien, hielt er mich aber für einen Journalisten. Das war zumindest ein Vorteil, wenn auch ein winziger.

»Aber ich hab keine Angst vor euch Pressefritzen, ihr könnt mir nichts! Oder seh ich etwa eingeschüchtert aus?«

Äußerst behutsam machte ich eine verneinende Kopfbewegung. Ich hatte immer angenommen, dass in einem Moment, in dem man um sein Leben bangt, die ganze Welt verstummt. Doch das stimmte nicht. Deutlich konnte ich das Zischen von Fett in einer Pfanne hören, das aus einem offenen Fenster ein paar Stockwerke über uns drang, fröhliches Kinderlachen an der Langstrasse vorn und eine Amsel oder sonst so ein verdammter Vogel zwitscherte, als gäbe es nichts Böses unter der Sonne. Der Welt war es scheißegal, ob man draufging oder nicht, sie drehte sich ungerührt weiter. Eine wenig tröstliche Erkenntnis, angesichts meiner momentanen Situation.

»Los! Gib mir die Kamera!« Fontana verstärkte den Druck des Pistolenlaufs auf meine Schläfe. Ich konnte das Zittern seiner Hand deutlich spüren.

»Ich habe keine Kamera«, log ich. Die darauf gespeicherten Bilder würden sogar einem Schwachkopf wie ihm auf der Stelle klarmachen, dass ich erstens kein Journalist und zweitens schon länger an ihm dran war. Was meine nähere Zukunft wohl eher ungemütlich gestalten würde.

»Hältst du mich für blöd?« Er tastete mich einhändig ab und als er nichts fand, riss er meine immer noch umgehängte Tasche auf und wühlte darin herum.

»Wo ist das verdammte Teil?« Raffi ließ die Tasche zurück auf meinen Rücken fallen und sah sich suchend um.

Entschlossen nutzte ich die Gelegenheit, sprang auf und versuchte, meinem Widersacher die Waffe aus der Hand zu schlagen. Dieser reagierte jedoch überraschend geistesgegenwärtig, was wohl mit dem eben geschnupften Koks zusammenhing, und hielt die Pistole mit eisernem Griff fest. Einen Moment lang rangelten wir keuchend um die Waffe. Körperlich war er keineswegs beeinträchtigt, wie ich jetzt endlich feststellen konnte. Aus der Nähe wirkte Raffis aus der Ferne ansprechendes Gesicht jedoch schmal, geradezu mausartig, seine Augen besaßen diesen verzehrenden Glanz des regelmäßigen Drogenkonsumenten.

»Verdammt, gib her!«, stieß er hervor, doch ich dachte nicht daran und klammerte mich fester an den Griff der Waffe, worauf sich ein Schuss löste. Gleichzeitig ließen wir los und die Pistole krachte zu Boden. Verdutzt starrte mich der It-Boy an, während oben jemand »Gopferdammi, nicht schon wieder!« schimpfte und entnervt ein Fenster zugeschlagen wurde.

Ich sprang auf, versetzte der Waffe einen gezielten Tritt, sodass sie unter eines der geparkten Autos auf der gegenüberliegenden Seite des Durchgangs schlitterte, und rannte los.

Hinter mir lachte Raffi siegessicher: »Lauf nur, es wird dir nichts nützen! Ich hab mir nämlich deine verdammte Fresse gemerkt, du Scheißtürke!«

Ich drehte mich im Laufen um und streckte den Mittelfinger hoch. »Ich bin, verdammt noch mal, kein verdammter Scheißtürke!«

Mit hämmerndem Herzen lehnte ich mich an die Wand im Eingangsbereich meines Wohnhauses, das sich in der nächsten Parallelstraße befand, und ließ gefühlte zehn Minuten verstreichen.

Obwohl ich sicher war, dass Raffi mit dem Koks sofort zu den beiden Damen geeilt war, wollte ich kein Risiko eingehen. Der Idiot war immerhin bewaffnet und unter Drogeneinfluss noch unberechenbarer als ohnehin.

Mit einem mulmigen Gefühl machte ich mich schließlich auf den Weg zurück. Ich überzeugte mich davon, dass die Luft rein war, bevor ich in die Brauerstrasse einbog, doch als ich den Durchgang betrat, rieselte die Enttäuschung wie ein kalter Schauer auf mich herab. Der Geländewagen war weg, von der Kamera keine Spur. Beinahe konnte ich das hämische Ploppen hören, mit dem mein Traum vom großen Geld platzte. Zwar hatte ich in den ersten Tagen meiner Überwachung einige Fotos von Raffi auf mein Laptop kopiert, dies jedoch aus Bequemlichkeitsgründen bald sein lassen. Somit war auch der Auftrag der Versicherung flöten gegangen, für Lückenloses reichte das Material nicht ansatzweise. Ihn weiter zu observieren, konnte ich glatt vergessen, Raffi würde mich nicht nur auf der Stelle wiedererkennen, ich lief auch Gefahr, vermöbelt zu werden.

Verdrossen ließ ich mich gegen die Wand fallen. Da war ich nun, keine Kohle, kein Auftrag, kein richtiger Job. Schönes Detektivleben!

Ich klingelte Sturm und ohne abzuwarten, dass der Öffner betätigt wurde, drückte ich die schlecht schließende Tür auf und rannte die Treppe hoch.

»Mann, echt, ich hab grad so was von keinen Bock mehr auf meinen Job!«, polterte ich, kaum hatte ich die Wohnung betreten, und stapfte direkt in die Küche. Sie war leer.

»Wo steckst du denn?« Ich lief durch den schmalen Gang zurück, doch auch im Wohnzimmer war niemand. Erst als ich die angelehnte Schlafzimmertür aufstieß, entdeckte ich sie. Betroffen blieb ich auf der Schwelle stehen.

»Ich muss mich beruhigen«, erklärte Miranda verzagt, während sie einen Joint rollte, der größenmäßig jedes Alphorn in den Schatten gestellt hätte. »Ich steh jetzt schon komplett neben mir.«

Sie saß in einem perlmuttfarben schimmernden Negligé am Kopfende ihres Bettes und lehnte sich gegen die Wand, die langen Beine über Kreuz. Ihre lockigen Haare waren zerzaust, sie war ungeschminkt und sah ungewohnt blass aus. Am Kinn und über der Oberlippe waren deutlich dunkle Bartstoppeln auszumachen. Als sie den Joint zuklebte, zitterten ihre Finger. Noch nie hatte ich meine beste Freundin, die in einer anderen Zeitrechnung einmal Gustavo geheißen hatte, so nervös gesehen, nicht einmal vor dem Einsetzen ihrer ersten Brustimplantate.

»Am Sonntag ist es so weit«, bemerkte ich, weil ich nicht wusste, was ich sonst hätte sagen sollen, und setzte mich auf den Bettrand. Ich hatte den Termin keineswegs vergessen, ich war nur gerade ziemlich mit mir selbst beschäftigt gewesen. Dabei konnte Miranda etwas moralische Unterstützung gut gebrauchen.

»Ja, am Sonntag ist es so weit.«

»Alles geritzt?«

»Es gab ja nicht so viel zu organisieren. Die Couch lässt sich mit wenigen Handgriffen zu einem Bett umwandeln und Duschtücher sind eh genügend da ...« Ich sah Panik in ihrem Blick aufflackern.

»Das wird schon.«

»Ich weiß nicht, Vijay ...«

»Doch, doch. Wir sind ja auch da und unterstützen dich, so gut es geht.«

»Ich habe mich so lange nach diesem Tag gesehnt – und jetzt, wo er da ist, fürchte ich mich davor.«

»Du schaffst das.«

»Es gibt keine Fluchtmöglichkeit mehr.«

»Was ist jetzt mit diesem Lokal? Hast du schon was vom Besitzer gehört?«

Stirnrunzelnd begutachtete Miranda den fertig fabrizierten Joint, während ihr deutlich anzusehen war, wie viel Anstrengung sie das Umschwenken auf ein neues Thema kostete. Aber es brachte meiner Meinung nach nichts, weiterhin über einen Sachverhalt zu diskutieren, der ohnehin nicht mehr zu ändern war. Schließlich hatte Miranda es so gewollt und am Sonntag würde man weitersehen. Sie würde es überstehen, sie war ein großes Mädchen.

»Das Restaurant wäre perfekt«, beantwortete sie meine Nachfrage und ihre Augen bekamen etwas Glanz zurück. »Klein und übersichtlich, zentral an der Bäckerstrasse gelegen. Ideal, um japanische Nudelsuppen anzubieten. Nur gibt es leider noch andere Interessenten, wie du dir denken kannst. Und der Preis ist auch nicht ganz ohne.«

»Aber finanzierbar?«

Eine durchaus berechtigte Frage, denn noch immer stiegen die Mietpreise in der Stadt in teilweise astronomische Höhen.

»Wenn der Laden läuft, dann knapp. Andernfalls muss ich die Suppe selber auslöffeln, im wahrsten Sinn des Wortes.«

»Im Notfall könntest du ja immer noch …«

»Nein! Dahin will ich unter keinen Umständen zurück.«

Miranda hatte nach langen Jahren des Haderns endlich ihren Job als Prostituierte aufgegeben, ein Befreiungsschlag für sie, war sie doch in diesem Metier schon länger unglücklich gewesen. Allerdings fehlte ihr nun das regelmäßige und nicht zu knappe Einkommen. Momentan hielt sie sich mit Erspartem über Wasser, während sie auf der Suche nach einem geeigneten Lokal war. Doch ich wusste, dass sich ihre Ressourcen dem Ende zuneigten, während sich das Finden einer passenden Lokalität für ihr geplantes Restaurant als ausgesprochen umständlich und kostspielig gestaltete.

Gern hätte ich ihr mit meinen Verbindungen geholfen, doch ein Job im Laden meiner Mutter stand nicht mehr zur Diskussion. Miranda hatte sich dort im vergangenen Jahr als Servicefachkraft prächtig gemacht, und nach der Rückkehr meiner Mutter aus Indien hatte sich herausgestellt, dass indische Moralvorstellungen und brasilianische Transsexualität unter bestimmten Umständen erstaunlich gut harmonierten. Was sich leider überhaupt nicht vertragen hatte, waren die Machtansprüche der beiden Frauen. Denn meine Mutter betrachtete das Lokal, das sich unter ihrer Ägide vom Lebensmittelladen zum Trendrestaurant gemausert hatte, selbstbewusst als ihr Imperium, für das sie längst eine Kronprinzessin auserkoren hatte. Und Miranda weigerte sich mit einer an Autismus grenzenden Sturheit, von ihr Befehle entgegenzunehmen, geschweige denn, diese zu befolgen. Vielleicht wurzelte ihre konstante Ablehnung darin, dass sie dies in ihrem alten Job viel zu oft hatte tun müssen und sie so einen Schlussstrich unter die Vergangenheit zu ziehen versuchte. Möglicherweise hatte sie sich aber nur noch nicht daran gewöhnt, dass auch angezogene Menschen Forderungen an sie stellen konnten.

Jedenfalls hatte Miranda bereits nach wenigen Wochen das Feld geräumt und konzentrierte sich seither auf die Suche nach einem eigenen Reich. Wo sie die alleinige Chefin geben konnte.

»Willst du auch?« Miranda streckte mir den Joint hin und ich nahm einen vorsichtigen Zug. Wie erwartet, war das Zeug so stark, dass man damit eine gesamte Berufsschule auf eine mehrtägige Flugreise hätte schicken können.

»Ich hab Angst, Vijay.«

»Ich weiß. Aber ich werde am Sonntag da sein. Ich lass dich nicht im Stich.«

»Wirklich?«

»Versprochen.«

Ich zog sie an mich und gemeinsam verfolgten wir, wie die länger werdenden Sonnenstrahlen über das David-Bowie-Poster an der gegenüberliegenden Wand glitten, während der Joint mit jedem Zug kürzer wurde.

Nachdem ich Miranda komplett bekifft im Bett zurückgelassen hatte, unternahm ich einen kleinen Spaziergang durchs Quartier, um wieder einen halbwegs klaren Kopf zu kriegen. Viel war in letzter Zeit über den Kreis 4 geschrieben worden, über teure Renovationen und Neubauten, über alteingesessene Familien, die in Außenbezirke verdrängt wurden, weil sie sich die Mieten nicht mehr leisten konnten, über Rentner, die am Ende eines langen Lebens von gewinngeilen Vermietern kaltherzig aus ihren Wohnungen vertrieben wurden. Jeder hatte eine Meinung und tat sie ungefragt kund. Der Begriff ›Gentrifizierung‹ wurde dabei geradezu inflationär eingesetzt, selbst von Leuten, die üblicherweise Mühe mit mehrsilbigen Wörtern bekundeten.

Ich selbst war es müde geworden, die sich rasch verändernde Situation zu kommentieren. Die Richtung war deutlich zu erkennen und dagegen tun konnte man nichts, außer hoffen, dass das Haus, in dem man selbst wohnte, nicht eines schönen Morgens an den Höchstbietenden verhökert wurde. Es war dieselbe Ohnmacht, die einen an manch lauschigem Sommerabend verständnislos den Kopf schütteln ließ, weil man aufgrund von angedrohten Lärmklagen, Polizeieinsatz und was sonst noch an Einschüchterungsmöglichkeiten existierte, schon um zehn Uhr gezwungen wurde, sein Bierchen im Innenbereich der Bar zu trinken. Angeblich weil sonst die neu zugezogenen Mieter – es waren meiner Erfahrung nach ausnahmslos solche – hinter den schalldicht isolierten Fenstern ihrer brandneuen und überteuerten Loftwohnungen nicht die dringend benötigte Ruhe fanden.

Natürlich hätten man argumentieren können, dass es in Zürich ruhigere und genauso zentrale Quartiere gab. Offensichtlich aber galten die schicken Neubauten im angesagten Ausgehviertel in gewissen Zirkeln als Prestigeobjekte. Der weitverbreitete Irrglaube, dass einen schon das Wohnen in einer coolen Gegend selbst cool machte, zog in irgendwelchen Studentenseilschaften oder allenfalls in der deutschen Provinz leider immer noch. Weshalb hier allmählich die Leute überhandnahmen, die unbedingt am Puls der Stadt leben wollten, sich aber beklagten, wenn man diesen pochen hörte.

Gegen fünf kehrte ich in mein Büro zurück. Ich fuhr den Computer hoch und recherchierte halbherzig, unter welchen Voraussetzungen DNA-Tests gemacht werden konnten, des Weiteren über Adoptionen und wie die Rechtslage in der Schweiz aussah, welche Institutionen es gab. Die einzigen Erklärungsmöglichkeiten, die mir zum Problem meines morgendlichen Besuchs einfielen. Irgendwie beschäftigte mich die merkwürdige Geschichte des Mädchens. Auch wenn sie eine unmögliche Haltung an den Tag gelegt hatte, ich hatte den dunklen Schatten, der über ihr hing, genauso wenig vergessen wie den fingierten Anruf. Die Verzweiflung in ihrem Blick war echt gewesen. Einfach aus Langeweile behauptete nicht einmal eine verwöhnte Upperclasstussi, dass sie nicht das Kind ihrer Eltern sei. Ich fragte mich, was hinter dem ganzen Getue steckte. Doch so, wie wir uns getrennt hatten, würde ich das wohl nie herausfinden.

Ich gönnte mir ein großes Glas *Amrut* und legte mich aufs Sofa. Die Arme hinter dem Kopf verschränkt, beschloss ich, ein wenig nachzudenken. Über mein Leben, meine Beziehung, meinen Job, meine Zukunft. Was einen mit fünfunddreißig halt so umtreibt, wenn's grad mal nicht so läuft.

Das Klingeln des Telefons ließ mich aus dem Halbschlaf hochschrecken. Den Lichtverhältnissen nach musste es inzwischen früher Abend sein, durch das offene Fenster drangen die Geräusche des auflebenden Quartiers herein. Benommen nahm ich den Anruf entgegen.

»Wo warst du gestern Abend?«, schnarrte mich Manju ohne Einleitung an. »Ich habe tausend Mal versucht, dich zu erreichen!«

Dunkel erinnerte ich mich an das konstante Vibrieren in meiner Hosentasche, als ich spätnachts nach Beendigung meiner Observation von Raphael Fontana im hyperschicken *Privé Club* an der Bahnhofstrasse zur Wiederherstellung der Bodenhaftung ins *Meyer's* beim Lochergut getorkelt war. Doch die benötigten Gehirnzellen, die eine Verbindung zwischen Vibration und Telefonanruf hergestellt hätten, waren zu dem Zeitpunkt bereits zum Tode verurteilt und hatten den letzten Dienst verweigert.

»Ich …« Mein Mund fühlte sich an, als hätte ich an einem laufenden Haartrockner gelutscht. Rasch befeuchtete ich meine Schleimhäute mit einem Schluck lauwarmen *Amruts*.

»Und du trinkst schon um diese Zeit?« Sie ließ ein missbilligendes Schnalzen hören. Seit etwas mehr als einem Jahr waren wir ein Paar und ich hatte zeitweise das Gefühl, sie könne in mir lesen wie in einem offenen Buch. Was wohliges Vertrauen hätte auslösen müssen, versetzte mich regelmäßig in Panik. Es gelang mir kaum, etwas vor dieser Frau geheim zu halten. Heute schon gar nicht.

»Vijay, ich muss dich um etwas bitten. Ein absoluter Notfall!«

Eine kleine Pause entstand, bis ich begriff, dass sie auf ein aufmunterndes Geräusch meinerseits wartete. Unverzüglich stieß ich ein solches aus.

»Da ist dieser Privatanlass heute Abend und eine meiner Angestellten ist krank geworden. Könntest vielleicht du …?«

»Aushelfen? Dabei handelt es sich um Gästebetreuung, das ist dir schon bewusst?«

»Durchaus.«

»Du wirst dich schämen. Es wird Scherben geben, Empörung und Tränen. Dein Ruf wird ruiniert und niemand wird dich je wieder für irgendetwas engagieren!«

»So kurzfristig finde ich keinen Ersatz.«

»Du meinst: kein indisch aussehendes Personal.«

»Nun ja …«

»Schon wieder so ein Ethnozirkus! Muss ich in bunte Gewänder gehüllt die Tablas schlagen? Einen Turban aufsetzen, mit dem Kopf wackeln und lustige Grimassen schneiden? Wie in einem Bollywoodfilm tanzen? Mir einen ulkigen Akzent zulegen?«

Seit drei Jahren arbeitete Manju jetzt im Laden meiner Mutter und führte mittlerweile das integrierte Restaurant gemeinsam mit ihr. Die zahlreichen Cateringaufträge am Abend hingegen organisierte sie ganz allein. Diese Stellung hatte sie sich hart erarbeitet, denn wie bereits erwähnt, war meine Mutter keine Frau, die Geschäftsbücher oder Kochlöffel leichtfertig aus der Hand gab. Doch Manju hatte es geschafft, ihr Vertrauen zu gewinnen. Der Laden lief besser denn je und *Manjus Spicy Masala Catering* wurde von Aufträgen geradezu überrannt.

»Du musst einzig mit Tabletts herumlaufen und den Gästen Häppchen anbieten.«

»Bombensicher?«

Sie zögerte unmerklich. »Ich würde es meinen. Wenn du bis dahin keinen Whisky mehr trinkst.«

So lief das: Erst sagten sie, dass sie einen liebten, wie man war, im nächsten Moment machten sie einem genau deswegen Vorwürfe.

Trotzdem ließ ich mir Manjus Angebot durch den Kopf gehen. Sah man von meiner eher fragwürdigen Tätigkeit als Detektiv ab, fehlten in meinem Curriculum Berufserfahrung und Weiterbildungen beinahe gänzlich, hatte zumindest die Personaltante bei der Verabschiedung gemeint. Ich täte gut daran, diesen Mangel schnellstmöglich zu beheben, wenn ich wirklich einen gut bezahlten Job suchte.

»Okay«, sagte ich. »Ich bin dabei.«

Erleichtert atmete sie auf, was mir nicht entging.

Später würde ich Manju um ein Arbeitszeugnis bitten. Ein wohlwollend frisiertes natürlich.

Eine knappe Stunde später drehte ich mit dem Tablett unermüdlich Runden durch einen weitläufigen Speisesaal, der sich nach und nach mit elegant gekleideten Gästen füllte. Der Empfang fand in einer Jugendstilvilla am Kreuzplatz statt, die mitten in einem weitläufigen Park stand. Dichtes Buschwerk und ein mannshoher Eisenzaun grenzten das Grundstück gegen die vom See hinaufführenden Straßen ab, uralte Bäume sorgten für eine geheimnisvolle Stimmung wie in einem verwunschenen Garten. Obschon der einstige

Glanz verblasst war, hatten weder Abgase noch Umwelteinflüsse dem noblen Charme des Gebäudes etwas anhaben können. Wie die verwaiste Botschaft eines reichen, aber längst untergegangenen Landes kam mir die Villa vor.

Dienstbeflissen bot ich das Tablett herum und reichte weiße Papierservietten, während die wohlsituierte Gesellschaft erstaunlich ungeniert und zuweilen beinahe gierig nach den von Manju selbst zubereiteten Leckereien langte. Da täuschten weder das Dior-Abendkleid noch der HSG-Abschluss darüber hinweg: Am Büffet, beim Stehempfang oder an jedem anderen Anlass, bei dem man aufgefordert war, sich selbst mit Nahrung einzudecken, brach unweigerlich die wahre Natur des Menschen durch. Und die war aller Evolution zum Trotz immer noch auf eine karge Höhle programmiert, die es angesichts des nächsten eisig kalten Winters mit Vorräten zu füllen galt.

Wobei ich anmerken muss, dass sich Manju tatsächlich ins Zeug gelegt hatte: In klitzekleinen Schälchen wurden knusprige *Pakoras*, Gemüsepuffer, und *Samosas* mit Kartoffel-Erbsen-Füllung zusammen mit einem Klacks scharfem Ananaschutney serviert, die diversen Currys mit Linsen oder Hühnchen und eine mit Koriander dekorierte, milde *Mulligatawnysuppe* hingegen in daumengroßen Gläschen. Dazu gab es gegrillte Hähnchenflügel in *Tandoorimarinade*, Hackfleischbällchen aus dem Ofen und winzige Krevettenspieße. Wie so oft galt auch hier die Regel: je kleiner die Häppchen, desto kostspieliger der Anlass.

Unterstützt wurde ich von Manjus Bankettaushilfen, drei ausnehmend hübschen Inderinnen, die alle einen purpurroten Sari mit auffälligen Goldverzierungen trugen, während ich und ein eigens für den Barbetrieb eingestellter junger Mann namens Ramu in klassischer schwarz-weißer Kellnermontur servierten. Ein eingespieltes Team, Manju hatte den Frauen kaum Anweisungen geben müssen.

Mir hingegen flüsterte sie in einem unbeobachteten Moment zu, dass sie mich sehr wohl im Auge behalten würde, und wies dabei wissend auf ihre Mitarbeiterinnen, von denen sich gerade jede ein neues Tablett voller Häppchen schnappte. Ich verzichtete auf die rhetorische Frage, weshalb sie mich nicht an die Bar eingeteilt hatte, setzte meine unschuldigste Miene auf und tat es den Damen gleich.

Um halb neun war die Party in vollem Gange. Frau Wettstein, die rührige Gastgeberin, hatte mit der Dekoration viel Aufwand betrieben: In den Ecken des Raumes flackerten Kerzen in silbernen Kandelabern, die Wände waren mit orientalischen Wandteppichen geschmückt und auf den Bartischen leuchteten kupferne Öllämpchen, wie man sie in Indien zu *Diwali*, dem Lichterfest, einsetzt.

Zusammen mit dem verblassten Prunk des Hauses und dem würzigen Geruch von Manjus Köstlichkeiten gelang es ihr so, eine ziemlich authentisch indische Atmosphäre zu erzeugen. Beinahe kam man sich vor wie in einem alten Maharadschapalast.

Unter den üppigen Kronleuchtern zirkulierte derweil eine illustre Gästeschar, die sich gut zu kennen schien. Immer wieder fielen sich nicht mehr ganz taufrische Frauen, die ein geradezu unbekümmertes Verhältnis zu chirurgischen Eingriffen und deren offensichtlichen Resultaten an den Tag legten, mit spitzen Schreien in die Arme und setzten Küsschen in die Luft. Derweil sich die Männer – die älteren grau meliert und mit steifem Anzug, die jüngeren mit lose um den Hals gelegten Seidenfoulards und schicken Designerhornbrillen – im Hintergrund hielten und blasiert in die Runde grüßten.

Ich setzte ein Lächeln auf, während ich mich mit meinem Tablett durch die Menge schob, doch so sehr ich mich auch abmühte, bei meinen Kolleginnen schien das viel anmutiger und nicht ansatzweise verkrampft zu wirken.

»Versuch's weiter«, ermunterte mich Manju, als ich zum wiederholten Mal in der Küche das leere Tablett gegen ein volles austauschte. »Bislang machst du dich erstaunlich gut.«

Beschwingt von ihrem Lob drehte ich eine weitere Runde durch den Saal. Die ersten Gäste hatten an der Bar bereits kräftig Champagner oder Mango Daïquiri getankt, sodass der Lärmpegel allmählich anstieg. Und damit leider auch die unkoordinierten Bewegungen. Als ich an zwei Männern vorbeikam, die den teuer aussehenden, schwarzen Rollkragenpullis und betont legeren Jeans nach in einer Werbeagentur arbeiteten, winkte der eine unerwartet einer Bekannten in der Menge zu und stieß dabei mit dem Handrücken grob an mein Tablett. Erstaunlich geistesgegenwärtig gelang es mir, das Servierbrett waagrecht zu halten, die verbliebenen Gläschen mit Hühnersuppe kippten aber trotzdem um und verursachten ein schlammfarbenes Schlamassel.

»Müssen Sie ausgerechnet hier rumstehen?«, schnauzte mich der Werbefachmann an, bevor er seiner Bekannten entgegeneilte. Wütend blickte ich ihm hinterher und deponierte das Tablett auf einem der Bartische, um die Schweinerei zu begutachten.

»Wie ich sehe, bist du als Kellner genauso unbrauchbar wie als Detektiv!« Wie aus dem Nichts stand sie plötzlich vor mir und grinste schief. War ihr Spott am Vormittag noch ätzend gewesen, klang er nun warmherzig und ein wenig müde. Auch den Vampirlook war sie losgeworden, das samtglänzende moosgrüne Abendkleid, das ihre Rundungen sanft betonte, stand ihr ausgezeichnet, außer einem Lippenpiercing und den schwarz bemalten Fingernägeln erinnerte nichts an ihren Auftritt in meinem Büro als Frankensteins Tochter. Vielmehr wirkte sie jetzt tatsächlich wie ein sechzehnjähriges Mädchen. Dessen Namen ich nach wie vor nicht kannte, denn sie hatte es nicht für nötig gehalten, sich vorzustellen.

Ich ächzte demonstrativ. »Mir bleibt heute echt nichts erspart!«

»Läuft wohl nicht so, was?«

»Ich hatte schon bessere Tage.«

»Ich auch.«

In der Pause, die entstand, fischte ich einige der umgekippten Gläschen aus der verschütteten Suppe und richtete sie wieder auf.

»Ich sollte das wohl in die Küche zurückbringen …«

Ihr Lächeln versiegte und der Gesichtsausdruck verkrampfte sich. Eine Sekunde später schob sich eine sportlich gebräunte Blondine aus der Menschentraube und legte den Arm um die Schultern des Mädchens.

»Kommst du bitte kurz mit, Noemi?«, forderte die Frau meine Gesprächspartnerin in einem Ton auf, der keinen Widerspruch duldete. Dem gut kaschierten Alter nach war sie wahrscheinlich die verschriene Mutter.

Sie musterte mich mit einer Miene, die deutlich machte, dass sie ihr vernichtendes Urteil über mich bereits gefällt hatte.

»Ich unterhalte mich gerade«, erklärte das Mädchen leise.

Die Antwort schien die Dame wenig zu interessieren. Sie verstärkte den Druck auf die Schulter ihrer Tochter und dirigierte sie von mir weg.

»Frau Neuhaus möchte dich gern kennenlernen. Du weißt, die Gattin des Besitzers dieser Modekette, mit der ich jeweils donnerstags Tennis spiele.«

»Aber Mom …«

»Noemi!« Die Frau strafte das Mädchen mit einem warnenden Blick. »Das ist wichtig! Schließlich suchst *du* eine Lehrstelle, nicht ich!«

Das Mädchen drehte sich hilflos nach mir um, während sie von ihrer Mutter durch die Menge navigiert wurde, einer Gruppe älterer Leute entgegen.

»Ein marokkanischer Kellner, mein Gott!«, hörte ich die Frau gerade noch zischen, bevor sie außer Hörweite war. »Was hast du dir bloß dabei gedacht!«

Ich hatte mir gerade eine Zigarette auf dem Balkon im ersten Stock angezündet, als sich Manju zu mir gesellte.

»Wie läuft's?«, fragte sie.

»Ganz gut, würde ich sagen. Wenn dieser Betriebsunfall nicht gewesen wäre …«

Sie machte eine wegwerfende Handbewegung. »Nimm's nicht so tragisch. Solche Dinge passieren halt.«

Stumm zog ich an meiner Zigarette. Nachdem ich beinahe ein Jahr lang erfolgreich Nichtraucher gewesen war, war ich in letzter Zeit dazu übergegangen, mir abends hin und wieder einen oder zwei Glimmstängel zu gönnen. Meist in Kombination mit Alkohol oder wenn ich das Gefühl hatte, mich belohnen zu müssen, so wie heute. Mir war durchaus bewusst, dass mein suchtfreudiges Gehirn immer nichtigere Gründe für eine Zigarette fand und selbstständig Situationen herbeiführte, in denen es Rauchen für angebracht hielt. Doch solange ich die Oberhand behielt und tagsüber problemlos auf Nikotin verzichten konnte, genoss ich die Fluppen aus tiefstem Herzen.

»Genau so was habe ich mir als Alterswohnsitz vorgestellt«, raunte ich Manju zu und macht eine umfassende Geste. Allein der Balkon mit seinen hohen Säulen und dem pompösen Geländer erinnerte an einen griechischen Palast.

Gedankenverloren lehnte sich meine Liebste an mich und schaute auf die wuchernden Büsche hinter dem Haus hinunter.

»So viel Platz«, bemerkte sie wie zu sich selbst. »Diese Bäume und der wunderbare Park! Ideal für Kinder!«

Sie hob den Kopf. Geistesgegenwärtig wich ich ihrem Blick aus und studierte mit konzentriert gerunzelter Stirn die Aufschrift auf meinem Zigarettenpäckchen, als gäbe es für mich momentan auf der ganzen Welt nichts Fesselnderes als die Meldung, dass Rauchen tödlich sei.

»Der Spielplatz ist toll, einen Sandkasten könnte man einrichten und da vorn wäre vielleicht ein kleiner Pool ganz schön ...«

»Ich geh dann mal rein«, brummte ich, trat die Kippe aus und verließ eilig den Balkon, doch Manju kam mir nachgelaufen.

»Auch das Haus ist riesig! Sieh dir mal den Grundriss an!« Sie deutete auf einen schwach erleuchteten Korridor, der tiefer ins Gebäude hineinführte, wie der Rest der Villa aber heruntergekommen und renovationsbedürftig war.

»Raum genug für mindestens drei Kinderzimmer! Oder mehr sogar, ein ganzes Stockwerk!«

Entsetzt fuhr ich herum, erst da sah ich ihr freches Grinsen.

»Jetzt hast du es mit der Angst gekriegt, was?«

»Du, noch ein Wort und ich ...« Drohend ging ich auf sie zu, doch sie ergriff kichernd die Flucht. Ich erwischte sie kurz vor der Balkontür und wirbelte sie um die eigene Achse. Einen Moment lang presste sie heiß ihre Lippen auf meine, bevor sie mich wegstieß.

»Wir haben zu tun, Vijay!«

Sie bemühte sich um einen geschäftigen Gesichtsausdruck, der ihr nur halb gelang.

»Ach, hier sind Sie ja!« Frau Wettstein erschien im Durchgang zur Treppe und Manju löste sich hastig von mir.

»Bleiben Sie nur! Ich wollte Ihnen nur sagen, wie toll Sie das organisiert haben mit dem Service und der Bar und überhaupt. Ich bin restlos begeistert und werde Sie gern weiterempfehlen!«

»Vielen Dank, Frau Wettstein.« Bescheiden senkte Manju den Kopf.

»Gibt's noch mehr von diesem wahnsinnig köstlichen *Kulfieis*? Da ist Safran drin, nicht?«

»Richtig, Safran und Kardamom, Pistazien und fein gemahlene Mandeln. Ich schaue gleich nach, ob etwas übrig ist.«

Mittlerweile servierten die drei Inderinnen unten im Saal Desserts in ebenfalls klitzekleinen Schälchen. Nebst besagtem Eis auch *Gulab Jamun*, frittierte Sauermilchkugeln in Zuckersirup, und *Halwa*, eine Art süßer Brei aus Karotten, Rosinen und Nüssen.

»Ich komme gleich!«, rief ich Manju hinterher, die Frau Wettstein nach unten folgte, doch sie bedeutete mir mit einer Handbewegung, es gemächlich anzugehen.

Was ich mir nicht zweimal sagen ließ. Ich ging wieder hinaus auf den Balkon und lauschte den Verkehrsgeräuschen, die vom Kreuzplatz herüberwehten.

Ich kam mir an Anlässen, bei denen ich den typischen Inder geben musste, immer etwas merkwürdig vor. Als würde ich eine einstudierte Rolle spielen. Natürlich konnte ich meine Abstammung weder emotional und schon gar nicht optisch verleugnen. Aber wenn ich wie hier explizit auf mein Indischsein reduziert wurde, fühlte es sich irgendwie genauso aufgesetzt an, wie wenn ich am ersten August, dem Nationalfeiertag der Schweiz, die Landeshymne auf dem Rütli gesungen hätte.

Dass ich in der Schweiz geboren und aufgewachsen war, hatte mich am Ende genauso stark geprägt wie die indische Lebensweise meiner Eltern, entsprechend konnte ich mich nicht einfach über eine ethnische Zugehörigkeit definieren. Es hatte eine Zeit gegeben, als ich es dennoch versucht hatte, doch ich hatte dabei stets den Eindruck gehabt, zwischen den Dingen zu stehen. Gleichzeitig hatte etwas Wichtiges gefehlt, ich hatte mich nicht komplett gefühlt.

Manche Einwanderersprösslinge der zweiten Generation passten sich ja mit einem solchen Eifer an ihre neue Heimat an, dass sie sich Schweizer Flaggen übers Bett hängten, rechtskonservative und demzufolge wenig ausländerfreundliche Politiker wählten und sich grundsätzlich schweizerischer als die Schweizer verhielten. Andere wiederum fanden hier alles nur scheiße und idealisierten das Herkunftsland ihrer Eltern, wo selbstverständlich alles besser und schöner war. Ich selbst hatte eine Überidentifikation mit einem der beiden Länder stets vermieden, denn mittlerweile hatte ich akzeptiert, dass beide Kulturen in mir vereint waren und ich weder die eine noch die andere ausblenden konnte. Schubladendenken funktionierte bei mir nicht, und in all den Jahren hatte ich keine eindeutige Antwort auf die gern gestellte Frage gefunden, ob ich mich eher als Schweizer oder als Inder fühlen würde. Wahrscheinlich weil es schlicht keine gab.

»Sorry, meine Mutter ist manchmal unmöglich.«

Ich hatte das Mädchen nicht kommen hören. Als ich mich zu ihr umdrehte, lächelte sie schwach.

»Das haben Mütter so an sich. Noemi, nicht?«

Sie nickte und stützte sich mit einem leisen Seufzer auf dem Balkongeländer ab.

»Was war das heute Mittag?« Ihre absurden Behauptungen waren mir nicht aus dem Kopf gegangen. Jetzt schien mir ein günstiger Zeitpunkt nachzuhaken, Noemi wirkte um einiges zugänglicher als in meinem Büro.

»Es interessiert dich ja doch nicht«, sagte sie niedergeschlagen.

»Jetzt, da du dich nicht mehr wie eine verwöhnte Zürichberggöre aufführst, schon.«

»Ha!« Ihre Augen funkelten plötzlich wieder angriffslustig. »Du hättest dich sehen sollen! In jeder Schnapsbrennerei riecht es angenehmer als in deinem Büro und du sahst aus wie so ein versoffener, arbeitsloser Schauspieler.«

»Ich bin kein Schauspieler!«, erwiderte ich, nachdem ich kurz nachgedacht hatte.

»Wie auch immer.«

»Ich will's dennoch wissen.«

Noemi warf mir einen zweifelnden Blick zu. »Du verarschst mich nicht?«

»Nein.«

»Es ist so, wie ich gesagt habe«, erklärte sie, nachdem sie tief durchgeatmet hatte. »Vielleicht hätte ich mich deutlicher ausdrücken müssen. Aber ich bin nicht die Tochter meiner Eltern. Es ist schwer zu erklären, aber ich weiß es. Etwas passt nicht und sperrt sich die ganze Zeit, ich spüre das ganz tief in mir drin.«

Ich hielt den Mund und zündete mir eine Zigarette an.

»Darf ich eine?« Mit einer knappen Kinnbewegung deutete sie auf die Fluppe.

Ich reichte ihr das blaue Päckchen *Parisienne* und gab ihr Feuer. Sie nahm einen vorsichtigen Zug und hüstelte.

»Es ist, als würde uns der Kitt fehlen, der andere Familien im Innersten zusammenhält. Wir sind wie drei lose aneinandergebundene Luftballons, die in verschiedene Richtungen streben. Puzzleteilchen, die nicht zusammengehören. Je älter ich werde, desto stärker wird diese Empfindung. Ich komme mir irgendwie abgenabelt vor. Entwurzelt. Allein.«

»Aber ist das nicht ein übliches Gefühl in der Pubertät?«, gab ich zu bedenken. »Man kommt sich vor, als hätte diese Gesellschaft keinen Platz für einen vorgesehen? Als verbände einen nichts mit dem Rest der Welt?«

»Ja schon, aber bei mir nahm das eine Zeit lang voll intensive Züge an. Irene war entsetzt, als ich sie damit konfrontierte. Da war ich etwa dreizehn.«

»Irene?«

»So heißt meine Mutter. Seit ein paar Jahren müsste ich sie eigentlich so nennen, sie will nicht mehr ›Mom‹ gerufen werden, schon gar nicht in der Öffentlichkeit. Sie hat das Gefühl, es lasse sie alt erscheinen, wenn ihre sechzehnjährige

Tochter sie so bezeichnet.« Noemi zuckte mit den Schultern.

»Wie hat sie auf deine Vorwürfe reagiert?«

»Ich wurde natürlich sofort zu einer Psychologin geschickt. Die hat dann für einen krassen Stundensatz ein wenig zugehört, bedenklich mit dem Kopf gewackelt und schließlich auch gemeint, das hänge mit dem Alter zusammen. Das lege sich.«

Noemi zog an der Zigarette und blinzelte hinauf in den nächtlichen Himmel. »Ich hab schnell gemerkt, dass ich besser fahre, wenn ich so tue, als sei die Angelegenheit für mich damit erledigt und alles ein Hirngespinst einer schwierigen Heranwachsenden. Doch der Verdacht ist geblieben. Da waren Fragen, auf die mir niemand eine Antwort geben konnte. Ich hatte schlaflose Nächte und manchmal ging's mir richtig beschissen. So was quält einen extrem, kannst du das verstehen?«

Ich gab ein zustimmendes Brummen von mir.

»Ich langweile dich, oder?«

»Keineswegs, ich hör nur konzentriert zu.«

Durch die offenen Fenster im Erdgeschoss drangen die Geräusche der Party zu uns herauf. Gläser klirrten und halblaute Musikfetzen waren zu hören, ein helles Frauenlachen schraubte sich aus dem sanft wogenden Gesprächsteppich.

»Du glaubst sicher, ich bilde mir was ein. Aber es gibt Beweise, dass in meiner Familie etwas faul ist«, nahm Noemi den Faden wieder auf.

»Die Fotoalben zum Beispiel.«

»Was ist mit denen?«

»Auf Facebook hat eine Bekannte Fotos hochgeladen. Sie als Baby und so. Vorher hatte ich mir nie Gedanken dazu gemacht, doch als ich die gesehen habe, fiel mir auf, dass von mir überhaupt keine Bilder als Neugeborenes existieren. Ich hab dann sofort in den Alben nachgeguckt. Auf der ersten

Aufnahme, die es von mir gibt, bin ich schon ein paar Tage alt.«

»Vielleicht haben deine Eltern die Bilder anderswo aufbewahrt?«

»Wozu sollten sie das tun, wenn der Rest der Aufnahmen fein säuberlich beschriftet in Alben eingeklebt ist?«

Darauf wusste ich auch keine Antwort.

»Ich meine, alle Eltern knipsen doch ihre Neugeborenen gleich nach der Entbindung!«

»Das stimmt schon ...« Ich erinnerte mich an meine eigenen Babyfotos, auf denen ich rosafarben und schrumpelig in den Armen meiner überglücklich strahlenden Mutter lag. »Hast du nie nachgefragt, weshalb ...?«

Noemi schüttelte den Kopf. »Bei uns redet man nicht so gern über Familiäres.«

»Aber das ist doch eine wichtige Frage.«

»Schon, aber wie gesagt: Zwischen meinen Eltern und mir gibt es keine Verbindung. Als kämen wir von verschiedenen Planeten. Wir reden kaum miteinander. Würde ich eine derartige Frage stellen, würden sie mich auf der Stelle wieder zur Psychologin schicken.«

»War das immer so?«

»Ich befürchte schon. Die Beziehung zu Hans-Rudolf, meinem Vater, war nie besonders herzlich. Es kam mir stets vor, als betrachte er mich als eine Störquelle, einen Fremdkörper, der sein wohlgeordnetes Leben durcheinanderbringen könnte. In den letzten Jahren sind wir uns, wenn immer möglich, aus dem Weg gegangen, was in einem Haus wie dem unsrigen kein wirkliches Problem darstellt.«

»Und deine Mutter?«

»Mit Irene komme ich etwas besser klar, aber auch mit ihr verbindet mich wenig. Sie ist so megabeschäftigt. Stets ist da noch ein soziales Engagement, noch ein weiteres Treffen für einen geplanten Wohltätigkeitsanlass, eine Dinnerparty oder einen Apéro mit irgendwelchen Freundinnen. Sie hat eh nie Zeit für mich, und wenn sie mich irgendwohin mitnimmt, so wie heute, komme ich mir vor wie ein Accessoire. Wahrscheinlich bin ich nur da, weil ich vom Design her so gut zu ihrer Handtasche passe.«

Ich hatte den richtigen Riecher gehabt: Noemi trug eine ganze Menge Probleme mit sich rum und wäre bei einem professionellen Berater weit besser aufgehoben gewesen als bei mir. Andererseits hatte sie bereits genügend Erfahrungen mit solchen gemacht – augenscheinlich ohne nennenswerte Erfolge.

Ich erinnerte mich mit einem Mal an den vorgetäuschten Telefonanruf. Sie hatte während unseres Gesprächs auch nie eine Freundin erwähnt, bestenfalls eine Bekannte. Überhaupt schien es niemanden zu geben, der ihr wirklich nahestand. Das Mädchen war einsam. Gerade diese Tatsache weckte mein Mitleid.

»Ich weiß, wie abgefahren das klingt. Nach einer wohlstandsverwahrlosten Göre von der Goldküste, die nichts mit sich anzufangen weiß und nach Aufmerksamkeit lechzt. Ist aber nicht so.«

Erstaunt stellte ich fest, wie sehr sich ihre Einschätzung mit meiner anfänglichen Meinung deckte. Das Mädchen war abgeklärter, als ich gedacht hatte.

»Ich leide nicht unter einem Aufmerksamkeitsdefizit. Ich bin bloß felsenfest davon überzeugt, dass etwas in meiner Familie nicht stimmt.«

Ich blies den Rauch in die laue Nacht und sah sie direkt an. »So gern ich dir helfen würde: Ich befürchte, ich kann nichts für dich tun.«

»Wieso nicht?«

»Um herauszufinden, ob deine Vermutungen stimmen, müsste man einen DNA-Test in Auftrag geben. Allerdings braucht es aus rechtlichen Gründen mindestens die Zustimmung deiner Mutter. Andernfalls würde das Institut für Rechtsmedizin den Auftrag gar nicht erst annehmen. Falls keine Übereinstimmung festgestellt werden könnte, wäre der nächste Schritt, herauszufinden, auf welchem Weg du zu deinen Eltern gekommen bist.«

»Aber könnte man so einen Test nicht heimlich machen?«

»Keine Chance.«

»Fuck.«

»Das Ganze ist mir echt eine Nummer zu groß, tut mir leid, Noemi. Ich bin bloß ein mittelmäßig erfolgreicher Privatdetektiv. Du solltest dir besser einen Anwalt nehmen.«

»Und du denkst, der würde mir dann glauben?«, fuhr sie mich wütend an. »Abgesehen davon, dass er höchstwahrscheinlich mit meinem Vater Golf spielt.«

Hilflos hob ich die Schultern.

Sie senkte den Kopf und scharrte mit der Fußspitze über den Balkonboden.

Manju erschien an der Tür und winkte mich herein. Ich zog nochmals an der Zigarette und drückte sie dann aus. In der Angelegenheit mit Noemis Eltern konnte ich wahrscheinlich nicht viel bewirken, die Ermittlungen für Derartiges waren aufwendig und sehr heikel. Dazu fehlten mir einfach die nötige Erfahrung und vielleicht auch die Skrupellosigkeit, auf illegalem Weg einen DNA-Test durchführen zu lassen.

Doch nachdem Noemi so viel von sich preisgegeben hatte, wollte ich ihr zeigen, dass ich sie ernst nahm. Denn irgendwie mochte ich sie.

»Okay, ich komme morgen mal vorbei und gucke, was ich tun kann.« Ich ließ mir die Adresse geben. Beste Wohnlage natürlich, wie vermutet.

»Aber versprich dir nicht allzu viel davon. Ich kann keine Wunder vollbringen.«

Es war, als schiene der Mond plötzlich heller, die dunklen

Schatten in Noemis Gesicht wichen. »Du bist echt gar nicht so übel. Für einen indischen Detektiv, meine ich!«

Ich grinste schief. Immerhin *etwas* hatte ich heute richtig gemacht.

Donnerstag

Katzenartig, so hatte wohl die Forderung an den Schönheitschirurgen gelautet, bevor sich Irene Winter unters Messer gelegt hatte. Am Abend zuvor war mir das aufgrund der Vielzahl ähnlich modellierter Frauengesichter nicht so sehr aufgefallen, doch als sich jetzt ihre Augen misstrauisch zu schmalen Schlitzen verengten, zeigte sich die beabsichtigte Wirkung deutlich. Ihre Haut war über der Stirn so gestrafft, dass sie wächsern wirkte, die Lippen voll, die Brüste fest, ihre Statur gertenschlank. Irgendwie kam sie mir zusammengeschnürt vor.

»Sind Sie nicht der Kellner von gestern?«

Ich bejahte, was keineswegs ein erleichtertes Hallo auslöste. Vielmehr wurde der ohnehin schon kühle Blick noch eine Spur abfälliger. Schweigend warteten wir auf Noemi, nach der Frau Winter widerstrebend gerufen hatte. Danach war sie vor dem Dielendurchgang stehen geblieben, als befürchtete sie, ich würde in einem unachtsamen Moment an ihr vorbeischlüpfen und in den Tiefen des modernen Wohnhauses verschwinden. Um Kabel anzunagen vermutlich oder gar zu nisten, so wie sie mich ansah.

Platz dafür hätte das Haus sicher geboten. Ein Klotz aus Glas und Beton mit geradezu epischen Fensterfronten, die einen unverbauten Blick auf den Zürichsee erlaubten, im Innern – wie bereits von außen nicht zu übersehen war – die üblichen Designermöbel, dazu Kunst, Bilder und Skulpturen. Durchaus stilvoll, aber nicht besonders originell. Was Leute mit viel Geld und wenig eigenem Geschmack halt so aus dem Katalog zusammenstellten.

Kaskadengleich fielen Sonnenstrahlen über die Seitenwände des Wohnzimmers, und als Noemi endlich erschien, sah es aus, als trete sie aus einer Fontäne hellen Lichts. Goldküste. Die umgangssprachliche Bezeichnung des rechten Zürichseeufers bezog sich an einem Tag wie diesem nicht nur auf die finanzielle Situation der meisten seiner Bewohner.

»Du bist gekommen!«, strahlte Noemi und Frau Winters Lippen kräuselten sich.

»Ich halte mein Wort.«

»Erstaunlich!«

Wir grinsten uns an, während sich Frau Winter nicht von der Stelle rührte. Eine unangenehme Pause entstand.

»Könntest du deine Mutter offiziell mit diesem Kellner bekannt machen, wenn du dich schon ausgerechnet an deinem Geburtstag mit ihm verabreden musst?« Frau Winter wandte sich mit hochgezogenen Augenbrauen ihrer Tochter zu, die einen knappen Kopf größer war als sie und etwa doppelt so schwer.

Rasch kam ich Noemi zuvor und berichtigte, womit ich meine *Chapatis* normalerweise verdiente, worauf Irene Winters Blick beunruhigt flackerte: »Ein Privatdetektiv? Geht es um diese Blumen?«

»Welche Blumen?«

»Hat sie Ihnen nichts davon erzählt? Vom Strauß, den sie vor zwei Tagen auf der Treppe vor dem Hintereingang gefunden hat? Sie redet ja von nichts anderem mehr!«

Ratlos sah ich Noemi an.

»Doch!«, bestätigte diese etwas zu schnell. »Es geht um die Blumen, die ich gestern erwähnt habe. Ich will wissen, wer dahintersteckt.«

»Sie hofft immer noch, dass es einer der Jungen aus ihrer Klasse ist.« Die Winter lachte gekünstelt.

»Das ist nicht wahr!«

»Aber natürlich! Wie heißt er noch? Für den du so schwärmst … ach, der Name ist mir entfallen … Stefan, nicht?«

Noemi lief puterrot an. »Steven! Der hat nichts damit zu tun!«

»Und wenn doch?«

»Bislang hat er sich jedenfalls nicht dazu bekannt!«, fuhr Noemi sie trotzig an.

»Dazu bekannt – das klingt ja wie bei einem Attentat! Es sind doch bloß ein paar Blumen!«

Wortlos drehte sich Noemi um und stürmte davon, während ich einen wissenden Erwachsenenblick mit Frau Winter austauschte, bevor ich ihrer Tochter durchs Wohnzimmer auf die großzügige Terrasse folgte.

Der Wohnsitz der Winters war an einen steilen Hang gebaut und bot einen spektakulären Blick auf den Zürichsee und das gegenüberliegende Ufer.

»Blumen, hm?«

»Es ist nichts«, murmelte sie störrisch. »Unwichtig.«

»Erzähl mir trotzdem davon«, forderte ich sie auf. Bezüglich ihrer Herkunft konnte ich vermutlich nicht viel ausrichten, aber wenn ihr irgendein pickliger Teenager Blumen hingelegt hatte, würde ich es garantiert herausbekommen.

»Okay, da liegt jedes Jahr am achtzehnten Juni ein Blumenstrauß.«

Sie deutete vage auf eine Betontreppe, die der Terrasse entlang vom oberen Bereich des Hauses wahrscheinlich zur Garage hinunterführte.

»Jedes Jahr? Wie lange denn schon?«

»Seit genau fünf Jahren.«

»Und der Achtzehnte kann nicht dein Geburtstag sein, weil der ja offenbar heute ist.«

»Scharfsinnig kombiniert.«

»Herzliche Gratulation, übrigens. Bringst du sonst was Ungewöhnliches mit dem Datum in Verbindung?«

»Nö.«

»Vielleicht ist es ja doch ein Verehrer?«

Noemi machte eine wegwerfende Geste. »Hab ich zuerst auch vermutet. Aber ich … die Jungs in meiner Klasse haben's nicht so mit Aufmerksamkeiten.«

»Du besuchst ein Gymnasium?«

»Eine Privatschule, aber ich hab die Nase voll und suche eine Lehrstelle.«

Ich ging zum Terrassenrand und lehnte mich über das Geländer. »Wo genau liegen die Blumen jeweils?«

»Gleich vor der Tür, die zur Hintertreppe führt. Die benutze nur ich, weil am unteren Ende mein Fahrrad steht. Irene und Hans-Rudolf nehmen immer den Haupteingang.«

»Also stammen sie von jemandem, der über dein Verhalten genau Bescheid weiß.«

Noemi nickte und ich sah Besorgnis in ihrem Blick aufflackern. »Da beobachtet mich jemand.«

»Und du hast wirklich keine Ahnung, wer es sein könnte?«

»Keinen blassen Schimmer.«

Nachdenklich sah ich mich um. Entlang der Treppe wuchs eine akkurat gestutzte Hecke aus rotblättrigem Buschwerk, gleich dahinter erhob sich das Gelände des benachbarten Grundstücks, die protzige Villa dazu thronte auf einer kleinen Anhöhe. Am unteren Ende des Anwesens verlief eine Straße, die in einer weiten Schlaufe um das Haus der Winters herumführte und sich den Berg hochschlängelte, wo weitere mondäne Wohnhäuser zu erkennen waren.

»Ich habe mich diesmal auf die Lauer gelegt«, gestand Noemi plötzlich. So gleichgültig, wie sie vorhin getan hatte, war ihr der anonyme Blumenspender offenbar doch nicht.

»Ich wollte die ganze Nacht wach bleiben und sehen, wer den Strauß bringt. Aber ich bin eingeschlafen«, gab sie kleinlaut zu. »Am Morgen lag er dann da, so wie immer. Jetzt muss ich wieder ein ganzes Jahr warten.«

»Kannst du dich erinnern, bis wann du wach gewesen bist?«

»Um viertel vor fünf hab ich zum letzten Mal auf die Uhr geschaut, kurz danach muss ich weggedöst sein. Als ich wieder aufwachte, war es halb sieben.«

Also musste der unbekannte Blumenkurier seine Lieferung in dieser Zeitspanne deponiert haben.

»Wer verlässt das Haus normalerweise als Erstes?«, erkundigte ich mich.

»Hans-Rudolf, meist kurz nach sieben.«

»Ist ihm etwas aufgefallen?«

»Dem fällt nur auf, wenn seine Aktien an Wert verlieren oder eine Taube auf einen seiner Oldtimer kackt. Sonst würde er nicht einmal bemerken, wenn eine Gruppe Terroristen eine Urananreicherungsanlage im Garten bauen würde.«

»Und deiner Mutter?«

Noemi schnaubte verächtlich.

»Wer sonst kommt frühmorgens am Haus vorbei?«

»Außer der Karawane vierradbetriebener Luxuskarossen, die jeden Morgen den Hang runterbrausen?«

»Eine dumme Frage.«

»Ja, schon.«

»Also hätte jeder schnell anhalten, die Blumen auf die Treppe legen und weiterfahren können.«

Unmutig blickte ich den mit Villen übersäten Hang hinauf. »Wie es aussieht, muss ich nun die ganze Nachbarschaft danach abklappern, ob jemandem etwas Ungewöhnliches aufgefallen ist.«

»Scheint so.« Verzagt knetete Noemi ihre Unterlippe. »Aber zuerst kann uns Dragana einen Imbiss bereitstellen.«

»Dragana?«

»Unsere Haushaltshilfe.«

»Ihr habt eine Haushaltshilfe? Und das erwähnst du erst jetzt?«

»Du hast ja nicht danach gefragt.«

Dragana reichte mir kaum bis zur Brust, ihren seltsam konturlosen Körper verbarg sie unter einer weiten schwarzen Strickjacke und ebensolchen Hosen. Sie hatte ein breites, verschlossenes Gesicht, das sich jedoch schlagartig erhellte, wenn sie lachte. Ihre dunkle Igelfrisur war von bordeauxroten oder lila Strähnen durchzogen – ganz eindeutig war der Farbton unter den gegebenen Lichtverhältnissen nicht zu bestimmen – und stammte dem Stil nach aus einem jener ländlichen Friseurläden, die *Salon Chantal* hießen oder *Coiffure Diana* und stets mit einem Nagelstudio und einem Solarium zusammengeschlossen waren.

Dragana staubsaugte gerade die Schlafzimmer im oberen Stock und wehrte heftig ab, als ich mich erkundigte, ob sie vor zwei Tagen etwas Ungewöhnliches beobachtet hätte.

»Du warst doch um sieben hier, ist dir wirklich niemand begegnet?«, hakte Noemi nach.

Dragana verneinte. »Ich schon um halb sechs anfange mit Arbeit!«

»Oh! Das wusste ich nicht!«, machte Noemi.

»Ja.«

»Sie kommen mit dem Auto?«, mischte ich mich ein. Dragana sah mich an, als sei ich geistig zurückgeblieben.

»Erste Zug ich nehme von Feldbach, zwanzig nach fünf in Bahnhof, dann zu Fuß Berg hoch. Viel streng!« Sie nickte zur Betonung vorwurfsvoll.

»Ist Ihnen vielleicht jemand entgegengekommen?« Ich vermied es tunlichst, mich ihrer Sprache anzupassen, wie das oft geschah, wenn sich Einheimische mit Ausländern unterhielten und dabei jegliche Regeln zu Grammatik und Satzbau aushebelten. ›Sie diesmal sauber putzen Badezimmer! Keine Flecken hier, Sie verstanden? Sonst meine Mann nix zahlen Geld!‹

»Nein, nix. Nur Auto parkiere vorne an Kurve.«

»Was für ein Auto?«

»Ich nicht wissen, weiß.«

»Ein weißes Auto?«

»Nicht Auto. Mehr Lastwagen, aber kleine.«

»Ein Lieferwagen?«

»Vielleicht. Mit blaue Name.«

»Blaue Schrift? Was stand darauf?«

»Etwas italienisch.«

»Ein weißer Lieferwagen mit blauem Schriftzug in italienischer Sprache war vorne in der Kurve geparkt?«, fasste ich zusammen.

Dragana hob den Finger. »Und Bär.«

»Ein Bär?«

»Blauer Bär. Lacht.«

»Der war ebenfalls auf dem Wagen abgebildet?«

Dragana nickte zufrieden. »Aber Auto wegfahren, wenn ich komme.«

»Haben Sie eine Autonummer erkannt?«

»Nein, ich nicht schauen.«

»Haben Sie gesehen, wer darin saß?«

»Nein. Nur Mann.«

»Wie sah er aus?«

»Wie Mann.«

Ich stöhnte innerlich und fragte mich, weshalb Immigranten beim Grenzübertritt nicht längst mit einem kostenlosen Deutschkurs willkommen geheißen wurden.

»Können Sie ihn beschreiben?«

»Ich nicht genau gesehen. Ich schauen Straße, nicht Mann. Ich habe schon Mann zu Hause. Schade.« Sie lachte verlegen.

»Sie haben nichts erkennen können?«

Sie überlegte. »Altmann. Dünn, aber graue Haare, viel, glaube. Aber war bitzeli dunkel. Und ich schauen Weg.«

Ich wandte mich an Noemi: »Ein hagerer, alter Mann mit dichtem grauen Haar in einem weißen Lieferwagen, auf dem ein lachender blauer Bär zu sehen war und etwas auf Italienisch geschrieben stand. Sagt dir das was?«

»Nein, keinen Plan.«

»Hatte der Mann Blumen dabei?«, erkundigte ich mich bei Dragana.

»Ich arbeiten, keine Zeit für Blumen. Blumen für junge Frau. Ich nicht jung, schon über fünfzig!«

»Also keine Blumen?«

»Schade.«

Ich deutete das als Nein. Wenn Dragana um halb sechs im Haus der Winters angekommen war, beschränkte das den Zeitraum, in dem der Strauß hingelegt worden war, auf die fünfundvierzig Minuten zwischen viertel vor fünf und halb sechs.

Noch wusste ich nicht, ob der Mann im weißen Lieferwagen wirklich wichtig war, aber ich hatte immerhin einen ersten Hinweis.

»Wann stehen Sie normalerweise auf?«

Ich hatte Noemi gebeten, mich zu ihrer Mutter zu führen, damit ich ihr ebenfalls ein paar Fragen stellen konnte.

Frau Winter hatte es sich auf einem weißen Ledersofa bequem gemacht und die Beine angezogen, als wir das Wohnzimmer betraten. Der Raum erinnerte in seiner Weiträumigkeit an einen Hangar und wirkte auf mich genauso kühl. Die Winter, die ein helles, ägyptisch anmutendes Kleid mit Goldbordüren zu ebenfalls goldenen Sandaletten trug, nippte an einem fischig nach Algen duftenden Grüntee und schien keineswegs an einer Kooperation interessiert.

»Was geht Sie das an?«, fauchte sie auf meine Frage zurück und ihre Katzenaugen glühten unheilvoll.

»Ich will herausfinden, wer Noemi seit fünf Jahren jeweils am achtzehnten Juni Blumen hinlegt. Aber das wissen Sie ja eigentlich schon.«

»Das Kind ist komplett besessen von der Idee! Dabei steckt garantiert nichts dahinter.«

»Weshalb sind Sie sich da so sicher?«

»Weil …« Ihr Blick schweifte zu Noemi und wieder zurück zu mir.

… weil Noemi nicht die Art von Mädchen war, dem verliebte Jungs Blumen hinlegen, vervollständigte ich in Gedanken ihren Satz. Und weil Noemi überhaupt nicht so war, wie sich eine Goldküstenmutter wohl ihre Tochter wünschte. Nichts Vorzeigbares. Sie besuchte eine Privatschule, wie sie erwähnt hatte. Was bedeuten mochte, dass sie in der staatlichen Schule wegen ihrem Aussehen gehänselt worden war. Oder ihre schulischen Leistungen hatten den Ansprüchen der Eltern nicht genügt.

Ob sie von den Problemen ihrer Tochter ahnten, die auch nach dem Therapieversuch ernsthaft das Gefühl hatte, nicht in die Familie zu gehören, und Telefonanrufe fingierte, damit es aussah, als hätte sie Freundinnen? Andererseits: Was wussten Eltern überhaupt von ihren heranwachsenden Kindern? Bislang hatte die Mutter wenig Verständnis für das Anliegen Noemis gezeigt und deren Bedenken stets heruntergespielt. Als wäre diese noch ein kleines Mädchen, das man unmöglich ernst nehmen konnte. Lag dort der Ursprung für Noemis Behauptung, sie verbinde rein gar nichts mit ihren Eltern? Das spräche allerdings eher für eine ganz normale Teenagerhaltung und weniger für eine geheimnisumwitterte Herkunft.

Seit wir im Wohnzimmer saßen, hatte Noemi kein Wort mehr gesagt und versank scheinbar teilnahmslos in ihrem Sessel. Mir dämmerte, dass ich vielleicht der Einzige war, der ihr seit Langem richtig zugehört hatte.

»Ihrer Haushälterin ist vor zwei Tagen ein weißer Lieferwagen aufgefallen. Darin saß ein älterer Mann …«

»Ach, Dragana sieht manchmal mehr als normale Leute«,

fiel mir Irene Winter ins Wort. »Überall wittert sie Böses. Das muss wohl am Krieg liegen, den sie miterleben musste. Ich an Ihrer Stelle würde ihren Worten nicht zu viel Bedeutung beimessen.« Sie übertünchte ihre offensichtliche Nervosität mit einem entschuldigenden Lächeln. Meine Anwesenheit schien sie zunehmend zu beunruhigen. Ich fragte mich, woran das lag.

»Sie selbst haben diesen Mann nicht gesehen?«

»Nein.«

»Aber Sie waren bereits wach, als Dragana hier ankam?«

»Nein.«

Wahrscheinlich hätte ich ihr geglaubt, wäre nicht in diesem Moment Dragana die Treppe heruntergekommen. Sie trug den Staubsauger mit sich und für den Bruchteil einer Sekunde weiteten sich ihre Augen erstaunt, als sie Frau Winters Antwort vernahm. Mein Glück, dass ich genau in diesem Moment hingesehen hatte.

»Sind Sie sicher?«

»Natürlich! Ich finde Ihre Fragerei langsam anmaßend!« Die Winter richtete sich auf und trank hastig einen Schluck Tee. Sie schien meinen Blick zu Dragana bemerkt zu haben. Wir wussten alle drei, dass sie log.

»Weshalb geben Sie nicht zu, dass Sie schon auf waren?«

»War ich nicht!«

»Soll ich Dragana zurückrufen?«

Noemi erwachte ruckartig aus ihrer Apathie. »Mom?«

»Nenn mich nicht ›Mom‹!«, fuhr ihre Mutter sie gereizt an und wandte sich gleich wieder mir zu. »Also gut. Ich war früh wach. Ich hatte viele Termine an diesem Tag und wollte nicht auf meine Pilatesübungen verzichten …«

»Und Ihnen ist der Mann wirklich nicht aufgefallen?«

Sie wand sich. »Es war noch dämmrig, ich bin mir nicht sicher. Und jetzt lassen Sie mich bitte in Ruhe! Meine Nerven …«

Frau Winter drückte sich die Fingerspitzen an die Stirn, als litte sie unter plötzlichen Kopfschmerzen.

»Und als Noemi die Blumen fand?«, bohrte ich weiter. »Ist Ihnen da kein Licht aufgegangen?«

Sie holte tief Atem. »Wir haben uns erst am Abend gesehen ...«

»Ich solle dich nicht mit solchem Quatsch belästigen, hast du gesagt!«, stieß Noemi bitter hervor.

»Wir haben uns gestritten«, gab Irene Winter zu. »Wie so oft in letzter Zeit. Ich habe überhaupt nicht mehr an den Mann gedacht.«

»Und weshalb haben Sie nicht gleich zugegeben, dass Sie ihn gesehen haben?«

Frau Winter zögerte unmerklich. »Ich wollte Noemi nicht beunruhigen. Sie macht sich ohnehin mehr Gedanken, als für ein Mädchen in ihrem Alter normal ist.«

»Vielleicht aus gutem Grund?«

Mit ausdruckslosem Gesicht sah sie mich an, dann setzte sie die Teetasse entschlossen ab. »Ich möchte, dass Sie jetzt gehen. Auf der Stelle.«

»Aber Mom!« Noemi klang verzweifelt.

»Er soll gehen«, wiederholte ihre Mutter mit fester Stimme. Es war ihr anzusehen, dass sie es ernst meinte. Widerwillig erhob ich mich.

»Wie Sie meinen. Aber ich komme wieder, darauf müssen Sie sich gefasst machen. Dieser Blumenstrauß gibt mir zu denken.«

»Denken Sie, was Sie wollen. Von mir erfahren Sie nichts mehr. Und sollten Sie hier je wieder auftauchen ...«

Auf dem Weg zur Diele blieb mein Blick an einem mit Fotorahmen vollgestellten Sideboard hängen. Die Winters vor einem protzig geschmückten Weihnachtsbaum. Wie lose zusammengebundene Luftballons, die in verschiedene Richtungen streben, hatte Noemi ihre Familie beschrieben und jetzt staunte ich über ihre messerscharfe Analyse. Obwohl sich die drei Menschen auf der Fotografie umarmten, wirkten sie, als gehörten sie nicht zusammen. Als klafften unsichtbare Gräben zwischen ihnen. Auf einem anderen Bild erkannte ich Noemi als kleines Mädchen. Keine Fotos als Frischgeborenes, fuhr es mir durch den Kopf. Tatsächlich ähnelten sich Frau Winter und Noemi in keinerlei Hinsicht, auch Herr Winter schien seine Gene nicht an die Tochter vererbt zu haben.

Frau Winter war mir gefolgt und verzog nun ärgerlich den Mund, weil ich vor den Fotos stehen geblieben war. Noemi sah mir derweil vom Sessel aus mit einem unergründlichen Blick hinterher. Als ich aufgestanden war, hatte sie mir nur müde zugenickt, sich aber keinen Zentimeter gerührt. Wie wenn ihr die Kraft gefehlt hätte, sich aufzuraffen. Als hätte sie aufgegeben.

Irgendetwas stimmte hier nicht. Das Mädchen war todunglücklich und kam beinahe um vor Einsamkeit, während ihre Mutter so tat, als bemerkte sie es nicht. Ich konnte jetzt nicht einfach gehen und die beiden sich selbst überlassen. Womöglich tat sich Noemi noch etwas an.

Allerdings hatte ich keinen blassen Schimmer, wie ich das Gespräch auf Noemis Vermutung bringen sollte. Frau Winter einfach mit den zweifelhaften Anschuldigungen ihrer Tochter zu konfrontieren, schien mir nicht besonders klug. Sie würde mich endgültig aus dem Haus spedieren und ihre Tochter auf die nächste frei werdende Therapiecouch. Damit war keinem geholfen.

Das ungeduldige Räuspern Irene Winters riss mich aus meinen Gedanken. Die Arme auffordernd verschränkt, sah sie mich kühl an. Ihre Augen hatten sich wieder zu Schlitzen verengt und ich fragte mich irritiert, ob wir tatsächlich auf eine optisch erkennbare Zweiklassengesellschaft zustrebten. Derjenige Teil der Menschheit, der es sich leisten konnte, würde falten- und mimikfrei durch die Gegend laufen, während der andere weiterhin runzlig und mit erschlaffender Haut alterte.

Mit einer gereizten Bewegung warf die Winter ihr Haar zurück und ein paar Atemzüge lang starrte ich wie gebannt auf ihre blonden Locken. Mir war soeben eine gewagte Idee gekommen. Die Zeit war zu knapp, um mir tiefgründige Gedanken zu allfälligen Konsequenzen zu machen, es musste auf der Stelle geschehen. Ich beugte mich vor und riss Irene Winter ein Haar aus.

»Au!«, schrie sie auf und drückte den Finger an die Stelle, wo das Haar gewesen war. »Sind Sie jetzt komplett verrückt geworden?«

»Gut möglich. Aber wir sind noch nicht fertig«, sagte ich und schritt an der verblüfften Frau vorbei zurück ins Wohnzimmer. »Wir müssen reden. Aber diesmal Klartext!«

»Sie haben mir ein Haar ausgerissen!«, schrie mir Irene Winter hinterher. »Das ist Körperverletzung, ich werde Sie verklagen! Ich rufe die Polizei!«

»Ihre Tochter hier vermutet, dass sie nicht Ihre Tochter ist«, eröffnete ich das Gefecht. Frau Winter riss entsetzt die gelifteten Augen auf, während dem Mädchen die Kinnlade hinunterklappte.

»Ich habe gedacht, das hätten wir damals ausführlich besprochen!«, fuhr sie Noemi an. »Und Sie!« Wütend sah sie zu mir auf. »Sie geht das rein gar nichts an!«

»Noemi hat mich aber genau für diesen Zweck engagiert.«

»Ach, darum ging es die ganze Zeit! Die verdammten Blumen waren nur ein Ablenkungsmanöver!« Frau Winter starrte ihre Tochter ungläubig an.

»Du hast damit begonnen! Aber ich konnte ja nicht ahnen, dass der es auf ein Familiendrama abgesehen hatte!«, schrie Noemi empört und strafte mich in der Folge mit Nichtbeachtung.

Es lief fantastisch. Innert Sekunden stand ich nicht nur in einem emotionalen Minenfeld, sondern auch zwei wutschäumenden Frauen gegenüber. Davor hatte mich im Privatdetektivfernkurs keiner gewarnt.

»Wir sollten diese Angelegenheit sachlich angehen«, versuchte ich, die aufgeheizte Stimmung zu entschärfen.

Ohne Erfolg.

»Nein, Sie verschwinden jetzt, und zwar sofort! Ich dulde Sie keine Sekunde länger in meinem Haus!«

Ich regte mich nicht.

Frau Winter funkelte mich grimmig an und griff zum Telefon, das sich auf einem Beistelltischchen neben dem Sofa befand. Wie beiläufig spannte ich das einzelne Haar, das ich ihr ausgerissen hatte, zwischen Daumen und Zeigefinger und begutachtete es eingehend.

»Interessant, welche Informationen in so einem dünnen Faden gespeichert sind. Ein ganzes Leben kann so rekonstruiert werden.« Ich hob den Kopf und blickte sie an. »Wussten Sie das?«

Von wegen: nicht skrupellos genug. Ich war soeben zu einem hinterhältigen Erpresser mutiert. Meine Kaltblütigkeit überraschte mich selbst.

An ihrem langsam aufklappenden Mund erkannte ich, dass die Winter endlich begriff. Zu meinem Glück wusste sie nichts von den rechtlichen Bedingungen der Rechtsmediziner. Und dass diese DNA hauptsächlich aus Speichelproben extrahierten.

Betont sorgfältig steckte sie das Telefon zurück in die Ladestation und setzte sich mit geradem Rücken hin.

»Was wollen Sie?«, fragte sie mit tonloser Stimme.

»Fragen Sie Noemi.«

»Ich will endlich die Wahrheit wissen!«, meldete sich diese rasch zu Wort, als wollte sie einem allfälligen Ausweichmanöver zuvorkommen.

Einen schier endlosen Moment lang sahen sich Mutter und Tochter an. Sie schienen meine Anwesenheit komplett vergessen zu haben. Schließlich atmete Frau Winter schwer auf und schlug sich die Hände vors Gesicht. Als sie wieder aufblickte, standen Tränen in ihren Augen.

»Eines Tages musste es ja so weit kommen.« Ihre Körperhaltung verlor zusehends an Spannung, mit einem Mal wirkte sie kraftlos. Wie in Trance erhob sie sich und ging zu einer Vitrine am anderen Ende des Raumes. Ich blickte zu Noemi hinüber, das Mädchen war angespannt und knetete mit verbissenem Gesichtsausdruck ihre Unterlippe. Als Frau Winter zurückkehrte, hatte sie nicht nur eine Packung Tempotaschentücher dabei, sondern auch eine spanische Brandyflasche, auf der *1866* stand, sowie drei Cognacgläser. Nachdem sie allen eingeschenkt und selbst einen großen Schluck getrunken hatte, setzte sie das Glas ab, verharrte aber in ihrer vorgebeugten Haltung. Sie presste die Handflächen fest zusammen, als sie zu sprechen begann: »Es ist wahr, Noemi ist nicht unsere leibliche Tochter.«

»Ich hab's gewusst!«, rief Noemi triumphierend, im nächsten Augenblick entfuhr ihr ein kläglicher Laut.

»Es tut mir leid, Noemi. Ich hätte es dir schon lange sagen sollen.«

»Ich hab ja gemerkt, dass etwas nicht stimmt. Aber du …« Noemi konnte die Tränen nicht länger zurückhalten und Frau Winter breitete die Arme aus. Zitternd erhob sich das Mädchen, stolperte zum Sofa hinüber und ließ sich laut aufschluchzend von der zierlichen Frau festhalten, während ihr diese zärtlich das Haar aus der Stirn strich. Wie eine ganz normale Mutter mit ihrer Tochter wirkten die beiden jetzt auf mich, obwohl sie unterschiedlicher nicht hätten sein können.

»Aber wieso?«, schniefte Noemi mit verquollenem Gesicht, als sie sich etwas beruhigt hatte.

»Obwohl aus medizinischer Sicht alles in Ordnung war, konnten Hans-Rudolf und ich keine Kinder bekommen. Dabei hätte er so gern eine Tochter gehabt.« Irene Winter brach ab, ihre Stimme zitterte, als sie fortfuhr: »Ich habe mich dann umgehört, Adoptionen waren zwar kein Problem, aber das Prozedere dauerte lange. Und Hans-Rudolf war dagegen. Er wollte unbedingt ein eigenes Kind. Mit seinen Genen«, fügte sie leise hinzu.

»Noemi ist nicht adoptiert?«, fragte ich erstaunt. Davon war ich eigentlich ausgegangen. In meinen Augen war das die naheliegendste Antwort auf die Unsicherheiten und Mutmaßungen Noemis gewesen. Falls sie das Bedürfnis gehabt hätte, ihre leiblichen Eltern ausfindig zu machen, hätte sie sich an die Schweizerische Fachstelle für Adoption wenden können. Die Leute dort waren erfahren darin, Adoptivkinder und ihre genetischen Eltern behutsam zusammenzuführen. Doch wie es schien, lagen die Dinge anders, als ich vermutet hatte.

Frau Winter presste sich ein paar Sekunden lang ein zerknülltes Taschentuch vor den Mund, bevor sie weitersprach: »Es war eine sehr schwierige Zeit für mich. Die Situation belastete unsere Ehe schwer. Ich ging oft in die Kirche. Meine Gebete wurden zwar nicht erhört, aber die Stille dort tat mir gut. Sie müssen wissen, meine Familie ist sehr katholisch«, erklärte sie mir. »Der Glaube gab mir Halt. Eines Tages vertraute ich mich einer Schwester an, Schwester Hanna. Sie spendete mir Trost und hörte mir zu. Ich hatte das Gefühl, endlich jemanden gefunden zu haben, der mich verstand. Alle waren überzeugt davon, es sei meine Schuld, dass wir keine Kinder kriegen konnten. Selbst meine eigenen Eltern verurteilten mich. Sie müssen sich das vorstellen: Ich stand unter unvorstellbarem Druck!

Ich spürte, wie sich mein Ehemann allmählich von mir abwandte, meine Freundinnen hatten längst alle Nachwuchs und gaben sich verständnisvoll, hinter meinem Rücken zerrissen sie sich aber die Mäuler über mich. Ich fühlte mich alleingelassen. Erst der Kontakt zu Schwester Hanna gab mir wieder Lebensmut.«

Irene Winter nippte an ihrem Brandy. »Eines Tages eröffnete sie mir, sie hätte vielleicht eine Lösung für mein Problem. Allerdings handle es sich um eine heikle Angelegenheit. Wir müssten sehr diskret vorgehen. Als ich erfuhr, was sie vorhatte, war ich entsetzt und lehnte das unmoralische Angebot strikt ab. Doch die Situation zu Hause wurde in den folgenden Wochen immer unerträglicher, ich befürchtete, Hans-Rudolf könnte mich tatsächlich verlassen. Er hatte es im Streit mehrmals angedroht. In meiner Verzweiflung suchte ich Schwester Hanna auf und stimmte schließlich ihrem Vorschlag trotz aller Bedenken zu.«

Irene Winter leerte das Glas und strich Noemi sanft durchs Haar. Das Mädchen hatte sich wie ein Embryo zusammengekrümmt und den Kopf auf die Knie ihrer Mutter gebettet, mit leerem Blick starrte es vor sich hin.

»Ich erklärte meinem Mann also, dass ich nach Spanien reisen würde, um einige Monate in einem Kloster zu leben. Ich brauchte etwas Zeit für mich selbst, erklärte ich, und er gab sich verständnisvoll. Vielleicht war er auch nur froh, dass ich weg war. An jenem Abend verführte ich ihn, was ein kleines Kunststück war, denn er hatte mich schon länger nicht mehr angefasst. Als ekelte er sich von mir.

Ein paar Wochen später flog ich nach Madrid. Einige Tage nach meiner Ankunft musste ich Hans-Rudolf auf Geheiß der Mutter Oberin, der ich von Schwester Hanna anvertraut worden war, anrufen. Ich sei schwanger, log ich ihn an. Er war außer sich vor Freude und wollte in die nächste Maschine steigen, nur mit Müh und Not konnte ich ihn davon abhalten. Die Ärzte hätten mir absolute Ruhe empfohlen, sonst würde ich das Kind verlieren. Ich schickte ihm die falschen Ultraschallfotos, die man mir besorgt hatte, und behauptete, dass ich unmöglich in die Schweiz fliegen könne, da sonst das Leben des Ungeborenen in Gefahr wäre. Ich bin heute noch erstaunt, dass er mir das alles abgenommen hat. Aber vielleicht wollte er es einfach glauben, Menschen sind manchmal so.«

Sie machte eine kurze Pause und atmete tief durch, bevor sie fortfuhr: »Schwester Hanna hatte mich in einem Frauenorden an der Calle de la Bola untergebracht, wo ich die nächsten Monate ausharren sollte. Die Mutter Oberin würde sich um alles Notwendige kümmern, hieß es. Der Orden war eine kleine katholische Gemeinschaft hauptsächlich älterer Frauen, die unter dem vielsagenden Namen *Ordo de Conceptione Immaculata Beatae Mariae Virginis* in einer Art Wohngemeinschaft lebten …«

»Der Orden von der unbefleckten Empfängnis der glücklichen Jungfrau Maria«, übersetzte Noemi stockend die lateinische Bezeichnung und erntete dafür ein anerkennendes Lächeln von Irene Winter.

»Wir wohnten in einer dieser weitläufigen Wohnungen, wie sie für alte Stadthäuser in Madrid typisch sind, endlose Flure mit unzähligen, hohen Zimmern, die so dämmrig waren, dass die Lampen selbst tagsüber eingeschaltet blieben und dennoch kaum gegen die Düsternis ankamen.

Ich wurde angehalten, den religiösen Riten beizuwohnen, ansonsten legte man mir nahe, das Haus nicht zu verlassen.

Die Monate zogen sich endlos hin, doch nachdem ich fast ein halbes Jahr im Orden zugebracht hatte, wurde die Mutter Oberin mit einem Mal unruhig. Ich bemerkte es an ihrem Verhalten. Sie war eine strenge, verhärmte Frau mit einer hässlichen Warze über der Oberlippe. Die Schwestern fürchteten sich alle vor ihr, und obwohl sie sich mir gegenüber stets korrekt verhielt, war auch ich eingeschüchtert, wenn ich mit ihr zu tun hatte.

Eines Nachts klingelte das Telefon und sofort brach helle Aufregung aus, die Schwestern wuselten geschäftig auf den Fluren herum. Ich lauschte an der Zimmertür, doch nach einer Weile rief erneut jemand an, worauf die Betriebsamkeit abflaute und eine bedrückte Stille eintrat.

Zwei Tage später wies mich die Mutter Oberin an, mich bereitzuhalten. Ich hätte unglaubliches Glück gehabt, sie habe ein passendes Kind für mich gefunden, ein Mädchen, wie gewünscht. Ich fragte sie, woher es sei, und sie antwortete lapidar, die Mutter des Kindes sei unglücklicherweise bei der Geburt gestorben. Das Spital habe entschieden, das Kind zu seinem eigenen Wohl sofort zur Adoption freizugeben.

Ich war außer mir vor Freude und dankte Gott für seine Hilfe. Als mir die Mutter Oberin spät in der Nacht das Kind in die Arme legte und sagte, dass das Mädchen Noemi heiße, weinte ich vor Glück.«

»Sie haben ihre Tochter doch adoptiert?«

Frau Winters Blick wanderte besorgt zu Noemi. »Nicht offiziell. Die Mutter Oberin hat die Geburtsurkunde gefälscht und meinen Namen sowie den meines Mannes eingetragen. So sah es aus, als wäre sie mein eigenes Kind, und ich wäre bei der Einreise in die Schweiz problemlos durch die Kontrolle gekommen.«

»Wie viel hat das gekostet?«

»Viel. Ich hatte ja damals kaum eigenes Geld, doch die Mutter Oberin half mir, gefälschte Rechnungen für die Konsultationen beim Arzt und den langen Spitalaufenthalt zusammenzustellen. Mein Mann hat dann alles bezahlt.«

»Du hast mich gekauft?« Noemi fuhr hoch und schlug sich entsetzt die Hand vor den Mund.

»Noemi, es tut mir so leid, aber ich wusste nicht, was ich sonst hätte tun sollen. Hans-Rudolf wollte so sehr ein Kind! Verstehst du?«, flehte Irene Winter ihre Tochter an. »An meinen Gefühlen für dich ändert das überhaupt nichts.«

Noemi starrte auf die Tischplatte. »Er hat es doch gemerkt«, sagte sie nach einer Weile leise. »Oder zumindest gespürt. Er hat mich nie als seine Tochter akzeptiert.«

»Aber ich! Ich liebe dich wie mein eigenes Kind!« Frau Winter versuchte, den Arm um Noemi legen, doch diese entwand sich ihr und rückte ein Stück weg.

»Und wer war meine richtige Mutter? Die, die im Spital gestorben ist?«

»Ich weiß es nicht, Noemi. Ich habe nie nach ihr gefragt.«

»Wieso nicht?«

»Ich war so glücklich, dass du bei uns warst. Dass wir dank dir zu einer richtigen kleinen Familie wurden. Ich wollte nicht zurückblicken und habe jahrelang dieses Geheimnis mit mir herumgetragen. Und jetzt ist es doch herausgekommen und ich sollte mich eigentlich erleichtert fühlen. Aber ich tue es nicht.«

Irene Winters Lippen zuckten verdächtig. »Weißt du, welche Angst du mir eingejagt hast, als du damals plötzlich behauptet hast, du wärst nicht unsere Tochter? Du würdest es spüren, hast du gesagt. Ich hatte gehofft, dass dir die Psychologin diese Idee ausreden würde und alles wieder ins Lot käme. Doch als du danach überhaupt nicht mehr davon gesprochen hast, wusste ich, dass nichts in Ordnung war. Ich hatte vor Panik schlaflose Nächte, und die Furcht, dass mein Geheimnis entdeckt werden könnte, wurde zu meiner ständigen Begleiterin. Aber am Ende holt einen die Vergangenheit immer ein, nicht wahr?«

Noemi erhob sich und schritt im Wohnzimmer auf und ab, unruhig wie ein Raubtier im Zoo, dem das Gehege zu eng geworden ist. Schließlich blieb sie am Fenster stehen und sah in Gedanken versunken hinunter auf den Zürichsee. Jetzt erst bemerkte ich die Stille, die das große Haus erfüllte.

Nach einer gefühlten Ewigkeit drehte sich das Mädchen um: »Was sagen wir jetzt Hans-Rudolf?«

»Dein Vater darf nie von diesem Gespräch erfahren! Das muss unter allen Umständen unter uns bleiben, hörst du?« Beunruhigt suchte Frau Winter Noemis Blick, doch diese war gedanklich schon einen Schritt weiter.

»Diese Frau muss doch auch einen Mann gehabt haben. Meinen richtigen Vater. Vielleicht gibt es auch Geschwister?« Sie dachte kurz nach und ihre Miene erhellte sich. »Das wäre ja voll krass! Eine coole Schwester vielleicht? Das könnte man sicher herausfinden ...« Sie schaute mich prüfend an.

Unauffällig versuchte ich abzuwinken, doch sie hatte sich bereits entschieden.

»Gut, die Sache bleibt unter uns, Irene, versprochen«, beschwichtigte sie Frau Winter, die mit jedem Satz Noemis nervöser auf dem Sofa herumgerutscht war und jetzt erleichtert aufatmete.

»Unter einer Bedingung: Vijay Kumar fährt nach Spanien und sucht meine richtige Familie.«

Ich traf ein paar Minuten zu früh am Stauffacher ein und vertrieb mir die Zeit, indem ich mir die Auslage des Schuhgeschäfts gleich neben der Tramhaltestation anguckte. Meine Gedanken allerdings kreisten immer noch um Noemi und ihre ungewöhnliche Geschichte. Ich konnte mich nicht entscheiden, ob ich Irene Winter verachten oder bemitleiden sollte. Die Emanzipationsbewegung schien sie jedenfalls nicht mitbekommen zu haben, stattdessen ließ sie sich auf ewige Fünfundzwanzig straffen und kaufte nebenbei ein Kind, nur damit ihr Mann sie nicht verließ. Alice Schwarzer hätte aufgejault.

Mit den Schönheitsoperationen stand die Winter zwar nicht allein da, solche Eingriffe wurden mittlerweile beiläufiger abgewickelt als der jährliche Besuch beim Zahnarzt. Anscheinend sah man in gewissen Einkommenskreisen lieber geliftet aus als alt. Ging es nur um Botox, reichte sogar die Zeitspanne zwischen Büroschluss und Kinoabend aus, um sich hurtig ein paar Jährchen aus dem Gesicht zu spritzen.

Aber welche Frau erstand ein Kind und belog dazu ihren eigenen Gatten? In unserem Gespräch hatte ich leider nicht herausgefunden, weshalb sie sich derart verbog. War sie nur um ihr luxuriöses Leben besorgt? Zwar fürchtete sie, verlassen zu werden, doch die Liebe – von unbedarfteren Paaren als den Winters meist als wichtigstes Argument für eine Eheschließung angeführt –, oder vielmehr deren Verlust, konnte nicht der ausschlaggebende Grund sein. Irene Winter hatte ihren Mann kein einziges Mal anerkennend erwähnt, geschweige denn warmherzig. Mir erschien ihr Verhalten ihm gegenüber eher unterwürfig, gleichzeitig aber auch konspirativ – sie hatte gemeinsam mit ihrer Tochter Geheimnisse vor ihm.

Nachdem bestehende Risse plötzlich aufgeklafft waren und ich Einsicht in die verkorksten Familienverhältnisse der Winters bekommen hatte, hatte ich mir vorgenommen, mein Möglichstes zu tun, um wenigstens den leiblichen Vater Noemis ausfindig zu machen. Das Mädchen brauchte dringend einen Halt im Leben.

In dem Moment, in dem ich mich nach dem einfahrenden Tram umwandte, erfasste mich eine jähe Begeisterung. Mir wurde bewusst, wie viel Spaß mir meine Arbeit immer noch bereitete. Wider Willen musste ich grinsen. Noch am Vortag hätte ich meinen Job am liebsten hingeschmissen, keine vierundzwanzig Stunden später hatte ich nicht nur einen größeren Auftrag in der Tasche, sondern durfte sogar im Ausland ermitteln. Ich war definitiv zurück im Geschäft.

Zwar stand ich noch ganz am Anfang meiner Nachforschungen und hatte kaum Anhaltspunkte, doch allein dieses kribbelnde Gefühl zu Beginn eines Falls war mit nichts auf der Welt zu vergleichen. In diesem Moment hätte man mir das bestdotierte Amt in dieser Galaxie anbieten können – ich hätte um keinen Preis tauschen wollen. Das mit dem Jobwechsel musste ich mir echt noch einmal durch den Kopf gehen lassen.

Die Straßenbahn der Linie 3 bremste ab und die hinterste Türe öffnete sich direkt vor mir. Jetzt, da sich Zürich nach jahrelangem Abstrampeln endlich dem Ziel näherte, als richtige Weltstadt wahrgenommen zu werden und entsprechend von ausländischen Arbeitskräften überrannt wurde, waren Drängeleien in den öffentlichen Transportmitteln genauso zur Tagesordnung geworden wie in London oder New York. Der einzige Unterschied dabei war, dass sich die lokale Bevölkerung noch nicht gänzlich auf die veränderte Situation eingestellt hatte.

Während in Städten wie Tokio die Benutzung der U-Bahn mithilfe von Markierungen und Einsatzhelfern rigoros reglementiert war und man die nötigen Fahrten diszipliniert, ja beinahe apathisch über sich ergehen ließ, nahm man andernorts – in Mumbai zum Beispiel – in Kauf, dass im alltäglichen Chaos Menschen aus den total überfüllten Vorortzügen gedrängt wurden und auf den Schienen den Tod fanden.

In Zürich hatte man sich noch für keine klare Strategie entschieden. Was bedeutete, dass die Fahrgäste – wie meist, wenn es keine vorgeschriebenen Regeln gab – auf gute Kinderstube und gesunden Menschenverstand zurückgreifen mussten. Leider war beides ziemlich ungleichmäßig verteilt und schien gewissen Individuen sogar komplett zu fehlen. So rottete man sich gern eng im Bereich der vordersten und hintersten Eingänge zusammen, und derweil dort die Türscheiben von den dagegengequetschten Gesichtern völlig verschmiert wurden, hätte man in der Mitte der Straßenbahn locker noch Sitzplätze gefunden.

Auch gab es immer den einen, der sich dumpfbackig glotzend direkt vor dem Ausstieg aufbaute, sodass niemand rein- oder rauskam. Für andere wiederum war Warten nicht Teil ihres Lebenskonzepts, sie drängelten sich grob an den Aussteigenden vorbei ins Tram und benutzten dazu ihre Aktenmappe als Schutzschild oder bahnten sich ohne Rücksicht auf Verluste den Weg mit dem Regenschirm. Dann gab es noch diejenigen, denen das eigentlich simple Prinzip ›Anstehen, bis man dran ist‹ partout nicht in den Schädel wollte. Diese Passagiere fielen gern seitlich und überraschend ein und wies man sie zurecht, setzten sie diesen starren Tunnelblick auf, der für Situationen bestimmt war, in denen man eindeutig nicht im Recht war.

Gegen solche Widrigkeiten kämpfte José jetzt an, während er versuchte, aus dem Tram zu steigen. Doch die anderen Fahrgäste waren bei Weitem nicht sein größtes Handicap. Hektisch rangierte er den Kinderwagen vor und zurück, dabei stieß er immer wieder gegen Schienbeine, bis er das Gefährt halb gewendet hatte, beim nächsten Manöver kippte er eine Einkaufstasche um und eine junge Frau weiter hinten stieß einen empörten Schmerzenschrei aus, weshalb, konnte ich im Getümmel nicht erkennen. Als sich José endlich im perfekten Neunziggradwinkel vor dem Ausstieg positioniert hatte, schlossen sich die Türen bereits wieder. Rasch stellte ich meinen Fuß auf das hochklappende Trittbrett und half ihm, den Wagen aus dem Tram zu hieven. Ringsum wurden Augen gerollt, eine Oma verzog säuerlich die Mundwinkel und zwei Mütter, beide ebenfalls mit Kinderwagen unterwegs und der herablassenden Mimik nach ausgebuffte Lenkerinnen, beobachteten uns schadenfreudig.

Josés Gesicht war gerötet, Schweißtropfen glänzten auf seiner Stirn und er schien überfordert, wie eigentlich immer in letzter Zeit.

»*Hombre*, es ist nicht einfach!«, keuchte José und ich setzte eine mitfühlende Miene auf. Junge Väter brauchten nicht nur hin und wieder etwas Anteilnahme, sondern beinahe ununterbrochen, wie ich nach der Geburt von Miguel Antonio schnell herausgefunden hatte. Deswegen behielt ich meine Ansicht, dass er sich wirklich umständlich angestellt hatte, für mich.

Während Fiona, Josés Freundin, die Ankunft ihres gemeinsamen Sohnes ohne großes Brimborium zur Kenntnis genommen hatte und nach einem halben Jahr Mutterschaftsurlaub zu einem Halbtagsjob bei der Stadtpolizei zurückgekehrt war, veranstaltete mein bester Freund José immer noch ein Riesenspektakel, wenn er mal allein mit dem Sohnemann unterwegs war. Unverhohlen dabei sein Stolz auf den Kleinen, was ich wiederum rührend fand, auf das ganze Theater drum herum hingegen hätte ich verzichten können.

So machte ich mich denn auch auf eine ausführliche Dokumentation über die neusten Fortschritte des Stammhalters gefasst, als wir jetzt der Bäckerstrasse entlang Richtung Volkshaus spazierten. Früher hätte ich José garantiert vorgeschlagen, auf einen Drink in das im französischen Bistrostil eingerichtete Lokal einzukehren. Doch erstens hätten wir mit dem unförmigen, an eine Weltraumkapsel erinnernden Kinderwagen draußen auf der gut besuchten Terrasse kaum Platz gefunden, zweitens war meinem Freund diese Art von Lokal seit Neustem zu etepetete. Er bevorzugte die entspannte Atmosphäre im Restaurant der Bäckeranlage weiter vorn, ein unkompliziertes Selbstbedienungslokal in einer hübschen Parkanlage, wo die Chance, zwecks Erfahrungsaustauschs auf andere junge Väter – oder besser noch: junge Mütter – zu treffen, ungleich höher war. Mir war es egal, Hauptsache, ich bekam endlich etwas zu trinken.

Während José einen Platz suchte, machte ich mich mit einer mulmigen Vorahnung auf, Getränke und etwas zum Knabbern zu besorgen. Die junge Frau, die trotz der Hitze eine lustig geringelte Wollmütze und dazu ein Schlabbershirt aus garantiert hundertprozentig biologischer Baumwolle trug, die wahrscheinlich total fair bezahlte und deshalb vor Glück jauchzende Pflücker auf einem pestizidfreien Feld zusammengetragen hatten, bestätigte meine ärgsten Befürchtungen.

Seit Political Correctness in Kreisen, die Betroffenheit als erstrebenswertes Lebensgefühl propagierten, eine regelrechte Renaissance erlebte, fand ich mich permanent einem Minenfeld ausgesetzt, sobald ich eines dieser alternativ angehauchten Lokale betrat.

»Was darf's denn sein?« Erwartungsvoll stützte die Frau ihre Hände auf den Tresen.

Ich begann zu schwitzen, mein Blick zuckte nervös über die Auslage. Gerne hätte ich Miguel Antonio einen Mohrenkopf mitgebracht, doch ich befürchtete ernsthaft, dass mich die wahnsinnig engagiert guckende Bedienung empört schreiend als Rassist denunzieren würde. Negerkuss? Das war noch schlimmer. Ich zermarterte mir vergeblich das Gehirn, wie man die seit meiner Kindheit gleich heißende Süßigkeit konfliktfrei nannte, und strich sie schließlich in Gedanken ganz von meiner Liste.

Ein Wasser mit Gas? War sie Jüdin, konnte das ungute Assoziationen wecken. In dem Fall vielleicht eine Cola oder markierte mich das gleich als kapitalistisches Schwein? Ein warmes *Croque Monsieur?* Unmöglich, sie hätte mich für homophob gehalten. Die braune Farbe verband die Linzertorte auf bedenkliche Art mit der Vergangenheit Österreichs, der Mohnkuchen erinnerte mich plötzlich an die Heroinopfer auf dem Platzspitz, die Milchsäure im *Rivella* an das Leid der Bergbauern. Ich war regelrecht paranoid geworden.

»Ich hätte gern …«, stammelte ich und starrte sie überfordert an. Nein, ich durfte sie keinesfalls zu direkt anschauen, ermahnte ich mich panisch, sonst vermutete sie gleich sexuelle Absichten dahinter, schließlich war ich als Mann immer ein Aggressor, ein potenzieller Vergewaltiger, und ich wollte mir lieber nicht ausmalen, was geschehen würde, wenn ich jetzt auch noch eine ›Stange‹ bestellte …

»Orangensaft«, sagte ich schließlich. Mit Fruchtsäften konnte man nichts falsch machen. Dachte ich.

Entsetzt riss sie die Augen auf: »Der kommt aus Brasilien! Soll ich dir mal die Ökobilanz für einen Liter ausrechnen?«

José sah müde aus, als ich mich zu ihm setzte. Seine sonst mediterrane Bräune war Blässe gewichen, der typische Stoppelbart wirkte jetzt noch dunkler als sonst.

»*Hombre*, Leitungswasser?« Ungläubig wanderte sein Blick von den beiden Gläsern zu mir.

»Wasser in Flaschen belastet die Umwelt vehement.«

»Ach? Geschäftstüchtig ist das nicht gerade.«

»Dafür rettet sie den Planeten.«

»Schön.« Gedankenverloren zog er ein Päckchen Zigaretten hervor, doch ich machte ihn unauffällig auf das Elternpaar am Nebentisch aufmerksam, das sich beim leisen Knirschen der Plastikfolie wie von der Tarantel gestochen in Angriffstellung gebracht hatte und schon mal demonstrativ angeekelt die Gesichter verzog. Von wegen freier Westen! Eine Terrordiktatur war zwar kaum besser, aber wenigstens wurden dort die Dinge beim Namen genannt.

»Du siehst scheiße aus.«

»Er zahnt«, erklärte José. »Letzte Nacht hat er uns sechs Mal geweckt.«

Ich wusste nicht recht, was ich dazu sagen sollte. ›Selber schuld‹ oder ›Das hast du jetzt davon‹ kamen erfahrungsgemäß nicht so gut an. Also lächelte ich dem friedlich schlafenden Miguel Antonio zu und bevor ich mir wieder detailgenaue Schilderungen von Babyscheiße anhören musste oder welche Worte man aus dem Gebrabbel des Kleinen schon deutlich heraushören konnte, kam ich auf mein Anliegen zu sprechen.

»Nur das Wochenende. Wir fliegen morgen und sind Sonntag früh zurück«, versuchte ich, José von meinem Vorhaben zu überzeugen. Dank einer länger zurückliegenden Reise durch Südamerika traute ich mir zwar zu, mich auf Spanisch durchzuschlagen, doch Josés Familie stammte aus Madrid und er kannte sich entsprechend in der Stadt aus. Zudem hatte ich keine Lust, allein hinzufliegen. »Du hast gesagt, du hättest dir auf der Redaktion ohnehin ein paar Tage Urlaub genommen.«

»Schon, aber ich weiß nicht. Fiona …«

»Es täte dir sicher gut, mal aus dem Babyalltag rauszukommen! Wieder mal wie ein Erwachsener reden …«

»*Pero* … Ich kann sie doch nicht einfach alleinlassen!«

»So wie ich deine Freundin einschätze, wird sie das problemlos meistern.«

»Erkennt er mich noch, wenn ich zurückkomme?« Zweifelnd wies José auf seinen Sohn.

»Mann, es sind nur zwei Tage! Achtundvierzig Stunden Freiheit. Drinks in tollen Bars, köstliche Tapas, coole Klubs.«

José machte ein unschlüssiges Gesicht. »Und diese Adoptionsgeschichte? Noemi heißt das Mädchen, nicht? Schon irgendwelche Anhaltspunkte?«

»Etliche, aber das erledigen wir nebenbei«, flunkerte ich und verschwieg, dass ich außer der Adresse dieses Ordens nicht viel in der Hand hatte. Mal abgesehen von einem mehr als großzügig bemessenen Honorar und der Versicherung Irene Winters, für jegliche Spesen aufzukommen. Die Zeiten, als sie kaum Geld zur Verfügung gehabt hatte, waren zweifelsohne vorbei.

»Na ja, so ein Wochenende wäre schon nicht übel«, lenkte endlich José ein und starrte grübelnd auf das unberührte Zigarettenpäckchen.

»Dann ruf Fiona an, jetzt gleich!«

Er quittierte meine Ungeduld mit einem genervten Blick, nestelte aber dennoch sein Handy hervor. Während er mit Fiona sprach, lehnte ich mich zurück, schloss die Augen und hielt mein Gesicht in die wärmende Junisonne. Kinderlachen drang an mein Ohr, die leise Unterhaltung zweier vorbeispazierender Mütter. Weiter entfernt bellte ein Hund, über uns rauschten sanft die Baumkronen. Ich versuchte, nicht an die brutalen Ereignisse zu denken, die vor einiger Zeit genau hier in diesem Park stattgefunden hatten. Ein Fall, der mich auch nach seiner Lösung noch lange beschäftigt hatte.

»Sie meint, das sei okay!« José steckte das Mobiltelefon wieder ein und sah mich verdattert an.

»Hab ich doch gesagt!«

»Aber …« Sein Blick wanderte zu Miguel Antonio, der gerade gähnend erwachte und sich mit den geballten Fäustchen die Äuglein rieb.

»Sie kommt ohne dich klar«, beschwichtigte ich meinen Freund.

»Genau das beunruhigt mich ja!«, jammerte er.

Ich grinste. »Wir Männer haben immer das Gefühl, wir seien unentbehrlich. Sind wir aber nicht. Mir geht das mit Manju manchmal genauso.«

José nickte, doch er sah wenig überzeugt aus.

Wieder zu Hause buchte ich als Erstes die Flüge nach Madrid und zwei Einzelzimmer in einem schmuck aussehenden Mittelklassehotel. Ich war gerade dabei, das Notwendigste an Kleidung in einen kleinen Reisekoffer zu stopfen, als es an der Tür klingelte.

»Wann bist du zurück?«, erkundigte sich Manju, während sie ihre Handtasche auf dem Beistelltischchen des Sofas platzierte. Ich hatte zuvor im Vorbeigehen im Laden reingeschaut und sie über meinen neuen Auftrag informiert.

»Sonntagmittag. Der Flug geht um …« Ich griff zu den ausgedruckten E-Tickets. »Um halb zehn. Und kommt kurz vor zwölf in Zürich an. Flugnummer LX 2021.«

»Ich hole euch ab.«

»Das ist lieb von dir.« Ich zog sie an mich. »Wirst du mich auch vermissen?«

»Sehr!« Sie blickte mich eine Spur zu ernsthaft an. Ich grinste und beugte mich näher zu ihr, um sie zu küssen, als plötzlich etwas anderes ihre Aufmerksamkeit auf sich zog. Rasch wand Manju sich aus meinem Arm und trat an den Schreibtisch. »So viel Post! Und alle Briefe sind noch verschlossen! Wieso?«

Ich ließ mich aufs Sofa fallen. »Was interessiert es mit einem Mal die halbe Welt, ob ich meinen Briefkasten leere oder die Umschläge öffne? Meine Post gehört mir! Komm jetzt bitte wieder her. Das Zeugs ist unwichtig!«

»Unwichtig?« Manu hielt einen Umschlag hoch, dem ein zweiter folgte. »Unwichtig, ja?« Fächerartig streckte sie mir ungefähr ein halbes Dutzend Briefe entgegen. »Drei Gastrobetriebe, Versicherungen, ein Callcenter und eine Sicherheitsfirma«, las Manju die Absender ab.

»Oha!« Mit einem Mal fiel mir ein, worum es sich handelte.

»Weshalb bewirbst du dich für Jobs?«

»Einfach so«, wich ich aus.

Manju zog die Augenbrauen hoch. »Einfach so? Ich habe gedacht, du liebst deine Arbeit als Privatdetektiv.«

»Schon, aber manchmal … Ich weiß auch nicht.«

»Und wieso hast du mir nichts davon erzählt?«

»Eine Überraschung, dachte ich …«

Mit gerunzelter Stirn musterte sie die Kuverts. »Vijay, hör mir mal gut zu«, sagte sie, nachdem sie die Fakten geordnet und zu meiner Verblüffung in den richtigen Zusammenhang gebracht hatte. »Ich weiß, dass du dies nur mir zuliebe machst. Aber ich will nicht, dass du deinen Job aufgibst.«

Manju setzte sich neben mich und fuhr mir zärtlich durchs Haar. Wäre ich ein Kater gewesen, ich hätte zu schnurren begonnen, obwohl sie mich einmal mehr durchschaut hatte.

»Vielleicht bringe ich manchmal zu wenig Verständnis für deine unregelmäßigen Arbeitszeiten auf. Und dann diese andauernden Observationen, wenn ich nächtelang nicht weiß, wo du dich rumtreibst.«

Ich hoffte inständig, dass sie diese Thematik jetzt nicht vertiefen wollte. Zu meiner Erleichterung fuhr sie jedoch fort: »Aber ich sehe ja, wie glücklich du dabei bist.«

»Ich hab gedacht, eine Festanstellung würde mir ein regelmäßiges und vor allem höheres Einkommen garantieren. Gerade hinsichtlich unserer Zukunft.«

»Darüber mach dir keine Sorgen. Ich verdiene in der Zwischenzeit genug für uns beide.«

Ruckartig wich ich von ihr weg. »Das ist es ja! Ich will mich nicht von dir aushalten lassen! Der Mann sollte für die Frau sorgen und nicht umgekehrt!«

Lachend erhob sie sich. »Auch Ihnen ein herzliches Willkommen im einundzwanzigsten Jahrhundert, Herr Kumar! Sie sind manchmal unglaublich altmodisch!« Sie zog ihren Rock zurecht und sah mich an. »Glaubst du wirklich, du wärst ein guter Kellner? Ein Türsteher? Oder gar ein Versicherungsbeamter? Du mit deinem losen Mundwerk?«

»Ich könnte mich ändern. Mich zusammennehmen und die Klappe halten«, murmelte ich.

»Wie bitte? Ich kann dich grad so schlecht hören. Ändern? Klappe halten? Du?« Amüsiert ging Manju vor mir in die Hocke und nahm mein Gesicht in ihre Hände. »*Mera jaan*, selbst wenn du hin und wieder in finanzielle Engpässe gerätst: Du gehst in deinem Job auf! Und du machst ihn gut! Diese Arbeit ist genau das Richtige für dich. Ich kann mir dich beim besten Willen nicht bei einem Beratungsgespräch für Haftpflichtversicherungen oder beim Mittagsservice in einem Ausflugsrestaurant vorstellen!« Sie schmunzelte, als hätte sie sich das gerade bildlich vorgestellt.

Vielleicht hatte sie recht und ich eignete mich tatsächlich nicht dazu, unterwürfig herumwieselnd Suppenteller zu verteilen oder verständnisvoll Reklamationen von aufgebrachten Kunden entgegenzunehmen. Aber dass sie mir keine Veränderung zutraute, ärgerte mich.

»Ich könnte es dir beweisen«, erklärte ich trotzig.

»Was denn?«

»Dass ich mich ändern kann.«

»Aré! Du hattest seit Ewigkeiten keinen Vorgesetzten mehr, Anweisungen von Obrigkeiten ignorierst du prinzipiell und dein Umgang mit Kundschaft ist bestenfalls salopp zu nennen. Du brauchst mir wirklich nichts zu beweisen.«

»Ich könnte es aber!«

»Ach, Vijay.« Mit gespielter Resignation ließ Manju die Schultern hängen. »Du bist und bleibst ein Kindskopf.«

»Ich zeig dir gleich, wozu ein Kindskopf in der Lage ist!« Ich sprang auf und nahm sie in die Arme. Halbherzig wehrte sie sich, bevor sie sich meinem Kuss ergab und mich dabei immer heftiger umschlang. Sehnsüchtig wanderte mein Blick zur angelehnten Schlafzimmertür und während mich Manju aufs Sofa hinunterzog, verfluchte ich einmal mehr diese eine Bedingung.

Was an Mister Namboodiris Erscheinung als Erstes ins Auge stach, war sein vorstehender Bauch. Prall gewölbt spannte sich dieser unter den stets bunt karierten Hemden und verlieh dem Mann ein dauerschwangeres Aussehen. Im Vergleich dazu wirkten die dünnen Beinchen, die in schlabbernden Bundfaltenhosen steckten, geradezu streichholzartig. Mister Namboodiris Oberlippe zierte der für indische Männer typische Schnurrbart, die beginnende Glatze versuchte er derweil vergebens unter genauso sorgfältig darübergekämmtem wie schütterem Haar zu verbergen. Seit ein paar Wochen stand er viel zu regelmäßig an einem der Stehtische in der Nähe des Tresens, vor sich eine Tasse dampfenden *Chais*, und wackelte lächelnd mit dem Kopf, sobald ich *Kumar's Palace* betrat.

Auch heute hatte ich nicht mehr als ein kühles Nicken für ihn übrig, was seiner penetranten Freundlichkeit jedoch keinen Abbruch tat. Ich steuerte direkt auf meine Mutter zu, die am neu installierten und topmodernen Kochherd hantierte und nur kurz aufblickte, als sie meiner gewahr wurde.

Erst kürzlich hatte sie zum Erstaunen der Stammkundschaft ihr Lokal bei einer aufwendigen Feier umgetauft. Ein als Geschäftssinn getarnter Wink mit dem Zaunpfahl, der niemand anderem galt als mir: Nachdem Manju in den letzten Monaten schrittweise die Leitung von *Kumar's Palace* übernommen hatte, war es für meine Mutter ein Anliegen höchster Priorität geworden, dass sie dasselbe möglichst bald auch mit dem Familiennamen tat. Damit der Name des Restaurants mit demjenigen Manjus korrespondierte, wenn sie, meine Mutter, sich eines fernen Tages aus dem Geschäftsleben zurückzöge, hatte sie mit unschuldiger Miene erklärt. Dass dieses fadenscheinige Argument nur vordergründig von Belang war, muss wohl nicht weiter erläutert werden.

»Und? Irgendwelche Neuigkeiten, die mein altes Herz erfreuen könnten?«, erkundigte sich meine Mutter auch sofort. Anders jedoch, als wenn sie allein war, klang die Nachfrage diesmal beiläufig wie eine Floskel. Offensichtlich war sie gedanklich abgelenkt, ich hätte ihre Bemerkung aber ohnehin ignoriert.

Ich klaubte mir eine Handvoll scharf gewürzter Cashewnüsse aus dem Holzschälchen, das auf der Arbeitsfläche herumstand, bedachte Mister Namboodiri mit einem misstrauischen Blick und senkte meine Stimme.

»Hast du was von Vater gehört?«

»Es geht ihm gut. Vorhin am Telefon klang er jedenfalls ganz zufrieden.«

Wegen Depressionen hatte der Hausarzt meinem Vater im vergangenen Jahr einen längeren Aufenthalt in seiner alten Heimat verschrieben. Eine Heimat, die keine mehr war, worüber sich dieser schon nach wenigen Wochen beklagt hatte. Mumbai habe sich stark verändert, manche Stadtteile seien kaum wiederzuerkennen. Modern sei das Zentrum geworden, kosmopolitisch, aber auch austauschbar. Am Nariman Point komme man sich gar vor, als befände man sich nicht mehr in Indien sondern in Manhattan oder Dubai, hatte er mir am Telefon fassungslos berichtet. Zudem sei die Stadt jetzt noch lauter als früher, denn zum ohrenbetäubenden Verkehrslärm komme hinzu, dass jeder Hinterletzte ein Handy besitze. Im Zug, auf der Straße, sogar im Kino und beim Essen, einfach überall brüllten die Inder ununterbrochen in diese Apparate. Er verstehe das nicht, zu seiner Zeit habe es nicht so viel zu besprechen gegeben. Auch verbringe die Verwandtschaft, die ihn herzlich aufgenommen hatte, ganze Wochenenden mit Rolltreppenfahren in irgendwelchen Shoppingmalls, danach suche man eines dieser Fast-Food-Restaurants auf. Was zur Folge habe, dass keine meiner Cousinen in der Lage sei, ein anständiges *Masoor Daal* zuzubereiten.

»Kochen können sie nicht, aber immer dicker werden schon! Kein Wunder ist keine von denen verheiratet, dabei ist die Älteste auch schon einundzwanzig!«, hatte er gewettert, jedoch blitzschnell das Thema gewechselt, als ich mit Schweigen reagiert hatte.

Wirklich entrüstet schien er aber über die jungen Frauen zu sein, die teilweise in körperbetonter, westlicher Kleidung herumliefen. Beschämend sei das! Das untergrabe die Moral und die indische Kultur! Er habe auch schon schamlose Küsse auf offener Straße beobachtet, und in der Werbung sähe man beinahe mehr nackte Haut als auf den Aushängen des Erotikkinos Roland an der Langstrasse! Das sei nicht mehr das Indien, das er kenne!

»Die Zeiten ändern sich, *Pitaji*«, versuchte ich meinem Vater zu erklären. »Auch in Indien.«

»*Hai rabba!* Wohin soll das bloß führen?«, rief er aus und verstummte dann vorwurfsvoll.

Doch ich verstand ihn nur zu gut: Jener Ort, nach dem er sich all die Jahre in der Schweiz zurückgesehnt hatte, existierte nicht mehr. Meine Behauptung, seine Sicht auf Indien hätte sich mit den Jahren zunehmend verklärt, hatte er nie auch nur ansatzweise gelten lassen. Vielmehr hatte die alte Heimat in seinen Schilderungen jeweils in den buntesten Farben zu schillern begonnen und war zu einer Art Paradies stilisiert worden, in das er zurückkehren wollte, sobald seine Aufgabe in der Schweiz beendet war.

Bei seinen alljährlichen Besuchen hatte er die rapide Modernisierung Indiens ausgeblendet, was für zwei, drei Wochen jeweils problemlos funktioniert hatte. Doch über längere Zeit hinweg war die Realität unmöglich zu ignorieren gewesen. Schlagartig hatte sich mein Vater in einer veränderten Welt wiedergefunden, die ihm nach mehr als vierzig Jahren Absenz fremder war als die Schweiz. Das klassische Dilemma von Einwanderern: Früher oder später landeten sie zwischen Stühlen und Bänken. Alles, was er mit ›Heimat‹ verbunden hatte, war sozusagen über Nacht weggebrochen. Wahrscheinlich wusste er mittlerweile selber nicht mehr, wo dieser Ort war. Ob er überhaupt noch existierte.

»Aber noch ist es zu früh für ihn, in die Schweiz zurückzukehren«, bemerkte meine Mutter bestimmt und riss mich damit aus meinen Gedanken. Sie stellte eine tiefe Kasserolle auf den Herd, in welche sie Senföl aus einer Plastikflasche goss.

»Sagt der Arzt?«

»Haben dein Vater und ich gemeinsam abgesprochen.«

Hatte sie entschieden, übersetzte ich und schielte besorgt zu Mister Namboodiri.

»Ich fliege übers Wochenende nach Madrid«, bemerkte ich beiläufig. Doch zu meinem Erstaunen reagierte sie nicht mit einer dramatischen Aufzählung all der furchtbaren und womöglich lebensbedrohenden Situationen, die mir wenn nicht während des Fluges, so ganz sicher in der fremden Stadt widerfahren würden.

»Wie schön«, summte sie nur und schob fein gehackte Zwiebeln von einem Holzbrett ins vor Hitze glucksende Fett.

Mister Namboodiri wackelte derweil mit dem Kopf und lächelte. Keineswegs zum ersten Mal fiel mir auf, wie gut gelaunt meine Mutter in seiner Anwesenheit wirkte. Tatsächlich legte sie in letzter Zeit eine ungewohnte Leichtigkeit an den Tag, die ich erst fälschlicherweise Manjus tatkräftiger Unterstützung zugeschrieben hatte. Der Zusammenhang zwischen Mister Namboodiris Präsenz und der heiteren Stimmung meiner Mutter war mir erst später aufgefallen.

»Es geht um einen Fall«, erläuterte ich, was sie mit einem abwesenden »Ja, ja« kommentierte.

»Einen ziemlich schwierigen sogar«, doppelte ich nach. Doch sie schien gedanklich anderswo zu sein, wie ich etwas gekränkt feststellte.

Während die Zwiebeln dünsteten, mahlte sie Gewürze in einem Mörser und sang leise vor sich hin. Ich erwischte sie dabei, wie sie hin und wieder verstohlen zu besagtem Stehtisch hinüberschaute. Worauf sich jeweils ein mädchenhafter Glanz in ihre Gesichtszüge schlich. Als Mister Namboodiri jetzt einen weiteren *Masala Chai* bestellte, errötete sie, senkte beschämt lächelnd den Blick und machte sich unverzüglich auf, die leere Tasse zu holen.

»Am Sonntag bin ich zurück!«, rief ich absichtlich laut, doch selbst so erreichte meine Ankündigung die Empfängerin nicht.

Ich war beunruhigt: Handelte es sich nur um einen Flirt oder bahnte sich da eine Affäre an? War es meine Pflicht einzugreifen? Durfte ich das und ging mich das überhaupt was an? Was würde mein Vater sagen, falls ich es unterließ? Wie meine Mutter reagieren, wenn ich es tat? Wurde ich Mitte dreißig noch zum Scheidungskind?

»Phir milenge!«, sagte ich, als ich die Ladentür öffnete. Auf Wiedersehen. »Ma!«

Doch einzig Mister Namboodiri blickte auf. Wie bei einem dieser Spielzeughunde, die gewisse Leute im Auto hinter der Heckscheibe platzierten, begann sein Kopf sofort zu wackeln, doch diesmal erkannte ich in seinem Lächeln nicht nur die demonstrative Freundlichkeit. Sondern auch kaum verhohlenen Triumph.

Freitag

Ödland so weit das Auge reichte, ockerfarbene Felder und Hügel, einzig die Flussläufe waren gesäumt von schmalen Streifen dunkelgrünen Buschwerks. Verstreut waren ein paar Dörfer auszumachen, ansonsten war das Umland Madrids unbesiedelt. Die verdorrten Kiefernwälder der Sierra Guadarrama wirkten fahl, wie mit Sandstaub überzogen. Kein Wölkchen am azurblauen Himmel, dafür knallte die Sonne bereits frühmorgens mit unbändiger Wucht herunter.

José schlief immer noch. Der Kleine hätte wieder die halbe Nacht geschrien, hatte er mir beim Latte macchiato an der Flughafenbar erzählt und war kurz nach dem Boarding erschöpft eingenickt.

Seit einigen Minuten befand sich das Flugzeug im Sinkflug, und ich reichte der Flugbegleiterin meinen leeren Pappbecher und die zerknüllte Plastikfolie des überraschend leckeren Muffins, das zum Kaffee serviert worden war. Schon konnte ich in der Ferne den Flughafen erkennen und einen grünen Fleck inmitten der Häuser, der nur der *Retiro* sein konnte, die weitläufige Parkanlage im Stadtzentrum.

Ich hatte ebenfalls versucht, ein wenig zu dösen, doch die mir bevorstehende Aufgabe hatte mir keine Ruhe gelassen. Nachdem ich am Vortag den Laden meiner Mutter verlassen hatte, war ich, einer spontanen Eingebung folgend, zur Liebfrauenkirche spaziert, einer Basilika mit farbenfrohen Malereien und massiven Marmorsäulen im Inneren, die vom Central aus zu Fuß in wenigen Minuten erreichbar war. Hier hatte Irene Winter vor sechzehn Jahren Trost gesucht. Ich hatte nur den Vikar angetroffen, der mir nach einem kurzen Blick in seine Unterlagen bedauernd mitgeteilt hatte, dass die Seelsorgerin Schwester Hanna bereits vor sechs Jahren verstorben sei. Ihr Grab befinde sich auf dem Friedhof Hönggerberg, falls ich ihr die letzte Ehre erweisen wolle.

Ich hatte gehofft, mehr darüber herauszufinden, wie damals die ganze Geschichte abgelaufen war und ob noch andere Personen involviert gewesen waren. Doch der Vikar hatte mich unwirsch abgekanzelt, als ich ihm von der Adoption und Schwester Hannas Rolle dabei erzählt hatte, und mir nahegelegt, nicht jeden Humbug zu glauben. Das war alles, was ich in Erfahrung hatte bringen können, denn der Gottesmann hatte die Unterhaltung abrupt beendet und mich grußlos stehen gelassen.

Vielleicht reichte die Adresse des Ordens ja aus, um ans Ziel zu gelangen. Ich stellte mir die Mutter Oberin vor, wie sie uns herzlich an ihre Brust drückte und uns ein Glas Messwein kredenzte, bevor sie lachend Noemis Adoptionsakte aus einem antiken Sekretär hervorkramte. Aber nach der Erfahrung mit dem Vikar gestern Nachmittag bezweifelte ich einen derart günstigen Verlauf der Ermittlungen.

Irgendwann musste ich José schonend darauf vorbereiten, dass sich die Suche nach Noemis Familie aufwendiger gestalten könnte, als ich angetönt hatte.

Der Flughafen Barajas war umgeben von Brachland und auf der Fahrt Richtung Stadtzentrum, die wir dank Frau Winters Spesenzahlungen bequem mit dem Taxi zurücklegten, säumten Böschungen mit strohtrockenem Gras die Straße, unterbrochen von hässlichen Industrieanlagen und Wohnsilos.

»Mittelklassehotel?«, rief José, als der Fahrer vor dem Hotel *Reina Victoria* anhielt. »Das ist ein verdammter Luxuskasten!«

»Mir schien es nicht so teuer«, murmelte ich und stellte mir Irene Winters vorwurfsvollen Blick vor, wenn ich ihr die Reiseabrechnung präsentierte.

»Nächstes Mal fragst du mich! Ich habe Verwandtschaft in der Stadt, da hätten wir billig übernachten können«, erinnerte mich José halbherzig.

»Hättest du das gewollt?«

»Um keinen Preis!«

Wir grinsten uns an. Nicht nur eine lange Schulzeit war uns gemeinsam, sondern auch weitverzweigte Sippen in den jeweiligen Herkunftsländern unserer Eltern. Der Familiensinn ging uns keineswegs ab – wir wussten nur beide aus Erfahrung, wie einengend ein Besuch bei Verwandten sein konnte, egal ob indisch oder spanisch: Gut meinend hätten diese sofort die genetisch nächstliegenden Familienmitglieder zusammengetrommelt, uns üppig bekocht und den ganzen Aufenthalt innert kürzester Zeit mit Besuchen von Sehenswürdigkeiten und weiterer Verwandtschaft verplant, wo man uns wiederum mit Essen vollgestopft und das Aufsuchen noch entfernterer Tanten und Onkel ins Auge gefasst hätte. Innert kürzester Zeit hätten wir so eine Völkerwanderung ausgelöst, Verdauungsstörungen erlitten und unverheiratete Cousinen zur Seite gestellt bekommen. Dabei wäre uns keine freie Sekunde für die Ermittlungen geblieben. Es war eindeutig sinnvoller, wir ließen die Familie außen vor.

Wir stiegen aus und setzten die Sonnenbrillen auf. Im gleißenden Licht erstreckte sich vor uns ein lang gezogener Platz, der von Bars und Restaurants gesäumt war, in der Mitte hatte man unter Schirmen Aluminiumtischchen aufgestellt, die gerade von einem missmutigen Kellner mit Papierservietten und Besteck eingedeckt wurden. Bäumchen wuchsen in den frei gelassenen Lücken des Steinplattenbelags. Die Hitze war schier unerträglich, obschon es noch nicht einmal Mittag war.

»Die Gegend, na ja«, machte José, der jetzt wieder munter wirkte. »Die *Plaza de Santa Ana* ist eine Touristenfalle, aber für zwei Nächte wird das schon gehen.«

»Immerhin haben wir die Tapasbars gleich vor der Tür.«

»Wusstest du, dass in diesem Hotel oft Stierkämpfer abgestiegen sind?« José hatte sich zum *Reina Victoria* umgedreht und blickte die Fassade hoch. »Der berühmte Manolete hat immer Zimmer 220 gebucht. Die Jungs sind ja alle so was von abergläubisch.«

»Und was soll ich jetzt mit dieser Information? Wegen mir musst du nicht den Fremdenführer geben.« Ich griff nach meinem Koffer und marschierte auf den Hoteleingang zu.

»Leck mich!«

Eine halbe Stunde später standen wir vor einem senfgelb gestrichenen Haus an der Calle de la Bola, einem knapp wagenbreiten und dank der hoch aufragenden Häuserzeilen angenehm schattigen Gässchen mit Kopfsteinpflaster. Meist vergitterte Fenster und geschlossene Jalousien, von denen die weiße Farbe abblätterte, die schwere Holztür in einem düsteren Eingang – abweisender hätte das Gebäude nicht wirken können.

Mit einem Blick auf die Klingelschilder versicherte ich mich, dass der *Orden von der unbefleckten Empfängnis der glücklichen Jungfrau Maria* noch existierte, bevor ich auf den Knopf drückte. Schrill zerriss mein Läuten die Stille im Haus und schallte drei Stockwerke über uns aus einem offen stehenden Fenster in die ausgestorben wirkende Nachbarschaft hinaus. Nichts regte sich.

Ich drückte erneut auf die Klingel, worauf von oben eine unmutig krächzende Stimme zu vernehmen war: »*No hay prisas!* Keine Eile, ich bin ja unterwegs!«

José und ich tauschten einen Blick aus. Ich lehnte mich an die Hauswand und er zündete sich eine Zigarette an. Einen gefühlten Longdrink später, nach dem ich mich nicht allein wegen der drückenden Hitze sehnte, war endlich ein Schlüsselbund zu hören und die schwere Holztür wurde entriegelt. Eine Nonne im klassischen schwarz-weißen Habit starrte uns missmutig an. Sie war geschätzte fünfhundertsechsunddreißig Jahre alt und der leicht offen stehende Mund gab den Blick frei auf zwei partiell ausgedünnte Zahnreihen. Vielleicht waren die Beißerchen aber auch nur schwarz, ganz genau wollte ich das eigentlich gar nicht wissen.

»Was ist?«, knarrte sie auf Spanisch.

»*Buenos días,* altehrgebärdende Schwester!« Ich hatte keine Ahnung, wie man eine Ordensschwester – und dann noch so eine prähistorische – ansprach. Josés leisem Lachen nach hatte ich auf jeden Fall etwas falsch gemacht.

Das Gesicht der Frau blieb reglos wie das einer Schildkröte.

»Wir würden gern die Mutter Oberin sehen.«

»Leider erlaubt es ihr Zustand nicht, Besuch zu empfangen.« Sie schickte sich an, die Tür wieder zu schließen.

»Es ist wichtig.« José trat einen Schritt vor und sah die Schwester vielsagend an. Sie fuhr jedoch unbeeindruckt mit ihrem Vorhaben fort.

»Wir würden uns gerne für die Verdienste des Ordens erkenntlich zeigen«, präzisierte José, und ich setzte einen Gesichtsausdruck auf, den zumindest ich für fromm hielt.

Als hätte er ein Codewort ausgesprochen, hielt die Ordensschwester plötzlich inne und ihre ausgemergelten Lippen verzogen sich zu etwas Ähnlichem wie einem Lächeln. »Oh, eine Spende, wie schön!«

Auch nach dem Ende des Ablasshandels im sechzehnten Jahrhundert schien sich in der katholischen Kirche nicht viel verändert zu haben: Die Aussicht auf Profit ließ nicht nur Himmelspforten aufschwingen.

Wohl deswegen gab sich die Nonne auch mit einem Mal redselig, während sie eifrig zur Seite trippelte, um uns durchzulassen: »Woher kommen Sie denn?«

»Aus der Schweiz«, antwortete ich.

»Woher?« Sie beugte sich vor und hielt sich die eine Hand ans Ohr.

»*Venemos de suiza.*«

»*Qué bien!* So eine lange Anreise nur wegen einer Spende!«

»Nun, wir brauchen auch eine Auskunft«, berichtigte ich.

José rollte die Augen, während die Schwester misstrauisch den Kopf hob und in die Mitte des Türrahmens zurückrückte. »Auskunft? Worüber denn?«

»Über eine Adoption, welche die Mutter Oberin vor sechzehn Jahren arrangiert hat.«

Das Lächeln versickerte in ihren unzähligen Falten. »Davon weiß ich nichts«, erklärte sie schroff.

»Aber die Mutter Oberin vielleicht ...«

»Sie ist nicht da. Eine Pilgerreise.«

»Eben haben Sie doch gesagt ...«

»Ich habe mich geirrt. Und jetzt verschwinden Sie!« Unwirsch wedelte sie mit der Hand in unsere Richtung, als wären wir streunende Hunde.

Perplex trat ich einen Schritt zurück, als etwas Sandartiges über meinen Arm rieselte. Im ersten Moment hielt ich die Körnchen für Verputz, der von der Fassade bröckelte, doch als ich sie wegwischen wollte, stutzte ich und besah mir den ungewohnt dunklen Sand näher. Zwar hatte ich vom Schirokko gehört, dem heißen Wüstenwind, der die Sandkörner aus der Sahara übers Mittelmeer trug, doch diese Brösel waren dafür eindeutig zu grob. Und rochen zu sehr nach Schokolade.

Ruckartig blickte ich nach oben und starrte in das verwitterte Gesicht einer weiteren Ordensschwester, welche sich drei Stockwerke höher mit der angebissenen Hälfte eines Plätzchens in der Hand neugierig über das Fenstergeländer beugte. Der Verzicht auf weltliche Freuden schien sich positiv auf die Lebenserwartung auszuwirken. Blitzschnell zog sie sich zurück, doch ich hatte die Frau an der hässlichen

Warze über der Oberlippe erkannt. Die Pilgerreise musste die Mutter Oberin gerade mal zum Vorratsschrank geführt haben.

»Halt! Warten Sie!« Gerade noch rechtzeitig hinderte ich die Nonne daran, uns die schwere Holztür vor der Nase zuzuschlagen. Mit dem Todesmut einer Märtyrerin stellte sie sich mir in den Weg, doch sie beiseitezuschieben, kostete mich kaum Anstrengung. Sie war leicht wie eine Strohpuppe. José bekreuzigte sich bestimmt ein halbes Dutzend Mal und entschuldigte sich in flehentlichem Ton bei der zeternden Alten, bevor er mir ins Treppenhaus folgte.

»Musste das sein?«, schimpfte er.

»Sie hat mir den Weg versperrt.«

»Vijay, so darf man mit einer Braut Jesu nicht umgehen! Wir sind immerhin in Spanien!«

»Tolle Bräute hat der! Lügen die alle so plump?«

»Du musstest ihr ja gleich das Gesamtprogramm auf die Nase binden!«

»Und du wolltest sie mit Spenden bestechen!«

»Ich bin katholisch, ich darf das.«

Ich schnalzte unwillig. Wie so viele moderne Katholiken gab sich José aufgeklärt und unbeeindruckt von der ganzen Selbstbeweihräucherung seiner Kirche, doch kaum rasselte irgendeine zittrige Alte drohend mit dem Rosenkranz, hörte er bereits das Knistern des Fegefeuers.

Die Tür im dritten Stock war nur angelehnt. Dank den geschlossenen Fensterläden herrschten in der Wohnung angenehme Temperaturen, dafür dauerte es einen Moment, bis sich meine Augen an das Dämmerlicht gewöhnt hatten. Wie von Irene Winter beschrieben, machte das Apartment einen weitläufigen Eindruck. Der Parkettboden war ausgeblichen und knarrte bei jedem Schritt, im Eingangsbereich, der von einer matt leuchtenden Lampe nur spärlich erhellt wurde, stand ein hüfthohes Tischchen mit einem Telefon, daneben ein rissiger Ledersessel. An die Wand hinter dem Apparat war eine handgeschriebene Liste mit den wichtigsten Kontakten geheftet, ringsherum hingen etliche Gemälde der Jungfrau Maria, auf denen das permanente Leiden der Ärmsten pathetisch ausgebreitet wurde. Nicht der geringste Hinweis darauf, dass die unbefleckte Empfängnis sie so glücklich gemacht hatte, wie der Name des Ordens suggerierte. War wohl gerade kein Maler zur Stelle gewesen.

Das obligate Kreuz entdeckte ich in einer Nische neben der Tür. An der Garderobe hing ein Mantel aus leichtem Stoff, zwei Schirme steckten in den dafür vorgesehenen Halterungen und zuunterst reihten sich ordentlich drei Paar ausnahmslos schwarzer und klobiger Schuhe. Entweder befand sich der gesamte Orden gerade auf einer Wallfahrt oder war von einer Austrittswelle überrollt worden.

Von der Diele führten drei ebenfalls nur karg beleuchtete Korridore in verschiedenen Richtungen ins Apartment hinein. Kein Geräusch war zu hören, nur im Treppenhaus knarrten in bedächtigen Abständen Stufen, begleitet von einem besorgniserregenden Röcheln. Schwester Schildkröte hatte die Verfolgung aufgenommen.

Mein Orientierungssinn sagte mir, dass sich das Fenster, von dem aus die Mutter Oberin uns beobachtet hatte, zu meiner Rechten befand. Zusammen mit José eilte ich den schier endlosen Korridor entlang, dabei stießen wir eine Tür nach der anderen auf, doch die Zimmer waren alle leer. Manchmal waren im diffusen Licht, das durch die verbarrikadierten Fensterläden hereindrang, mit weißen Laken bedeckte Möbel auszumachen oder achtlos an die Wände geschobene Kartons. Keiner der Räume schien jedoch in letzter Zeit bewohnt worden zu sein, es roch abgestanden darin und jeder Luftzug schreckte filzige Flusenknäuel aus den Ecken.

Das offen stehende Fenster befand sich am Ende des Korridors, der Boden davor war übersät mit dunklen Keksbröseln. Angesichts ihres Alters konnte die Mutter Oberin nicht weit gekommen sein.

Ich blickte auf die Gasse hinunter, als mir in der Wohnung direkt gegenüber eine Bewegung hinter den geschlossenen Fensterläden auffiel. Eine leichte Veränderung der Lichtverhältnisse vielmehr, die durch die schräg gestellten Lamellen ersichtlich wurde, als wäre jemand vom Fenster zurückgewichen. Doch mir blieb keine Zeit, mich näher damit zu befassen, denn die Ordensschwester hatte endlich die Wohnung erreicht, der Boden knarzte und ihr atemloses Keuchen drang von der Diele zu uns herüber.

»Wenn ich euch erwische …«, rief sie mit brüchiger Stimme.

»Lass uns weitersuchen«, forderte mich José leise auf, konnte sich ein Grinsen aber nicht verkneifen.

Der Korridor bog rechtwinklig nach links ab und führte tiefer in die Wohnung hinein, leere Zimmer säumten auch diesen Teil des Ganges. Nach einer weiteren Abbiegung verbreiterte sich der Flur zu einer Art Vorraum, dahinter drang aus einer spaltbreit geöffneten Tür Licht. Vorsichtig lugte ich hinein und kniff geblendet die Augen zusammen. Die Küche. Der einzige Ort bisher, an dem die Läden nicht geschlossen waren.

»Ziemlich großzügig«, raunte José, nachdem er den menschenleeren Raum betreten hatte.

Tatsächlich verfügte die Küche über einen beachtlichen Grundriss. Ein massiver, sicher vier Meter langer Tisch mit bunt zusammengewürfelten Stühlen bildete das Zentrum, während der Gasherd aus Emaille, ein mit Rostflecken und eingebrannten Stellen übersätes, vorsintflutliches Ungetüm, beinahe die gesamte Seitenwand einnahm. Die schäbigen Regale und Vorratsschränke standen ganz krumm, die schwarz-gelben Bodenplatten waren teilweise zerbrochen oder fehlten komplett.

»Bei Vollbesetzung des Ordens war eine riesige Küche sicher von Vorteil«, erwiderte ich ebenfalls im Flüsterton. »Das ist aber wohl schon länger her.«

»Mitgliederschwund. Kein Nachwuchs und die alten Schwestern sterben sukzessive weg. Ein schwerwiegendes Problem, das beinahe jeden Orden betrifft.« José deutete auf zwei Kaffeetassen – bislang das einzige Anzeichen von Leben in dieser Wohnung –, die auf einem rostigen Klapptisch mit hellblauer Oberfläche am Fenster standen, dazwischen lag eine offene Packung *Oreo,* Schokoladekekse mit Cremefüllung. Wir hatten die Nonnen offensichtlich bei einem Kränzchen gestört.

»Deswegen war die Alte so scharf auf eine Spende! Die Wohnung steht sozusagen leer, doch allein die Miete muss ein Vermögen kosten, selbst in Madrid.«

»Ich bitte dich, es heißt Ordensschwester und nicht ›Alte‹!«

Ich legte den Finger an die Lippen und horchte in den Gang hinaus. Mir war, als hätte ich eben ein Knarren gehört, doch als ich jetzt mit angehaltenem Atem lauschte, waren nur die schlurfenden Schritte der uns verfolgenden Schwester zu vernehmen. Wortlos dirigierte ich José über den Flur in den nächsten Raum, in dem das Bad untergebracht war. Auch hier war alles am Verlottern. Durch die angelehnte Tür beobachtete ich, wie die Nonne um die Ecke bog und schwer atmend stehen blieb. Als Erstes spähte sie in die Küche hinein, bevor sie in fragendem Ton ein paar Worte in den Gang rief. Ganz aus der Nähe kam die erstaunlich bestimmte Antwort, worauf die Frau eine beflissene Haltung annahm und für ihre Verhältnisse hastig weiterging.

Auf Zehenspitzen verließen wir das Bad. Sofort steuerte ich das Nebenzimmer an, in dem ich die Mutter Oberin vermutete, klopfte kurz an und öffnete die Tür. Der Raum war jedoch leer und mit dem schmalen, hart aussehenden Bett sowie einem Schreibtisch in der Ecke karg eingerichtet.

An der Wand hingen ein simples Holzkreuz und eine gerahmte Fotografie, die zwei ernst blickende Männer in Arztkitteln inmitten einer Gruppe von Nonnen zeigte. Wir waren endlich auf den bewohnten Teil der Wohnung gestoßen.

Als ich die Tür des nächsten Zimmers aufstieß, riss die alte Frau, die im Bett lag, entsetzt die Augen auf, wälzte sich unverzüglich von uns weg und regte sich nicht mehr. Die von Irene Winter erwähnte Warze war mir trotzdem nicht entgangen.

»Hochehrwürdige Mutter?« Während José geräuschlos die Tür hinter uns schloss, trat ich ans Bett und legte der Frau die Hand auf die Schulter. Wie elektrisiert zuckte sie zusammen und ließ ein klagendes Wimmern hören.

Eine Braut Jesu. Wahrscheinlich hatte sie seit Jahrzehnten kein Mann mehr berührt, wenn überhaupt je. Da hätte ich jetzt schon eine etwas enthusiastischere Reaktion erwartet.

»Erinnern Sie sich an Irene Winter?«, erkundigte ich mich mit besänftigender Stimme. »Sie hat vor sechzehn Jahren in Ihrem Orden ein Kind adoptiert. Und Sie haben ihr dabei geholfen. Wir versuchen herauszufinden, wer die leibliche Mutter des Mädchens gewesen ist«, redete ich weiter auf sie ein, obwohl sich die hochehrwürdige Mutter nicht gerührt hatte und weiterhin stumm an die Wand starrte. Ihr Atem ging schwer, ein dünner Schweißfilm glänzte auf der Haut über den Lippen. Dank uns war sie gerade in den unerwarteten Genuss von Seniorengymnastik gekommen.

»Sie ist bei der Geburt gestorben. Sagt Ihnen das etwas?«

Umständlich drehte sich die Oberin herum und betrachtete mich ausdruckslos.

»Noemi hieß das Mädchen.«

Etwas Verschlagenes schlich sich in ihren Blick, doch gleich darauf versank die Ordensleiterin wieder in Apathie.

»Sie kennen sie, nicht wahr? Sagen Sie mir, was Sie wissen! Bitte, es ist wichtig!«

Die Mutter Oberin schüttelte störrisch den Kopf. Ich ergriff ihre Schulter und rüttelte sie beschwörend, worauf die Alte ein unwilliges Quäken von sich gab. Leise erst, dann immer lauter begann sie zu wimmern, in einem ungehaltenen Ton wie ein trotziges Kleinkind, dabei ballte sie ihre Fäuste und schlug damit rhythmisch auf die Matratze, sie wollte gar nicht mehr aufhören damit.

Hilflos wandte ich mich nach José um, in dem Moment schwang die Zimmertür auf und die Schwester von vorhin stand aufgebracht im Türrahmen.

»Was haben Sie bloß angerichtet?« Überraschend flink wuselte sie auf uns zu, um uns mit wildem Gefuchtel aus dem Zimmer zu treiben. José und ich wichen verdutzt bis zur Tür zurück.

»Raus hier!«, krächzte die uralte Nonne, während sie ihre dürren Ärmchen immer wieder in die Luft warf. Schließlich gab sie auf und wackelte auf das Bett zu, um sich mit leisem Gemurmel um die Mutter Oberin zu kümmern.

»Was ist los mit ihr?«, erkundigte ich mich, doch die Schwester gab keine Antwort.

Erst als ich meine Frage wiederholte, fuhr sie herum und funkelte mich böse an. »Sie leidet an Demenz. Und jetzt gehen Sie endlich! Sie haben hier nichts verloren!« Sie wandte sich wieder der Oberin zu und tupfte ihr den Speichel vom Kinn.

»Das heißt, sie kann sich an gar nichts erinnern?«, fragte ich unbeirrt weiter.

»So ist es.«

»Nicht einmal an eine junge Frau, die hier ein Mädchen adoptiert hat?«

»Nein.«

Ich hob vielsagend eine Augenbraue. Über Demenz wusste ich nicht allzu viel, aber ich hatte irgendwo gelesen, dass Betroffene Probleme mit der Motorik bekamen und sich nicht mehr schnell fortbewegen konnten. Dass die Mutter Oberin erst von der Küche zu dem einen Fenster genau über dem Hauseingang und anschließend in kürzester Zeit zurück ins von der Vorderseite des Hauses weit entfernte Schlafzimmer gefunden hatte, schien mir doch äußerst erstaunlich. Vor allem in einer labyrinthartigen Wohnung wie dieser. Entgegen der weitverbreiteten These, dass Demenzkranke Mühe hatten, sich zurechtzufinden, verfügte die Mutter Oberin über einen geradezu sensationellen Orientierungssinn.

»Und Sie? Können Sie sich eventuell erinnern?«

Die Nonne richtete sich seufzend auf. »Das habe ich Ihnen doch bereits gesagt! Wieso lassen Sie uns nicht einfach in Ruhe? Wir sind nur zwei alte Frauen, die sich um den Orden kümmern. Und Sie brechen hier unerlaubterweise ein und quälen uns mit diesen sinnlosen Fragen …«

»Sobald ich eine glaubwürdige Antwort erhalten habe, verschwinde ich. Versprochen.«

»Hier hat keine Adoption stattgefunden, nie. Diese Frau muss sich irren.«

»Sie war sich aber ganz sicher! Sie konnte uns sogar die genaue Adresse des Ordens nennen und auch die Mutter Oberin hat sie genau beschrieben!«

»Sie wird etwas verwechselt haben. Gehen Sie jetzt! Die hochehrwürdige Mutter verträgt keine Aufregung und braucht dringend Ruhe.« Auffordernd sah sie uns an.

»Aber sie muss hier gewesen sein«, beharrte ich. »Eine hübsche, junge Frau, von der luxuriösen Sorte …«

Mit grimmiger Miene trat die Schwester auf mich zu. »Wie oft soll ich es Ihnen noch sagen? Wir haben noch nie von dieser Frau gehört! Verschwinden Sie endlich und lassen Sie uns allein!«

Erneut begann sie, mich Richtung Tür zu scheuchen, doch ich rührte mich nicht vom Fleck. Worauf sie unvermittelt zurück zum Bett der Oberin hastete, als suchte sie dort Zuflucht.

»Gibt es vielleicht Unterlagen?« So leicht gab ich nicht auf. »Jemand muss doch Buch geführt haben über die jungen Frauen, die sich hier aufgehalten haben. Und gerade eine Adoption muss doch irgendwo vermerkt worden sein. Sie können mir den Aufbewahrungsort der Akten auch zeigen, ich suche dann die …«

Ruckartig wandte sich die Nonne um und ich verstummte auf der Stelle. Was nicht unwesentlich mit dem kleinen Revolver zu tun hatte, den sie auf mich gerichtet hielt. Sie musste ihn aus dem Nachttisch hervorgeholt haben, die Schublade stand weit offen und gab den Blick frei auf eine in dunkelrotes Leder geschlagene Bibel. Schon wieder wurde ich mit einer Schusswaffe bedroht. Eine Erfahrung, die sich neuerdings zu häufen schien.

»Gehen Sie! Und wagen Sie es ja nicht wiederzukommen!« Die Hand der alten Frau zitterte, als sie die Waffe entsicherte, doch sie hielt den Griff fest umklammert und ihr Kinn war entschlossen vorgeschoben.

Schrittweise bewegten wir uns rückwärts. Dieser Punkt ging eindeutig auf das Konto der Ordensschwestern.

Bevor ich das Schlafzimmer verließ, schaute ich noch einmal zur hochehrwürdigen Mutter. Ihr Gesichtsausdruck war mit einem Mal ganz klar, und als sie jetzt den Kopf zu mir drehte, verzog sich ihr Mund zu einem hämischen Lächeln.

»Und jetzt?« José war immer noch entgeistert. Kein Wunder, nicht jeden Tag wurde man von einer tatterigen Nonne mit vorgehaltener Waffe aus einer Wohnung spediert. Nicht einmal wir.

Ich drückte erneut auf die Klingel im dritten Stock des gegenüberliegenden Gebäudes.

»Da ist keiner zu Hause«, meinte José. »Du hast dich wohl geirrt.«

Ich schüttelte den Kopf. Ich war mir absolut sicher, dass wir beobachtet worden waren, und presste die flache Hand auf alle Klingelknöpfe. Normalerweise erreichte ich auf diese Weise, dass mir wenigstens irgendjemand die Tür öffnete, hier jedoch schienen gerade alle ausgeflogen oder stocktaub zu sein.

»Da war jemand. Die Straße ist so schmal, da bekommt man alles von drüben mit. Ein Nachbar könnte uns sicher Interessantes über den Orden erzählen, vielleicht sogar von den illegalen Adoptionen, die hier stattgefunden haben.«

»Illegal?« José runzelte die Stirn. »*Hombre,* übertreibst du jetzt nicht ein wenig?«

»Irene Winter hat erwähnt, dass sie der Mutter Oberin Geld bezahlt hat, und zwar nicht zu knapp. Dafür hat ihr diese nicht nur das Kind organisiert, sondern sie auch als leibliche Mutter in Noemis Geburtsschein eingetragen. Woran sich jetzt merkwürdigerweise keine der beiden Nonnen erinnern kann. Glaubst du wirklich, die Schwestern wären bewaffnet, wenn sie nur ihre Keuschheit zu verteidigen hätten? Da ist was oberfaul!«

»Was willst du jetzt tun?«

Ich nahm die Hand von den Klingeln und folgte José, der ein paar Schritte die leicht ansteigende Calle de la Bola hinaufgegangen war. »Da war doch diese Liste mit Namen …«

»Hinter dem Telefon an der Wand? Meinst du die?«

»Genau! Der erste Kontakt hieß Sánchez, wenn ich mich richtig erinnere.«

»Das stimmt! Doktor Alberto Sánchez stand da, der zweite war eine Maria. Leider hab ich mir keine Nummer gemerkt.«

»Wir können zumindest diesen Doktor googeln. Bei Maria wird es wohl etwas schwieriger.«

»*Carajo!* Zweihunderteinundzwanzig Millionen Treffer,

wenn man *Maria* und *Madrid* eingibt.« José hielt mir grinsend sein iPhone hin.

»Und was ist mit Sánchez?«

»Einen Moment!« Während José den Namen eintippte, blickte ich zu den beiden Wohnhäusern zurück. Ein Fensterladen im dritten Stock klapperte leise, als würde er vom Wind bewegt, und blieb dann spaltbreit offen stehen. Ich kniff die Augen zusammen, um sicherzugehen, dass ich mich nicht irrte. Es war absolut windstill, nur die Mittagssonne brannte erbarmungslos auf die Stadt herunter. Ganz kurz trat eine Gestalt in den Lichtstreifen nahe am Fenster und war in der nächsten Sekunde wieder im Halbdunkel der Wohnung verschwunden.

»Hallo! Sie!« Ich rannte das Sträßchen hinunter, doch noch ehe ich das Haus erreicht hatte, wurde der Laden zugezogen. Trotzdem hatte ich das Gesicht einer älteren Frau erkennen können, diese hier hatte auf mich jedoch einen freundlichen, geradezu gütigen Eindruck gemacht.

»Warten Sie! Ich muss mit Ihnen reden!«, rief ich hinauf und hastete zum Eingang, um die Klingel im dritten Stock erneut zu betätigen. Doch ich wartete vergebens auf eine Reaktion.

Verärgert kehrte ich zu José zurück. »Da hat uns eine Alte ausspioniert, ich hab sie deutlich gesehen! Nur scheint sie nicht die geringste Lust zu verspüren, mit mir zu plaudern.«

José warf einen prüfenden Blick zum Gebäude und widmete sich schulterzuckend seinem Telefon. »Da ist sie offenbar nicht die Einzige. Du solltest an deiner Beziehung zu älteren Damen arbeiten.«

Er fuhr mit der Fingerspitze über das Display und seine Miene erhellte sich. »Der erste Sánchez, der in den Suchresultaten auftaucht, ist übrigens Arzt im Hospital *El Divino Niño*, einer Klinik, die laut Internet für ihre Kinderstation bekannt ist. Das passt nicht schlecht, oder?«

»Gibt es keine Privatadresse?«

»Vielleicht.«

»Vielleicht?«

»Im *Guía Telefónica* von Madrid sind hundertachtundachtzig Alberto Sánchez' verzeichnet.«

Wir sahen uns an und schüttelten synchron den Kopf.

Die Klinik befand sich in einem Außenbezirk Madrids in der Nähe eines Autobahnknotens und inmitten einer wenig ansprechenden Satellitenstadt. Wuchtige Wohntürme erhoben sich ringsherum und stammten wohl aus einer Zeit, als die Stadtplaner Ziegelrot für eine geeignete Farbe befunden hatten, um gegen den unterkühlten Baustil und die Depressionen der Bewohner anzukämpfen. Abgase und Witterung hatten den Gebäuden über Jahrzehnte hinweg zugesetzt und dunkle Schlieren auf den Fassaden hinterlassen, in der Ferne ragte ein ganzer Wald Kranmasten in den dunstigen Himmel und machte deutlich, dass sich die Agglomeration unaufhaltsam ins Umland fraß.

Das Hospital *El Divino Niño* fügte sich nahtlos in die lebensfeindliche Architektur der umliegenden Bauten ein, eine Ansammlung unterschiedlich hoher Türme, grau in grau, die sich um eine Art Innenhof gruppierte. Der Eingang des Spitals, vor dem wir jetzt aus dem Taxi stiegen, erinnerte mit seiner Betonverkleidung und den winzigen Fenstern an einen Bunker. Der Empfangsbereich war genauso charmefrei wie die Umgebung draußen und sah nach einer eilig leer geräumten Lagerhalle aus, die mit flackernden Neonröhren dürftig erhellt wurde. Das einzig Ansprechende darin war die junge Frau, die hinter einer trüben Plexiglasscheibe im Kabäuschen direkt neben dem Eingang saß. Als José und ich auf sie zugingen, wurde mein Blick wie magisch von ihrem Namensschild angezogen, das ostentativ über einer äußerst wohlgeformten Brustwölbung an der Uniform befestigt war.

Maria hieß die Empfangsdame, was mich nicht weiter erstaunte.

»Wie kann ich Ihnen helfen?«, erkundigte sie sich und schob die Scheibe beiseite, derweil ich nur widerwillig den Blick von ihrer Plakette löste.

Wie auf der Taxifahrt besprochen, gab sich José als Neffe von Alberto Sánchez aus, der auf der Suche nach seinem Onkel war. Maria legte die Stirn in bedenkliche Falten, ließ ihre Finger über die Tastatur des Computers fliegen und drückte dann die Entertaste.

»Wusste ich es doch! Bei uns arbeitet kein Doktor Sánchez«, meldete sie mit triumphierender Stimme und warf ihre dunklen Locken anmutig über die Schultern zurück.

»Oh!« José schaute sie, seiner Rolle entsprechend, enttäuscht an. »Vielleicht finden Sie ihn unter den ehemaligen Mitarbeitern? Ich bin mir sicher, dass er in diesem Spital gearbeitet hat.«

Marias knallrote Fingernägel klackerten erneut auf den Tasten. »Bingo! Da gab es einen Doktor Alberto Sánchez, der hat aber schon vor einiger Zeit seinen Dienst quittiert.«

»Das muss er sein!«

»Ist aber fast zwei Jahrzehnte her. Sie hatten wohl keinen besonders engen Kontakt zu Ihrem Onkel, was?«

»Nun, ich lebe in der Schweiz und mit meiner Familie läuft es nicht so gut, wenn Sie verstehen, was ich meine«, rettete sich José und Maria lächelte wissend.

»Vielleicht könnten Sie mir seine Privatanschrift …?«

»Tut mir leid, aber das geht leider nicht.«

»Mierda!«, formten Josés Lippen tonlos, doch er gab nicht auf: »Es ist so: Beim Studium meines Stammbaums habe ich erst kürzlich entdeckt, dass ich einen Onkel habe, von dem mir nie jemand erzählt hat. Vielleicht gelingt es mir mit seiner Hilfe, das Verhältnis zu meiner Familie wiederherzustellen. Das wäre mein Herzenswunsch.«

»Nicht übertreiben«, flüsterte ich José auf Deutsch zu.

Maria lächelt bedauernd, diesmal aber in meine Richtung. »Private Daten, auch von ehemaligen Mitarbeitern, dürfen nicht an Drittpersonen weitergegeben werden.«

»Dabei hast du dich so darauf gefreut, ihn endlich zu treffen«, schaltete ich mich jetzt ein und legte José tröstend die Hand auf die Schulter.

»Und wer sind Sie?«, erkundigte sich Maria. »Etwa auch ein Neffe von Doktor Sánchez?«

»Nein, ich begleite meinen Freund nur.«

»Ach so«, sagte Maria gedehnt. »Wie süß.« Sie blinzelte mir anzüglich zu.

»Nicht so, wie Sie meinen!«

»Kein Anlass, sich zu rechtfertigen, wir sind liberal hier in Spanien. Schade nur, dass ich immer Männer kennenlerne, die entweder verheiratet oder schwul sind. Aber was soll's.« Sie strahlte mich geradezu schamlos an.

Ich stöhnte innerlich. Schon bei meinem letzten größeren Fall war ich gezwungen gewesen, als Undercoverhomo zu ermitteln. Wie es schien, drängte man mich geradezu in diese Rolle.

»Maria, ich kann Ihnen versichern …«

»Lassen Sie das Versichern, solange Sie nicht in der Lage sind, es zu beweisen …«

»Führen Sie mich nicht in Versuchung!«

»Könnte ich das?« Sie warf mir einen koketten Blick zu und die Luft zwischen uns knisterte plötzlich vor Spannung.

»Und was nun?«, erkundigte sich José leicht genervt.

Maria schloss kurz die Augen, bevor sie sich wieder ihm zuwandte. »Ich befürchte, ich kann nichts für Sie tun.«

»Maria, hören Sie.«

Ich beugte mich zu ihr hinüber und sah ihr tief in die Augen. »Mein Freund hier hat sonst keine Familie, auf die er zählen kann. Es ist wahnsinnig wichtig für ihn, seinen Onkel ausfindig zu machen, bevor …« Ich machte eine vielsagende Pause.

»Das Telefonbuch?«

»Beinahe zweihundert Männer mit demselben Namen.«

Zögernd presste Maria die Lippen zusammen, dann gab sie sich einen Ruck, lächelte mich zuversichtlich an und gab den Namen erneut ein. Irritiert blickte sie auf. »In unserem Computer ist keine aktuelle Adresse von Doktor Sánchez registriert. Ist er eventuell verstorben?«

»Das hätten wir sicher herausgefunden«, gab ich mich überzeugt. Wäre Sánchez nicht mehr am Leben, hätten die Schwestern nicht seine Nummer zuoberst auf die Liste gesetzt. Andererseits – bei unserem Besuch hatte der Orden nicht den Eindruck gemacht, als würde überhaupt etwas regelmäßig auf den neusten Stand gebracht.

»Dann hat sie jemand aus dem System gelöscht«, schlussfolgerte Maria. »Normalerweise archivieren wir alle Anschriften unserer ehemaligen Mitarbeiter für Weihnachtskarten und Ähnliches …«

Mein Instinkt sagte mir, dass wir den richtigen Alberto Sánchez gefunden hatten. Erst die Nonnen, die sich an nichts mehr erinnern konnten, und dann der Arzt einer Kinderklinik, der unbemerkt aus dem System getilgt worden war. Grund genug, die Spur weiterzuverfolgen. »Gibt es eventuell jemanden hier im Spital, der mit ihm zusammengearbeitet hat? Jemand, der ihn noch persönlich kennt?«

Maria dachte kurz nach und griff dann zum Telefon, um ein kurzes Gespräch in rasend schnell gesprochenem Spanisch zu führen. Ein paar Mal fiel der Name Sánchez, ansonsten verstand ich kaum ein Wort.

»Ihr habt Glück.« Sie verzog ganz leicht den Mund, und ich sah etwas Süffisantes in ihren Augen aufblitzen. »Maria, unsere Oberschwester, sagt, sie erinnert sich gut an ihn. Wenn es euch nichts ausmacht, kurz zu warten …«

Zwei aus zweihunderteinundzwanzig Millionen. Maria, die Empfangsdame, deutete auf ein paar blaue Polsterstühle mit fleckigem Bezug, die der Wand nach aufgereiht waren und offenbar das Wartezimmer ersetzten.

»Maria, Sie sind ein Engel!«, raspelte ich Süßholz, bevor ich José folgte, der sich abschätzig schnaubend auf einen der Stühle fallen ließ. Auf dem äußersten Sitz starrte ein älterer Mann in einem ausgebeulten Jäckchen vor sich hin, sonst war niemand zu sehen.

Einen Moment saßen wir schweigend nebeneinander. Der Eingangsbereich sah mitgenommen aus. Kabel hingen von der Decke, der Linoleumboden war voller Löcher, die an Hagelschlag erinnerten, die Scheiben der winzigen Fenster rissig und halbblind. Tageslicht drang kaum noch herein. Hier wurde deutlich, was ich sonst nur aus den Nachrichten vernahm: Dem Staat fehlte es an allen Enden an Geld, im Gesundheitswesen wurde ohne Rücksicht auf Verluste gespart. Die Angestellten wurden angeblich lausig bezahlt und waren notorisch unterbesetzt. Bislang hatte ich außer Maria noch kein Personal entdeckt.

»Señor Gonzalez, zur Dialyse bitte«, schepperte plötzlich Marias Stimme über die Lautsprecheranlage. »Señor Gonzalez, zur Dialyse. Sie werden im nephrologischen Ambulatorium im zweiten Stock erwartet.«

Der Mann neben uns erhob sich ächzend und ging auf die Aufzüge zu. Als er das Ende der Halle beinahe erreicht hatte, kündigte ein leises Klingeln die Ankunft eines Lifts an.

Die ältere Frau, die heraustrat, nickte kühl in unsere Richtung und kam dann mit entschlossenen Schritten auf uns zu. Sie trug eine Schwesterntracht, die sich beim Näherkommen als weißer Habit entpuppte, über die Schultern hatte sie sich ein himmelblaues Cape gelegt. An beiden prangte eine Medaille der Heiligen Jungfrau, anstelle eines Gürtels trug sie einen Strick. Nicht zum ersten Mal am heutigen Tag stellte ich fest, dass katholische Insignien schlechte Laune zu verursachen schienen.

»Man hat mich informiert, dass Sie Doktor Sánchez suchen«, eröffnete die Oberschwester grußlos das Gespräch. »Darf ich erfahren, was der Grund dafür ist?«

José breitete erneut seine erfundene Familiengeschichte aus, doch Maria winkte ab, bevor er sie zu Ende erzählen konnte.

»Das ist natürlich eine tragische Situation, doch leider kann ich Ihnen auch nicht sagen, wo sich Doktor Sánchez zurzeit aufhält«, erklärte sie. »Denn ich weiß es selber nicht. Wenn das alles gewesen ist ...« Einen Moment lang blieb sie unschlüssig vor uns stehen, bevor sie sich zum Gehen wandte.

»Aber Sie haben ihn doch persönlich gekannt?«, hakte José nach, worauf die Nonne innehielt.

»Ja, wir haben jahrelang eng zusammengearbeitet.«

José warf mir einen warnenden Blick zu, doch ich hatte ohnehin nicht vorgehabt, mich einzumischen.

»Haben Sie vielleicht Fotos von ihm?«

»Dazu sollten Sie wohl besser mit Ihrer Familie ...«

»Unmöglich, wir haben seit Jahren keinen Kontakt mehr, die Verhältnisse sind zerrüttet«, log José erneut. »Onkel Alberto ist die einzige Verbindung zu meiner Sippe, die mir geblieben ist. Ich wüsste so gern, wie er ausgesehen hat. Ob ich mich in ihm wiederfinde.«

Oberschwester Maria musterte uns kritisch und schien mit sich zu ringen.

»Bitte! Sie sind meine einzige Hoffnung!«, flehte José.

Mit einer angedeuteten Kinnbewegung forderte sie uns schließlich auf, ihr zu folgen. Als wir uns erhoben, zwinkerte mir José frohlockend zu.

»Sie kommen aus der Schweiz, sagen Sie?«, versicherte sich die Nonne, während wir auf den Aufzug warteten.

»Richtig«, antwortete José.

»Und Sie sind ausschließlich aus privaten Gründen hier?«

José sah sie fragend an.

»Ich will nur sichergehen. Manchmal schleichen sich Journalisten ein, verkommene Menschen ohne Anstand und Ehre, die Unwahrheiten verbreiten und versuchen, unsere Arbeit schlechtzumachen.«

José machte eine abwehrende Handbewegung. »Wie gesagt: Ich hoffte nur, hier meinen Onkel zu finden.«

»Ich verstehe.«

Schweigend fuhren wir in den fünften Stock.

Die Oberschwester war weit über sechzig und machte einen ausgezehrten Eindruck. Ihrer distanzierten Haltung konnte ich nicht entnehmen, was sie von uns hielt. Es erstaunte mich ohnehin, dass sie uns mit hochnahm, besonders gastfreundlich wirkte sie jedenfalls nicht. Allerdings hätte mich brennend interessiert, welche Art von Unwahrheiten sie eben angetönt hatte.

»Sie können stolz auf Ihren Onkel sein. Ich habe in meinem ganzen Leben keinen selbstloseren Menschen kennengelernt«, bemerkte Schwester Maria, während sie uns einen verlassen wirkenden Gang entlang zu einem winzigen Büro führte, und für einen kurzen Moment leuchtete so etwas wie Begeisterung in ihren Augen auf. »Zusammen mit seinem Partner Doktor Grüninger hat er Großartiges geleistet.«

Sie hieß uns an einem altmodischen Schreibtisch Platz nehmen und öffnete die Türen eines mit Schnitzereien verzierten Schranks aus dunklem Holz. Dabei wurde die kleine Ablage in der Mitte des Möbels sichtbar. Von zwei silbernen Kandelabern flankiert stand dort ein mit einem Rosenkranz behängtes Kreuz auf einem gehäkelten Deckchen, daneben eine Statue der Heiligen Jungfrau. Schwester Maria hatte sich in ihrem Büro einen kleinen Schrein eingerichtet.

»Mein Ort des Friedens«, erklärte sie wie zu ihrer Verteidigung, als sie meinen neugierigen Blick bemerkte, neigte den Kopf und schlug ein Kreuz. »Hierhin ziehe ich mich zum Gebet zurück.«

Einer Schublade entnahm sie eine abgegriffene Bibel, setzte sich uns gegenüber und klappte den roten Ledereinband auf, dabei rutschten ein paar lose Fotos heraus, die sie zuhinterst hineingelegt hatte.

»Hier«, sagte sie lapidar und legte die vergilbten Aufnahmen vor José hin. Sie zeigten alle einen schnittigen Mann von knapp sechzig Jahren, der einen Schnurrbart trug und einen sehr selbstsicheren Eindruck machte. Auf einem der Bilder lehnte sich die Oberschwester mit Sánchez an ein Geländer, in der Tiefe waren die Dächer einer Stadt zu erkennen. Die Aufnahme wirkte wie ein Urlaubsfoto.

»Ein Ausflug nach Turin«, erläuterte die Oberschwester errötend, als ich mich neugierig darüber beugte.

»Nur Sie und er?«

»Doktor Grüninger war natürlich auch dabei«, verteidigte sie sich pikiert. »Doch seine Höhenphobie hinderte ihn daran, mit auf den Turm hochzufahren. Keine zehn Pferde hätten ihn auf den *Mole Antoniellana* gebracht.« Sie griff nach dem Bild und schob es bestimmt in die Bibel zurück.

»War Sánchez ein guter Arzt?«, wollte José wissen.

»Ein großartiger! Auch menschlich war er ein Vorbild für viele. Leider ist der Kontakt abgebrochen. Er hat uns schon vor etlichen Jahren verlassen, um sich einer neuen Aufgabe zu widmen.« In das Bedauern in ihrer Stimme mischte sich eine deutlich hörbare Bitterkeit. »Eine Lücke, die nie mehr ganz geschlossen werden konnte, wenn Sie mich fragen.«

»Eine neue Aufgabe?«

»Er hat mit seinem Geschäftspartner eine Privatklinik eröffnet.«

»Hier in Madrid?«

»Ja, am Paseo de la Habana 143.«

»Sie haben ja doch eine Adresse von ihm.«

»Doktor Sánchez ist beinahe achtzig, ich nehme nicht an, dass er noch immer praktiziert. Aber vielleicht finden Sie in der Klinik die gesuchten Informationen.«

»Wir werden uns auf jeden Fall nach ihm erkundigen. Aus welchem Grund sind Sie ihm nicht gefolgt?«, fragte José nach. Sein journalistischer Instinkt kam mir manchmal vor wie ein scharfer Jagdhund, der höchstens döste und nie richtig schlief. Jetzt gerade wedelte dieser Köter wachsam mit dem Schwanz und stellte die Ohren auf. »Da Sie doch so eng zusammengearbeitet haben?«

Die Oberschwester strich mit den Fingern über die Bibel und ihr Blick verlor sich im Muster des abgetretenen Orientteppichs auf dem Boden.

»Doktor Sánchez hatte Großes vor«, antwortete sie endlich mit fester Stimme. »Er war ein begnadeter Kopf, ein Visionär mit zukunftsweisenden Ideen. Aber mein Platz war und ist in diesem Spital, hier habe ich meine Bestimmung gefunden.«

Maria sammelte die Fotografien wieder ein und steckte sie in die Bibel zurück.

Nachdem sie das Buch in der Schublade verstaut hatte, klappte sie beide Türen mit Nachdruck zu und schloss den Schrank ab. Das Gespräch war für sie beendet, daran ließ sie keinen Zweifel aufkommen.

»Sie haben sich ja jetzt ein Bild von Ihrem Onkel machen können. Es tut mir leid, dass ich Ihnen nicht weiterhelfen kann.« Sie verschränkte die Finger vor ihrem Schoß und wartete unverhohlen darauf, dass wir uns erhoben. Doch ich starrte wie gebannt auf das Bild, das zwischen Möbel und Fenster an der Wand hing und bislang von der offenen Schranktür verdeckt worden war. Es zeigte zwei Männer in Arztkitteln. Sie waren bereits etwas ergraut und von einer Schar Nonnen umringt. Ich erkannte die Fotografie sofort wieder, denn ich hatte sie vor wenigen Stunden schon einmal gesehen: an der Calle de la Bola, über dem Bett von Schwester Schildkröte.

»Ist das ebenfalls Doktor Sánchez?« Ich deutete mit einer Kinnbewegung auf das Bild.

Die Oberschwester fuhr herum und betrachtete die Fotografie einen Augenblick lang, als sähe sie sie zum ersten Mal, bevor sie stumm nickte.

»Darf ich mir das Foto kurz ansehen?«

Widerwillig hängte Maria den Rahmen von der Wand und reichte ihn herüber. Das Holz war ganz staubig, die Farben ausgeblichen, das Papier an den Rändern vergilbt.

»Es hängt schon seit Ewigkeiten da. Wurde irgendwann Anfang der Neunziger gemacht, wenn ich mich richtig erinnere.«

Doktor Sánchez wirkte auch hier dynamisch, der Kollege daneben war wesentlich jünger, ein farbloser, glatt rasierter Zeitgenosse, der sehr ehrgeizig und entsprechend steif wirkte. Viel mehr als die beiden Männer zog jedoch die etwas konsterniert in die Kamera blickende Nonnenschar meine Aufmerksamkeit auf sich.

Unschwer erkannte ich Oberschwester Maria. Doch es war die Ordensschwester neben ihr, an der mein Blick hängen blieb: eine verhärmt wirkende Frau, deren Gesicht eine hässliche Warze über der Oberlippe verunstaltete. Mutter Oberin.

Ebenfalls deutlich auszumachen war Schwester Schildkröte, sie stand in der hintersten Reihe und musste schon damals im Rentenalter gewesen sein. Ich beugte mich vor und betrachtete aufmerksam jedes Gesicht. Ganz am Rand der Gruppe fiel mir eine Nonne mit sanftmütigem Antlitz auf. Sie stand etwas abseits, als würde sie nicht wirklich dazugehören. Auch diese Frau hatte ich schon gesehen: vorhin, gegenüber des Ordens, als sie sich ganz kurz am Fenster gezeigt hatte.

Vor ungefähr zwanzig Jahren hatten sie alle in diesem Spital gearbeitet, das Gebäude war im Hintergrund deutlich zu sehen. Ich hatte keine Ahnung, was das bedeuten mochte.

»Welchem Orden gehören Sie eigentlich an?« Ich hob den Kopf und musterte Schwester Marias Habit.

»Wir Krankenschwestern kamen fast alle aus demselben Frauenorden, dem *Ordo de Conceptione Immaculata Beatae Mariae Virginis*.«

Sie deutete etwas ungeduldig auf die Fotografie. »Die Spitäler haben teilweise eng mit katholischen Institutionen zusammengearbeitet.«

Nun hatte ich die Erklärung, weshalb ich Sánchez' Nummer bei den Ordensschwestern hatte hängen sehen. Der Zettel mochte Gott weiß wie alt sein, aber ich war definitiv auf der richtigen Spur.

»Was ist das für ein Orden?«

»Wir sind Missionsschwestern, wir glauben an die Heilige Jungfrau Maria und finden uns im gemeinsamen Gebet. Der Orden wurde 1484 in Toledo gegründet, das ist nicht weit von Madrid, von wo aus er sich in ganz Spanien und später auch in Südamerika verbreitet hat. Allerdings leben wir nicht in Klöstern, sondern meist in Wohngemeinschaften, denn es geht uns darum, den Gläubigen nah zu sein. Doktor Sánchez hat uns damals großzügigerweise zwei gegenüberliegende Häuser in der Stadt gekauft, da waren wir alle gemeinsam untergebracht. Mittlerweile ist es zu einer Art Altersheim für Ordensschwestern verkommen, die meisten Wohnungen mussten leider anderweitig vermietet werden oder stehen leer. Der Orden selber wird gerade noch von der hochehrwürdigen Mutter und Schwester Ignacia geleitet.«

Die Schildkröte hieß also Ignacia – die Entflammte. Das musste ich erst mal sacken lassen.

»Es ist beinahe unmöglich geworden, neue Mitglieder zu finden«, fügte Schwester Maria säuerlich hinzu. »Heutzutage gibt es kaum noch junge Frauen, die ihr Leben der Jungfrau Maria weihen wollen.«

Das war ihnen keineswegs zu verübeln, dachte ich, dennoch setzte ich eine verständnisvolle Miene auf.

»Wer ist diese Frau?« Ich zog das Foto zu mir hin und tippte mit der Fingerspitze auf die Schwester mit dem gütigen Gesicht.

»Schwester Alma, sie war unsere Hebamme.«

»Eine Hebamme?« Es war, als hätte sie mir einen Stromstoß versetzt. Ich beschloss, alles auf eine Karte zu setzen: »Wissen Sie von Adoptionen, die im Orden oder im Spital stattgefunden haben?«

»Natürlich, das ist doch kein Geheimnis«, bestätigte Maria in herablassendem Ton meine Nachfrage.

Also hatten mich die Mutter Oberin und ihre Leibwächterin Ignacia schamlos angelogen. Den Ehrenplatz auf der Tribüne des Allmächtigen hatten sie damit wohl verspielt, dachte ich nicht ohne eine gewisse Genugtuung.

»Es kam sogar häufig zu Adoptionen«, führte Maria weiter aus. »Immer wieder gab es Mütter, die ihre Kinder nicht wollten, weil sie unehelich waren, unerwünscht oder behindert. Alleinstehende Frauen oder solche, die bei der Geburt starben. Auch Prostituierte kamen zu uns, Minderjährige oder Vergewaltigungsopfer. Wir Ordensschwestern haben uns um geeignete Familien gekümmert, damit die Kinder schnellstmöglich ein ordentliches Zuhause kriegten. Aber weshalb fragen Sie?«

»Persönliches Interesse. Eine Freundin von mir wurde in Spanien adoptiert, sogar hier in diesem Spital, wenn ich mich richtig entsinne.«

»Das kann gut sein, wir haben etliche kinderlose Paare aus der Schweiz glücklich machen können.«

»Irene Winter hieß die Adoptivmutter, die Tochter Noemi ...?«

Schwester Maria machte ein bedauerndes Gesicht. »Ich kann mich leider nicht an Einzelfälle erinnern, dazu waren es zu viele.«

»Frau Winter sagt, die Adoption wäre ziemlich teuer gewesen, auch sei manches nicht ganz legal abgelaufen, zum Beispiel wäre ihr eigener Name und nicht derjenige der leiblichen Mutter in die Geburtsurkunde eingetragen worden.«

Die Oberschwester fuhr mich erbost an: »Diese Undankbarkeit macht mich wütend! Genau wie die verleumderischen Dinge, die immer wieder in der Presse stehen! Nichts, keine Peseta hat das gekostet! Im Gegenteil: Doktor Sánchez war ein sehr großzügiger Mann und hat die Frauen oft kostenlos behandelt! Er hatte die Vision, dass jedes Kind von einer Familie aufgenommen und so vor einem Leben im Heim bewahrt werden sollte. Und was die Geburtsurkunde angeht: Ich kann Ihnen versichern, dass alles mit rechten Dingen zuging. Ich habe mich jahrelang selbst um die Abwicklung der Adoptionen gekümmert.«

»Aber …«

»Ich habe Ihnen alles gesagt, was es dazu zu sagen gibt.«

Irgendetwas stimmte hier nicht. Die Aussagen von Oberschwester Maria und diejenigen Irene Winters standen sich diametral gegenüber. Dabei war ich mir absolut sicher, dass es nicht die Winter war, die log. Sie hatte schlicht keinen Grund dazu, wohingegen die finanzielle Situation des Ordens und das verdächtige Verhalten seiner wenigen Mitglieder genügend Raum für Spekulationen bot.

Aber eigentlich war ich nicht hier, um herauszufinden, ob bei Noemis Adoption Geld geflossen war und wer sich möglicherweise unredlich daran bereichert hatte, sondern um ihre leiblichen Eltern aufzuspüren. Noemi war mutmaßlich in diesem Spital zur Welt gekommen, hier war auch ihre Mutter gestorben, bevor das Kind von den Nonnen an Frau Winter verkauft worden war. Das waren die für mich entscheidenden Informationen. Alles andere konnte mir egal sein.

Manchmal musste man als Detektiv Prioritäten setzen, den gewitterten Skandal links liegen lassen und sich auf den erteilten Auftrag konzentrieren. Selbst wenn man in der Bauchgegend ein ungutes Gefühl verspürte.

»Es muss doch Unterlagen geben«, übernahm José wieder die Gesprächsführung. »Wo vermerkt wurde, wer zu wem kam, wer die leiblichen Eltern waren und so weiter?«

Ich konnte förmlich sehen, wie jetzt der journalistische Spürhund in ihm an der Leine zerrte. Auch mein Herz pochte vor Aufregung, wir standen kurz vor dem Durchbruch.

Doch Schwester Maria winkte ab. »Wir hatten vor Jahren einen Archivbrand. Damals haben wir noch alles von Hand notiert. Ich war an jenem Abend im Dienst, innert Sekunden stand der gesamte Keller in Flammen. Wir konnten nichts retten.«

»Das ist doch unmöglich! Und es gab keine Kopien?«

»Nicht, dass ich wüsste.«

»Da wurden doch sicher Durchschläge gemacht«, beharrte José. »Das war damals so üblich.«

»Wahrscheinlich sind auch die verbrannt«, wand sich Maria.

»Wahrscheinlich?« Ich ließ nicht locker: »Sie haben eben gesagt, Sie hätten die gesamten Adoptionen organisiert und jetzt wissen Sie nicht einmal mehr genau, ob und welche Unterlagen den Brand überlebt haben?«

»Werfen Sie mir vor, meine Arbeit nicht richtig zu machen?«, fuhr sie mich in scharfem Ton an.

»Natürlich nicht«, beschwichtigte ich sie hastig. »Aber die Akten waren doch immens wichtig. Es erstaunt mich einfach, dass sie offenbar alle zerstört wurden. Gab es denn keine Inventarliste oder ein Register, so was in der Art?«

Sie schüttelte störrisch den Kopf. »Es herrschte ein unglaubliches Chaos nach diesem Zwischenfall, Sie können sich das gar nicht vorstellen. Wir haben versucht, so exakt wie möglich zu rekonstruieren, was alles verbrannt war, doch die Mittel waren knapp, es fehlte uns an Personal. Zudem interessierte sich niemand wirklich dafür, was im Archiv gelegen hatte. Nach Doktor Sánchez' Weggang hat man sich hier auf Organtransplantationen spezialisiert, es gab keine Adoptionen mehr, die gesamte Kinder- und Geburtenabteilung wurde geschlossen.«

»Wann war das?«, fragte ich erschrocken.

Maria hielt inne und überlegte. »Das muss im Herbst 1995 gewesen sein, Anfang Oktober, wenn ich mich nicht irre.«

»Und der Brand?«

»Kurz danach.«

»Ein Zufall nehme ich an?«

»Was wollen Sie damit antönen?« Drohend sah sie mich an.

»Nichts.«

»Die Ermittlungen wiesen auf einen Kabelbrand hin und wurden rasch eingestellt.«

Der Fall wurde immer undurchsichtiger. Noemi war sechzehn, was bedeutete, dass sie 1997 zur Welt gekommen war. Und wenn es stimmte, was Schwester Maria sagte, dann nicht in diesem Spital, da hier zu dem Zeitpunkt die Geburtenabteilung bereits geschlossen war.

Ernüchtert stellte ich fest, dass Sánchez womöglich überhaupt nichts mit Noemis Adoption zu tun hatte. José musste auf der Suche nach ihm eine längst verjährte Meldung im Internet erwischt haben. Ich fühlte mich wieder auf Feld eins zurückversetzt.

Die Stimmung war gedrückt, als wir mit dem Aufzug ins Erdgeschoss fuhren. Erst nachdem wir das Spital verlassen hatten, brach José das Schweigen: »Wegen diesem kleinen Rückschlag gibst du jetzt aber nicht auf, oder?«

»Von Aufgeben kann keine Rede sein. Ich habe mir die Ermittlungen nur viel einfacher vorgestellt«, erwiderte ich und bemerkte, wie gereizt ich dabei klang.

Unaufgefordert hielt mir José sein Zigarettenpäckchen hin. Ich griff zu, zündete mir einen Glimmstängel an und nahm einen tiefen Zug.

»Ich bin mir sicher, dass sie lügt«, sagte ich nach einer Weile. »Und ich vermute auch, dass Sie selbst Sánchez' Adresse aus der Computerdatei gelöscht und den Brand gelegt hat.«

»Hast du dieses eine Bild mit Sánchez und ihr gesehen? Eine Ordensschwester, zerrissen zwischen Leidenschaft und Glauben«, frotzelte José.

»Sie versucht tatsächlich, etwas zu verbergen, aber ich hab so ein Gefühl, dass da mehr als nur unerfüllte Liebe dahintersteckt«, bemerkte ich mit einem nachdenklichen Blick auf die endlose Wagenkolonne, die in Zeitlupe vor uns über die Autobahn schlich.

»Ich würde liebend gern nachschauen, was in diesen Zeitungen steht, die laut Schwester Maria verleumderische Unwahrheiten verbreiten. Leider ist der Empfang hier draußen in der Agglomeration miserabel.« José streckte die Hand mit dem Smartphone hoch und wedelte in der Luft herum.

»Das nützt einen Scheiß!«

»Ich weiß, aber so habe ich wenigstens das Gefühl, ich würde aktiv etwas zur Lösung des Problems beitragen.« José überprüfte die Anzeige seines Telefons erneut und zog ein genervtes Gesicht: »Uns bleibt nichts anderes übrig, als zu dieser Klinik zu fahren und uns nach Doktor Sánchez zu erkundigen.«

»Und wie kommen wir dahin?«

Die einzig durch eine schmale Hecke von der Autobahn getrennten Zufahrtswege zum Spital wurden von motorisierten Fahrzeugen blockiert, auf der Ausfallstraße reihten sich die Autos zentimeternah aneinander und kamen nur schrittweise voran. Nervtötendes Hupen erfüllte die Luft. Von Hintersitzen lugten gelangweilte Kinder, Ellbogen lagen lässig auf Fensterkanten, zwischen Fingern klebten Zigarettenstummel. Lethargische Gesichter hinter den Windschutzscheiben, etliche Automobilisten hingen am Telefon und unterhielten sich gestikreich mit ihren unsichtbaren Gesprächspartnern. Man war in Spanien offenbar gewohnt, dass die Rushhour bereits am frühen Nachmittag einsetzte. Es würde eine Ewigkeit dauern, bis wir ein Taxi gefunden hatten, und eine weitere, bis wir dem Verkehrschaos entkommen waren.

Wir waren bereits ein Stück die Straße entlanggegangen, als ich es endlich wagte, einen verstohlenen Blick über die Schulter zurückzuwerfen.

Leider hatte Maria, die Empfangsdame, gerade nicht in ihrem Kabäuschen gesessen, als wir das Spital verlassen hatten, damit ich mich gebührend von ihr hätte verabschieden können. Aber ein Teil von mir hatte gehofft, dass sie rein zufällig vor dem Gebäude stand, um frische Luft zu schnappen oder einen privaten Anruf zu erledigen, wenn ich mich umdrehte. Dieser Teil war zugegebenermaßen enttäuscht, als ich sie nicht entdeckte.

»Willst du nochmals zurück?« José, der meine Bewegung registriert hatte, grinste anzüglich.

»Nein.«

»Ich warte hier so lange auf ein Taxi.«

»Nicht nötig, danke.«

»Wie läuft's eigentlich so mit Manju?«

»Prima.«

Schweigend gingen wir weiter, an der Notaufnahme vorbei, vor der so viele Menschen mit beklommenen Mienen Schlange standen, als wäre soeben eine Katastrophe über die Stadt hereingebrochen.

»Wie geht's denn dir und Fiona?«, erkundigte ich mich nach einer Weile.

»Großartig.«

Anders als früher, als wir uns mehrmals pro Woche gegenseitig unter den Tisch getrunken hatten, waren José und ich in den letzten Monaten kaum noch gemeinsam durch die Bars gezogen. Der einst enge Kontakt hatte an Intensität verloren und obwohl wir nach wie vor beste Freunde waren, mussten wir uns jeweils von Neuem aufeinander einpendeln, wenn wir uns trafen. Was nicht unwesentlich damit zu tun hatte, dass sich unsere einst kongruenten Lebensmittelpunkte entscheidend verschoben hatten: José hatte ein Kind und ich keins. So einfach war das.

Nebenbei waren wir beide in Jobs tätig, die uns viel abverlangten, und hatten nicht weniger fordernde Freundinnen. Ein unwirtliches Klima für eine Männerfreundschaft, doch ich klammerte mich an die Vorstellung, wenn wir erst mal ein paar Drinks gekippt hatten, würde sich alles einrenken und wir wären wieder die Alten. Zumindest bis Sonntag früh.

Als ich mich nochmals umwandte, entdeckte ich endlich ein Taxi, das sich im Schneckentempo näherte.

»Zu Fuß wären wir schneller gewesen«, murrte José, als wir auf dem Rücksitz saßen und sich der Wagen zentimeterweise vorwärtsbewegte. Wir ruckelten an Einkaufszentren und Multiplexkinos vorbei, an Schauräumen für Sanitäranlagen und billige Einheitsmöbel, graue Industriegebäude mit Flachdächern wechselten sich mit Wohnsilos ab, eine triste Gegend, die wenig mit dem Madrid der Tourismusbroschüren zu tun hatte.

Nach der vorausgesagten Ewigkeit erreichten wir endlich den Paseo de la Habana. Die Adresse befand sich mitten im Bezirk Chamartín, einer aufgeräumten Gegend mit vielen Neubauten, von denen die meisten einen blockartigen Baustil aufwiesen. Offenbar hatte man in Spaniens Architektenzirkeln eine Zeit lang darum gewetteifert, wer mit der niedrigsten Anzahl Striche ein Haus entwerfen konnte.

Hinter Hecken und Zäunchen residierten Konsulate oder unbesetzt wirkende Hauptsitze ausländischer Firmen, die Wohnhäusern verfügten meist über einen Pförtner und hie und da erahnte man jenseits hoher Mauern ein prunkvolles Anwesen.

Ich wusste, welches die Nummer 143 war, lange, bevor wir sie erreicht hatten. Ein länglicher Block mit ziegelroter Backsteinfassade, nah an die Straße gebaut. Mannshohe Bäumchen verwilderten auf dem Rasenstreifen vor dem Haus, an einem fasrigen Strunk zitterten ausgedörrte Palmwedel in der sengenden Hitze. Vor den Fenstern befanden sich Gitter, die mit ihren Schnörkeln an die Gefängnisse aus Tausendundeiner Nacht gemahnten.

»Heute scheint Ruhetag zu sein«, stellte José fest und wischte sich den Schweiß von der Stirn. Es war brütend heiß gewesen im Taxi und das Öffnen der Fenster hatte einzig bewirkt, dass sich der Innenraum mit stinkenden Abgasschwaden gefüllt hatte. Von Abkühlung keine Spur, dafür war Sauerstoffmangel zu einem ernsthaften Problem geworden.

»Nicht nur heute«, erwiderte ich, nachdem ich die verlassen wirkende Klinik begutachtet hatte. Ich löste das feuchte Hemd von meinem Rücken, betrat das Grundstück und drückte auf das namenlose Klingelschild. Hohl schrillte es durch das Gebäude. Kaum war der Hall verebbt, machte sich erneut diese eigenartige Stille breit, die von unbewohnten Häusern ausgeht.

»Da ist schon länger keiner mehr behandelt worden«, bemerkte ich und zog einen der wenigen offiziell aussehenden Umschläge aus dem Wulst sich wellender Gratiswerbung, der aus dem Briefkasten quoll. »Immerhin in einem Punkt hat uns Schwester Maria nicht angelogen: Doktor Sánchez hat tatsächlich hier praktiziert. Das Papier ist aber dermaßen verwaschen, dass die Adresse nur noch knapp und das Datum überhaupt nicht mehr zu entziffern ist.«

»Ob sie wohl gewusst hat, dass die Klinik seit Längerem geschlossen ist? Dank ihr sind wir ermittlungstechnisch in einer Sackgasse gelandet.«

Ich dachte über Josés Worte nach. »Ich würde ihr zutrauen, dass sie das in Kauf genommen hat.«

Wir gingen einmal ums Haus herum. Von der Frontseite gab es keine Möglichkeit, ins Gebäude hineinzulinsen, auf der Rückseite senkte sich das Gelände, sodass die unterste Fensterreihe auf einer Höhe lag, die ohne Leiter nicht zu erreichen war. Es gab eine Hintertür, die verriegelt war, daneben führte eine Kellertreppe in einen Schacht hinunter. Auf dem obersten Treppenabsatz entdeckten wir einige übergroße Pappbecher von McDonald's und ein halbes Dutzend schwarzer Stummel.

»*Calimocho*«, stellte José mit angeekelter Grimasse fest, nachdem er an einem der Becher gerochen hatte. »Cola mit Rotwein gemischt. Damit besaufen sich spanische Jugendliche, dazu wird gekifft, und zwar nicht zu knapp.«

Er stieg über den Abfall hinweg, bevor er plötzlich stutzte und dann zielsicher ganz in den Schacht hinunterging.

»Die Tür ist aufgebrochen!«, ließ er mich wissen und drückte die Klinke herunter.

»Pass auf, vielleicht ist das Haus besetzt«, flüsterte ich ihm zu, nachdem ich ihn eingeholt hatte. Doch er hatte den Keller bereits betreten.

»Vor irgendwelchen ungewaschenen Teenies, die wir beim Rumfummeln ertappen, fürchte ich mich nicht!«

Die Luft drin war kühl und feucht, es roch erdig, ein wenig nach Marihuana und kaltem Rauch, am meisten aber nach Müllkippe. Stumm wies José auf einen verwitterten Tisch direkt neben der Tür, auf dem etliche hellgelbe Tetrapaks aus dem Discounter standen. Der so verkaufte Rotwein war derart billig, dass der Produzent sich nicht einmal einen Namen dafür hatte leisten können.

In einer Ecke waren zwei zerfledderte Matratzen rechtwinklig aneinandergeschoben. Auf einem unordentlichen Bündel Kleider lag ein abgegriffenes Harry-Potter-Taschenbuch, auf dem Boden ein überquellender Aschenbecher, umringt von Stummeln selbst gedrehter Zigaretten. Halb abgebrannte Kerzen steckten in Flaschenhälsen, überall waren zerbrochene Plastikbecher verstreut.

Angewidert verzog ich das Gesicht. »Wieso sind die nicht rauf? Wenn das Haus doch eh leer steht?«

»Damit man nachts von außen das Licht nicht sieht? Ist ja eine ziemlich feine Gegend, da würde es den Nachbarn sicher auffallen, wenn sich jemand in der leer stehenden Klinik rumtreiben würde. Aber wer weiß schon, was in einem bekifften Teeniehirn abgeht!«

Ich suchte den Lichtschalter und kippte ihn um. Nichts geschah.

»Der Strom ist abgestellt.«

»Ich habe eine Scheinwerfer-App auf meinem Handy installiert.« José nestelte sein Smartphone hervor. »Endlich findet sich ein Verwendungszweck dafür!«

Er leuchtete mit dem erstaunlich hellen Lichtkegel in den hinteren Teil des Kellers. Dort befanden sich etliche mit Holzlatten abgetrennte Abteile, die meisten davon leer geräumt, in manchen stapelte sich Gerümpel.

»Hier finden wir seine Unterlagen sicher nicht«, grummelte José.

»Als Versteck wäre der Keller natürlich perfekt, wir bräuchten allerdings Tage, um alles zu durchsuchen. Aber ich möchte mit Sánchez selbst reden.«

»Wozu eigentlich? Nach seinem Abgang fanden ja im Spital keine Adoptionen mehr statt.«

»Aber im Orden! Noemi wurde zwei Jahre danach an Frau Winter verkauft. Und da weder die ehrwürdige Mutter noch Schwester Ignacia mit der Wahrheit rausrücken wollen, bin ich gezwungen, auf andere Weise herauszufinden, wo das Mädchen geboren wurde. Denn dort müssten sich auch die Unterlagen zur Adoption finden. Ich vermute, dass uns Sánchez etwas dazu sagen kann. Immerhin hängt seine Nummer in der Wohnung der Nonnen, was durchaus bedeuten könnte, dass sie auch nach 1995 noch in Kontakt standen.«

Zweifelnd wiegte José den Kopf. »Alle, die wir bisher auf diese Geschichte angesprochen haben, waren erstaunlich vergesslich, Oberschwester Maria ausgenommen. Hoffen wir, dass die grauen Zellen des Herrn Doktor a. D. etwas besser in Schuss sind.«

»Was ist eigentlich mit diesen Zeitungsberichten, von denen die Oberschwester gesprochen hat?«

»Ich hab nicht mehr dran gedacht.« José warf einen Blick auf sein Handy. »Wir müssen allerdings rauf, hier gibt's noch weniger Empfang als vor dem Spital.«

Nach kurzem Suchen entdeckten wir die Treppe ins Erdgeschoss hinter einer geschlossenen Tür und stiegen vorsichtig hinauf.

Es sah aus, als hätte Doktor Sánchez die Klinik Hals über Kopf verlassen. Ein Bürostuhl war mitten in den Eingangsbereich gerollt, Schränke standen offen und Schubladen waren herausgerissen, die bunten Bonbons in der Schüssel auf dem Empfangstresen bildeten einen klebrigen Klumpen. Eine einsame Kaffeetasse war auf einem der beiden Schreibtische zurückgelassen worden, sie war – wie alles andere auch – staubbedeckt.

»Die Computer haben sie mitgenommen«, stellte ich halblaut fest und deutete auf die Löcher für die Kabelanschlüsse in den Tischplatten.

»Oder sie wurden nachträglich geklaut.«

Ich ging den Korridor entlang und guckte in einige der Behandlungszimmer. Sie waren noch vollständig eingerichtet.

»Da hat es jemand richtig eilig gehabt fortzukommen«, rief ich José zu.

»Aber an die Unterlagen hat er gedacht«, hörte ich seine Stimme aus dem Empfangsbereich. »Die sind nämlich weg. Schränke und Schubladen sind komplett leer geräumt.«

»Guckst du jetzt mal die Zeitungsartikel nach?«

»Gleich, Schatz.«

Ich grinste. Trotz allen privaten Veränderungen verstanden wir uns immer noch blind. Es gab Bekannte, die behaupteten, wir seien eingespielt wie ein altes Ehepaar. Manchmal sah ich mich versucht, ihnen recht zu geben.

Am Ende des Ganges führte eine Treppe in den ersten Stock hoch. Dort bot sich mir ein ähnliches Bild wie unten: Anstelle von Behandlungsräumen befanden sich hier Krankenzimmer, auch sie waren tadellos eingerichtet. Wäre nicht die dicke Staubschicht über allem gewesen, man hätte meinen können, die Patienten seien nur kurz in die Cafeteria gegangen.

Ich nahm die Treppe am anderen Ende des Flurs, um wieder ins Erdgeschoss zu gelangen. Im Vorbeigehen guckte ich in die Räume. Den Geräten nach waren hier auch Untersuchungen gemacht worden. Plötzlich blieb ich wie angewurzelt stehen.

»José! Komm sofort her!«, schrie ich.

»Nicht jetzt! Hör dir das an! Das ist unglaublich!«

José schoss hinter dem Empfangstresen hervor, ohne den Blick vom Display seines Telefons zu lösen. »Dieser Sánchez hat weitergemacht!«

»Ich weiß! Wenn mich nicht alles täuscht, steht hier so ein Schalldingsbums. Wie man es bei Schwangerschaften benötigt, um das Baby anzugucken.«

»Was zum Teufel ...« José kam herübergerannt und starrte auf den Apparat, der wie ein antiquierter Computer aussah und mit den vielen Knöpfen und Tasten an eine Schalttafel bei Raumschiff Enterprise erinnerte.

»Ein Ultraschallgerät, eindeutig, ich kenn mich da jetzt aus.« Er wandte sich wieder seinem Handydisplay zu. »Hier steht, dass Sánchez die Adoptionen wahrscheinlich von dieser Klinik aus weitergeführt hat. Illegal! Das linksliberale Blatt *Público* hat diese Behauptung in die Welt gesetzt, doch als man Nachforschungen angestellt hat, verschwand Sánchez von einem Tag auf den anderen. Übrig blieb nur die leer stehende Klinik. Aber das ist bei Weitem nicht alles, schon früher ...« José vertiefte sich in den Artikel und als er wieder aufblickte, sah er zutiefst verstört aus. In einem solchen Zustand hatte ich ihn noch nie erlebt.

»Hier sind furchtbare Dinge geschehen!«, sagte er tonlos.

»Später!« Ich zog meinen Freund am Arm ins Ultraschallzimmer hinein, schloss die Tür bis auf einen schmalen Spalt und hielt den Finger angespannt lauschend an die Lippen. Mir war, als hätte ich eben ein Geräusch vernommen. Deutlich waren jetzt Schritte zu hören, der Eindringling war ebenfalls durch den Keller ins Haus gelangt und stieg nun die Treppe herauf. Glücklicherweise stand die Tür ins Erdgeschoss offen, sonst wäre ich nicht rechtzeitig gewarnt worden.

Wachsam spähte ich in den Korridor. Der Typ musste jeden Moment im Türrahmen auftauchen. Unsanft zerrte mich José von meinem Beobachtungsposten weg und äugte durch den Spalt.

»Coño!«, flüsterte er und wich langsam zurück. Schwer atmend lehnte er sich an die Wand.

»Was denn?«, formte ich mit den Lippen.

»Ist da jemand?«, hörte ich in dem Moment von draußen eine weibliche Stimme. Die Schuhe der Frau verursachten ein quietschendes Geräusch auf dem Kunststoffboden, als sie sich unserem Versteck näherte. Nur noch wenige Meter fehlten, bevor sie uns entdecken würde. Ich wagte mich nicht zu rühren.

»Ich weiß, dass da jemand ist.« Die Einbrecherin klang wachsam, aber keineswegs ängstlich.

Ruckartig stieß sich José von der Wand ab, langte an mir vorbei zur Klinke und riss die Tür auf: »Ich kann dir alles erklären, Mo.«

Das nächste Geräusch, das ich vernahm, war das Klatschen einer Ohrfeige.

»Ihr wart zusammen auf der Journalistenschule?«, versicherte ich mich ungläubig. Nachdem die erste Aufregung abgeflaut war, hatten wir uns auf Bürostühle im Empfangsbereich gesetzt. Während ich mich mit Mónica unterhielt, glotzte José aus dem Fenster und tat, als ginge ihn das alles nichts an.

»In Luzern. Meine Mutter ist Schweizerin und wollte, dass ich eine solide Ausbildung erhalte. Was auch immer das bedeutet. Dort habe ich dann José kennengelernt.« Sie blickte zu José hinüber, doch der schaute immer noch demonstrativ weg. Aus diesem Grund bemerkte er auch das spöttische Lächeln nicht, mit dem sie ihn bedachte. Was auch immer zwischen den beiden vorgefallen war, mit dieser einen Ohrfeige war die Sache für Mónica erledigt.

»Das muss ziemlich genau vor fünfzehn Jahren gewesen sein. Wir haben uns auf der Stelle verliebt und waren fast zwei Jahre zusammen, bis er sich eines Tages einfach nicht mehr meldete. Freunde haben mir dann erzählt, er sei zurück nach Zürich gezogen und habe da eine neue Freundin …«

»Wenn ihr mit eurem Kaffeekränzchen fertig seid, würde ich mich gern mit diesem Sánchez befassen.« Schwungvoll drehte sich José auf seinem Stuhl zu uns hin.

Mo verstummte und starrte ihren Ex mit weit aufgerissenen Augen an. »Sánchez? Von welchem Sánchez sprichst du? Etwa von Doktor Alberto Sánchez?«

José und ich wechselten einen verdutzten Blick. In unserer Verblüffung über das unerwartete Aufeinandertreffen hatten wir Mo noch gar nicht gefragt, was sie eigentlich in der leeren Klinik zu suchen hatte.

»Genau von dem«, bestätigte ich vorsichtig.

»Und was wollt ihr von ihm?«

Ich erklärte es ihr in knappen Worten.

»Das ist ja ein Ding!«, stieß sie hervor. »Den suche ich nämlich auch, schon seit Jahren. Nur weiß kein Mensch, wo er steckt. Ich habe damals einen Bericht im *Público* über ihn und diese Klinik verfasst, seither ist er wie vom Erdboden verschluckt.«

»Das warst du?«

»Meine erste größere Reportage. Doch ich war blutjung, wenig erfahren und zudem eine Frau, man nahm mich nicht besonders ernst.« Mo verzog das Gesicht.

»Der Bericht hat zumindest Sánchez aufgeschreckt«, wandte ich ein.

»Der einzige Beweis, dass das Blatt überhaupt gelesen wurde«, grinste Mo.

Eine mitreißende Energie ging von der zierlichen Frau aus. Das rotbraune Haar trug sie kurz geschnitten und etwas zerzaust, Sommersprossen bedeckten ihre Nase. Ihre Füße steckten in schwarzen Ballerinas, nur das bordeauxrote Kleid wirkte etwas zu formell für einen ganz gewöhnlichen Freitagnachmittag.

»Worum ging es in dem Artikel?« Bevor wir von Mo unterbrochen worden waren, hatte José angetönt, dass Sánchez Adoptionen illegal durchgeführt hatte. Es konnte gut sein, dass Mos Nachforschungen der Schlüssel zu meinem eigenen Fall waren.

»Da muss ich weit ausholen«, seufzte Mo. Sie lehnte sich etwas vor und presste die Fingerspitzen aneinander. »Ihr habt sicher von diesem Babyskandal gehört, der Spanien erst kürzlich erschüttert hat.«

»Natürlich!« Zum ersten Mal hatte ich vor etwa zwei Jahren von den unglaublichen Geschehnissen gelesen, seither wurden sie von der Presse in unregelmäßigen Abständen aufgewärmt, da nun allmählich das ganze Ausmaß ersichtlich wurde und sich die ersten Täter vor Gericht verantworten mussten. Dabei handelte es sich ausnahmslos um Nonnen und Ärzte. Ich ärgerte mich, dass ich die Verbindung nicht längst selber erkannt hatte. Noemis Geschichte war vielleicht gar nicht so einzigartig, wie ich angenommen hatte.

»Jahrelang wurde in ganz Spanien und namentlich in drei Spitälern Madrids systematischer Kinderhandel betrieben: in der Klinik *San Ramon* sowie in den Spitälern *Santa Christina* und *O'Donnell*.« Mo erhob sich und stellte sich hinter ihren Stuhl, die Hände auf der Rücklehne abgestützt. »Alleinstehenden Müttern, viele davon aus armen Verhältnissen, zerrütteten Beziehungen oder mit unehelichen Schwangerschaften, wurden in diesen Institutionen die neugeborenen Kinder weggenommen und an wohlhabende katholische Familien verkauft. Den Müttern wurde dabei erklärt, ihre Kinder seien nach der Geburt eines plötzlichen Todes gestorben, das Spital kümmere sich um die Beerdigung. Ärzte und Klinikbetreiber arbeiteten dabei eng mit den Ordensschwestern zusammen, es war nichts anderes als organisiertes Verbrechen.«

»Aber so was kann man doch nicht jahrelang vor der Öffentlichkeit geheim halten? Hat denn keine dieser Frauen aufbegehrt?«

»Natürlich haben sie sich gewehrt, aber genützt hat es nichts! Ihre Beschwerden an die amtlichen Stellen wurden irgendwo abgelegt und vergessen, die wenigen Ermittlungen, die in Angriff genommen wurden, bald verschlampt. Keiner hat etwas unternommen, obwohl viele davon gewusst haben. Denn niemand wollte sich mit der katholischen Kirche anlegen, die ziemlich tief in den Fall verstrickt war. Zudem reicht diese Art von Kinderhandel in Spanien weit zurück, die Wurzeln finden sich in der Franco-Ära. Damals war sogar der Staat involviert.«

»Der Kinderhandel wurde staatlich unterstützt?«

»Sogar initiiert! Die rechtsgerichtete Diktatur von General Francisco Franco ließ Oppositionelle gefangen nehmen oder gleich hinrichten. Die in Gefangenschaft geborenen Babys dieser ›linken Verräterinnen‹ sowie Kinder, die gezielt aus regimefeindlichen Familien entführt worden waren, wurden liniengetreuen Adoptiveltern zur ›Umerziehung‹ zugeteilt. Nach dem Ende der Franco-Diktatur 1975 wurde der Kinderhandel aber keineswegs eingestellt. Vielmehr begann er erst so richtig zu florieren, denn die verbrecherischen Netzwerke merkten rasch, dass sich damit Geld machen ließ. Viel Geld.«

»Was hat denn so ein Baby gekostet?«, erkundigte ich mich.

»Um die zweihunderttausend Peseten, das wären heute etwa fünftausend Euro. Man schätzt, dass bis Mitte der Neunzigerjahre rund dreihunderttausend Babys geraubt und verkauft worden sind, zum Teil sogar unter Mithilfe der zuständigen Adoptionsämter, die kinderlose Paare an die Nonnen weitervermittelt haben.«

»Und es gab keinen landesweiten Aufschrei?« Ich versuchte, mir vorzustellen, was in der Schweiz geschehen würde, käme ein solcher Skandal ans Tageslicht.

»Damals noch nicht«, erklärte Mo. »Der Staat hielt sich bedeckt und die Kirche tat, was sie in heiklen Situationen immer tut: Sie saß die Krise aus, Vorwürfen begegnete sie mit Schweigen.«

»Und keine dieser Frauen hat Anklage erhoben?«

»Selbst wenn eine der betroffenen Frauen den Mut aufgebracht hätte, gegen den spanischen Staat vorzugehen, sie hätte kaum einen Anwalt gefunden. Der Amtsweg wäre unvorstellbar langwierig und kostenintensiv gewesen. Denn nach dem Tode Francos hatte die neue Regierung sofort Amnestiegesetze erlassen, die eine strafrechtliche Verfolgung von Verbrechen aus dieser Zeit nahezu unmöglich machten. Zudem waren viele Geburtsurkunden gefälscht worden, sodass es schwierig war, stichhaltige Beweise vorzulegen. Die meisten involvierten Ärzte oder Ordensschwestern konnten, oder vielmehr wollten, sich nicht mehr erinnern und die Kooperation der Behörden war sozusagen inexistent. Der erste Untersuchungsrichter, der es gewagt hat, in diesem dunklen Kapitel der spanischen Geschichte zu stochern, wurde von der Justiz umgehend mit einem Berufsverbot kaltgestellt.

Erst nachdem sich die Eltern der angeblich toten Kinder zu einer Vereinigung zusammengeschlossen und jahrelang darauf gedrängt hatten, wurden erste ernsthafte Ermittlungen aufgenommen. Dann kamen nach und nach Anzeigen von betroffenen Kindern hinzu, denen die vermeintliche Mutter auf dem Sterbebett die Herkunft gebeichtet hatte. Allein im letzten Jahr waren es tausendfünfhundert Fälle.«

Ich stand auf, trat ans Fenster und blickte auf den Rasen hinter der Klinik.

Mos Erläuterungen hatten mich aufgewühlt und wütend gemacht. Obwohl ich normalerweise der Meinung war, gewisse Leute machten es sich etwas zu einfach, blindlings auf die katholische Kirche einzuprügeln – diesmal war ich auf deren Seite. Im Namen Gottes waren Familien auseinandergerissen und Kinder von ihren Müttern getrennt worden, man hatte Frauen und Männer ins Unglück gestürzt, indem ausgerechnet die Vertreter der Kirche geraubt, gefälscht, gelogen und sich unredlich bereichert hatten. Dieses scheinheilige Getue widerte mich an, die christlichen Werte, die hochgehalten wurden wie Banner, während jeder noch so kleine Fetzen an Interna, der an die Öffentlichkeit drang, davon zeugte, dass nicht einmal die Gläubigsten danach lebten.

»Ich befürchte, das ist noch nicht alles gewesen?« Ich wandte mich um und ging zurück zu meinem Stuhl.

»Das war erst der Anfang«, bestätigte Mónica meine Vermutung.

»Dann brauche ich einen Drink!«

José, der während Mos Ausführungen auf den Boden gestarrt, dabei aber – wie ich aus Erfahrung wusste – aufmerksam zugehört hatte, rollte mit seinem Bürostuhl ein paar Meter zurück und begann, die Schubladen eines weißen Korpus unter dem Schreibtisch aufzuziehen.

»Amontillado, medium dry!«, rief er plötzlich und schwenkte triumphierend eine Flasche aus dunklem Glas. »Auf der Flucht zurückgelassen, vorhin von mir entdeckt.«

»Immerhin besser, als gar nichts zu trinken«, feixte Mo.

»Früher hättest du für eine Flasche Sherry gemordet!«

»Früher hatte ich ja auch einen schlechten Geschmack.«

José streckte ihr die Zunge heraus, worauf sie ihm zwar den Mittelfinger zeigte, aber das Eis schien gebrochen. Immerhin waren das die ersten Worte gewesen, die die beiden seit der etwas ungewöhnlichen Begrüßung direkt miteinander gewechselt hatten.

Nachdem die Flasche geöffnet war, was José einiges an Geschick abverlangte, weil er den Korken unter Zuhilfenahme einer herumliegenden Schraube herauspulen musste, nahmen wir reihum einen Schluck und feierten unser unerwartetes Zusammentreffen.

»Woher wusstest du, dass wir hier waren?«, fragte ich Mónica.

Verschmitzt lächelnd deutete sie zur Kellertür: »Ich habe einen guten Draht zu den Jugendlichen, die sich hier zeitweise einquartieren. Alles Kinder aus gutem Hause, die ein wenig den Aufstand proben, bevor sie von ihren Eltern an die Eliteuniversitäten des Landes geschickt werden. Hin und wieder versorge ich die mit etwas Gras. Dafür müssen sie mir sofort melden, falls sich jemand Zugang zur Klinik verschafft. Entgegen aller Wahrscheinlichkeit hoffe ich natürlich immer noch, Sánchez zu erwischen.«

Sie zog die Schultern hoch und ließ sie langsam wieder sinken. »Von den Verantwortlichen laufen noch heute die meisten frei herum und ganze Berge an Unterlagen sind seither auf mysteriöse Weise verschwunden. Immerhin bewirkte der öffentliche Aufruhr, dass die illegalen Adoptionen endlich eingestellt wurden. Der Justizminister sprach von Gendatenbanken, die man einrichten wollte, um Kinder mit ihren biologischen Eltern zusammenzuführen, geschehen ist bisher wenig. Man dachte tatsächlich, der Spuk sei vorbei, doch dann …«

»Hört ihr das auch?«, unterbrach ich Mos Erläuterungen. Alarmiert horchten wir auf die Polizeisirene, die eben noch beiläufig und weit entfernt geklungen hatte, sich nun aber drohend näherte.

»Joder!«, fluchte Mo und eilte zu einem Fenster auf der gegenüberliegenden Korridorseite, von wo aus man die Straße überblicken konnte.

Schulkinder in dunkelblauen Uniformen waren neugierig stehen geblieben, von einem der benachbarten Grundstücke gaffte eine ältere Dame herüber.

Der Polizeiwagen war direkt vor die Klinik gefahren und stand schräg auf dem Gehsteig. Zwar war das Martinshorn verstummt, doch das Blaulicht flackerte weiterhin, während die Beamten noch im Fahrzeug saßen und sich abzusprechen schienen.

»Das haben wir Oberschwester Maria zu verdanken!«, raunte ich José zu. »Die will uns aus dem Weg haben.«

»Denke ich auch. Sie wusste, dass wir direkt hierhinfahren würden und hat den Bullen vorsorglich einen Einbruch gemeldet. Das Timing der alten Hexe ist perfekt!«

»Was jetzt?« Ich suchte Mos Blick. Keiner von uns verspürte große Lust, den Rest des Tages und womöglich sogar einen Teil der Nacht auf dem Polizeirevier zu verbringen und immer wieder aufs Neue zu erklären, was genau wir in dem leer stehenden Gebäude zu suchen hatten. Wenn uns jemand aus dieser Situation retten konnte, dann eine gewiefte Journalistin.

»Wir gehen hinaus. Und zwar jetzt.«

»Und was erzählen wir denen?«

»Lasst mich nur machen.« Sie griff sich ein Clipboard, das verwaist auf einem der abgeräumten Schreibtische herumlag, und pustete die Staubschicht weg, dann zückte sie einen Kugelschreiber. Am Schluss setzte sie sich eine Sonnenbrille auf, die sie ihrer Handtasche entnahm.

»Kommt mit!« Flink stieg Mo die Stufen in den Keller hinunter. Mittlerweile waren die Polizisten aus dem Wagen gestiegen und das Schrillen der Türglocke schallte durchs ganze Haus. Gleichzeitig kam jemand die Außentreppe zum Keller herunter.

Ich sah, wie Mo grinste. Die Angelegenheit schien ihr einen Heidenspaß zu bereiten.

Sie öffnete die Kellertür und schubste uns ins Freie.

»Einfach weitergehen, nichts anmerken lassen«, wies sie uns flüsternd an.

Sie folgte uns und begann so laut auf Spanisch auf uns einzureden, als hielte sie uns für hörbehindert: »Und gleich zeige ich Ihnen die entzückende, entzückende Gartenanlage. Eine wundervolle Oase der Ruhe, wo Sie sich von der Hektik des Alltags erholen können. Die Büsche sind etwas verwildert, aber ich denke, Sie werden ohnehin einen Gärtner …« Mónica, die im Begriff war, die Tür hinter sich zuzuziehen, brach den Satz ab, um mit ärgerlich gekräuselten Lippen zum Polizeibeamten hochzublicken, der mit der Hand an der Waffe auf halbem Weg stehen geblieben war.

»Was verschafft uns die Ehre?«

»Ich …«

»Wenn Sie bitte zur Seite treten würden, damit meine beiden Kaufinteressenten die wunderwunderschöne Gartenanlage besichtigen können?« Energisch stieg sie die Stufen hoch.

Verdattert tat der Polizist, was sie verlangte. Als sie sich elegant an ihm vorbeischlängelte, bedankte sie sich mit einem strahlenden Lächeln.

»Ich sage nur: Morgensonne. Sie sind doch beide Frühaufsteher, nicht?«

Wir bejahten eifrig und José murmelte ein paar spanische Bemerkungen.

»Sie meinen, die Palme da müsse weg? Das sehe ich ebenso, sie ist ja schon ganz verdorrt. Und die Feigenbäume wohl auch, die wirken etwas mitgenommen.« Eifrig machte sie sich Notizen, während sie uns an der Querseite des Hauses entlanglotste und dabei ununterbrochen auf uns einplapperte: »Der Preis ist natürlich Verhandlungssache, aber ich sage Ihnen das unter dem Siegel der Verschwiegenheit: Für diese Gegend ist das Gebäude ein Schnäppchen!«

Der Polizist war uns gefolgt und kratzte sich verlegen am Kopf, als wir um die Ecke bogen und sich sein Kollege mit fragend hochgezogenen Augenbrauen vor uns aufbaute.

»Ich sage immer: Schlafen Sie eine Nacht drüber und entscheiden Sie dann! Aber lassen Sie sich nicht zu viel Zeit, das Objekt ist begehrt!« Mo stieß ein wieherndes Lachen aus und patschte mir vertraulich ihre Hand auf die Schulter. »Ich höre von Ihnen!«

Sie geleitete uns von den Polizeibeamten weg zum Gartentor. »Wo haben Sie geparkt? Gleich da vorne? Das trifft sich ja wunderbar, ich muss in dieselbe Richtung!« Sie wandte sich nach den beiden verdutzten Männern um und deutete eine Verbeugung an: *»Señores.«*

»Habt ihr das gesehen? Wie der eine geguckt hat? Die waren so was von sprachlos!«, Mos Lachen war ansteckend und ihre grünen Augen funkelten übermütig. Wir erhoben unsere Gläser und stießen mit einem *Cava Codorníu* an, einem trockenen Schaumwein, den José beim Kellner bestellt hatte, nachdem er den Sherry schweren Herzens in der Klinik hatte zurücklassen müssen.

Mo hatte uns mit ihrem uralten Seat, den sie tatsächlich in unmittelbarer Nähe geparkt hatte, ins Stadtzentrum zurückgefahren und uns zu einer Tapasbar nicht weit von ihrer Wohnung geführt. Das *Corazón Loco* war ein schmuckes, übersichtliches Lokal in der Nähe des Plaza San Andrés, im Spitzwinkel zweier schmaler Gässchen gelegen. Die Wände bestanden aus roten Backsteinen, das Tagesmenü war mit Kreide auf eine Schiefertafel notiert und der Touristenaufmarsch erträglich. Wir hatten uns an eines der einfachen Tischchen im hinteren Bereich des Restaurants gesetzt und nebst der Flasche Sprudel eine Auswahl Tapas bestellt. Jetzt balancierte der Kellner die kleinen Tellerchen auf einem Tablett heran und versuchte, sie auf der ohnehin schon knapp bemessenen Tischplatte zu platzieren. Nebst dem obligaten *Jamón Ibérico* und etwas *Queso Manchego* hatte Mo *Pulpo a la Gallega*, einen leckeren Tintenfischeintopf, geordert, des Weiteren *Albóndigas*, Fleischbällchen in einer würzigen Brühe, *Patatas Bravas* und *Boquerónes fritos*, in Öl gebackene Kartoffeln mit scharfer Tomatensoße und frittierte Fischchen, die man mit etwas Zitrone verspeiste. Dazu gab es geschmorte Champignons mit viel Knoblauch und eine himmlische lauwarme *Tortilla*, während in einer Schüssel aus gebranntem Ton ein schlammfarbenes Gericht schwappte, aus dem Stücke von Badeschwämmen ragten.

»*Callos madrileños,* Kutteln nach Madrider Art«, klärte mich Mo lachend auf, als sie mein angewidertes Gesicht sah. Ich überwand mich, probierte eine Gabel voll und schauderte, während ihr die Innereien ausgezeichnet zu schmecken schienen.

Erst jetzt bemerkte ich, wie hungrig ich gewesen war, außer dem Muffin im Flugzeug hatte ich an diesem Tag noch nichts gegessen. Nachdem wir alle satt und vom Sprudel ein bisschen beschwipst waren, lenkte ich das Gespräch, das sich betont neutral um die beruflichen Werdegänge von Mónica und José drehte, wieder auf den Fall zurück.

»Mo, du hast erwähnt, dass nach dem Aufdecken des Skandals keine Adoptionen mehr stattgefunden haben. Wie ging es weiter?«

Mo schüttelte den Kopf, während sie etwas Olivenöl mit einem Stück Weißbrot auftunkte und es sich in den Mund steckte: »Das stimmt so nicht ganz. Ein findiger Journalist stieß nur wenige Monate nach Publikwerden des Skandals auf eine Kinderklinik am Stadtrand, in der weiterhin ungewöhnlich viele Todesfälle vermeldet wurden. Meistens von Neugeborenen mit Müttern aus sozial instabilen Verhältnissen. Der erste Artikel über das Hospital *El Divino Niño* erschien in einer kleinen Zeitung, unglücklicherweise ging er in der allgemeinen Empörung unter, die der Kinderhandel in den drei weit größeren Spitälern ausgelöst hatte. Der Journalist ließ jedoch nicht locker und forschte weiter, ein zweiter Bericht stieß bereits auf mehr Beachtung. Ein Fernsehsender interessierte sich plötzlich für die Sache und es sah ganz danach aus, als weite sich der Skandal auf ein viertes Spital aus. Doch dann, buchstäblich über Nacht, verschwanden die beiden verantwortlichen Ärzte und die Belegschaft verweigerte jede Aussage. Wenige Tage danach ging das Archiv im Keller in Flammen auf und brannte komplett aus.«

»Wir waren heute dort«, informierte ich Mo.

»Habt ihr Oberschwester Maria kennengelernt?«

»Von ihrer besten Seite.«

»Offiziell hat sie keine andere.«

»Das hab ich mir gedacht. Ich vermute, dass der Orden nach 1995 die Babys von Sánchez' Privatklinik gekriegt hat, er stand scheinbar noch in engem Kontakt mit den Schwestern. Wir hoffen, dass wir durch ihn an die Adoptionsakten gelangen, damit wir die Namen von Noemis leiblichen Eltern ausfindig machen können. Ist er allerdings tatsächlich verschollen oder gar verstorben, bleibt unser einziger Trumpf in dieser Angelegenheit diese Hebamme.«

»Wer war dieser zweite Arzt?«, fragte José nach und bedeutete dem Kellner mit einer Handbewegung, dass wir gern eine weitere Flasche hätten.

»Grüninger, ein Schweizer notabene.«

Plötzlich erinnerte ich mich an den glatt rasierten und etwas steif wirkenden Mann neben Sánchez, den ich auf dem Foto in Schwester Marias Büro gesehen hatte. Es war mir, als hätte sie ihn kurz erwähnt, und es war unverzeihlich, dass ich ihm nicht mehr Aufmerksamkeit geschenkt hatte. Aber das überraschende Wiedererkennen der Ordensschwestern auf dem Bild sowie Marias Erläuterungen dazu hatten mich in dem Moment zu sehr in Beschlag genommen.

»Doktor Grüninger war maßgeblich am Kinderhandel beteiligt«, erklärte Mo. »Er ist ebenfalls verschwunden, was nicht weiter überrascht. Nach dem Abgang im *El Divino Niño* tauchten die beiden ein paar Monate unter, doch Anfang 1997 eröffneten sie klammheimlich diese Luxusklinik, wahrscheinlich um kein weiteres Aufheben um ihre dubiose Vergangenheit zu provozieren. Aber unter Madrids oberen

Zehntausend sprach sich die Neuigkeit schnell herum und schon bald genoss die Institution einen hervorragenden Ruf.«

»Was geschah mit dem Journalisten, der die beiden beinahe überführt hatte?«

»Der hat nicht aufgegeben, das war nicht seine Art.« Mónica blickte gedankenverloren auf die Etikette der leeren Flasche und hob dann etwas zu abrupt den Kopf. »Seine Nachforschungen über die neue Klinik förderten nichts Illegales zutage. Die beiden Ärzte schienen ihren Job jetzt seriös auszuüben. Später wurde dem Journalisten aber zugetragen, dass in der Klinik Frauen aus weniger privilegierten Gesellschaftsschichten gratis behandelt würden. Diese Nachricht alarmierte ihn natürlich in höchstem Grade, doch entgegen jeder Wahrscheinlichkeit wurden weder Presse noch Behörden misstrauisch. Im Gegenteil: Der selbstlose Einsatz stellte den Ruf der beiden Mediziner endgültig wieder her, sie wurden als humanitäre Wohltäter gefeiert und als leuchtende Beispiele dafür präsentiert, wie man ein Unternehmen gewinnorientiert betreiben konnte, ohne dabei die soziale Verantwortung zu vernachlässigen.

Doch der Journalist hatte sich mittlerweile viel zu sehr in das Thema verbissen, als dass er einfach davon hätte ablassen können. Er setzte alles daran, den beiden Ärzten das Handwerk zu legen. Endlich, nach einer jahrelangen Durststrecke, kontaktierte ihn eine Frau, eine drogenabhängige Prostituierte, die an der Calle de la Luna anschaffte. Sie behauptete, in der Klinik ein Kind geboren zu haben. Die übliche Geschichte: Man hatte ihr gesagt, das Neugeborene sei unerwartet gestorben, die Klinik würde sich um das Begräbnis kümmern. Nur war sich die Frau absolut sicher gewesen, dass ihr Junge gesund zur Welt gekommen war, sie hatte ihn sogar schreien gehört. Der Journalist versprach, der Sache nachzugehen. An einem regnerischen Abend im März 2007 machte er sich auf den Weg zur Klinik. Seither hat man ihn nicht mehr gesehen.« Mo machte eine Pause.

»Carlos ist tot?«, fragte José mit heiserer Stimme.

»Wie gehen davon aus, obwohl Papas Leiche nie aufgetaucht ist. Mutter hat Himmel und Hölle in Bewegung gesetzt, um ihn zu finden, doch es war vergebens.«

»Bist du deshalb hinter Sánchez und Grüninger her?«, wollte ich wissen.

»Diese *Cabrones* haben nicht nur meinen Vater auf dem Gewissen, sondern mutmaßlich Hunderte von Familien zerstört! Ich gebe nicht auf, bis ich die beiden erwischt habe, und wenn ich den Rest meines Lebens damit verbringe!« Mos Augen funkelten vor Wut.

»Ich war einmal so nah dran!« Sie hob die Hand und deutete einen winzigen Abstand zwischen Daumen und Zeigefinger an. »Wie mein Vater.«

»Wie das?«

Der Kellner brachte die neue Flasche und schenkte uns allen ein. Wir stießen an und tranken, bevor Mo mit ihrem Bericht fortfuhr: »Eines Nachts, es muss ein paar Monate nach dem Verschwinden meines Vaters gewesen sein, bin ich in die Klinik eingebrochen. Ich wusste von seinen Verdächtigungen, wir hatten oft darüber gesprochen. Zudem war ich in den Wochen zuvor seine Notizen gründlich durchgegangen. Ich wollte irgendeine Art von Bestätigung in der Hand haben, bevor ich mich bei der Polizei lächerlich machte. Doch in die Klinik reinzukommen, war schwierig, Sánchez und Grüninger ließen seit dem Zwischenfall mit meinem Vater das Gebäude von Wachmännern mit Hunden sichern. Die Nachtschwestern zirkulierten unregelmäßig, sodass es beinahe unmöglich war, sich unentdeckt durch die Gänge zu bewegen. Ich habe es nur geschafft, weil ich wochenlang jeden verdammten Tag hierhergefahren bin. Eines Abends hatte ich Glück: Ein Notfall wurde angeliefert, eine schwangere Frau, die bereits in den Wehen lag. Sie kam mit Entourage und viel Gepäck angereist, wie es sich für jemanden gehört, der wahrscheinlich im Parque Conde de Orgaz wohnt.«

»Wo?« Ich hatte keine Ahnung, wovon sie sprach.

»Das ist das Luxusviertel der Stadt, wo der Großteil der Patientinnen herkam, zumindest jener, der bezahlen musste. Kaum war sie da, brach ein mittleres Chaos aus. Die Frau lag zwar in den Wehen, aber sie führte sich auf, als wäre sie nicht in einer Klinik sondern im *Palacio Real*, dem königlichen Palast. Natürlich tanzten alle nach ihrer Pfeife und wuselten unterwürfig um sie herum, während die Wachen sie auf einer Bahre reintrugen. Das war meine Chance. Ich schlüpfte am Empfangsbereich vorbei, versteckte mich in einer Putzkammer und wartete ab.

Als sich die Nachtschwestern endlich mit der neuen Patientin in einem der Behandlungszimmer verzogen hatten, schlich ich mich raus und begann herumzuschnüffeln. In den Schränken gab es zwar massenweise Unterlagen, doch die Zeit war zu knapp, um sie alle durchzugehen.« Mo nippte an ihrem Glas. »Auf der Ablage hinter dem Empfangstresen fand ich jedoch eine einzelne Akte. Die Adresse auf dem Umschlag machte mir sofort klar, dass die Mappe keiner dieser reichen Weiber gehören konnte. Irgendeine Gasse nördlich der Gran Via, nicht gerade die beste Wohngegend. Als ich sie aufschlug, stach mir als Erstes der Vermerk ins Auge, dass das Kind verstorben war. An einem Herzfehler, stand da. Eine hingekritzelte Notiz wies aber darauf hin, dass unverzüglich eine Frau Martinez in Valencia anzurufen sei. In dem Augenblick hörte ich das Zuschlagen einer Tür, dann Schritte. Schnell fotografierte ich die Unterlagen und verdrückte mich wieder in die Besenkammer.

Es wurde weit nach Mitternacht, bis ich endlich abhauen konnte. Die eine Schwester unternahm gerade einen Rundgang, während die andere vor dem Haupteingang mit den Wachen eine Zigarette rauchte. Ich hatte mir zwar im Vorfeld ausführlich Gedanken darüber gemacht, wie ich unentdeckt in die Klink reingelangte, auf welchem Weg ich dort wieder rauskommen wollte, hatte ich vergessen zu planen.« Mo lächelte verlegen.

»Ein spontaner Einfall war, durch das Klofenster zu verschwinden. Dummerweise waren die Toiletten auf der Rückseite des Gebäudes. Ihr habt ja vorhin selbst gesehen, auf welcher Höhe sich da die Fenster befinden. Ich hätte zwar problemlos durch den engen Fensterrahmen gepasst, doch den Sprung auf den Rasen hätte ich kaum heil überstanden. Mir blieb nur der Weg durch den Keller. Ich hielt bereits die Klinke in der Hand, als mir das monotone Brummen auffiel. Es muss wohl die berufliche Neugierde gewesen sein, die mich veranlasste, dem Geräusch zu folgen. Es führte mich zu einem mannshohen Tiefkühlschrank und ihr glaubt nicht, was ich darin fand: zwei Babyleichen! Ein Mädchen und ein Junge. Ich brauchte einen Moment, bis ich darauf kam, welchen Zweck sie erfüllten: Sie wurden zweifelnden Müttern als Beweis gezeigt, dass ihr neugeborenes Kind wirklich tot war! Rasch knipste ich die leblosen Körperchen ab und machte, dass ich aus der Klinik rauskam.«

»Damit hattest du sensationelles Material für deinen Enthüllungsbericht in der Hand!«, bemerkte José bewundernd.

»Das habe ich auch gedacht. Ich suchte die Mutter auf, eine Alleinerziehende aus ärmlichen Verhältnissen, die bereits vier Kinder von verschiedenen Männern hatte und den Verlust ihres jüngsten Sohnes seltsam teilnahmslos hinnahm. Sie hätte sich aus Kostengründen bei Sánchez in Behandlung gegeben, da dieser nichts für seine Dienste verlangte. Bereits während der Vorsorgeuntersuchungen hätte er auf den möglicherweise tödlichen Herzfehler des Kindes hingewiesen. Ich recherchierte weiter und fand raus, dass diese Familie

Martinez in Valencia erst vor wenigen Tagen ein Kind adoptiert hatte. Ein DNA-Test würde meine Behauptung nicht nur untermauern, sondern auch Sánchez und Grüninger endlich als Verbrecher entlarven, schrieb ich in meinem Artikel. Doch als der *Público* erschien, löste meine Behauptung nicht den erwarteten Skandal aus. Zwar haben danach auch andere Zeitungen, sowie Radio und Fernsehen auf den erneuten Fall von Kinderhandel hingewiesen, doch ich glaube, das spanische Volk hatte das Thema satt. Irgendwann stumpft einen das Elend ab, wenn man es dauernd vorgesetzt bekommt.

Die eigentliche Sensation war letztendlich das Verschwinden von Sánchez und Grüninger. Halbherzig war eine Untersuchung eingeleitet worden, man machte endlich den DNA-Test, der positiv ausfiel, doch als die Beamten die Ärzte einvernehmen wollten, fanden sie die Klinik verlassen vor. Alle Unterlagen fehlten, die stationären Patienten waren in andere Spitäler überwiesen worden, die Gerätschaften hatten sie in der Eile zurückgelassen. Trotz Fahndung blieben beide Mediziner wie vom Erdboden verschluckt.«

»Glaubst du, dass sie noch am Leben sind?«, fragte ich nach einer Weile.

Mo lehnte sich zurück und legte die Hände mit Nachdruck auf die Tischplatte. »Ich weiß es nicht. Vom Alter her ist es wahrscheinlich, dass sie noch leben. Gerüchten zufolge ist Grüninger in die Schweiz zurückgekehrt, aber bezeugen kann das niemand. Sánchez hat sich angeblich nach Südamerika abgesetzt, aber auch da gibt es nur vage Vermutungen. Die beiden könnten überall sein. Wenn sie auch noch ihre Namen geändert haben, dann ist es unmöglich, sie aufzuspüren. Vor allem wenn einem die finanziellen Mittel dazu fehlen.«

Ich schenkte die Gläser wieder voll und schaute nachdenklich durch die offen stehende Tür des Restaurants auf die Gasse hinaus. Die Dämmerung brach an, das Licht wurde körniger und die Hitze ließ etwas nach. Urlauber in Grüppchen zogen auf dem Weg ins Hotel am *Corazón Loco* vorüber, die Tische waren mittlerweile alle besetzt. Noch war es viel zu früh für Abendessen, außer in den Touristenfallen rund um den Plaza Mayor gab es in Madrid vor zehn Uhr abends kaum warme Küche, Tapas natürlich ausgenommen.

»Erinnerst du dich an den Zettel neben dem Telefon in der Wohnung der Ordensschwestern?«, wandte ich mich an José.

»Den mit Sánchez' Nummer?«

»Genau. Stand da eine Landesvorwahl?«

José schloss konzentriert die Augen. »Ich glaube nicht«, meinte er schließlich zögernd.

»Ich auch nicht. In dem Fall hält sich Sánchez wenn nicht in Madrid, so doch immerhin in Spanien auf.«

»Falls er noch lebt. Zudem hast du keine Ahnung, wie alt der Zettel ist«, gab José zu bedenken.

Grübelnd trank ich einen Schluck Sprudel. Wie es aussah, musste ich in die Calle de la Bola zurück.

Ich klingelte bereits zum dritten Mal, doch die Ordensschwestern dachten offensichtlich nicht im Traum daran, mir zu öffnen. Also versuchte ich es beim Haus gegenüber und hoffte, dass Schwester Alma, die Hebamme, mehr Herz hatte. Doch selbst hier rührte sich nichts, obwohl ich mir sicher war, dass die Damen nicht ausgegangen waren.

Ich hatte Mo und José im Restaurant zurückgelassen, da die beiden wahrscheinlich eine Menge zu bereden hatten, was nicht unbedingt für meine Ohren bestimmt war.

Verdrossen trottete ich das Sträßchen wieder hinauf, nicht ohne immer wieder zurückzuschauen. Leider tauchte diesmal niemand am Fenster auf, um mir nachzuspionieren. Die beiden Häuser wirkten so verlassen wie Sánchez' Klinik.

In der Zwischenzeit war es dunkel geworden. Die Straßenlaternen warfen helle Lichtkegel auf die Pflastersteine und ein leichter Wind wisperte in den Bäumen der Innenhöfe, während die angenehm laue Nacht erfüllt war vom tausendfachen Zirpen der Grillen.

Ich hatte beinahe die Anhöhe erreicht, als mir die knallrot gestrichene Fassade einer Taverne ins Auge stach. Ein gemütliches Restaurant mit Wänden aus dunklem Täfer und andalusischen Mosaiken, wie ich mit einem Blick durchs Fenster feststellte. Die Tische waren weiß aufgedeckt, das Lokal aber noch leer.

Ich wollte mir gerade zum Trost einen Drink spendieren, als mich ein sich nähernder Camion zwang, zur Seite zu treten. Im Schritttempo holperte das Fahrzeug an mir vorbei und passte dabei nur knapp durch die enge Gasse, auf der Ladefläche reihten sich leuchtend orangefarbene Gasflaschen aneinander.

Mangels Ausweichmöglichkeiten hatte ich mich an die Hauswand gedrückt und während ich nun den kalkigen Staub von meinem Hemd klopfte, stellte ich fest, dass der Lastwagen zwischen den beiden Gebäuden des Ordens angehalten hatte und mit lautem Hupen seine Anwesenheit kundtat. Ich erkannte die sich bietende Gelegenheit erst, als im dritten Stock rechts das Fenster geöffnet wurde. Schwester Alma beugte sich heraus und warf nach ein paar Grußworten dem Camionfahrer einen Schlüsselbund zu.

Auf der Stelle setzte ich mich in Bewegung und rannte das Sträßchen hinunter.

»Ist das für Schwester Alma?«, keuchte ich und nahm dem Fahrer auf seine verdutzte Bestätigung hin kurzerhand Gasflasche und Schlüssel ab. »Ich übernehme das.«

Während er sich mit einem Schulterzucken die nächste Flasche schnappte, schloss ich auf und schleppte den Behälter die Stufen hoch.

Im dritten Stock hielt ich inne und ließ den Mann vorbei. Als er das Stockwerk über mir erreicht hatte, klopfte ich an Schwester Almas Wohnungstür.

Erschrocken riss sie die Augen auf, als sie mich erkannte, doch ehe sie um Hilfe rufen konnte, legte ich ihr blitzschnell die Hand auf den Mund und drängte sie in ihre Wohnung zurück.

»Keine Angst, ich tue Ihnen nichts!«, flüsterte ich beschwörend. »Aber ich benötige ein paar äußerst wichtige Informationen. Wenn Sie versprechen, nicht zu schreien, lasse ich Sie jetzt los.«

Ich spürte, wie sie am ganzen Leib zitterte, dennoch nickte sie tapfer. Irgendwo in der Wohnung bellte ein kleiner Hund. Vorsichtig zog ich die Hand zurück, doch der Blick der alten Frau blieb weiterhin ängstlich auf mich gerichtet. Wie mir schon am Morgen aufgefallen war, hatte sie ein freundliches Gesicht und die rosigen Wangen eines Großmütterchens. Ihre Körperhaltung war gebeugt und sie machte einen leicht tatterigen Eindruck.

Jetzt tat es mir leid, dass ich sie so grob behandelt hatte, aber wenn sie das ganze Haus zusammengeschrien hätte, wäre meine Suche nach Sánchez und den Unterlagen schnell beendet gewesen.

Ich tauschte rasch die leere Gasflasche gegen die volle aus, die noch draußen im Gang stand, zog die Wohnungstür hinter mir zu und gab Schwester Alma den Schlüssel zurück. Wie festgewurzelt war die ehemalige Hebamme in der spärlich erleuchteten Diele stehen geblieben.

»Sie müssen mir helfen«, bat ich sie, doch kaum hatte ich ihr gesagt, worum es ging, wehrte sie heftig ab.

»Bitte!«

»Ich kann nicht!«

»Ganze Familien wurden ins Unglück gestürzt! Das kann Ihnen doch nicht egal sein!«

Betroffen schaute die Schwester zu Boden. Als sie den Kopf wieder hob, waren ihre Augen voller Tränen. »Ich wollte das alles nicht. Das Leid und all die Lügen.«

»Dazu ist es jetzt zu spät, Sie waren Teil von diesen Machenschaften.«

»Das war ich, bei Gott, und ich bin nicht stolz darauf. Möge mir der Allmächtige verzeihen.«

»Helfen Sie mir! Mit Ihrer Unterstützung wird zwar das Unrecht nicht ungeschehen gemacht, aber vielleicht Leid gelindert. Sagen Sie mir, wo sich Sánchez versteckt hält, und ich verschwinde auf der Stelle.«

»Ich weiß nicht ... die Wände hier haben Ohren!«, flüsterte Schwester Alma und schielte besorgt zur Tür. Der Hund knurrte, hatte aber glücklicherweise mit dem Gekläffe aufgehört. Draußen im Korridor waren jetzt schwere Schritte zu hören, sie näherten sich rasch und entfernten sich wieder, gleich darauf knarrte die Treppe. Der Gaslieferant brachte die leeren Flaschen hinunter.

»Niemand weiß, wo sich der Doktor aufhält, nicht einmal die Mutter Oberin«, wisperte Alma.

»Lebt er überhaupt noch?«

»Ja, ja, er ist zwar schwer krank, wissen Sie, aber er lebt noch. Alles, was wir haben, ist eine Nummer ...«

»Geben Sie sie mir, bitte!«

»Es ist eine Geheimnummer, man darf sie nur im Notfall benutzen!«

»Das ist einer!«

»Nun, ich ...«

Ich konnte förmlich sehen, wie sie mit sich rang. »Das Mädchen, Noemi, leidet entsetzlich unter der Situation, sie ist todunglücklich und wünscht sich nichts sehnlicher, als endlich ihren leiblichen Vater kennenzulernen«, setzte ich einen drauf.

In ihren Augen leuchtete etwas auf. »Noemi, sagen Sie?«

»Erinnern Sie sich an sie? Noemis Mutter ist bei der Geburt gestorben.«

Die alte Frau runzelte die Stirn. »Nein, nein, das ist alles so lange her. Und ich darf nicht darüber sprechen. Niemand darf darüber sprechen. Das ist gefährlich.«

Instinktiv blickte ich hinüber zur abgedunkelten Wohnung der Mutter Oberin. »Denken Sie doch einmal an all die Familien auf diesen Listen! Wollen Sie wirklich, dass diese Menschen weiterhin mit dieser Ungewissheit leben müssen? Wie können Sie nachts überhaupt noch schlafen?«

»Was wissen Sie schon von meinen Nächten.« Schwester Alma sah mich bedrückt an, während sie mit sich rang. Schließlich seufzte sie schwer und verschwand in der Küche. Ich hörte, wie sie einen Zettel abriss und mit einem Bleistift etwas auf Papier kitzelte, gleich darauf kehrte sie zurück und drückte mir einen gefalteten Zettel in die Hand. »Gehen Sie jetzt und kommen Sie nie wieder hierher!«, flüsterte sie. »Möge Gott Sie beschützen!«

Als ich aus der Wohnung trat, begann der Hund wieder zu bellen. Irgendwo in den oberen Stockwerken wurde eine Tür ins Schloss gezogen. Unverzüglich eilte ich die Treppe hinunter und verließ das Haus. Den Zettel sah ich mir erst an, nachdem ich in der leuchtend rot angestrichenen *Taberna Bola* an der Ecke ein weiteres Glas *Cava* bestellt hatte.

Sánchez lebte also noch und ich war soeben in den Besitz seiner Geheimnummer gelangt! Aufgeregt erkundigte ich mich nach einem Telefon, worauf der Wirt auf einen uralt aussehenden Apparat auf der Anrichte deutete. Das Lokal war immer noch leer, einzig an einem Fenstertisch saß ein älteres Paar und unterhielt sich auf Schwäbisch, während es auf sein Essen wartete. Ich nahm das schwarz lackierte Telefon in die Hand und zog mich so weit in den Verbindungsgang zur Küche zurück, wie es das Kabel zuließ. Dann klemmte ich den Hörer zwischen Kinn und Schulter, wählte die Nummer und ließ es mindestens zehn Mal klingeln. Niemand ging ran.

Ich guckte mir die Zahlenabfolge genauer an. Sie begann mit 91, was bedeutete, dass der Anschluss in Madrid gemeldet war. Sánchez war also immer noch in der Stadt! Fragte sich nur, wo. Den Auskunftsdienst konnte ich vergessen, die würden niemals die zu einer Geheimnummer gehörende Adresse herausrücken. Auch ging ich davon aus, dass Sánchez' Telefon mit einer Anruferkennung ausgestattet war. Deswegen hatte ich ihn nicht vom Handy aus angerufen, die Schweizer Vorwahl hätte mich sofort verraten. Wenn er aber ohnehin nur Anrufe von ihm bekannten Anschlüssen entgegennahm, dann nützte mir seine Nummer rein gar nichts. Und erneut Schwester Almas schlechtes Gewissen auszunutzen und ihn von ihrem Apparat aus zu kontaktieren, war keine besonders kluge Idee, denn so hätte Sánchez sofort gewusst, woher ich die vertrauliche Information hatte.

Genervt setzte ich mich wieder hin, stopfte den Zettel mit der Telefonnummer in meine Hosentasche und leerte mein Glas. Ich war dazu verdammt, immer wieder diese eine Nummer anzurufen – selbst wenn die Aussicht auf Erfolg milde ausgedrückt trüb war. Schon wieder steckte ich in diesem Fall fest.

Der Mercado de San Miguel wäre angeblich von meinem Standort aus in knapp zehn Minuten zu erreichen gewesen. Da ich mich aber in Madrid nicht besonders gut auskannte, irrte ich mindestens eine halbe Stunde lang durch die verschlungenen Gässchen der Altstadt, bevor ich mir ein Herz fasste und ein paar Jugendliche nach der Markthalle fragte, in der Mónica und José auf mich warteten. Kein üppiges Abendessen heute, hatte Josés Exfreundin angekündigt – schließlich hätten wir gerade erst eine Unmenge Tapas verdrückt –, dafür eine schicke Location, um bei weiteren leckeren Häppchen und gutem Wein den Abend einzuläuten.

Als ich auf die sorgfältig renovierte Stahlkonstruktion aus den Anfängen des zwanzigsten Jahrhunderts zuging, musste ich ihr recht geben: Die prachtvolle Halle mit den verspielten Türmchen und orientalisch anmutenden Verzierungen auf dem Dach, schmiedeeisernen Ornamenten an der Front und den riesigen, von warmem Licht erhellten Fensterscheiben war tatsächlich eindrücklich. Im Inneren, wo sich Stände und Bars dicht aneinanderreihten, sorgte die hohe Decke für Luft, die sichtbaren Stützpfeiler erinnerten an ein altes Industriegebäude.

»Art nouveau«, benannte mir Mo den Stil jener Epoche mit vollem Mund, nachdem ich sie im rammelvollen Markt endlich gefunden hatte. Sie saß mit José an einer langen Theke, in deren Vitrine kleine, mit Delikatessen belegte Teller ausgebreitet waren. Hinter der Bar schnitt ein stoppelbärtiger, untersetzter Koch Tintenfisch hauchdünn auf und beträufelte ihn mit Olivenöl und Zitronensaft. Obwohl ich keinen großen Hunger hatte, lief mir das Wasser im Mund zusammen. Ich fasste kurz meinen Besuch bei Schwester Alma zusammen, danach bestellte ich eine kleine Auswahl aus der Vitrine und eine weitere Flasche *Malvasia,* einen spanischen Weißwein, zu dem meine Freunde in der Zwischenzeit übergegangen waren.

»Immerhin weist die Geheimnummer darauf hin, dass sich Sánchez in Madrid aufhält.«

»Das finde ich so dreist, dass es beinahe wieder genial ist!« Mo schüttelte ungläubig den Kopf. »Da fahndet man monatelang nach dem Mann und dann stellt sich heraus, dass er weder in Südamerika noch auf dem verdammten Scheißmond ist, sondern direkt vor unserer Nase. Die ganze Zeit, das muss man sich mal vergegenwärtigen!« Sie drehte sich mit einem entrüsteten Augenaufschlag zu José um.

Irgendetwas hatte sich zwischen den beiden verändert. Die Distanz, die am Nachmittag noch beinahe greifbar gewesen war, war jetzt wie weggewischt und hatte einer wehmütigen Vertrautheit Platz gemacht. Sie lachten viel und sahen sich länger an, als meiner Meinung nach nötig gewesen wäre, und wenn sie miteinander sprachen, berührten sie sich wie zufällig.

»Was läuft da?«, fragte ich José wie aus der Pistole geschossen, als Mo sich wenig später auf den Weg zur Toilette machte.

»Nichts, was meinst du?«

»Spiel nicht den Unschuldigen!«

»Wir unterhalten uns und genießen den schönen Abend.«

»José, ich bin weder komplett bescheuert noch blind!«

»Bloß ein kleiner Flirt, sonst nichts. Um der alten Zeiten willen.«

»Wer's glaubt!«, entfuhr es mir, während ich eine Garnele aus ihrer öligen Schale pulte. Der aufsteigende Knoblauchgeruch verschlug mir beinahe den Atem. Ich steckte sie mir in den Mund und lehnte mich vertraulich zu José hinüber. »Hast du sie echt sitzen lassen? Damals in Luzern?«

José verdrehte die Augen. »Glaubst du wirklich, ich würde mich einer Frau wie ihr gegenüber wie ein Arschloch verhalten?«

»Wie es scheint, lerne ich gerade ganz neue Seiten an dir kennen.«

»*Qué tontería!* Es gibt nur mindestens zwei Blickwinkel zu jeder Trennungsgeschichte. Unsere Beziehung war vorbei. Du kennst das doch: Man bleibt noch zusammen, weil keiner den entscheidenden Schritt tun will, aber eigentlich ist beiden klar, dass es aus ist.«

Das kam mir allerdings bekannt vor, diesen Zustand hatte ich eigentlich gegen Ende jeder meiner kurzlebigen Beziehungen vor Manju erlebt.

»Eines Abends haben wir uns heftig gestritten, heftiger als jemals zuvor. Wir haben uns Dinge an den Kopf geworfen, die so nicht gemeint waren. Am Ende bin ich rausgerannt und sie hat mir nachgeschrien, ich solle mich verpissen und nie mehr zurückkommen, es sei vorbei.«

»Und genau das hast du gemacht.«

»*Hombre*, es gab nichts mehr zu sagen. Die Schule hatten wir abgeschlossen und nichts hielt mich noch in Luzern. Ich sehnte mich so nach Zürich, dass ich am nächsten Tag mein Zimmer in der Wohngemeinschaft geräumt habe und in den Zug gestiegen bin. Ich habe mich nicht wieder bei ihr gemeldet, in diesem Punkt muss ich Mo recht geben, obwohl sie mich immer wieder zu erreichen versucht und mir auch lange Briefe geschrieben hat. Aber kaum war ich in Zürich …«

»… hast du Vera kennengelernt, jetzt erinnere ich mich.«

»*Eso es.* Natürlich gab es da immer einen Rest schlechten Gewissens, gerade weil ich nie geantwortet habe.«

»Deswegen die Ohrfeige.«

»Ich nehme es an. Aber hundertprozentig weiß eh kein Mann, was in einer Frau abgeht.«

»Und jetzt wärmst du die alte Geschichte wieder auf.«

»*Oye*, sie ist eine tolle Frau! Mehr noch als damals. Sie wirkt so jugendlich und gleichzeitig reif, ist voller Energie und ihr Lachen …«

»Du klingst verliebt.«

»Quatsch! Wir haben uns bloß versöhnt.«

»Klar«, machte ich ironisch.

José guckte mich ärgerlich an. »Zudem bin ich nicht verpflichtet, dir Auskunft über mein Privatleben zu geben!«

»Das meinte ich ja auch nicht, aber du hast Frau und Kind!«

»Und?«

Ich stellte das Glas Wein, das ich eben in die Hand genommen hatte, auf die Theke zurück.

»Läuft wohl grad nicht so bei euch?«

»Ging schon besser.«

»Das Kind?«

José verzog den Mund, schwang sich dann seitlich auf den Barhocker und senkte seine Stimme: »Seit der Geburt läuft nichts mehr! Sie macht sich nicht einmal mehr die Mühe, Migräne vorzuschützen oder so. Bei uns herrscht seit Monaten tote Hose im Bett! Ich weiß schon gar nicht mehr, was ich …« Irritiert hielt er inne. »Was grinst du so dämlich?«

»Nichts.« Tatsächlich hatte ich mir das Grinsen nicht verkneifen können, hielt es aber für keinen passenden Moment, José den Grund dafür zu verraten. »Ich erzähl's dir später.«

»Hm«, machte José und musterte mich misstrauisch. »Du hast ja keine Ahnung, was ich gerade durchmache!«

Er setzte gerade zu einem weiteren Satz an, doch als er Mo zurückkehren sah, verstummte er abrupt und widmete sich stattdessen seinem Weißwein.

»Wie wär's, wenn wir langsam aufbrechen? Ich wüsste da eine kleine Bar im Barrio Lavapiés, ist zwar ein Stück zu Fuß, aber es lohnt sich. Spätnachts wird's dort proppevoll, aber jetzt ist es erst kurz nach elf, da finden wir mit etwas Glück sogar einen Sitzplatz.«

»Darf ich raten: *El Mojito?«*, fragte José schelmisch.

»Und ich wollte dich überraschen! Während unseres ersten gemeinsamen Urlaubs haben wir dort …«, begann Mo an mich gerichtet auszuführen, doch ich unterbrach sie etwas unwirsch. Mir war gerade nicht nach romantischen Urlaubserinnerungen.

»Erst versuche ich noch mal, Sánchez zu erreichen.«

»Nimm mein Handy. Die Chance ist sicher höher, dass er abnimmt, wenn er eine spanische Nummer auf der Anzeige sieht. Geh besser raus zum Telefonieren, hier drin verstehst du ohnehin kein Wort, falls er rangeht. Und danach erzähle ich dir die Geschichte aus dem *Mojito*.«

»Unbedingt.« Unauffällig verdrehte ich die Augen, während ich in der Hosentasche nach dem Zettel kramte. Endlich fand ich ihn und faltete ihn auseinander.

»Was war das?« Mo schnappte mir den Papierfetzen aus der Hand. »Da steht doch was!«

»Sie wird wahrscheinlich die Rückseite ihrer Einkaufsliste …«

»11.30, Casa de Vacas.« José blickte über Mos Schulter und runzelte die Stirn. »Um halb zwölf bei der Casa de Vacas. Ich glaube, sie will dich da treffen.«

»Vor einem Kuhstall?«

»Die Casa de Vacas war tatsächlich mal ein Milchgeschäft, heute ist es ein beliebtes Kulturzentrum im nördlichen Teil des Retiros«, klärte mich Mo auf.

Die Wände hätten Ohren, hatte sich Schwester Alma in ihrer Wohnung gesorgt. Vielleicht konnte sie mir in der Verschwiegenheit des Stadtparks mehr zu Sánchez verraten. Auch war ich mir sicher, dass sie sich an Noemi erinnerte, das kurze Aufleuchten in ihren Augen war mir nicht entgangen.

Ich überprüfte die Zeitanzeige meines Handys. »Wie lange brauche ich bis dahin?«

»Bei der momentanen Verkehrslage sind wir in spätestens fünfzehn Minuten am Nordeingang. Von da schaffen wir es gerade rechtzeitig zum Kulturzentrum.«

»Wir? Nehmt's mir nicht übel, aber ich würde lieber allein hingehen. Schwester Alma schien mir nicht unbedingt der Typ für einen nächtlichen Gruppenplausch im Park zu sein.«

»Aber das ist genauso mein Fall wie deiner!«, wehrte sich Mo energisch und mit einem Mal war die Stimmung angespannt.

Ich blickte auf die zittrige Schrift auf der Nachricht. Es konnte gut sein, dass sich Schwester Alma etwas von der Seele reden wollte, doch wenn wir zu dritt antanzten, riskierten wir, dass sie sich verschloss und überhaupt nichts preisgab.

»Ich will dich keineswegs übergehen oder ausbooten, Mo«, begann ich und wählte meine Worte äußerst behutsam. »Aber Schwester Alma hat aus irgendeinem Grund Vertrauen zu mir gefasst, jedenfalls so viel, dass sie das Risiko eingeht, mich spätnachts noch im Park zu treffen. Dieses Vertrauen möchte ich unter keinen Umständen aufs Spiel setzen. Ich verspreche dir, dass ich alle Informationen weitergeben werde. Sobald ich im Besitz der Unterlagen bin, gehört Sánchez ohnehin dir.«

Mit unentschlossener Miene verschränkte Mo die Arme vor der Brust und ließ sich mein Angebot durch den Kopf gehen. »Okay, ein fairer Handel«, erklärte sie sich schließlich einverstanden.

»Du solltest trotzdem nicht allein hingehen«, mischte sich José ein. »Nachts ist der Retiro keine sichere Gegend.«

»Ich schaff das.«

»Ich komm trotzdem mit.« José rutschte vom Barhocker und leerte sein Glas im Stehen. »Ich werde in der Nähe warten, bis du mit ihr gesprochen hast.«

»Und mich lasst ihr einfach zurück?«

»Natürlich nicht! Du darfst uns hinfahren und wartest dann im Wagen auf uns. Du weißt ja, wie schwierig es um die Uhrzeit ist, in der Gegend rund um den Park ein Taxi zu finden.«

»*Con mucho gusto!* Und wohin darf ich die *Señores* hinterher kutschieren? Zu den Nutten an der Calle de la Luna oder doch lieber ins Casino?«

»Mo, jetzt stell dich nicht so an!«

Mónica verzog das Gesicht, sagte aber nichts mehr. Auch so war ihr deutlich anzusehen, wie wenig ihr die zugewiesene Rolle zusagte.

»Wir müssen uns beeilen!«, ermahnte ich José, während wir auf eine der nördlichen Pforten des Retiros zuhasteten. Die

Wohnhäuser auf der anderen Seite der achtspurigen Autostraße lagen größtenteils im Dunkeln, die Strecke selbst wurde um diese Zeit kaum noch befahren. Nur hin und wieder streiften die Scheinwerfer eines vorbeibrausenden Wagens den mannshohen Zaun, der die Parkanlage gegen den Gehsteig hin abgrenzte.

Fahles Mondlicht beleuchtete die beiden Säulen aus hellem Stein, die den – verglichen mit anderen Portalen des Parks geradezu schlichten – Eingang markierten, das schmiedeeiserne Tor stand weit offen.

Als Erstes passierten wir eine gepflegte Rasenfläche, die von Blumenrabatten gesäumt wurde, gleich danach folgte ein Brunnen mit kunstvoller Fontäne. Von dort führte der Weg schnurgerade in die nächtliche Anlage hinein. Eine unheimliche Stille herrschte unter den hohen Bäumen, außer dem Geräusch unserer Schritte auf dem asphaltierten Sträßchen war kaum was zu hören. Vereinzelt brannten Laternen am Wegrand und wiesen uns die Richtung.

Schon von Weitem war zwischen den Stämmen eine kreisrunde, im Mondschein hell leuchtende Kiesfläche auszumachen. Man hatte dort in regelmäßigen Abständen junge Bäumchen gepflanzt, in der Mitte erhob sich ein Pavillon mit hellem Sockel, das japanisch anmutende Dach wurde von filigranen Säulen aus Schmiedeeisen gestützt.

»Hier müssen wir durch«, keuchte José und berührte mich am Arm.

Als wir den Kreis durchquerten, fielen mir ein paar Burschen auf, die auf der Treppe zum Pavillon saßen und lachten. Sie ließen eine Flasche herumgehen, süßlich riechende Rauchschwaden zogen aus ihrer Richtung zu uns herüber. Mit einem Mal verspürte ich das Verlangen nach einer Zigarette. Nach dem Gespräch mit Schwester Alma würde ich mir einen Glimmstängel gönnen. Beziehungsweise einen bei José schnorren.

Bei nächtlichen Lichtverhältnissen sah die Casa de Vacas mit ihrer lachsfarbenen Fassade und den verschnörkelten Verzierungen wie eine gigantische Torte mit Schlagsahnehäubchen aus.

Schwester Alma war nirgends zu sehen. Suchend umrundeten wir das Gebäude, doch von der Nonne keine Spur. Dabei war es Punkt halb zwölf.

»Wo bleibt sie bloß?«

»In Spanien kommt kein Mensch pünktlich zu einer Verabredung, entspann dich«, beruhigte mich José und streckte mir ein zerknittertes Zigarettenpäckchen entgegen, als hätte er meine Gedanken gelesen. Dankend griff ich zu und genoss den Nikotinkick nach dem ersten Zug.

Wir setzten uns vor der Casa de Vacas auf das steinerne Geländer, das in einem halbrunden Bogen am Rand der Terrasse verlief.

»Ohnehin eine merkwürdige Zeit für eine alte Frau, um sich im Park zu verabreden«, brummte José.

»Ich glaube, sie wollte ganz sicher sein, dass ihr niemand nachspürt. Vorhin machte sie einen ziemlich verängstigten Eindruck, als ich versucht habe, mit ihr über Sánchez zu reden. Sie befürchtete, belauscht zu werden.«

»Klingt nach Verfolgungswahn. Andererseits würde ich diesen Ordensschwestern auch nicht über den Weg trauen, nach allem, was sie angerichtet haben.«

»Vielleicht haben sie Alma tatsächlich abgefangen?« Ich zog an meiner Zigarette und sah dem Rauch hinterher, wie er sich in den Baumwipfeln auflöste. Die Jugendlichen hatten den Pavillon verlassen und standen jetzt schwatzend auf dem hell schimmernden Platz.

»Mal angenommen, eine dieser Nonnen hat sie beim Hinausgehen im Treppenhaus überrascht. Wie will sie einen Spaziergang mitten in der Nacht erklären?«, überlegte José. »Wahnsinnig glaubwürdig ist das nicht gerade.«

»Sie hat einen Hund, ich hab ihn in der Wohnung bellen gehört.«

Ich hatte auch vernommen, wie sich eine Tür schloss, kaum hatte ich Schwester Alma verlassen. Waren wir tatsächlich belauscht worden? Glücklicherweise hatte Alma nichts Relevantes verraten und was auf der Rückseite des Zettels stand, konnte die Spionin ja unmöglich ahnen.

Die Jungs waren näher zueinandergerückt und schienen sich zu beraten. Einer hob plötzlich den Kopf und sah direkt zu uns herüber.

»Da stimmt was nicht«, warnte ich José leise. »Lass uns abhauen!« Ich nahm einen letzten Zug und trat die Fluppe aus. Unauffällig glitten José und ich von der Brüstung, doch der Trupp hatte sich schon in Bewegung gesetzt. Sie waren zu sechst. Wir gingen gemessenen Schrittes auf den Spazierweg hinter dem Gebäude zu. Als ich über die Schulter zurückschaute, hatte einer der jungen Männer einen Schlagstock gezückt. Das Klatschen, mit dem er sich damit rhythmisch auf die offene Handfläche schlug, beschleunigte meinen Herzschlag.

»Maricones!«, grölte einer, was von den andern mit einem dreckigen Lachen beantwortet wurde.

Wir gingen etwas schneller und erreichten eine hell erleuchtete Kreuzung, von der aus etliche Sträßchen sternförmig wegführten.

Zum monotonen Klatschen gesellte sich jetzt das knirschende Geräusch eines Baseballschlägers, den ein anderer Bursche mit blond gefärbtem Haar lässig hinter sich her über den Kies schleifte. Die Bande schrie uns Schimpfwörter auf Spanisch hinterher, die garantiert nicht in meinem Sprachführer aufgelistet waren.

Der Park war um diese Zeit beinahe menschenleer. Auf dem Weg hierhin hatte ich ein eng umschlungenes Liebespaar gesehen, von dessen Seite keine Hilfe zu erwarten war.

Rasch holte die Bande auf, der Krawall, den sie dabei veranstaltete, zerriss die Stille der Nacht.

Am Rand der Kreuzung blieben die Jungs stehen, als scheuten sie das Licht der Straßenlaternen. Als ich mich nach ihnen umwandte, erkannte ich eine primitive, beinahe animalische Brutalität in ihren erstaunlich jungen Gesichtern. Sie waren fast noch Kinder. Allerdings sahen sie nicht danach aus, als könnten wir ihnen ihr zerstörerisches Vorhaben ausreden, indem wir auf didaktisch wertvollere Beschäftigungen hinwiesen. Sie sahen *überhaupt* nicht danach aus, als könnte man mit ihnen reden.

»Lauf!«, rief ich und rannte auf den düsteren Weg zu, der entlang eines rechteckigen Wasserbeckens weiter in den Park hineinführte. José folgte mir unverzüglich, während hinter uns euphorisches Gejohle ausbrach. Dann vernahm ich das Wetzen von Gummisohlen auf dem Asphalt. Die Jagd hatte begonnen.

Wir hetzten am Ufer des künstlichen Sees entlang, unter den herabhängenden Ästen hindurch, bis vor uns das Denkmal Alfonsos XII. auftauchte, ein griechisch anmutendes Monument mit einem halbrunden Säulengang, in dessen Zentrum eine Reiterstatue aus Bronze auf einem Sockel thronte.

»Hier lang!«, rief José und lief geduckt der Rückseite des Gangs entlang. Glücklicherweise war die Statue nur zurückhaltend beleuchtet, eine Handvoll Scheinwerfer strahlte zusätzlich vom Dach des Säulengangs über den See. Der Bereich hinter dem Monument, wo wir uns gerade befanden, lag im Schatten.

Unsere Verfolger waren uns dicht auf den Fersen, lärmend stürzten sie auf den weiten Platz vor dem Halbrund und bremsten jäh ab, als sie uns nicht mehr sahen. Der Blonde brüllte genauso drohend wie sinnlos in die Dunkelheit hinaus. Angespannt und vom Adrenalinstoß immer noch ganz zappelig, hielten ein paar der Jungs nach uns Ausschau, während die anderen maulend am Fuß von Alfonsos Statue herumlungerten.

Wenn wir uns aufrichteten, konnten wir gerade knapp über den Rand der Mauer sehen. Ein drahtiges Jüngelchen schien der Anführer zu sein, mit heiserer Stimme brachte es etwas Ruhe in den Tumult und schickte seine Kumpel in Zweiergruppen aus, nach uns zu suchen. Das Klatschen des Schlagstocks setzte wieder ein, jemand stieß eine Art Kriegsgeheul aus.

»Schnell!« Ich kletterte so geräuschlos wie möglich den Säulengang hinauf und reichte José die Hand, als sich eilige Schritte näherten.

Der Halbkreis war genau in der Mitte von einer etwa sechs Meter breiten Lücke unterbrochen, zwei pompöse Säulen, die um einiges höher waren als die restlichen, flankierten den Durchgang. Wir drückten uns an die Seitenwand und hofften, dass uns die beiden Jungs im Schatten der Pforte nicht entdeckten. Wie es schien, vermuteten sie uns aber irgendwo zwischen den Bäumen hinter dem Denkmal. Auf jeden Fall starrten sie angestrengt zu dem Wäldchen und dem dahinter verlaufenden Weg, während sie sich halblaut unterhielten. Beide trugen weiße Tanktops und Militärhosen, der Jüngere hatte sich einen drahtigen Kinnbart geflochten, der bis zur Mitte seiner Brust reichte, der andere fiel durch seinen kahl rasierten Schädel auf.

Wir hielten den Atem an, als sie uns passierten, und versuchten eins zu werden mit dem Marmor in unserem Rücken. Hätte in diesem Moment einer der Burschen hochgeblickt, wären wir verloren gewesen.

»Was soll das?«, zischte José, als sie weit genug entfernt waren.

»Gelangweilte Jugendliche. Die machen sich einen Sport daraus, nachts im Park Leute zusammenzuschlagen.« Die

Situation hatte eine erschreckende Ähnlichkeit mit meinem letzten großen Fall, bei dem in der Bäckeranlage in Zürich zwei Männer beinahe zu Tode geprügelt worden waren.

»Glaubst du, das ist ein Zufall? Was, wenn mehr dahintersteckt? Die Ordensschwester, die nicht zum Treffen erscheint …«

»… und an ihrer Stelle schickt die Mutter Oberin einen Schlägertrupp, um uns einzuschüchtern? Etwas weit hergeholt, findest du nicht? Und nicht besonders christlich.«

José verzog den Mund. »Möglich wäre es. Die Glaubensgrundsätze interpretieren die Schwestern ohnehin sehr frei, wenn du mich fragst. Diese Maria hat uns heute bereits die Polizei auf den Hals gehetzt.«

Irgendwie konnte ich mir nur schwer vorstellen, dass eine der Nonnen Kontakt zu Jugendbanden unterhielt, aber was wusste ich denn schon vom Leben einer Ordensschwester? Was, wenn Josés Vermutungen zutrafen? Siedend heiß fiel mir mein nächtliches Rendezvous ein.

»Falls du recht hast, müssen wir sofort zu Schwester Alma!«, flüsterte ich.

Die Schläger hatten sich am Ufer des Sees niedergelassen und sich etwas beruhigt, was nicht zuletzt am Joint lag, den sie gerade rauchten, auch die Flasche zirkulierte wieder. Gut für uns, dass die Aufmerksamkeitsspanne der heutigen Generation so kurz geworden war.

Einzig der Anführer tigerte noch über den Platz und lauerte darauf, dass wir uns verrieten.

Wir warteten ab, bis er zu seinen Kumpanen zurückkehrte, kauerten uns dann vorsichtig nieder und rutschten über den Rand des Säulensockels. Mit einem Knirschen landeten wir auf dem Spazierweg.

»Schnappt diese *Gilipollas!* Sie sind dort hinten irgendwo!«, hetzte das Jüngelchen alarmiert seine Gang auf und wir spurteten los. Durch das Wäldchen zum Spazierweg dahinter, der zwar beleuchtet war, dafür aber zurück zum See und damit Richtung Nordportal führte.

Wir hatten einen ansehnlichen Vorsprung. Als ich zurückblickte, stürzten gerade vier Jungs aus dem Durchgang des Halbrunds, der Ziegenbart und sein kahlköpfiger Kumpel sprinteten dagegen von der anderen Seite des Monuments auf uns zu, um uns den Weg abzuschneiden. Gelangten sie vor uns zur Uferpromenade, saßen wir in der Falle.

Kurz nachdem wir das Ende des Säulenganges erreicht hatten, stießen sie zu uns. Ein paar Sekunden lang rannten wir zu viert nebeneinanderher, fast schien es, als wollten sie uns überholen. Doch plötzlich schwenkten sie ab und rempelten uns an. José fiel hin, während ich strauchelte, mich aber knapp auf den Beinen halten konnte. Der erste Fausthieb traf mich in die Seite und ich klappte zusammen. Für einen Moment blieb mir die Luft weg, doch ehe mich der Bärtige erneut angreifen konnte, hatte ich mich wieder aufgerichtet. Beinahe zierlich kam er mir vor, nun da er vor mir stand, ich war definitiv massiger und auch größer. Was keineswegs ein Vorteil war, wie ich bemerkte, als der Junge um mich herumzutänzeln begann.

Der Kahlköpfige hatte sich sofort auf José gestürzt und traktierte ihn mit den Fäusten. Ich war überhaupt nicht erpicht auf Prügeleien, das war nicht mein Stil. Doch mein Angreifer ließ mir keine Wahl. Gleich würde der Rest der Truppe eintreffen und damit auch die schwer bewaffneten Jungs. Gegen sechs von denen hatten wir nicht den Hauch einer Chance.

Ich machte einen schnellen Schritt auf den Jungen zu, packte ihn an seinem vorwitzigen Ziegenbärtchen und schlug ihm die Faust ins verdutzte Gesicht. Er schrie auf und torkelte, Blut schoss aus seiner Nase. Ohne den Griff um seinen Bart zu lockern, zerrte ich ihn die wenigen Schritte zum Seeufer und stieß ihn ins Wasser.

José hatte mittlerweile ebenfalls die Oberhand gewonnen, er war mit seinem Widersacher eng verknäuelt über den Rasenstreifen neben dem Weg gerollt, hatte sich aber irgendwie auf die Beine gekämpft und hielt nun den kahlköpfigen Jüngling im Schwitzkasten eingeklemmt.

»Bitte nicht ins Wasser!«, winselte dieser in panischer Angst, als er merkte, was José mit ihm vorhatte. »Ich kann nicht schwimmen!«

»Umso besser!«, stieß mein Freund atemlos hervor, machte zwei schwungvolle Drehungen und ließ los.

Der Kleine flog durch die Luft und klatschte ins Nass. Das Wasser war zwar nicht allzu tief, aber auf alle Fälle tief genug für einen Nichtschwimmer, um zu ertrinken.

»Weiter!«, trieb ich José zur Eile an. Die restlichen Verfolger bogen gerade in den Uferweg ein, gleichzeitig begann der Junge im See, um Hilfe zu schreien: *»Socorro! Socorro!«*

Dass sie ihn und seinen Kumpel erst herausfischen mussten, verschaffte uns etwas Zeit. Ohne zurückzublicken, hetzten wir zur hell erleuchteten Kreuzung, an der Casa de Vacas vorbei und über den kreisrunden Platz mit dem Pavillon. Als wir den Weg beinahe erreicht hatten, der geradewegs zum Nordportal führte, waren mit einem Mal von links schnelle Schritte zu hören, Äste knackten und jemand schnaufte laut und rhythmisch. Wie ein Langstreckenläufer.

José und ich tauschten einen erschrockenen Blick aus und beschleunigten, erst als wir in das Sträßchen einbogen, entdeckten wir, dass wir gleich von zwei Typen verfolgt wurden.

Beim Brunnen mit der Fontäne holten sie uns ein. Der Junge, der mir schon zuvor wegen seiner blond gefärbten Haare aufgefallen war, kriegte mein Hemd zu fassen. Mit einer ruckartigen Bewegung riss ich mich los und versetzte ihm einen wütenden Stoß, der ihn taumeln ließ. Der andere, ein unscheinbarer Bursche mit dunklem Haar, war José dicht auf den Fersen. Ich sprintete ihm hinterher und rempelte ihn von der Seite an, sodass er hinfiel und sich auf dem Rasen überschlug. Blitzartig sprang er wieder auf die Beine und setzte uns gemeinsam mit seinem Kumpel nach. José und ich stürzten durch das Portal. Mos Wagen stand immer noch vor dem Nordtor.

»Lass den Motor an!«, schrie José und rannte auf den klapprigen Seat zu, seine Stimme überschlug sich dabei.

Mónicas Augen weiteten sich entsetzt, eilig startete sie die Kiste und stieß gleichzeitig die Beifahrertür auf. José hechtete hinein, ich warf mich derweil auf die Rückbank.

Die beiden Verfolger kamen genau in dem Moment durch das Portal gespurtet, als Mo mit quietschenden Reifen anfuhr. Als ich mich rauslehnte und hastig die Autotür zuzog, konnte ich die Enttäuschung und die ungestüme Wut in ihren Gesichtern deutlich erkennen. Dem Blonden gelang es gerade noch, aufgebracht mit der Faust auf den Kofferraumdeckel zu hämmern, bevor der Wagen unsanft über die Gehsteigkante rumpelte und auf der Schnellstraße ostwärts davonbrauste.

»Das war knapp!« José schnappte nach Luft, Schweiß lief ihm übers Gesicht und dunkle Flecken übersäten sein Hemd.

Ich sah keinen Deut besser aus, meine Hand schmerzte vom Schlag, den ich dem Bärtigen versetzt hatte. Wenigstens war ich endlich meinem Vorsatz nachgekommen, mehr Sport zu treiben. Wenn auch unfreiwillig.

»Zigarette!«, keuchte ich, worauf mir José die Packung zusammen mit einem Feuerzeug nach hinten reichte.

»Und dann auf direktem Weg zur Calle de la Bola!«

»Sehr wohl! Und wann gedenkt ihr, mich in eure nächtlichen Parkerlebnisse einzuweihen?« Mo zog auffordernd die Augenbrauen hoch, als sich unsere Blicke im Rückspiegel trafen. Ungeachtet dessen drückte sie aufs Gaspedal und bog bei der nächsten Ausfahrt links ab. Der Wagen schoss durch ein ausgestorben wirkendes Geschäftsviertel mit breiten Fahrbahnen, bevor Mo nach zwei Blocks das Steuer herumriss und in ein schmales Einbahnsträßchen preschte. Eine Gruppe junger Mädchen sprang kreischend zur Seite, ansonsten war die Gasse glücklicherweise menschenleer. Rumpelnd raste der Seat über eine Kreuzung und schwenkte dann rasant in eine mehrspurige Straße ein.

Ich wurde auf dem Rücksitz hin und her geschleudert und umklammerte mit einer Hand den Griff der Autotür, mit der andern hielt ich die brennende Zigarette von meinem Gesicht fern.

Geradeaus tauchten erneut die hohen Bäume und das Buschwerk des Retiros aus der Dunkelheit auf, gleich darauf schob sich ein viel pompöseres Tor als das vorhin benutzte in unser Blickfeld.

Der Verkehr verdichtete sich, sobald wir die Gran Via erreicht hatten, die Hauptverkehrsader, die wie ein breiter Strom durch das Zentrum Madrids führte.

»Also Jungs, was war da los?«

José schilderte seiner Ex die Ereignisse im Park. Dabei fielen die Umstände dramatischer aus, als ich sie in Erinnerung hatte, seine eigene Rolle indes heldenhafter. Wäre ich nicht mit im Wagen gesessen, er hätte sich wohl in Batman verwandelt.

Erschöpft starrte ich hinaus. Es war ein langer Tag gewesen und er war noch nicht zu Ende. Längst hätte ich Manju anrufen sollen, doch bislang war ich nicht dazu gekommen. Auch jetzt war kein günstiger Moment, die Sorge um Schwester Alma trieb mich zu sehr um.

Die Schleicherei im Stoßverkehr zerrte zunehmend an meinen ohnehin angespannten Nerven, am liebsten wäre ich aus dem Wagen gesprungen und zu Fuß vorausgegangen. Ich lehnte meine Stirn an die Fensterscheibe und kühlte meinen Kopf. Die Restaurants leuchteten hell, blinkende

Reklamen überall, auf den Gehsteigen waren massenhaft Menschen unterwegs. Die Stadt bereitete sich auf eine weitere lange Sommernacht vor.

Ich schloss die Augen und ehe ich mich versah, trug mich Josés und Mos leise geführte Unterhaltung in den Schlaf.

»*Hombre,* wach auf!« Eindringlich rüttelte José an meiner Schulter. Er war aus dem Wagen gestiegen und stand vor der offenen Hintertür im Dunkeln, die Innenbeleuchtung warf einen warmen Schein auf sein besorgtes Gesicht.

»Wie spät ist es?«, gähnte ich und streckte meinen Rücken durch.

»Bald eins.«

Schlaftrunken stieg ich aus. Als ich Josés starrem Blick folgte, zog sich alles in mir zusammen.

Eine schwarze Limousine stand direkt vor dem Haus, in dem Schwester Alma wohnte, auf allen Stockwerken brannte Licht und aus etlichen Fenstern beugten sich Ordensschwestern, manche nur mit einem Nachthemd bekleidet. Zwei Männer in Anzügen schlossen gerade behutsam die rückwärtige Tür des Leichenwagens.

»Sie haben eben einen Sarg herausgetragen«, sagte Mónica mit tonloser Stimme.

»Aber das kann doch nicht …!« Fassungslos sah ich José an und rannte los.

»Halt!«, schrie ich und einer der Männer wandte sich überrascht nach mir um.

»Was ist geschehen?«

»Wer sind Sie?«

»Ich erledige Einkäufe für die Nonnen. Das schwere Zeug, Sie wissen schon.« Ich war selber erstaunt, wie leicht mir die Lüge über die Lippen kam, während ich kaum einen klaren Gedanken fassen konnte.

»Jetzt noch?«

»Ich war unterwegs«, stammelte ich, irritiert von der Hartnäckigkeit des Typen. »Die Sachen sind im Kofferraum.«

Der Mann zog eine bedauernde Miene und stieg auf der Fahrerseite des Wagens ein. »Zukünftig gibt es weniger zu schleppen. Ein Herzstillstand, das ist in dem Alter nicht so ungewöhnlich. Da helfen alle guten Verbindungen nach oben nichts.«

»Wer war es?« Meine Stimme versagte.

»Schwester Alma.« Oberschwester Maria trat hinter dem Fahrzeug hervor, kam auf mich zu und blieb dicht vor mir stehen.

Kühl sah sie mir ins Gesicht. »Wahrscheinlich hat Ihr Besuch heute Abend sie dermaßen aufgeregt, dass ihr altes Herz nicht mehr mitgemacht hat.«

Schwester Maria wusste von meinem Besuch! Unsere schlimmsten Befürchtungen waren eingetroffen: Der Überfall im Park war genauso wenig ein Zufall gewesen wie Almas Tod. Nur würde ich das nie im Leben beweisen können.

»Sie haben Schwester Alma auf dem Gewissen!«, schrie ich die Oberschwester an, außer mir vor Wut und Ohnmacht.

»Ihr Tod scheint Sie ziemlich mitzunehmen, Sie Ärmster! Sie wissen nicht mehr, was Sie sagen.« Sie lächelte milde und klopfte auf das Dach der Limousine. Sofort sprang der Motor an und der Leichenwagen holperte langsam die Calle de la Bola hinunter.

»Vielleicht sollten Sie Ihre Nase nicht zu tief in Angelegenheiten stecken, die Sie nichts angehen.« Schwester Marias Lächeln war versteinert, sie trat unter das Vordach und blieb in der offenen Haustür stehen.

»Drohen Sie mir?«

»Ich gebe Ihnen einen Ratschlag. Das ist es, was wir Ordensschwestern tun.«

»Nebst so vielem anderen«, schnaubte ich. Ich musste mich beherrschen, der alten Hexe nicht an die Gurgel zu springen.

»Gute Nacht, *Señor* Kumar. Und grüßen Sie mir Ihre Freunde.« Sie deutete eine Kinnbewegung Richtung Mónica und José an, die wie festgewurzelt beim Auto stehen geblieben waren.

»Was sind Sie bloß für ein Mensch! Wie können Sie Ihr Verhalten mit Ihrem Glauben vereinbaren, mit Ihrem Gewissen, falls Sie eins haben?«

»Ich bete«, sagte Schwester Maria. »Das sollten Sie vielleicht auch tun.« Mit einem pietätvollen Lächeln schob sie die Tür zu.

»Verdammt!« Zornig trat ich gegen das hölzerne Portal.

Schwester Alma war nicht nur meine letzte Hoffnung gewesen, Doktor Sánchez auf die Spur zu kommen. Ich war überzeugt davon, dass sie trotz aller Untaten, an denen sie beteiligt gewesen war, ein guter Mensch gewesen war. Ich hatte die Reue in ihren Augen gesehen und letztendlich hatte sie mir helfen wollen, Sánchez zu finden.

Entmutigt ließ ich mich gegen die Hauswand fallen und raufte mir das Haar. So beschissen hatte ich mich schon lange nicht mehr gefühlt. Ich war mitschuldig an Almas Tod, da hatte Schwester Maria gar nicht so unrecht gehabt. Ihr Gewissen hatte die Hebamme seit Jahren gequält, aber erst ich und mein dreistes Eindringen in ihre Wohnung hatten ihr eine Möglichkeit aufgezeigt, wie sie sich zumindest teilweise von ihrer Schuld befreien konnte. Hatte sie auf Vergebung gehofft? Ein bisschen Frieden für ihre Nächte? Dass das Fegefeuer sie verschonte, wenn sie Sánchez verriet?

Ich wusste es nicht. Ich wusste nur, dass ich mit ihrem Tod die letzte brauchbare Verbindung zum verbrecherischen Arzt verloren hatte. Alles was mir blieb, war eine Telefonnummer, unter der niemand erreichbar war.

Ich stieß mich von der Hauswand ab und schleppte mich das Sträßchen hinauf, zurück zu Mo und José.

Das Detektivsein machte wieder einmal so richtig doll Spaß.

Samstag

Die heiße Schokolade war so dickflüssig, dass das Gebäckstück drin stecken blieb. Ich zog es heraus und schob es mir in den Mund. Die *Churros*, knusprig ausgebackene und mit Zucker bestreute Teigwürstchen, schmeckten köstlich und trösteten mich zumindest kurzfristig über meine missliche Lage hinweg.

»Eigentlich sollte es ja so sein, dass man als Detektiv Informationen zu einem Fall zusammenträgt, kombiniert und schlussfolgert und am Ende zu einer Lösung findet. Doch mittlerweile habe ich noch weniger in der Hand als gestern Morgen bei unserer Ankunft! Diese Geschichte frisst sich selbst!«

»Hör auf zu jammern, du klingst ja schon wie deine Mutter!« José biss in sein *Bocadillo con Tortilla* und setzte sich breitbeinig hin, da stetig Olivenöl aus dem Brötchen tropfte. Mit gespielter Empörung boxte ich ihn in die Schulter.

Natürlich hatten wir das Frühstück im Hotel verschlafen, obwohl nach dem traurigen Zwischenfall an der Calle de la Bola niemand mehr Lust auf *Mojitos* gehabt hatte und wir direkt ins *Reina Victoria* zurückgekehrt waren. Jetzt saßen wir an der Theke einer dieser typischen spanischen Bars, wo es starken Kaffee und frisch gepressten Orangensaft gab. Dazu klinisches Neonlicht und weißen Plattenboden, der Bereich unter den Hockern war übersät mit zusammengeknüllten, fettigen Papierservietten, in der Vitrine lagen ein angelaufener Berg Kartoffelsalat vom Vorabend und ein paar trocken aussehende *Chorizos*.

»Ich hätte nie gedacht, dass sich der Fall so kompliziert gestaltet. Mein Plan war, herzukommen, Noemis Eltern ausfindig zu machen und dann ab in die Bars und Klubs. Es tut mir leid, dass ich dich mit in diese Geschichte hineingezogen habe.«

José zuckte mit den Schultern. »Dazu sind Freunde da.«

Missmutig löffelte ich Schokolade in mich hinein. Ich hatte tatsächlich rein gar nichts in der Hand, was zur Lösung des Falles nützlich gewesen wäre, doch ich weigerte mich schlichtweg, mir die sich ankündigende Niederlage einzugestehen.

Es gab immer ein Hintertürchen, das hatte mich mein Beruf in den letzten Jahren gelehrt. Diese scheinbare Sackgasse, in die ich erneut geraten war, stachelte meinen Ehrgeiz nur zusätzlich an. Doktor Sánchez sollte sich besser warm anziehen.

Josés Telefon klingelte und er erhob sich, um den Anruf draußen entgegenzunehmen. Die Bar war nun bis auf den übernächtigt aussehenden Kellner, der mit dumpfer Miene in einer Zeitung blätterte, und mich leer. Es mochte ein Klischee sein, dass man in Spanien gerne lange im Bett liegen blieb, doch hier und jetzt traf es zu. Es war beinahe Mittag und auf dem Platz vor der Bar war kein Mensch zu sehen, als hätten die großen Sommerferien begonnen. Wenigstens war Samstag, andernfalls hätte ich mir wohl überlegt, ob das Spätaufstehen in irgendeinem Zusammenhang mit der chronisch leeren Staatskasse des Landes stand. Eine ziemlich bünzlige Sicht auf die Dinge, stellte ich ertappt fest, da brach wohl der Schweizer in mir durch. Galten wir Eidgenossen doch als fleißig, pünktlich und arbeitsam, während uns andere Völker, die nicht nach diesen hehren Prinzipien lebten, zutiefst suspekt waren.

Ich stopfte mir die restlichen *Churros* rein, obschon mir leicht übel war von der Überdosis Zucker und Fett, und wischte mir die Hände an einer Papierserviette ab, die ich im Anschluss zerknüllte und auf geradezu skandalös unschweizerische Art einfach auf den Boden fallen ließ.

»Fiona lässt grüßen«, meldete José, als er zurückkehrte, und nahm wieder auf seinem Barhocker Platz. »Du sollst aufpassen, dass ich keinen Unsinn mache.«

»Hattest du das vor?«

»Natürlich nicht«, murmelte er, doch mich konnte er nicht so leicht täuschen.

»Ich erinnere mich, was du gestern über dein Sexualleben preisgegeben hast …«

»Ich hab bloß diskret darauf hingewiesen, dass es inexistent ist«, präzisierte José grantig.

»Hast du mit Fiona darüber geredet?«

»Natürlich nicht.«

»Das könnte eventuell die Lage entspannen.«

»*Hombre,* ich weiß nicht. Irgendwie hat es keinen Zweck. Wenn es um Beziehungen geht, sind uns Frauen nun mal überlegen. Sie verfügen über eine Art Geheimwissen, einen siebten Sinn, während wir wie Trottel danebenstehen und staunen.«

»Das ist nichts Neues. Ich verstehe aber nicht ganz, worauf du hinauswillst.«

»*Oye,* es fängt doch schon beim ersten Date an. Du rackerst dich ab, gibst dein Bestes und zeigst dich von deiner Schokoladenseite, aber ob du sie am Ende küssen darfst oder sogar mehr, das weiß nur sie. Und zwar schon bevor sie sich auf den Weg zum Treffpunkt macht.«

»Gut, Männer sind simpler gestrickt und wollen eh nur das Eine. Uns zu durchschauen, ist wirklich keine Kunst.«

»Aber das geht dann so weiter, ein Leben lang. Ob und wann man ein Paar wird, zu welchem Zeitpunkt man zusammenzieht, ob und wie viele Kinder man kriegt – Frauen wissen all das, bevor uns überhaupt nur der Gedanke kommt. Sie sind uns immer einen Schritt voraus, mindestens! Mit Sex verhält es sich genauso. Es ist Freitag und du denkst, jetzt ist es wieder mal so weit …«

»Ihr habt nur an bestimmten Tagen Sex?«, unterbrach ich José verblüfft.

»Das war natürlich nur ein Beispiel! Was ich damit sagen wollte: Nur sie weiß, ob es dazu kommt. Sie weiß es übrigens schon am Montag.«

»Und deswegen willst du nicht mit Fiona darüber reden?«

»Genau. Eine Diskussion wäre sinnlos, weil eh schon alles abgekartet ist. Frauen können irgendwelche Signale aus dem All empfangen und folgen einer kosmischen Weltordnung, deren Code wir Männer einfach nicht knacken können, so sehr wir uns auch anstrengen.«

»Jetzt übertreibst du aber!« Ich musste lachen, obwohl ich nur zu gut wusste, wovon José sprach. »Vielleicht solltest du aufhören, diese Beziehungsratgeber zu lesen.«

»Woher weißt du ...?«

»Hotelzimmer, Nachttisch. Als du vorhin Zähne geputzt hast und ich auf dich gewartet habe.«

»Verdammter Schnüffler! Aber wie auch immer. Sie wird mich wissen lassen, wenn sie bereit ist. Aber reden wir lieber von dir. Was hast du da gestern angetönt?«

»Ohne *Carajillo* sage ich nichts.« Ich bestellte beim Kellner zwei Espressi mit Brandy.

Während ich ihm zusah, wie er den Schnaps mit einem Stück Zitronenschale und ein paar Kaffeebohnen erhitzte, überlegte ich fieberhaft, wie ich das Gespräch mit José hinauszögern konnte. Manjus Bedingung, die sie für unsere Beziehung gestellt hatte, war eine Sache zwischen ihr und mir und eigentlich verspürte ich wenig Lust, sie zu diskutieren. Wie José richtig festgestellt hatte: Frauen waren uns stets einen Schritt voraus und wussten ganz genau, für was die Zeit wann reif war.

Andererseits rührte mich Josés Offenheit. Sie zeigte mir nicht nur, wie sehr er mir immer noch vertraute, sondern dass unsere Freundschaft auf einem soliden Fundament gebaut war und auch Phasen überstand, in denen wir uns nicht so häufig sahen.

Der Barmann zündete den Brandy an, bevor er ihn mit heißem Espresso übergoss, sofort stellte er dann die beiden Tässchen vor uns auf den Tresen. Auf der dampfenden Flüssigkeit waberte noch immer eine blaue Flamme.

»Zum Wohl!«, sagte ich.

»Salud!« José grinste und blies in den Kaffee, bevor er ihn hinunterkippte. Er schüttelte sich. »Und jetzt zur Sache!«

Ich nippte an meinem *Carajillo* und spielte auf Zeit.

»Nun mach schon!«

»Okay, Manju und ich haben … also eigentlich war es eher Manju …«

»*Chicos,* da seid ihr ja!«, ertönte in diesem Moment Mónicas Stimme hinter uns. Ihr Timing hätte perfekter nicht sein können. Vor Erleichterung wäre ich ihr beinahe um den Hals gefallen. Nicht so José, der seiner Exfreundin einen vernichtenden Blick zuwarf, bevor er mich fixierte. Diesmal kommst du noch davon, besagte seine Miene, aber ich komme auf das Thema zurück, darauf kannst du dich verlassen.

»Was ist denn mit euch los?«, fragte Mo verwundert.

»Männergespräch«, brummte José.

»Oje.« Unbekümmert zog sie einen Barhocker heran und ich rückte etwas zur Seite, damit sie sich zwischen uns setzen konnte.

»Gibt's was Neues?«, erkundigte ich mich.

Mo roch frisch nach Seife und einem blumigen Parfüm, ihre Hände skizzierten kubistische Umrisse in die Luft, während sie sprach. »Nichts. Ich hab noch mal mein ganzes bisheriges Recherchematerial durchgearbeitet, doch ich habe darin keinen einzigen Hinweis gefunden, wo sich Sánchez aufhalten könnte. Dann hab ich mit der Geschäftsstelle des Telefonanbieters gesprochen, doch die rücken keine Adressen raus, nicht einmal, wenn es sich um einen Verbrecher handelt. ›Unser Geschäftsprinzip‹«, äffte Mo ihre Gesprächspartnerin nach und brach in Gelächter aus: »Ich hab ihr dann gesagt, wohin sie sich ihre Geschäftsprinzipien stecken kann. Es ist wohl klüger, ich rufe da nicht so bald wieder an.«

»Gibt es einen anderen Weg, die Adresse rauszufinden? Durch die Polizei vielleicht?«

»*No way.* Die schützen den Mistkerl eher noch, als dass sie ihn der Justiz ausliefern. Das hat die Vergangenheit deutlich gezeigt. Nein, wenn wir den erwischen wollen, müssen wir das auf eigene Faust schaffen.«

»Aber wie?«

»Keine Ahnung.« Mo rührte Zucker in ihren Espresso und trank ihn in kleinen Schlucken. »Aber es muss irgendwie zu schaffen sein, schließlich haben wir es hier mit einem alten, kranken Mann zu tun ...«

Ich stutzte. Auch Schwester Alma hatte erwähnt, dass Sánchez krank sei.

»Was hat er denn eigentlich?«

»Ach, irgendein Nierenleiden. Insuffizienz oder so. Die hat er seit Jahren und muss deshalb regelmäßig ...«

»... zur Dialyse?« Wie elektrisiert richtete ich mich auf.

»Genau! Woher ...?«

»Das heißt, wenn er in der Zwischenzeit keine neue Niere erhalten hat, muss er regelmäßig da hin. Wie oft macht man das?«

»Etwa drei Mal die Woche, soviel ich weiß. Der Patient wird dazu an einen sogenannten Hämodialysator angeschlossen, durch den dann das Blut bis zu fünfzehn Mal pro Sitzung geschleust und dabei von Giftstoffen befreit wird. Ich hab mal einen Artikel darüber geschrieben. Wieso bist du plötzlich so aufgeregt?«

Ich war aufgesprungen und lief vor der Theke auf und ab, da es mir mit einem Mal schwergefallen war, still zu sitzen.

»Weil im Hospital *El Divino Niño* ein Dialysepatient ausgerufen wurde, während wir auf die Audienz bei Oberschwester Maria gewartet haben. Was läge also für Sánchez näher, als sich in einem auf Organtransplantationen spezialisierten Spital behandeln zu lassen? Wenn er tatsächlich noch keine neue Niere erhalten hat, wartet er sehnsüchtig auf eine. Außerdem ist es das einzige Spital weltweit, in dem man ihn auf gar keinen Fall vermuten würde. Darüber hinaus hat er in Schwester Maria eine treu ergebene Verbündete, die wahrscheinlich so ziemlich alles für ihn tun würde.«

Mit offenen Mündern starrten mich Mo und José an.

»Los! Los!« Flink warf ich ein paar Euroscheine auf den Tresen und wandte mich zum Gehen. »Was glotzt ihr immer noch so blöd? Wir fahren da hin! Jetzt!«

Ein altersschwacher Ventilator rotierte leise scheppernd gegen die abgestandene Luft in der Eingangshalle an. Das *El Divino Niño* machte an diesem Samstagmittag einen noch weniger belebten Eindruck als bei meinem letzten Besuch. Eine scharfe Note nach ätzenden Chemikalien stach mir in die Nase, sobald ich mich dem Kabäuschen neben dem Eingang näherte.

Maria saß gähnend hinter dem offenen Schiebefenster des Empfangs und bemalte ihre Fingernägel mit fuchsiafarbenem Lack. Lässig stützte ich einen Ellbogen auf den Tresen und beobachtete sie, bis sie den Pinsel sinken ließ und unwillig aufsah.

»Hola!«

Ein Strahlen breitete sich auf Marias hübschem Gesicht aus. *»Hola Muchacho!«*, rief sie erfreut aus. »Diesmal ohne deinen Freund unterwegs?«

»Sieht ganz danach aus.«

»Interessant.« Maria beugte sich etwas vor, sodass ich keine andere Wahl hatte, als in den prallen Ausschnitt ihrer

Uniform zu linsen. Zweifelsohne war das genau ihre Absicht gewesen.

Während der Fahrt zum Spital hatten wir bestimmt, dass ich mich besser allein bei Maria nach Sánchez erkundigte, derweil Mo und José mehr über den unerwarteten Tod von Schwester Alma herausfinden wollten. Zu dritt wären wir zu sehr aufgefallen. Immerhin wusste Oberschwester Maria jetzt, wer José und ich waren, und Doktor Sánchez konnte sich sicher nur zu genau an die Journalistin erinnern, die ihn mit ihrem Artikel zur Aufgabe seiner Klinik gezwungen hatte.

»Habt ihr diesen verschollenen Onkel ausfindig gemacht?«, erkundigte sich Maria.

»Leider nein, der ist wie vom Erdboden verschwunden.«

»Tut mir leid.«

»Ist schon okay.«

Eine kleine Pause entstand, während ich fieberhaft nachdachte, wie ich das Gespräch auf die Dialysepatienten lenken konnte, ohne dass es plump wirkte.

»Was willst du denn?«, wollte Maria wissen.

»Nichts, das heißt ... mir war gerade langweilig und ich war in der Gegend, da dachte ich, ich guck mal vorbei.«

»Das ist nett. Samstags ist hier nicht viel los ...«

»Keine Patienten angemeldet?«

»Willst du echt über Krankheitsfälle reden?«

»Wir könnten auch was trinken gehen.«

»Um sechs hab ich Feierabend. Danach muss ich erst nach Hause, um mich frisch zu machen ... treffen wir uns um zehn?«

»Passt.«

»Im *Candela?* Kennst du dich aus in Madrid?«

»Ich werde es schon finden.«

»Ecke Calle Olmo und Olivar.«

»Merk ich mir.«

Sie sah mich nachdenklich an und kaute dabei auf einem Kugelschreiber herum. »Sehr gut.«

»Ist doch auch schön, mal nicht so viel zu tun zu haben«, versuchte ich, etwas Small Talk zu betreiben.

»Ja.« Maria warf einen Blick auf den Bildschirm ihres Computers und mümmelte dann weiter auf ihrem Kuli rum. Einen Moment lang wusste keiner, was er sagen sollte.

Allmählich wurde ich unruhig. Maria würde meine Absicht garantiert durchschauen, wenn ich mich jetzt nach Sánchez erkundigte. Ich musste mir was anderes einfallen lassen.

»Rauchst du?«

Maria warf einen verstohlenen Blick zu den Aufzügen am Ende der Halle. »Für ein paar Minuten könnte ich schon weg hier.«

»Ich habe aber keine Zigaretten«, gab ich mich zerknirscht. Ich wuschelte mir durchs Haar und setzte schamlos mein Herzensbrecherlächeln ein. Voller Waffeneinsatz – was Frauen konnten, konnten wir Männer auch.

Es wirkte. Grinsend zog Maria zwei Glimmstängel aus der Schachtel und trat aus der Seitentür des Kabäuschens.

»Wir gehen hinten raus, dann sieht uns der alte Drache nicht gleich, wenn er zurückkommt.«

»Alter Drache?«

»Oberschwester Maria. Die, die euch gestern in Empfang genommen hat.« Sie durchquerte die Halle, stieß dort eine Seitentür auf und führte mich auf eine kleine Terrasse hinaus, die mit quadratischen Steinplatten belegt war. Dahinter befand sich ein mit Zigarettenstummeln übersätes Rasenstück. Ein begehbarer Aschenbecher sozusagen.

»Zu uns war sie freundlich«, log ich, während Maria sich eine Fluppe ansteckte und mir die zweite Zigarette samt Feuerzeug hinstreckte. Ich würde ein paar Züge nehmen und dann nach der Toilette fragen, so weit mein Plan. Mit etwas Glück reichte die Zeit, mir am Computer einen Überblick über die Dialysepatienten zu verschaffen, während Maria fertig rauchte. Sánchez würde zwar kaum unter seinem richtigen Namen angemeldet sein, aber ich hegte die dürftige Hoffnung, dass ihn vielleicht sein Deckname oder die Patientendaten verrieten.

»Sie tut nur so. In Wahrheit ist sie eine falsche Schlange, die einem bei jeder Gelegenheit in den Rücken fällt!«, schimpfte Maria über die Oberschwester.

Das stimmte ziemlich genau mit meiner Einschätzung überein.

»Glücklicherweise ist sie oft außer Haus, da geht immer ein richtiges Aufatmen durch die Stationen.«

»Ein Nebenjob?«

»Eher eine Art Hobby. Sie betreut delinquente Jugendliche in einem Heim und hilft ihnen bei der Stellensuche. Ohne nennenswerte Resultate übrigens, in Spanien findet jeder fünfte Jugendliche keinen Job. Auf straffällige Jungs ohne Schulabschluss hat da keiner gewartet. Aber so verdient sie sich wohl den Weg ins Himmelreich, die gute Seele.«

Oder auch nicht, fügte ich in Gedanken hinzu.

Maria hatte mir eben eine plausible Erklärung geliefert, weshalb gestern Nacht die kampflustigen Jugendlichen hinter uns her gewesen waren. Die rührige Oberschwester hatte vermutlich gegen ein mickriges Taschengeld ihre Schützlinge auf uns gehetzt. So begeistert, wie die Jungs bei der Sache gewesen waren, hatte sie sie wohl nicht lange zu überreden brauchen.

Maria blickte auf die Uhr und drückte die halb gerauchte Zigarette aus. »Ich muss wieder rein. Sie kann jeden Moment zurück sein.«

Ich fluchte innerlich. Die Pause war zu kurz gewesen, um an den Computer zu gelangen. Viel länger konnte ich hier nicht mehr rumlungern, ohne Marias Misstrauen zu wecken.

Zudem lief ich Gefahr, dass mich die Oberschwester erwischte.

Ich folgte Maria in die Eingangshalle und blieb unschlüssig vor ihrem Kabäuschen stehen.

»Dann sehen wir uns heute Abend?«, versicherte sie sich mit einem lasziven Blick.

»Klar, um zehn in diesem *Candela.*«

Stumm sahen wir uns in die Augen, bis uns das Klingeln von Marias Telefon zusammenzucken ließ.

»Nein, der Fahrer ist gerade besetzt. Sobald er zurückkommt, schicke ich ihn rüber zu euch.« Sie legte auf und seufzte genervt. »Der Notfall braucht dringend unseren Fahrer, der holt aber gerade Oberschwester Maria ab.«

»Ach, bei den Delinquenten?«

»Nein, dienstags, donnerstags und samstags betreut sie jeweils einen Privatpatienten während der Dialyse.«

Wie vom Donner gerührt starrte ich sie an. »Das kann man auch von zu Hause aus machen?«, krächzte ich mit versagender Stimme.

»Ja, klar«, antwortete Maria unbekümmert. »Die normalsterblichen Dialysepatienten kommen drei Mal die Woche ins nephrologische Ambulatorium. Dieser Lopez aber ist ein feiner Pinkel, ein älterer Arzt, der angeblich mit seiner Privatklinik ein Vermögen gemacht hat. Er besitzt einen eigenen Dialyseapparat in seiner Villa, benötigt aber eine Fachperson, um ihn anzuschließen. Oberschwester Maria hat diese Aufgabe übernommen, weil sie einen guten Draht zu ihm hat.« Anzüglich spitzte Maria die Lippen.

War Lopez tatsächlich Sánchez? Vieles sprach dafür, aber es gab für mich nur einen Weg, dies mit absoluter Sicherheit herauszufinden.

»Und sie lässt sich echt jedes Mal dahin chauffieren?«

»Madame ist sich eben zu vornehm für den öffentlichen Verkehr. Da nimmt man dann gern den Ambulanzfahrer in

Anspruch, obwohl der eigentlich Dringenderes zu tun hätte. Dabei ist es wirklich nicht weit …«

Ich musste mich beherrschen, dass ich Maria nicht am Kragen ihrer blütenweißen Uniform packte und die Adresse aus ihr rausschüttelte. Doch wenn sie auch nur den leisesten Verdacht hegte, ich könnte womöglich nicht einzig wegen ihr hierhergekommen sein, platzte nicht nur meine Verabredung heute Abend, es wurde auch beinahe unmöglich für mich, an Sánchez ranzukommen. Natürlich hätte ich bis Dienstag warten können, um dann der Oberschwester zur Villa zu folgen, ich hatte Miranda aber hoch und heilig versprochen, ihr am Sonntag in Zürich beizustehen. Wenn ich Sánchez heute noch finden wollte, blieb mir genau eine Möglichkeit dazu.

Erneut herrschten prekäre Verhältnisse auf den Agglomerationsstraßen. Die Leute aus den Vororten drängten in die Stadt hinein, während diejenigen aus dem Zentrum massenhaft aufs Land flohen. Als würden sie es an ihrem jeweiligen Wohnort nicht aushalten. Die entgegengesetzten Verkehrsströme waren laut José typisch fürs Madrider Wochenende und führten regelmäßig zu einem Chaos.

Mich bekümmerte das allerdings wenig. Kräftig trat ich in die Pedale, lenkte das Fahrrad auf den Gehsteig und überholte lustig pfeifend die Autokarawane, die sich vom Spital bis zur Autobahnauffahrt staute.

Es war nicht ganz einfach gewesen, unter dem guten Dutzend Fahrräder, das vor dem Spital geparkt war, eines zu finden, das weder abgeschlossen noch kaputt war. Dasjenige, das ich schließlich ›ausgeliehen‹ hatte, hätte zwar drei Gänge gehabt, doch leider klemmte die Schaltung, sodass ich mich in der kleinsten Übersetzung abkämpfen musste. Das knallige Rot konnte ich knapp akzeptieren – im Wissen darum, dass die Farbe weit demütigender hätte ausfallen können –, doch der lächerliche Einkaufskorb vor der Stoßstange ging mir mit seinem Gerassel auf den Zeiger. Ebenso der Lenker, der mich mit durchgestrecktem Rücken auf dem Sattel zu sitzen zwang und mit schamanischem Firlefanz wie Tierzahnkettchen, bunten Steinchen und Federn geschmückt war. Nicht gerade vertrauenerweckend für jemanden, der im Gesundheitswesen tätig war.

Ich hatte nicht lange auf den Ambulanzwagen warten müssen. Von einem Stützpfeiler gut verborgen hatte ich beobachtet, wie der Fahrer Oberschwester Maria vor dem Hauptgebäude des Spitals aussteigen ließ, bevor er das Fahrzeug wendete und vor die Notaufnahme nebenan fuhr. Ich harrte im Schatten des Vordachs aus, bis er, von einem Kollegen begleitet, im Laufschritt herausgeeilt kam. Mit entschuldigender Miene hielt ich ihn an und erklärte ihm, dass mich die Oberschwester schicke, sie habe ihre Tasche bei Lopez vergessen.

Unmutig verzog er das Gesicht, doch als ich ihm anbot, selbst dorthin zu fahren, wirkte er erleichtert und erklärte mir hastig den Weg, bevor er in den Wagen stieg und mit heulender Sirene davonbrauste.

Mein Hemd klebte am Rücken, Schweiß lief mir in Rinnsalen über Stirn und Arme. Der Straßenbelag war in der glühenden Hitze weich geworden und der Himmel hatte alle Farbe verloren. Gleißend wölbte er sich über mir, die Sonne knallte mir erbarmungslos ins Gesicht.

Der Verkehr bewegte sich jetzt immerhin stockend vorwärts. Gerne wäre ich in ein Taxi umgestiegen, doch es war weit und breit keines zu entdecken. Entweder frönten die Chauffeure gerade einer gewerkschaftlich verordneten Siesta oder die Außenbezirke galten tagsüber als wenig lukratives Gebiet. Angesichts der Tatsache, dass sich zurzeit ganze Agglomerationsfamilien ins eigene Auto quetschten, um damit systematisch die Straßen zu verstopfen, tendierte ich eher zur zweiten Annahme.

Ich überprüfte meine Position auf dem Smartphone und bog dann links ab, um ein staubiges Sträßchen hochzustrampeln, das in einer weiten Schlaufe um einen künstlich angelegten Hügel führte. Völlig außer Atem gelangte ich oben an und gönnte mir eine kurze Verschnaufpause. Der Zeitpunkt wohl, an dem mancher Profifahrer verstohlen zu etwas Aufmunterndem gegriffen hätte, mir stand leider nichts Derartiges zur Verfügung.

Die Erde, aus der die Anhöhe aufgeschüttet war, sah staubtrocken aus und war hell wie Mehl, eine Wüstenlandschaft ohne Leben. Ich blickte auf hässliche Fabrikgebäude und von endlosen Parkplätzen umgebene Einkaufszentren, die man mitten in die Einöde hingeklotzt hatte. Wie verwaiste Beobachtungsstationen auf einem unwirtlichen Planeten sahen sie von hier oben aus.

Eine erfrischende Brise verschaffte mir etwas Kühlung, während ich auf der anderen Seite des Hügels hinunterfuhr. Hier gab es keine Industrie oder Shoppingzentren mehr, dafür einen Golfplatz und identisch aussehende Vororthäuschen nach amerikanischem Vorbild. Alles wirkte brandneu. Noch wuchs kein Rasen aus der angetrockneten Erde in den Vorgärten, die Bäumchen und Büsche waren erst kürzlich gepflanzt worden, an den Fenstern klebten noch die Markierungen der Hersteller. Eine Geistersiedlung, die wie konzipiert war für verzweifelte Hausfrauen oder solche, die es unbedingt werden wollten.

Ich ließ die Gegend hinter mir und nach wenigen Hundert Metern änderte sich das Bild erneut. Jetzt war es nicht mehr weit bis zu meinem Ziel.

Dichte Hecken umzäunten gepflegte Grundstücke und hinter hohen Bäumen tauchten pompöse Herrenhäuser auf. Überall waren Wassersprenger in Betrieb, um das ausgetrocknete Ödland zu beleben. Im Vorbeifahren fiel mir auf, dass die Mehrzahl der Villen neueren Datums war. Der Baustil erinnerte zwar an denjenigen feudaler Landhäuser in Frankreich und Italien, doch bei genauerer Betrachtung erkannte man den Schwindel: das billige Material, die lieblos nachgeahmten Details. Aus Kunst hatte man hier Kitsch generiert, aus Stil Disneyland.

Sánchez' Grundstück befand sich am Ende eines Wegstücks. Durch das vergitterte Tor erkannte ich eine im toskanischen Stil erbaute Villa inmitten einer weiten Grünfläche. Ein gedrungen wirkendes Haus mit weiß getünchter Fassade und großen Fenstern, das rote Ziegeldach abgeflacht. Vor dem Eingang eine Pergola, die sich unter einem von Säulen gestützten Vordach befand. Ein Laubengang verband den Haupttrakt mit einem kleineren Gebäude, er war gesäumt von Olivenbäumchen und dunkelrosa blühendem Oleander, derweil das malerische Steinhäuschen direkt neben dem Wohnhaus wohl als Garage diente.

Ich lehnte mein Rad an die efeubewachsene Backsteinmauer und konnte mir ein triumphierendes Grinsen nicht verkneifen. Ich hatte Sánchez' Refugium entdeckt! Mo würde begeistert sein.

Aufmerksam checkte ich jeden sichtbaren Winkel des Grundstücks ab. Bevor ich es unerlaubterweise betrat, wollte ich mich versichern, dass es keine unliebsamen Überraschungen gab. Ich hob einen herumliegenden Stein auf, mit dem ich mehrmals gegen die Gitterstäbe des Eingangstors klopfte, und hoffte, dass man den Krach in der Villa drin nicht hören konnte. Doch selbst wenn: Seit der wenig erfreulichen Erfahrung mit Kampfhunden bei meinem allerersten Fall verspürte ich wenig Lust auf eine erneute Konfrontation mit diesen blutrünstigen Biestern. Ich lauschte noch einen Moment lang auf ein verräterisches Halsbandrasseln, dieses rasch herannahende Hecheln, das mir immer noch das

Blut in den Adern gefrieren ließ. Zu meiner Erleichterung war aber nichts zu hören, deshalb stemmte ich mich auf der Backsteinmauer ab und schwang mich hinüber.

Geduckt rannte ich auf die Villa zu. Ich hatte mein Ziel beinahe erreicht, als mir schlagartig bewusst wurde, wie gammelig ich daherkam. Das verschwitzte Hemd, die Hosen eingestaubt, die wahrscheinlich wenig appetitanregenden Ausdünstungen. Die Radfahrt hierher hatte deutliche Spuren hinterlassen. Doch meine Möglichkeiten, mich herauszuputzen und in einen vertrauenerweckenden Schweizer Detektiv mit indischen Wurzeln zu verwandeln, waren beschränkt. Mangels Alternativen trat ich an einen der Wassersprenger heran, wusch mir behelfsmäßig den Dreck aus Gesicht und Haaren und benetzte die Arme. Danach fühlte ich mich immerhin ansatzweise erfrischt.

Ich kauerte mich hinter die blühenden Oleanderbüsche neben dem Laubengang und wartete ab. Noch hatte ich keinen ausgeklügelten Plan, wie ich Sánchez dazu bringen wollte, mir die Unterlagen auszuhändigen, doch ich vertraute auf meinen Detektivinstinkt. Ich würde dann schon das Richtige tun. Hoffte ich zumindest.

Nach etwa zehn Minuten trat eine mollige Krankenschwester aus dem Hauptgebäude und watschelte über den Gang auf das benachbarte Häuschen zu, das wohl als Unterkunft für die Angestellten diente. Ich hatte keine Ahnung, wie viel Personal Sánchez beschäftigte, aber dem geringen Sicherheitsaufwand nach fühlte er sich hier ziemlich sicher. Keine Hunde, keine Kameras, bislang auch keine Bodyguards.

Ich musste es wagen. Behände stieg ich über das Geländer des Laubengangs, schlich zur Seitentür der Villa und schlüpfte hinein.

Der Korridor war mit einem marokkanischen Läufer ausgelegt. Hohe Fenster an den Querseiten der Villa und die mit Kalk behandelten Wände schufen eine helle und freundliche Atmosphäre, eine Treppe führte am Ende des Flurs in den oberen Stock. Von weiter hinten hörte ich Küchengeräusche, leise lief ein Radio. Also arbeitete nebst der Pflegerin zusätzlich einen Koch im Haus.

Geräuschlos bewegte ich mich vorwärts. Zu meiner Linken gab es zwei wuchtige Flügeltüren, die beide offen standen. Nach einem prüfenden Blick betrat ich den ersten Raum, zog die Türe zu und schloss leise hinter mir ab.

Die Fensterläden waren angelehnt, ein gedämpftes Licht erfüllte das Zimmer. Die Wände verschwanden beinahe komplett hinter den Bücherregalen aus dunklem Holz, die bis zur Decke reichten und derart mit Schmökern vollgestopft waren, dass man nicht einmal mehr Platz für ein Reclambüchlein gefunden hätte. In einer Ecke standen zwei braune Chesterfield-Ledersessel, dazwischen war ein antik aussehender Salontisch aus Rauchglas platziert. Eine grüne Banker-Lampe mit Messingfuß schmückte den Schreibtisch aus Akazienholz unter dem Fenster.

Hätte jetzt Marlon Brando mit Zigarre und Nadelstreifenanzug die Bibliothek betreten, ich wäre nicht wirklich überrascht gewesen.

»Señor Sánchez?«, sagte ich halblaut.

Der Arzt saß zusammengefallen in seinem Rollstuhl. Er schien zu dösen, wohl erschöpft von der Dialyse, sein Atem ging rasselnd, aber regelmäßig. Ich trat nah an ihn heran und betrachtete ihn eingehend. Es bestand kein Zweifel, dass der Alte vor mir Alberto Sánchez war.

Der Mann war ein Monster. Er hatte gewissenlos Familien auseinandergerissen und sich dabei selbst bereichert, kaltblütig Mütter belogen, dass ihre Kinder tot seien, und ich wusste von mindestens einem Journalisten, den er hatte verschwinden lassen. War Mónicas Vater eventuell gar nicht der Einzige, der dem Doktor in die Quere gekommen war? Der Gedanke kam mir erst jetzt. Auf jeden Fall wurde in seinem Namen weiter gemordet: Schwester Alma hatte gewusst, dass es gefährlich war, über Sánchez zu reden. Als sie es dennoch tun wollte, starb sie etwas zu plötzlich an einem angeblichen Herzstillstand. Ich hoffte, dass Mo und José Genaueres über die Art ihres Todes herausfanden und die Beweise ausreichten, Oberschwester Maria als Mörderin zu überführen. Seit ich mit an Sicherheit grenzender Wahrscheinlichkeit wusste, dass sie uns kaltblütig die Prügelgang auf den Hals gehetzt hatte, bestand an ihrer Täterschaft für mich kein Zweifel mehr.

Auch fragte ich mich, ob es eventuell schon früher Nonnen gegeben hatte, die nicht mehr mit den Lügen leben und sich die Schuld von der Seele reden wollten. Falls ja, was war mit ihnen geschehen?

Ich lehnte mich ans Fensterbrett und verschränkte die Arme, ohne Sánchez aus den Augen zu lassen. Der Mann mochte ein Monster sein, ein Mörder und ein widerwärtiger Zeitgenosse – gerade jetzt sah er aber überhaupt nicht danach aus. Sein Gesicht war blass, die Haut schuppig und dünn wie Pergament, sodass die Blutbahnen grünlich durchschimmerten – Auswirkungen seiner fortgeschrittenen Nierenkrankheit. Genauso wie die Tatsache, dass er viel älter wirkte, als er tatsächlich war. Die Lippen standen leicht offen und ein Speichelfaden hing ihm im Mundwinkel. Seine knochigen Hände lagen kraftlos in seinem Schoß und zitterten selbst im Schlaf, der Pyjama, den er unter einem dunkelgrünen Morgenrock trug, war viel zu weit für seinen ausgemergelten Körper.

Seine Augen waren von einem wässrigen Hellblau, wie ich feststellte, als er sie jetzt aufschlug. Sánchez starrte mich an und tastete dann panisch nach dem Klingelknopf, der an einem Kabel über der Armlehne seines Rollstuhls gehangen hatte.

Wortlos hob ich meine Hand mit dem Knopf und legte das Teil auf den Schreibtisch neben mir, unerreichbar für den alten Mann.

»Doktor Sánchez, ich muss …«

»Ich heiße Lopez!«

»Lassen wir den Scheiß. Wir beide wissen haargenau, wer Sie wirklich sind.«

»Was wollen Sie?«, krächzte er nach einer Pause, seine Lippen verursachten dabei ein schmatzendes Geräusch.

Ich reichte ihm die Schnabelflasche, die ihm während des Nickerchens auf den Boden gefallen war, und gierig griff er danach. Während er schlürfend trank, ließ er mich keine Sekunde aus den Augen.

»Unterlagen«, beantwortete ich seine Frage. »Zu all den Kindern, die Sie im Lauf der Jahre verkauft haben.«

»Davon ist mir nichts bekannt.«

Darauf war ich vorbereitet. »Oberschwester Maria hat mir einen Tipp gegeben.«

Sánchez' Blick blieb ungerührt an mir haften. »Das würde sie nie tun.«

»Ich habe ein kleines bisschen nachhelfen müssen …«, log ich und machte eine grimmige Miene. Der Arzt hatte zurzeit keine Möglichkeit, meine Aussage auf ihren Wahrheitsgehalt hin zu überprüfen. Gleichzeitig wollte ich damit markieren, dass mit mir nicht zu spaßen war. Was auch stimmte. Wegen ihm war mein feuchtfröhliches Wochenende mit José ins Wasser gefallen, stattdessen hatte ich mir letzte Nacht im Park beinahe die Lunge aus dem Leib gekotzt, eben eine schweißtreibende Radtour hinter mich gebracht und jetzt sehnte ich mich nach einem wohlverdienten Drink und einer Zigarette. Ich war echt schon besserer Laune gewesen.

»Wer schickt Sie?«

Es war Sánchez nicht anzusehen, ob er mir den unerbittlichen Folterknecht abnahm. Ich erklärte ihm meinen Auftrag und wer ich war, worauf er den Kopf schräg legte und mich interessiert musterte. »Zu meiner Zeit kamen Detektive noch angemessen angezogen zu Hausbesuchen.«

»Alles eine Frage der Umstände.«

»Bisher konnte mich niemand ausfindig machen, nicht einmal diese hartnäckige kleine Journalistin.« Ein Hauch von Achtung lag in seiner Stimme.

»Sie werden sie bald wiedersehen.«

»Darauf kann ich verzichten. Ihnen ist schon klar, dass Sie dieses Grundstück nicht lebend verlassen werden?«

Ich winkte ab. »Lassen Sie die Drohungen. Ich habe es bis hierher geschafft, ohne entdeckt zu werden, also werde ich auch ohne Hilfe Ihres Personals rausfinden. Oder wollen etwa Sie mich aufhalten?«

»Werden Sie nicht frech!«

»Was ist jetzt mit den Unterlagen?«

»Wie gesagt: Davon weiß ich nichts.« Mir fiel auf, wie verschlagen Sánchez zeitweise wirkte, nur um sich im nächsten Augenblick ohnmächtig wie ein seniler Greis in den Rollstuhl zurückfallen zu lassen.

»Mir können Sie nichts vormachen, Sánchez, ich weiß vom illegalen Kinderhandel, den Sie und Ihr Kollege jahrelang geführt haben.«

»Nein, nein, nein!« Störrisch schüttelte Sánchez den Kopf, was eine geradezu typische Geste für die Beschuldigten in diesem Fall zu sein schien. Jedenfalls hatte ich dieselbe Reaktion schon bei der hochehrwürdigen Mutter wie auch bei Oberschwester Maria beobachtet.

»Da war nichts illegal daran!« Der alte Mann richtete sich mühsam auf und funkelte mich wütend an.

»Zu welchem Zweck wurden dann tiefgefrorene Babyleichen im Keller Ihrer Klinik aufbewahrt? Weshalb waren Mütter überzeugt davon, dass ihre Kinder lebten, während Sie ihnen einredeten, die Kleinen seien gestorben?«

»Sie verstehen das nicht. Sie platzen hier rein und führen sich als selbstgerechter Moralist auf, dabei haben Sie keine Ahnung!«

»Dann erklären Sie es mir.«

Sánchez schnappte röchelnd nach Luft und sank wieder in den Stuhl zurück. »Wir haben nichts Unrechtes getan. Im Gegenteil: Diese Kinder hatten keine Zukunft, verstehen Sie? Erst wir haben ihnen eine ermöglicht, mit einem Leben in geordneten Familienverhältnissen.«

Mühsam stieß er die Worte aus, das Sprechen bereitete ihm offensichtlich große Mühe. »Diese Mütter, sie waren … Abschaum. Drogenabhängige, Prostituierte, kamen aus der Gosse, kaum Schulbildung. Dank uns konnten die Kleinen ihre elende Herkunft hinter sich lassen.«

»Ohne dass Sie die Mütter gefragt hatten!«

»Was glauben Sie denn, wie viele von diesen Frauen froh waren, dass sie nicht noch einen weiteren hungrigen Mund zu stopfen hatten?«

»Und die anderen? Diejenigen, die weniger glücklich waren, ein Kind verloren zu haben?« Ich konnte kaum glauben, wie überzeugt dieser Sánchez von seiner guten Gesinnung war. Er hielt sich tatsächlich für einen Wohltäter. Redete man sich eine Lüge jahrelang ein, wurde sie am Ende zur Wahrheit. »Was gab Ihnen das Recht, einfach alle geltenden Gesetze zu ignorieren?«

Ich wusste die Antwort ohnehin: Er war das Gesetz. Wer hätte ihn aufhalten sollen? Der Staat? Der steckte selbst mit drin. Die Kirche? Genauso. Wenn's um Geld ging, hatten beide keine Skrupel.

»Verzweifelte Paare kamen zu uns, weil sie keine Kinder bekommen konnten. Dank uns kehrten sie als glückliche Familien nach Hause zurück.«

»Sie haben Babys geraubt!«

»Wir haben sie nur in gute Hände weitergegeben.«

»Sie widern mich an!« Am liebsten hätte ich auf der Stelle die Polizei alarmiert. Doch es war nicht meine Aufgabe, ihm das Handwerk zu legen.

Außerdem hielt er Informationen zurück. Saß er erst einmal in Untersuchungshaft, würde es sehr schwierig für mich, an die Akten ranzukommen.

»Wo sind die Unterlagen?«

»Es gab einen Brand ...«, fing Sánchez an, doch ich unterbrach ihn harsch: »Im Hospital *El Divino Niño*, darüber bin ich unterrichtet. Aber was geschah mit den ganzen Nachweisen aus der Privatklinik?«

»Ich habe sie nicht.«

»Sie lügen!«

Er machte eine ausschweifende Handbewegung. »Sie dürfen gern das ganze Haus durchsuchen. Aber ich versichere Ihnen, dass Sie kein einziges Schriftstück entdecken werden.«

Alter, schlauer Fuchs. Damit konnte ich mich um Noemis willen nicht zufriedengeben.

»Doktor Grüninger hat geschworen, dass ich hier fündig würde«, flunkerte ich.

Sánchez' Hände umklammerten die Lehnen des Rollstuhls so fest, dass die Knöchel weiß hervorstanden. »Sie haben Grüninger ausfindig gemacht? Wie das? Wo steckt dieses Schwein?«

Ich setzte eine undurchdringliche Miene auf. »Was glauben Sie?«

»Ich weiß nur, dass er sich mit dem gesamten Gewinn unserer Klink aus dem Staub gemacht hat. Das Letzte, was ich von ihm hörte, war, dass er sich in Bern unter falschem Namen eine Wohnung gekauft hat.«

»Ganz mittellos hat er Sie ja nicht zurückgelassen.«

»Ich hatte selbstverständlich meine persönlichen Ersparnisse. Das Geld auf dem gemeinsamen Konto war aber für eine neu zu eröffnende Klinik gedacht gewesen. Das hat er

Ihnen wahrscheinlich nicht erzählt, dieser verdammte *Ladrón?*«

»Sie hatten vor weiterzumachen?« Dieser Mann war noch abgebrühter, als ich angenommen hatte.

»Natürlich, was dachten Sie denn? Ich lasse mir doch nicht von einer Journalistenschlampe das Geschäft vermiesen!«

»Geschäft?«

Sánchez riss die Augen auf. Er hatte auch bemerkt, dass er sich soeben verplappert hatte, und versuchte, sich hastig rauszureden: »Was eine Klinik schlussendlich ist: nichts anderes als ein Geschäft. Bei dem Gutes für die Menschen getan wird.«

»Klar. Deshalb haben Sie dieses ›Geschäft‹ auch über Nacht aufgegeben, als Ihnen diese Journalistin zu sehr auf die Pelle gerückt ist.«

»Sie hat unhaltbare Verleumdungen verbreitet, sodass wir es mit Hinblick auf unsere gut betuchte Klientel für klüger erachteten, die Klinik zu schließen.«

»Und wo hätten Sie sie diesmal wieder eröffnet?«

Sánchez lächelte überlegen. »In Südamerika. Da hätte uns diese Fotze niemals gefunden.«

Womit er zweifelsfrei recht hatte. Eine verschwiegene Klinik mit diskreter Kundschaft in einer Millionenstadt wie Buenos Aires, Caracas oder São Paulo. Mo hätte ihn nie im Leben ausfindig gemacht und er und seine Handlanger hätten ungehindert weitere Mütter ins Unglück gestürzt. Ganz abgesehen davon, dass dort mehr Armut herrschte als in Europa und entsprechend kein Mangel an möglichen Opfern bestand. Die süßen kleinen Latinos hätten auf dem illegalen Adoptionsmarkt sicherlich reißenden Absatz gefunden.

Dieser Mann war uneinsichtig und gemeingefährlich, jemand musste ihn stoppen und endgültig aus dem Verkehr ziehen. Aber erst wenn ich mit ihm fertig war.

»Zurück zu Grüninger.«

Verzweifelt breitete Sánchez die dürren Arme aus. »Er hat Sie angelogen! Er selbst hat alles mitgehen lassen. Weil er genau wusste, dass ich ihn sonst mit den Informationen, die in den Akten standen, in der Hand gehabt hätte. Und ich war so wütend auf ihn, ich hätte keine Sekunde gezögert, davon Gebrauch zu machen.« Röchelnd rang er nach Atem.

»Aber Ihr Name stand doch mit drin?«

»Nicht mehr, wenn ich die ganzen Ordner der Polizei übergeben hätte.«

»Sie hätten alles auf Grüninger abgewälzt? Doch jetzt hat sich das Blatt gewendet, nicht?«

Sánchez starrte mit trübem Blick auf seine Knie, bevor er antwortete: »Ich habe ihn suchen lassen, doch die Spur endete in einer Vierzimmerwohnung in Bern. Das Apartment war komplett eingerichtet und der Kaufvertrag lief auf seinen neuen Namen, Tschanz, das war verhältnismäßig leicht rauszufinden gewesen. Doch Grüninger war wie vom Erdboden verschluckt. Meine Männer observierten das Haus tagelang, ohne Erfolg. Schließlich gab ich auf.«

Von nun an war ich also auf der Jagd nach Tschanz alias Doktor Grüninger, der in Bern eine Wohnung besaß. Ich glaubte Sánchez, dass er nicht mehr im Besitz der Unterlagen war, jetzt galt es, zu meiner eigenen Sicherheit einen geordneten Rückzug einzuleiten.

»Grüninger lebt, es geht ihm gut. Sehr gut«, behauptete ich dreist. »Er lässt Sie freundlich grüßen.«

»Wo steckt dieser *Hijo de Puta?*«, krächzte Sánchez mit heiserer Stimme.

»Ich verrate es Ihnen, sobald ich draußen bin. An einem Stück und ohne ein einziges gekrümmtes Härchen.«

»Dafür garantiere ich.«

Da war er wieder, dieser verschlagene Gesichtsausdruck. Einen kurzen Moment lang hatte ich tatsächlich geglaubt, er würde auf meinen naiven Tauschhandel einsteigen. Nun, da ich wusste, wo er sich versteckt hielt, war ich eine ernstzunehmende Bedrohung für ihn, das war mir durchaus bewusst. Ohne schweres Geschütz aufzufahren, kam ich hier nicht heil raus.

Kurz entschlossen griff ich zum Klingelknopf auf dem Tisch, zerrte das Kabel aus dem Stecker in der Wand und fesselte damit seine Hände. Dann riss ich den linken Ärmel meines Hemdes ab, zerknüllte ihn und stopfte ihn dem aufbegehrenden Sánchez in den Mund.

»*Hasta luego*«, verabschiedete ich mich von dem alten Mann. »Sie können sich gleich auf noch mehr Besuch freuen.«

Vor Wut zappelnd stieß er einen Schwall unartikulierter Laute aus. Ungerührt ließ ich Sánchez in der Bibliothek zurück und schloss die Tür von außen ab. Den Schlüssel schob ich unter den Läufer. Ich konnte nicht riskieren, dass ihn jemand befreite, bevor die Polizei eintraf. Er war schon einmal binnen kürzester Zeit verschwunden.

Als ich auf die Glastür zuging, die auf den Laubengang hinausführte, schreckte ich zurück. Die mollige Krankenschwester hatte wohl Pause und sich in ein wenig schmeichelhaftes Badekleid gezwängt. Viel schlimmer war jedoch, dass sie gerade im Begriff war, auf der Grünfläche vor dem Angestelltenhäuschen einen Liegestuhl aufzuklappen. Zwar trug sie Kopfhörer, doch nie im Leben wäre ich unbemerkt an ihr vorbeigekommen. Mir blieb nur der Rückzug durch das Haus.

Vorsichtig horchte auf etwaige Geräusche, doch alles war still. Dann schlich ich den Korridor entlang Richtung Ausgang und hoffte, dass tatsächlich nur der Koch und die Pflegerin mit der Aufsicht des Arztes betraut waren. Als ich das Entree durchquerte, blieb mein Blick an einer Packung Zigaretten hängen, die ich durch die angelehnte Küchentür auf einem Tisch entdeckte. Ich hielt inne und rang sekundenlang mit meiner plötzlich aufflammenden Lust nach einem

Glimmstängel – und verlor. Auf Zehenspitzen näherte ich mich der Küche und schlüpfte durch den Türspalt hinein.

Ich hatte die Hand schon nach dem verlockenden Päckchen ausgestreckt, als ich aus nächster Nähe ein Rumpeln vernahm. Ich fuhr herum und starrte in das verdutzte Gesicht eines stiernackigen Mannes, der nur wenige Meter von mir entfernt in einem schwach beleuchteten Vorratsraum stand.

»Quién eres?«, blaffte er und trat einen Schritt auf mich zu.

»Der indische Partyservice«, stammelte ich, dabei fiel mir ein, wie ich aussah: verschwitzt, schmutzige Kleidung, ein einärmliges Hemd. Das war wenig glaubwürdig.

»Abteilung Erlebnisse und Events«, fügte ich rasch hinzu. Für eine ausgeklügeltere Erklärung fehlte mir die Zeit, denn der Koch kniff misstrauisch die Augen zusammen. Gleichzeitig registrierte ich, dass er die Hände voll hatte – er hatte sich nebst einer Olivenölflasche Dosentomaten und einen Eierkarton auf den Arm gestapelt. Kurz entschlossen stürzte ich zu ihm hin und schlug die Tür der Kammer zu. Dann zog ich einen Stuhl heran und verkeilte die Lehne unter der Klinke, während drin Glas klirrte und Flüche zu hören waren. Gleich darauf polterten Fäuste gegen das Holz. Lange würde die Vorrichtung kaum halten, aber sie verschaffte mir immerhin einen kleinen Vorsprung.

Ich war bereits aus der Küche gerannt, als mir etwas in den Sinn kam. Rasch kehrte ich zurück, nahm mir eine Zigarette und rief in Richtung des Vorratsraums: *»Oye! Cojo un cigarrillo.«*

Doch ich bekam keine Antwort, zumindest keine, die ich bedenkenlos wiedergeben könnte.

Um von der Krankenschwester nicht entdeckt zu werden, stieg ich hinter dem Haus über die Mauer und eilte auf diesem Weg zu meinem Fahrrad zurück. Kaum hatte ich mich aufgeschwungen, griff ich zum Telefon. Höchste Eile war angesagt. Nach dem zweiten Klingeln knackte es in der Leitung.

»Mo, hör zu. Ich hab da was, das dich interessieren könnte«, sagte ich und konnte mir ein Grinsen nicht verkneifen.

Ich leerte das dritte Glas Wasser in einem Zug, trotzdem legte sich das Gefühl, meine inneren Organe seien zu Dörrobst verschrumpelt, nur zögernd. Nach meiner Ankunft im Hotel hatte ich ausgiebig geduscht, mich etwas hingelegt und mich später mit José auf dem Plaza de Santa Ana getroffen. Mittlerweile war früher Abend. Auf den Terrassen vor den Lokalen fand man kaum noch einen freien Stuhl, Touristen und Einheimische schlenderten über den Platz. Die Luft war erfüllt von Stimmengewirr und den für einen Samstagabend üblichen Erwartungen: Die Mädels trugen etwas kürzere Röcke als unter der Woche, dafür mehr Make-up und aufwendigere Frisuren, die Jungs hingegen gaben sich betont cool und ließen ihre Blicke verwegen wie Cowboys über den Platz schweifen, es wurde gelacht und geflirtet. Die Stunde der Balz, hier wurde aufgegleist, was man später mit etwas Glück ernten würde.

José bestellte zwei weitere Bier und zusätzlich ein Glas Wasser für mich. Nach meinem Anruf hatte Mónica alles aufgeboten, was im Bereich ihrer Möglichkeiten stand, und war auf der Stelle zu Sánchez' Villa gefahren, um hautnah dabei zu sein, wenn der mutmaßliche Mörder ihres Vaters verhaftet wurde. Ich hatte gerade noch rechtzeitig daran gedacht, sie auf den Schlüssel unter dem Läufer hinzuweisen, es wäre jammerschade gewesen, hätte man die schöne Holztür aufbrechen müssen.

José war der Meinung gewesen, dass wir ihr nur im Weg stehen würden, während sie ihrer Arbeit nachging und erste Eindrücke von der spektakulären Festnahme als Liveticker online stellte, und hatte deswegen vorgeschlagen, bei Drinks und Tapas auf sie zu warten. Eine ziemlich vorhersehbare Idee, könnte man jetzt monieren, aber ich hatte in den letzten beiden Tagen so viel Aufregendes erlebt, dass mir ein bisschen Tradition gerade recht kam.

»Habt ihr was über den Tod von Schwester Alma rausgefunden?«, erkundigte ich mich, nachdem ich José einen ausführlichen Bericht über meine nachmittäglichen Aktivitäten geliefert hatte.

»Leider noch nicht. Mo hat aber ihre Verbindungen spielen lassen und beim zuständigen Arzt insistiert, dass Alma wahrscheinlich keines natürlichen Todes gestorben ist. Wie du sicher bemerkt hast, kann sie sehr hartnäckig sein. Der Gerichtsmediziner wird sie gleich nach der Autopsie kontaktieren.«

»Sehr gut. Hoffentlich findet er etwas, denn dann wird dieser Oberschwester endlich das Handwerk gelegt.«

»Ohnehin unglaublich, dass die alle so lange damit durchkamen.«

»Mit Gottes Segen.«

»Der soll sich endlich von diesem Gießkannenprinzip verabschieden und bei der Auswahl seiner Schäfchen etwas selektiver vorgehen.«

Der Kellner brachte die bestellten Getränke und ich nahm einen Schluck Wasser, bevor ich mich, länger als unbedingt notwendig gewesen wäre, dem eiskalten Bier widmete. Josés plötzlich lauernder Blick war mir nicht entgangen. Er hatte die ganze Zeit über schon auf eine günstige Gelegenheit gewartet, um mich zu löchern. Während ich trank, konnte ich nicht antworten, dachte ich bauernschlau, nur war diese etwas wackelige Theorie nicht lange haltbar. Mein Bauch fühlte sich zunehmend an, als würde er gleich platzen.

»Ich muss dringend nach Bern, sobald wir zu Hause sind«, keuchte ich, nachdem ich das Glas abgesetzt hatte. »Grüningers Spur endet dort und ich frage mich …«

»Netter Versuch, *Hombre*, aber so dämlich bin ich dann doch nicht. Das mit Grüninger ist ja sonnenklar, da gibt's nichts zu diskutieren. Aber mich würde brennend interessieren, was bei dir und Manju läuft.«

»Das ist eine Sache zwischen ihr und mir«, startete ich ein halbherziges Ausweichmanöver.

José sah mich ungerührt an. »Was denkst du denn, was unsere Freundinnen über uns reden, wenn wir nicht dabei sind? Da wird gnadenlos jedes Detail erörtert!«

Dieser Gedanke war mir auch schon gekommen. Dass Manjus Freundinnen Intimstes von mir wussten, behagte mir überhaupt nicht, und bei jedem etwas scheelen Blick von ihnen fühlte ich mich ertappt. Und vor allem schuldig, selbst wenn ich mir keines Vergehens bewusst war.

»Gehen sie deshalb immer zu zweit zur Toilette?«

»Das konnte wissenschaftlich noch nicht eindeutig geklärt werden. Ein Kumpel vertritt die These, sie kämmten sich dort jeweils gegenseitig die Haare auf den Zähnen, ich hingegen würde mich natürlich niemals getrauen, eine derartige Mutmaßung in die Welt zu setzen. Aber Spaß beiseite: Was ist los?«

Ich leerte mein Bier bis zur Hälfte. »Manju will warten.«

»Mit der Hochzeit?«

»Darüber haben wir noch nicht einmal gesprochen.«

»Sondern?«

Ich starrte auf mein Glas. »Sie will warten, bis sie sich bereit fühlt.«

»Oh! Jetzt verstehe ich!« José grinste.

»Ich find das nicht ansatzweise komisch!«

»Ich schon! Jetzt sitzen wir beide da und haben kein Sexleben. Ausgerechnet wir, die früher nichts haben anbrennen lassen. Weißt du noch, dein Dreier mit …«

»Halt die Klappe, ich will nicht daran erinnert werden!« Manju hatte mich damals mit einer Krankenschwester und einer reiferen Bardame in flagranti erwischt, was mich einige Kniefälle gekostet hatte, bis sie mir endlich verziehen hatte.

»Ohnehin könnte ich auch so einiges aufzählen, was auf dein Konto geht …«

»Tu's nicht. Eine weiße Weste hat keiner von uns, da müssen wir gar nicht lang drüber lamentieren. Ich sag auch gar nicht, dass ich besser bin als du, es ist nur …«

»Die Zeiten sind vorbei.«

»Aber es hat verdammt viel Spaß gemacht.«

»O ja!«

Wir hoben unsere Biergläser und stießen an.

»Was willst du wegen der Sache mit Manju unternehmen?«

»Vielleicht sollte ich sie heiraten?« Zweifelnd sah ich José an.

»Heiraten? Nur damit ihr endlich bumsen könnt?«

»Mir ist nichts Besseres eingefallen.«

»Meinst du nicht, da müssten triftigere Gründe her? Alle rennen immer gleich zum Traualtar, dabei werden über fünfzig Prozent aller Ehen …«

»Ja, ja ich weiß: Wenn's eine Kaffeemaschine mit derselben Fehlerquote wäre, würde man sie unter keinen Umständen kaufen. Aber ich möchte Manju glücklich machen. Und eine Hochzeit funktioniert doch für ein Mädchen eigentlich immer.«

»Was ist mit dir? Würde es denn auch dich glücklich machen?« José klaubte ein Zigarettenpäckchen aus seiner Hosentasche.

Ich zuckte mit den Schultern. »Meine Mutter wäre jedenfalls außer sich vor Freude.«

»Du heiratest ja nicht deine Mutter.«

»Schau, ich möchte diesmal einfach alles richtig machen. Keine Fallstricke, keine Notausgänge. Ehrlich und aufrichtig, nur sie und ich. Denn Manju ist die Frau, auf die ich immer gewartet habe, so kitschig das jetzt klingen mag.«

»Dann hab Geduld mit ihr.«

Ich blähte die Wangen und stieß die Luft aus. »Das ist einfacher gesagt als getan.«

»Sex ist ja am Ende wirklich keine große Sache.«

»Sie wird erst groß durch ihre Abwesenheit.«

Widerwillig stimmte José zu und zündete sich eine Zigarette an. Stumm schob er mir die Packung hin.

»Die Situation überfordert mich manchmal und ich weiß dann nicht, was ich tun soll ...«

»Und wenn du dir auswärts holst, was es daheim nicht gibt?«

»Das kommt nicht infrage.«

»So kenn ich dich ja gar nicht.«

»Mit Manju ist es echt was anderes. Trotzdem fehlt mir was Essenzielles. In letzter Zeit streiten wir uns oft deswegen, manchmal sogar ziemlich heftig. Wir haben einfach ganz unterschiedliche Vorstellungen von einer Beziehung.«

»Da seid ihr nicht allein.«

»Kann sein. Irgendwie versteh ich sie ja«, erklärte ich, nachdem ich mir einen Glimmstängel genommen hatte.

»Ich nicht. Wie kann man ohne ... ich meine, das können echt nur Frauen, oder? Bei einem Mann schwappt das doch irgendwann mal oben raus.«

»Spar mir die Bilder! Aber ich hab mir eine Theorie zurechtgelegt.«

»Da bin ich jetzt aber gespannt!«

»Wenn du aus Varanasi kommst, lebst du nach ganz anderen moralischen Grundsätzen ...«

»Jahrhundertalten!«

»Das muss ich respektieren. Diese Regeln sind tief in den Leuten verwurzelt. Vielleicht ging das alles zu schnell für sie: die Übersiedelung in die Schweiz mit all den neuen Eindrücken, dem fortschrittlichen Selbstverständnis der Frauen. Sie hat innert kürzester Zeit Deutsch gelernt, sich eine Führungsposition im Restaurant erarbeitet und die Leitung des Cateringservice übernommen ...«

»Was an ein Wunder grenzt, wenn man deine Mutter kennt!«, warf José schmunzelnd ein.

»Sie hat sich wirklich toll integriert, hat Freundinnen, geht aus, eigentlich unterscheidet sie nichts von einer jungen Frau, die in Zürich aufgewachsen ist.«

»Außer dieser einen Sache.«

»Ich stell mir dann immer vor, dass da ein Rest Varanasi in ihr drin ist ...«

»Und der setzt sich dann ausgerechnet vors Lustzentrum?«

Ratlos verzog ich den Mund und José lachte.

»Seit wann bist du ein Frauenversteher?«

»Ich entwickle mich weiter«, raunzte ich beleidigt zurück und stieß den Rauch aus.

»Ich sag dir was, Vijay«, fuhr José nach einer Weile fort. »Ich persönlich glaube eher, dass sie sich deiner sicher sein will. Sie kennt dich mittlerweile gut genug und will keines dieser Flittchen sein, die mal kurz mit dir in die Kiste springen, weil sie grad scharf auf einen Exoten sind. Da hilft dir keine noch so pompöse Hochzeit weiter. Du musst sie dir verdienen, denn sie will, was Frauen primär immer wollen.«

»Das wäre?«

»Dass sie die Einzige für dich ist.«

Es war kurz vor elf, als wir schon ziemlich angeschickert die Calle Olmo hinauftorkelten, ein schmales Pflastersteingässchen mit gusseisernen Pollern, das von schmucken, meist dreistöckigen Häusern gesäumt wurde.

Die Balkone waren so schmal, dass man sich fürs Luftschnappen erst mit *Xenical* oder sonst einer Schlankheitspille hätte in Form bringen müssen. Wohl deswegen hatten sich die Bewohner mehrheitlich entschieden, den Platz zur

Aufbewahrung von Müllsäcken oder Blumentöpfen zu verwenden.

Von Mo hatten wir immer noch nichts gehört, obwohl José mehrmals versucht hatte, sie zu erreichen. Verärgert hatte er ihr schließlich die Nachricht hinterlassen, dass wir das Lokal gewechselt hätten. Meine Verabredung mit Maria hatte ich keineswegs vergessen, nur – als wir am *El Mojito* vorbeikamen, brachten wir es nicht übers Herz, einfach daran vorbeizugehen. Aus dem abgesprochenen Drink wurden am Ende drei, doch da in Madrid ohnehin niemand pünktlich zu einem Treffen erschien, ging ich das Risiko ein, Maria ein wenig warten zu lassen.

Die Flamencobar *Candela* lag nur wenige Schritte vom *Mojito* entfernt, im Untergeschoss eines lachsfarbenen Eckhauses. Aus den offenen Fenstern auf Straßenniveau drangen virtuos gespielte Gitarrenläufe und rhythmisches Klatschen, eine raue Frauenstimme hob zu melancholischem Gesang an. Zigeunermusik, die mir warm ums Herz werden ließ.

Ein mürrisch aussehender Türsteher ließ uns nach kurzer Inspektion durch und wir stiegen die wenigen Stufen ins Lokal hinab, einen übersichtlichen Raum mit einem knappen Dutzend Tischchen, die alle besetzt waren. An den Wänden hingen signierte Fotos von Flamencotänzerinnen und Stierkämpfern neben antiken Konzertplakaten, der Boden war schwarz-weiß gehalten wie ein Schachbrett, an der Decke wölbten sich mit Stuck verzierte Bögen.

Wir setzten uns an die Bar und bestellten weitere Drinks. Erst jetzt bemerkte ich, dass die Musik nicht live gespielt wurde, und das Klatschen war leider doch nicht ganz so rhythmisch, wie es von draußen geklungen hatte. Es stammte von ein paar rotwangigen Touristen, die nach ein paar *Sangrías* den Latino in sich entdeckt hatten und mehr begeistert als taktsicher ihre Hände zusammenpatschten.

Wir hatten eben unsere Getränke erhalten, als Maria wie ein Wirbelwind die Treppe heruntergefegt kam und den Kellner mit einem flüchtigen Kuss begrüßte, bevor sie sich zu uns gesellte.

»*Perdóna!* Ich weiß, dass ich zu spät bin. Aber irgend so ein *Cabrón* hat mein Fahrrad gemopst!«, schimpfte sie lauthals. »Dabei funktionierte die Gangschaltung seit Jahren nicht mehr und der Lenker war voll mit kitschigem Krimskrams. So was klaut echt nur ein Vollidiot!«

Ich erachtete es für klüger, den Mund zu halten. Bei meiner Rückkehr hatte ich das Fahrrad einfach in einer Nebengasse in der Nähe des Hotels stehen lassen, es war wenig wahrscheinlich, dass es sich noch dort befand.

Maria trug ein tief ausgeschnittenes schwarzes Kleid, die Haare hatte sie hochgesteckt und sie sah einfach hinreißend aus, wenn sie wütend war. Ihre Augen funkelten und sie kräuselte die Nase auf eine unnachahmlich reizende Art, während sie die Luft um sich herum mit sprühender Elektrizität auflud.

José warf mir einen warnenden Blick zu, als sie sich zu uns setzte, doch ich tat, als hätte ich ihn nicht bemerkt.

»Was nimmst du?«, fragte ich und sie verlangte nach Rotwein, den sie in kleinen, hastigen Schlucken trank. Danach wirkte sie entspannter.

Wahrscheinlich hätte ich mich auch ohne Alkohol zu Maria hingezogen gefühlt, doch unter den gegebenen Umständen war mir, als strebte mein ganzer Körper zu ihr hin, und ich musste mich zurückhalten, sie nicht zu berühren. Auch so wusste ich genau, wie sie sich anfühlte, das Haar, die Wärme ihrer Haut, die weichen Lippen, ihr Geruch. Die Vorstellung war derart real, dass ich erschrak. Sah sie mich an, versank ich in ihren Augen, lachte sie, wurde mir heiß. Am liebsten wäre ich geflohen und doch rückte ich keinen Millimeter von ihrer Seite.

Wir bestellten eine Runde nach der anderen. Maria war eine glänzende Unterhalterin, sie erzählte uns von Madrid und ihrem Leben in dieser Stadt, und während wir tranken, hing mein Blick wie gebannt an ihr. Unmerklich verstrich die Zeit und der Raum füllte sich mit Menschen. Hauptsächlich handelte es sich dabei um Touristen, doch immer wieder fielen mir einheimisch aussehende Besucher auf, die das Lokal betraten und ein paar Worte mit dem Kellner austauschten, worauf dieser sich jeweils einen Schlüssel griff und mit ihnen verschwand. Es war bereits weit nach Mitternacht, als Mo endlich auftauchte.

Die Verhaftung sei ein voller Erfolg gewesen, im Fernsehen lief bereits eine erste Sondersendung, die Sonntagszeitungen morgen würden ausführlich darüber berichten, fasste sie aufgeregt zusammen. Sie selbst hätte einen Exklusivbericht direkt vom Ort des Geschehens geschrieben, der begeistert aufgenommen worden sei.

»Trotz seines Zustands hat sich Sánchez aufgeführt wie ein Berserker. Er hat mit Anwälten gedroht und alle Vorwürfe als infame Verleumdungen abgetan. Ein Komplott sei das, hat er geschrien, als man ihn abgeführt hat, gegen ihn und sein humanitäres Lebenswerk. Dank dir bekommt er endlich seine verdiente Strafe!«, freute sich Mo, doch ich war weniger enthusiastisch.

»Das ist erst die Spitze des Eisbergs, würde ich meinen. Der Fall ist für mich erst abgeschlossen, wenn ich Noemis Vater gefunden habe und die Mittäter überführt sind.«

»Akten wurden in seiner Villa bislang keine gefunden, da waren seine Angaben vermutlich korrekt. Vor Montag erwarte ich auch keinen Bericht vom Gerichtsmediziner bezüglich Schwester Almas Autopsie.«

Ich klärte Maria auf, wer wir wirklich waren und was wir suchten, auch entschuldigte ich mich dafür, dass wir sie an der Nase herumgeführt hatten.

Sie reagierte bemerkenswert gelassen: »Ich wusste immer, dass mit der Oberschwester etwas nicht stimmt. Von wegen Neffe aus der Schweiz!«, wandte sie sich mit gespieltem Vorwurf an José und mich. »Ihr hättet besser auf das Theater verzichtet und mich direkt um Unterstützung gebeten!«

»Wir wussten ja nicht, auf welcher Seite du stehst. Zudem hat mir meine Rolle Spaß gemacht«, verteidigte sich José. »Ich komme ja sonst nicht so oft zum Schauspielern. Vijay hingegen musste für seinen Part als Verführer nicht groß gecoacht werden.«

Unsanft knuffte ich ihn in die Seite.

»Er war sehr überzeugend, in der Tat«, lachte Maria. »Und ist es noch.«

Ich wich ihrem herausfordernden Blick aus und drehte mich rasch zur Bar, um eine weitere Runde zu bestellen, doch Maria ergriff bestimmt meine Hand.

»Lass uns woanders hingehen.«

Ich erstarrte und schielte zu José und Mónica, die direkt neben uns standen und Marias Worte dem anzüglichen Grinsen nach mitbekommen hatten.

»Ihr auch, *ale vamos!*«, forderte Maria die beiden auf. Sie gab dem Kellner ein Zeichen, worauf dieser nach dem Schlüssel langte, der an einem Nagel an der Wand hing, und vorausging. Kurz bevor wir die Toiletten erreichten, schloss er eine unauffällige Tür auf, die in die Seitenwand eingelassen war, und führte uns einen kühlen, nach abgestandenem Rauch riechenden Gang entlang zu einem Gewölbe, das nur mit Kerzen erleuchtet war.

Männer mit Gitarren saßen auf Stühlen in der Mitte des Raumes und spielten atemberaubende Melodien voller Sehnsucht und Leidenschaft, andere standen und klatschten einen mitreißenden Rhythmus, taktgenau diesmal. Kastagnetten klapperten und während uns der Camarero Plätze zuwies, erhob sich am Nebentisch eine drahtige Frau mit streng zurückgebundenem Haar. Sie trug eine schwarze Bluse und ebensolche Hosen, ihre Lippen leuchteten rot. Mit beinahe überheblicher Miene stützte sie die Arme in die Seiten, stampfte ein einziges Mal auf und augenblicklich verstummte der ganze Raum, die Musik erstarb. Stolz blickte sie in die Runde und erst jetzt, im flackernden Schein der Flammen, erkannte ich ihr Alter. Das schwarze Haar war durchzogen von grauen Strähnen, die Augen glühten gleichzeitig voller Trauer und Inbrunst und in ihrem zerfurchten Gesicht spiegelten sich die Erfahrungen eines ganzen langen Lebens.

Sie stampfte erneut auf, ein Mal, zwei Mal, immer schneller und kräftiger wurde der Takt, ihre Absätze trommelten hart auf den Steinboden und das Publikum klatschte begeistert mit. Abrupt hielt sie inne und den Zuhörern stockte der Atem. Die Frau verharrte sekundenlang, reglos und schön wie eine Statue. Dann setzte eine erste Gitarre ein und spielte eine herzzerreißende Weise, so brüchig und zaghaft, dass sie sich in der Stille beinahe verlor, bis die anderen Musiker sie übernahmen, jeder für sich. Sie variierten das Thema, umschmeichelten sich wie Liebende und trennten sich wieder, fanden schließlich ganz zusammen. Vereinigt trieben sie das Stück voran, einer starken Brandung gleich schwoll es an, bis es jeden Winkel des Gewölbes erfüllte, eine unerwartete Pause plötzlich, bevor die Rhythmusinstrumente dazustießen.

Ruckartig erwachte die Frau aus ihrer Starre, die Arme flogen hoch über ihren Kopf und der Körper bewegte sich lasziv zum Klang der Musik, beide Hände zirkelten durch die Luft, die Füße vollführten absurd schnelle Bewegungen. Es war, als gäbe es keine Grenzen mehr, als verschmölze sie mit dem Lied, als würde alles eins, ihr Tanz und die Melodie, die Menschen im Raum und ich.

Ich konnte den Blick nicht von ihr abwenden, auch nicht, als Maria mir ihre Hand auf die Schulter legte und sich zu mir herüberbeugte: »Normalerweise kommt man hier nicht rein, Touristen schon gar nicht.«

»Sie ist fantastisch!«

In stummer Ehrfurcht sah ich der Frau zu, wie sie sich rasant um sich selbst drehte, in sich versunken und trotzdem unglaublich präsent, und dabei ihre Geschichte erzählte. Von der Liebe und allem, was sie mit sich brachte, von der Zeit, die unerbittlich verstrich, und dem Tod.

»Du liebst sie, nicht wahr?«, hörte ich Marias Stimme in meinem Ohr.

»Mehr, als ich mir je hätte vorstellen können.«

»Das ist gut«, sagte sie nach einer Weile.

Sie berührte mich sanft an der Schulter, als sie aufstand, und ich sah ihr hinterher, wie sie sich einen Weg durch die Leute bahnte. Am Ausgang blickte sie noch einmal zurück, ein angedeutetes Lächeln, dann war sie verschwunden.

Sonntag

»Manchmal baut ein Mann Scheiße, okay?«

Ich antwortete nicht, doch im Stillen gab ich José recht, während ich auf das Kernkraftwerk Gösgen hinunterblickte, das mit seinem ewig dampfenden Kühlturm genauso wenig zur Verschönerung des Kantons Aargau beitrug wie die exzentrischen Eigenheime, die entweder quietschbunt oder aufgrund ihres prätentiösen Baustils aus den Dörfern herausstachen, Zeugnisse verzweifelter Selbstverwirklichung, die das Auge beleidigten. Zumindest meins. Der Airbus schwenkte sanft zur Seite und steuerte im Sinkflug den Flughafen Kloten an.

Ich war sprachlos gewesen, als ich am frühen Morgen José in seinem Hotelzimmer abholen wollte und mir stattdessen Mo mit einem betretenen Lächeln die Tür geöffnet hatte. Doch José und ich hatten so viel gemeinsam durchgemacht, dass mich ein Seitensprung nicht wirklich schockierte. Es gab meiner Meinung nach Schlimmeres, das einer Beziehung widerfahren konnte.

Zudem war das eine Sache, die er selbst verantworten musste. Kam es hart auf hart, würde ich ihn selbstverständlich decken, dazu waren Freunde da, aber diesmal würde es nicht einfach werden. Ich mochte Fiona sehr, gleichzeitig verstand ich nur zu gut, was José gerade durchmachte. Aber ich war angesäuert. Vielleicht war es der stille Neid, die Tatsache, dass er ohne Rücksicht auf die Folgen getan hatte, was ich mir selbst versagt hatte.

Es war mir gestern Abend nicht leichtgefallen, Maria gehen zu lassen. Nur zu gern hätte ich mit ihr die Nacht verbracht. Aber mein Entschluss, nichts zwischen Manju und mich kommen zu lassen, stand. Unsere Beziehung hatte eine

Reinheit, die ich nicht mit einem One-Night-Stand beschmutzen wollte. Mir war es wirklich ernst mit ihr. Seufzend blickte ich aus dem Fenster. Wahrscheinlich wurde ich allmählich doch erwachsen.

»Diese verdammte Warterei geht mir auf den Sack!« Zum wahrscheinlich tausendsten Mal linste Miranda durch die Glastür zur Anzeigetafel, auf der die ankommenden Flugverbindungen laufend aktualisiert wurden. Die Maschine aus São Paulo würde in Kürze landen, mit knapp einstündiger Verspätung. Miranda rauchte ihre Zigarette hektisch bis zum Filter hinunter und zündete sich unmittelbar eine neue an. Die Hand mit dem Feuerzeug zitterte dabei und ihre Gesichtszüge waren so bewegt, dass ich erwartete, sie jeden Moment entgleisen zu sehen.

»Bleib locker«, ermahnte Manju sie und drückte ihren Arm. »Sobald ihr euch zum ersten Mal anseht, wird die Anspannung wie weggeblasen sein. Alles wird gut.«

»Ich weiß nicht. Vielleicht wäre ich doch besser in ein Paar Jeans geschlüpft und hätte mich einige Tage nicht rasiert.«

»Aber das wärst nicht du gewesen!«

Zweifelnd schaute Miranda an sich runter und zupfte an dem ungewohnt strengen Chanelkostüm mit Karomuster herum. Wie immer war sie ein kleines bisschen overdressed, doch das gehörte zu ihr wie die dramatische Sonnenbrille und das bei offiziellen Anlässen obligate Hütchen. Sie sah aus wie Jackie Kennedy auf dem Weg zu einer Teeparty, nur dass ihr deren stoische Haltung fehlte. Aber wer mit einem amerikanischen Präsidenten und einem griechischen Reeder verheiratet gewesen war, den erschütterte ohnehin nichts mehr.

Seit unserer Ankunft standen wir vor dem Eingang des Terminals herum, sahen Miranda beim Rauchen zu und versuchten, sie aufzumuntern. Vergeblich – sie war und blieb ein Nervenbündel.

»Was ist, wenn sie …?«

»Sie wird dich mögen, du bist ein liebenswerter Mensch«, beruhigte ich Miranda.

»Aber …«

»Sie weiß es. Du hast ihr doch Fotos von dir geschickt.« Ich stutzte, als sie eine betretene Miene zog. »Oder etwa nicht?«

»Doch, doch!«

»Aber?«

Sie druckste herum. »Die Fotos waren etwas älter …«

»Wie alt?«

Statt einer Antwort starrte sie stumm auf die Zigarettenspitze.

»Mit oder ohne Titten?«

Sie sah mich mit einem zerknirschten Augenaufschlag an.

»Miranda!«

»Ich hatte nicht den Mut dazu«, jammerte sie.

»Na prima! Hoffentlich mag sie Überraschungen.«

Manju hob vielsagend die Brauen, während José ein paar Schritte von uns entfernt mit Fiona telefonierte. Um keinen Preis hätte ich jetzt mit ihm tauschen wollen, doch schließlich hatte er sich die Suppe selbst eingebrockt und nicht einmal ich konnte ihm beim Auslöffeln derselben helfen. Zwar gab er sich betont ungezwungen, doch die Anspannung in seiner Stimme war nicht zu überhören. Fiona würde die Sache mit Mo über kurz oder lang rausfinden, wenn er sich nicht mehr Mühe gab. Er hatte es ja selbst gesagt: Frauen waren uns Männern immer einen Schritt voraus. Mindestens.

Manju kam zu mir rüber, legte den Arm um meine Hüfte und schmiegte sich an mich. Als ich sie so nah an mir spürte, war ich froh darüber, wie sich die Dinge gestern Abend entwickelt hatten. Wir mochten unterschiedliche Auffassungen haben, wie unsere Beziehung zu führen war, doch am Ende gehörten Differenzen dazu. Ich wusste, dass ich mich in Geduld üben musste, wenn ich mit ihr zusammen sein wollte – selbst wenn es mir schwerfiel. Das Leben war nun mal selten so ulkig wie ein Jennifer-Aniston-Film.

»Das Flugzeug landet!« Aufgeregt deutete Miranda auf die Anzeigetafel und zog so heftig an ihrer Zigarette, als wollte sie diese mit einem einzigen Zug beenden.

Unverzüglich stürmten wir ins Ankunftsterminal hinein und blickten gespannt durch die Scheiben in die Halle mit den Gepäckbändern.

Keiner sprach ein Wort. Miranda knabberte nervös an ihren Fingernägeln, José starrte mit schuldbewusstem Gesicht vor sich hin, und Manju hielt meine Hand fest, als wollte sie nie mehr loslassen. Zu meinem Erstaunen stellten sich die bisher in solchen Situationen üblichen Fluchtreflexe nicht ein.

Fünfundzwanzig Minuten später setzte sich das Band für den Flug aus São Paulo endlich in Bewegung und die ersten Koffer schoben sich durch die Luke. Als kurz darauf die Passagiere in die Halle strömten, reckte Miranda erwartungsvoll den Kopf und hielt Ausschau.

Bis zum Beichtbrief im vergangenen Jahr hatte Tereza, Mutter von Joana und vor zwei Jahrzehnten kurzfristig Mirandas – beziehungsweise Gustavos – Geliebte in Brasilien, die Vaterschaft geheim gehalten. Außer sich vor Freude hatte sich daraufhin das Mädchen bei seinem Vater gemeldet, von dem es ebenfalls nichts geahnt hatte, und einen Besuch in Zürich angekündigt. Doch die schockierte und auch beschämte Miranda hatte das Treffen immer wieder hinausgezögert, bis ihr keine Ausreden mehr eingefallen waren. Heute bekam Joana ihren Vater endlich zu Gesicht. Wie es schien, hatten es ihre Eltern aber versäumt, sie auf die wundersame Metamorphose ihres Erzeugers vorzubereiten.

Ich war wohl nicht der Einzige, der vor lauter Neugier auf die erste Reaktion Joanas beinahe platzte.

Als der allerletzte Passagier von Flug LX 97 die Ankunftshalle verlassen hatte, wurde uns klar, dass kein blondes, neunzehnjähriges Mädchen darunter war.

»Aber sie hätte sich doch sicher gemeldet, wenn was dazwischengekommen wäre!«, stammelte Miranda, während ihr die Tränen in die Augen schossen.

»Garantiert«, beschwichtigte Manju sie. »Sie hat sich doch so darauf gefreut, dich endlich kennenzulernen. Wahrscheinlich haben wir sie einfach übersehen oder sie wird noch bei der Passkontrolle festgehalten.«

Die tröstenden Worte überzeugten Miranda nicht ansatzweise. Beunruhigt sah sie sich um und eilte dann durch den Korridor voraus zum Zollausgang, wo sie sich zuvorderst an die Absperrung drängelte. Jedes Mal, wenn sich die Schiebetüren öffneten, fuhr sie zusammen, doch als der Strom an Reisenden allmählich versiegte, fehlte von Joana immer noch jede Spur.

»Ihr Telefon ist ausgeschaltet«, stellte Miranda verzweifelt fest und ließ das Handy sinken. »Wo mag Joana bloß stecken?«

Ein junger Mann in weiter Hip-Hop-Bekleidung, der soeben inmitten einer Gruppe Japaner die Halle verlassen hatte, blieb bei der Erwähnung des Namens unvermittelt vor Miranda stehen und sah sie durch seine dunkle Sonnenbrille konsterniert an.

»Was ist, Kleiner? Noch nie eine Transe in Chanel gesehen?«, blaffte ihn Miranda an.

Gehetzt sah sich der Junge um, bevor er die Baseballmütze, die er tief ins Gesicht gezogen hatte, ganz kurz anhob. Darunter kam langes, blondes Haar zum Vorschein. Erst jetzt fielen mir seine weichen Gesichtszüge auf, die feingliedrigen Hände.

»Joana?«, flüsterte Miranda verständnislos.

Der Junge nickte kurz und ließ seinen Blick durch das Ankunftsterminal schweifen. Plötzlich zuckte er zusammen, duckte sich hinter Miranda und bedeutete uns mit einer knappen Kopfbewegung, ihm zu folgen. Alarmiert drehte ich mich um, konnte jedoch nichts Verdächtiges entdecken. Stirnrunzelnd lief ich den anderen zu den Rolltreppen hinterher. Ich war beinahe im unteren Stock angekommen, von wo aus man zum Parkhaus gelangte, als ich plötzlich das Gefühl hatte, beobachtet zu werden. Ich blickte hoch und sah gerade noch einen blau glänzenden Trainingsanzug in der Menschenmenge verschwinden.

Joana hatte abgenommen und wirkte nicht mehr ganz so mollig wie auf den Fotos, die mir Miranda stolz gezeigt hatte. Noch im Parkhaus hatte sie sich aus ihrer lächerlichen Verkleidung geschält, darunter war ein schwarzes Kleid zum Vorschein gekommen, das andere Frauen vielleicht zu einer Operngala, keinesfalls aber für einen zwölfstündigen Flug angezogen hätten. Den extravaganten Kleidungsstil hatte sie eindeutig von ihrem Vater geerbt – oder ihrer Mutter, wie auch immer man das sehen wollte. Schweigend packte Joana jetzt die Klamotten zusammen und blieb dann unschlüssig vor dem Wagen stehen.

»Wozu war das gut?«, fragte Miranda zögernd.

»Einfach so«, gab die Tochter kurz angebunden zur Antwort und machte ein verstocktes Gesicht.

»Aha …« Miranda klang wenig überzeugt, doch Joana schien nicht weiter auf das Thema eingehen zu wollen. Die nachfolgende Pause dauerte länger, als angenehm war.

»Und du bist jetzt also …?«, stellte Joana schließlich fest.

»Dein Vater, Gustavo! Aber nenn mich ruhig Miranda. Ich bin so glücklich, dass wir uns endlich kennenlernen!« Meine Freundin hatte sich bislang rücksichtsvoll zurückgehalten, doch jetzt stürzte sie mit ausgebreiteten Armen auf ihre Tochter zu. Die wich jedoch mit einem gequälten Gesichtsausdruck zur Seite, ihre Körperhaltung versteifte sich. Was nur verständlich war, wenn man einen gestandenen Brasilianer im besten Alter erwartet hatte und dann von einer vor Aufregung quiekenden Transe im Chanelkostüm angesprungen wurde.

»Kein Mensch hat mir auch nur ein Wort gesagt!«

»Aber jetzt wird alles gut! Endlich sind wir zusammen! Eine Familie!« Miranda liefen die Tränen übers Gesicht und irgendwie schaffte sie es, Joana doch zu umarmen. Unauffällig versuchte sich diese freizumachen, nur bemerkte es Miranda in ihrem Freudentaumel nicht.

»Lass mich los! Verdammt!«, zischte die junge Frau schließlich.

Verständnislos zuckte Miranda zurück und starrte Joana an, als habe ihr diese soeben ein Messer ins Herz gerammt.

Der Super-GAU, von uns im Vorfeld wochenlang weggeredet, war eingetroffen: Joana war alles andere als erfreut über das, was ihr Vater geworden war.

»Schätzchen, bitte ...«

»Das muss ich erst verarbeiten.« Joana ließ die völlig geknickte Miranda stehen und öffnete die Beifahrertür des Käfers, den Manju zum Flughafen gefahren hatte, um uns alle abzuholen.

»War wohl gerade etwas viel für dich?« Meine Freundin trat an Joana heran und legte ihr sanft die Hand auf die Schulter.

»Ja, kann man so sagen.« Ihr Blick folgte Miranda, die soeben eine Zigarette angezündet hatte und sich ein paar Schritte entfernte, bevor sie sich mit unglücklicher Miene gegen die Betonwand lehnte.

»Das wird schon. Miranda ist ein toller Mensch, du wirst sehen.«

»Für den Moment habe ich mehr als genug gesehen«, entgegnete Joana kühl.

»Ihr müsst euch erst aneinander gewöhnen, dann wird dir auffallen, wie viel ihr gemeinsam habt.« Manjus Blick streifte das elegante Kleid und die hochhackigen Schuhe, die das Mädchen in der Zwischenzeit gegen die Turnschuhe eingetauscht hatte.

»Ich will weg hier. Ich bin wahnsinnig müde und mir ist nicht besonders gut.«

»Wir fahren gleich.«

Ich bemerkte, wie sich Joana unauffällig die Hand auf den Bauch legte und für den Bruchteil einer Sekunde schmerzlich das Gesicht verzog, als hätte sie Krämpfe. Manju musste diese Reaktion entgangen sein, sie sprach weiterhin beruhigend auf Mirandas Tochter ein.

Sie ist schwanger!, schoss es mir durch den Kopf. Grinsend setzte ich mich hinters Steuer.

Miranda hatte ja nicht den Hauch einer Ahnung, was da noch alles auf sie zukam.

»Auf Joana!« Miranda hob das Proseccoglas und wir taten es ihr gleich. »Du kannst dir mein Glück nicht ansatzweise vorstellen! Zu wissen, dass es dich gibt, hat mich zu einem anderen Menschen gemacht ...«

»Das hat sie auf die harte Tour feststellen müssen ...«, warf Manju ungewohnt vorwitzig ein, doch Miranda ließ sich nicht beirren und fuhr mit ihrem Toast fort: »Du hast meinem Leben einen neuen Sinn gegeben. Auch wenn ich vielleicht nicht der traditionellen Vorstellung eines Vaters entspreche, möchte ich, dass du weißt: Ich bin für dich da und würde alles für dich tun. Denn ich bin unglaublich stolz, der Vater einer so hübschen Tochter zu sein.«

Joana wand sich, erst am Ende von Mirandas Ansprache schlich sich ein dünnes Lächeln auf ihr Gesicht. Manju und ich applaudierten, während José fehlte, da er direkt zu Fiona und Miguel Antonio zurückgekehrt war. Die angespannte Stimmung hatte sich zwar nach der zweiten Flasche etwas gelöst, noch immer mied Joana aber Mirandas Nähe und wich dem Blick ihres Vaters aus. Zudem schien ihr ziemlich übel zu sein. Seit wir in Mirandas kleiner Wohnung feierten, hatte sie in immer kürzeren Abständen das Klo aufgesucht.

»Vielleicht war das Essen im Flugzeug verdorben?«, mutmaßte Miranda, als sich Joana schon wieder vom Sofa erhob und eilig auf der Toilette verschwand.

»Ich denke eher, die Situation hat sie überfordert«, wandte Manju ein, die glänzende Äuglein bekommen hatte und ein wenig beschwipst wirkte. Normalerweise trank sie – falls überhaupt – nur wenig Alkohol, doch da heute Sonntag war, hatte sie sich ein Gläschen mehr als üblich gegönnt.

Ich stimmte ihr zu, obwohl ich natürlich ahnte, dass die Übelkeit einen ganz anderen Grund hatte. Ich war gespannt, wie lange Joana wartete, bis sie Miranda ihren Zustand verriet. Sobald sich die anfängliche Aufregung erst mal gelegt hatte, würde diese es ohnehin bemerken. Was mich etwas stutzig gemacht hatte, war einzig, dass Joana nach der Ankunft in Mirandas Wohnung als Allererstes in der Küche verschwunden war, bevor sie sich für längere Zeit im Bad eingeschlossen hatte.

Während Miranda und Manju sich unverzüglich um den kleinen Empfang im Wohnzimmer gekümmert und weder Joanas Umweg, noch ihr anschließendes Verschwinden bemerkt hatten, hatte ich mich doch sehr gewundert, wozu Mirandas Tochter so dringend ein Salatsieb brauchte.

»Vielleicht solltest du mal nachfragen, was mit ihr los ist«, meinte Manju.

Miranda wirkte unschlüssig, schließlich raffte sie sich doch auf und klopfte zaghaft an die Klotür. »Joana? Alles klar bei dir?«

»›Klar‹ ist in solchen Momenten selten der passende Ausdruck«, frotzelte Manju. Ich grinste. Angesäuselt entwickelte sie einen erfrischenden Sarkasmus, der bei ihrer Arbeit im Restaurant oder während den Cateringaufträgen oft zu kurz kam. Vielleicht konnte ich ihr beibringen, etwas lockerer zu werden und nicht alles so bierernst zu nehmen. Ich wusste, wie wichtig ihr die Karriere war, ihre Selbstständigkeit auch, doch ich fand, mit einer Prise Humor ließ sich das Leben leichter bewältigen. Bei ihrer Kundschaft würde das garantiert auch ankommen.

Ich folgte Manju in die Küche, wo sie eine weitere Packung Pizzahäppchen aus dem Tiefkühler holte und in den Ofen schob. Während wir warteten, legte ich meine Arme um sie und zog sie an mich. Ich wollte sie gerade küssen, als Miranda im Türrahmen auftauchte. Sie sah verstört aus und war leichenblass.

»Was ist mit dir?«, erkundigte sich Manju besorgt.

»Nichts.«

»Sieht aber anders aus«, wandte ich ein.

»Ihr müsst jetzt gehen. Ich will mit Joana allein sein, wir haben etwas Wichtiges zu besprechen.«

Joana hatte es ihr gesagt. Die Tatsache, dass von nun an neunundzwanzig als Altersangabe nicht mehr glaubwürdig wirkte, musste Miranda komplett aus der Bahn geworfen haben, wahrscheinlich mehr noch als die Tatsache, dass sie Großmutter wurde. In ihrem Lebenskonzept war zweifelsohne keines von beidem vorgesehen.

»Aber …«

»Machen wir uns aus dem Staub«, unterbrach ich Manjus Einwand. »Ich erklär's dir draußen.«

Ich hatte den Arm um Manjus Schulter gelegt, als wir in den gleißend hellen Sonntagnachmittag hinaustraten. Das Quartier wirkte wie narkotisiert, die Straßen waren menschenleer und es herrschte eine ungewohnte Ruhe. Ein weiterer Samstagabend war vorüber, das lärmende Partyvolk war längst in die Hochhaussiedlungen der Vororte zurückgekrochen, nur die Spuren der vorigen Nacht waren noch nicht gänzlich beseitigt: Auf dem Gehsteig zersplitterte Flaschen und Zigarettenstummel, einsam lag ein schmutziger Frauenschuh in einem Hauseingang. Aus einem Fenster sah uns eine dunkelhäutige Prostituierte hinterher, zwischen ihren langen Fingernägeln steckte ein Joint, ihre Haare waren auf bunte Lockenwickler gedreht. Man war wieder unter sich.

»Ich habe den starken Verdacht, dass Joana schwanger ist.«

Manju blieb stehen und starrte mich an. »Unsinn!«

»Aber wenn ich's sage! Im Parkhaus hatte sie Krämpfe und danach rannte sie die ganze Zeit aufs Klo.«

»Das bedeutet überhaupt nichts. Sie sah nicht schwanger aus, zumindest nicht in meinen Augen. Eher elend, als hätte sie etwas Schlechtes gegessen. Und womöglich steht sie noch unter Schock, was man ihr wirklich nicht übel nehmen kann. Da siehst du nach neunzehn Jahren zum ersten Mal deinen Papa und der erinnert dich in erster Linie an Jackie O. Da wäre manch harter Kerl eingeknickt!«

Vielleicht hatte Manju recht, ich kannte mich mit Schwangerschaften definitiv zu wenig aus.

Als wir uns der Langstrasse näherten, die den Kreis 4 schnurgerade durchtrennte, kam uns ein verheultes, knapp zwanzigjähriges Mädchen entgegen. Ihr Make-up war verschmiert und aus der Nase lief ihr der Rotz. Ohne von ihrem Handy aufzusehen, drückte sie sich an uns vorbei. Der Samstag war nicht nur der lauteste, sondern auch der unerbittlichste aller Tage im Ausgangsviertel und forderte seinen wöchentlichen Tribut an Tränen. Ich wandte mich um, um der Kleinen hinterherzuschauen, als mein Blick an dem schwarzen Smart hängen blieb, der direkt gegenüber Mirandas Wohnung parkte. Ein Firmenauto, das mit dem Schriftzug eines Fitnessstudios beklebt war.

Meine Mutter war zu Hause und putzte. Es kümmerte sie wenig, dass Sonntag war, ihr Argument lautete, dass ihr unter der Woche kaum Zeit für den Haushalt bliebe, weshalb sie am Wochenende das Allernotwendigste erledigen müsse. Leider sei sie nicht vermögend genug, jemanden dafür anzustellen, und bedauerlicherweise auch nicht mit einer liebevollen Tochter gesegnet, die ihr hilfsbereit zur Hand ging.

Natürlich war ihr Blick bei diesen Worten stets vorwurfsvoll auf mich gerichtet, deswegen hätte ich mir eher die Zunge abgebissen, als dass mir eine missbilligende Bemerkung zu ihrem sonntäglichen Putzfimmel über die Lippen gekommen wäre.

Der Aufenthalt meines Vaters in Indien hatte in der elterlichen Wohnung eine unangenehme Leere hinterlassen, obschon er meist wortkarg in seinem Sessel gehockt war, das Glas *Amrut* in Griffnähe, die aufgeschlagene Zeitung vor dem Gesicht oder trübselig auf das Cricketspiel im Fernseher starrend. Es fühlte sich an, als wäre etwas nicht mehr komplett.

Meine Mutter versuchte, seine Absenz zu vertuschen, indem sie sich in Hyperaktivität stürzte. Selten sah ich sie ruhig auf dem Sofa sitzen und wenn doch, lief das Radio oder der Fernseher in ohrenbetäubender Lautstärke, manchmal sogar beides. Beim Essen sprang sie immer wieder auf und eilte in die Küche, um Salz zu holen oder nach irgendeinem vor sich hin simmernden Gericht zu sehen, und besuchte ich sie abends nach Ladenschluss, fand ich sie am Telefon oder eifrig Merklisten für den nächsten Tag im Restaurant schreibend. Es war, als fürchtete sie die Stille, das Alleinsein, es schien immer, sie wäre auf der Flucht vor irgendeinem bösen Geist, der sie einholen würde, sobald sie nur eine einzige Sekunde lang ruhig stand.

Ich wusste, wie sehr sie darunter litt, von meinem Vater getrennt zu sein, nach beinahe vierzig Jahren Ehe war das nur normal. Ihre Verlorenheit berührte mich, gerade angesichts meiner Beziehung zu Manju. Ich konnte nur hoffen, dass ich in ein paar Jahrzehnten genauso für sie empfinden würde. Dennoch hatte ich Mister Namboodiri und seine Auswirkungen auf meine Mutter keineswegs vergessen. Wie ein verliebtes Schulmädchen war sie mir vorgekommen, während er mich mit seinem andauernden Kopfgewackel genervt hatte. Erst hatte ich mir eingeredet, dass mich das überhaupt nichts anging, am Ende war die Besorgnis um meine Familie aber doch größer. Allerdings war es kein einfaches Unterfangen herauszufinden, ob die eigene Mutter eventuell eine Affäre hatte. Aber da ich Detektiv war, hoffte ich auf Anzeichen, die mir verrieten, was ich wissen musste, ohne dass ich gezwungen war, direkt nachzufragen. Immerhin hatte ich in dieser Angelegenheit die Oberhand. Dachte ich.

Als Manju kurz im Bad verschwand, nutzte ich den günstigen Moment und sprach meine Mutter auf Mister Namboodiri an.

»Was soll mit ihm sein?«, schnauzte sie mich verärgert an, während sie mit einem Lappen das Küchenfenster sauber rubbelte.

»Das frage ich dich. Er scheint so … galant zu sein.«

Meine Mutter hielt mitten in der Bewegung inne und rümpfte die Nase. »Galant? Was willst du damit antönen?«

»Nichts, gar nichts.«

»Weshalb fragst du dann nach ihm?«

»Er ist in letzter Zeit oft im Laden. Sehr oft.«

»Er ist ein guter Kunde. Und ich habe nicht die leiseste Ahnung, worauf du hinauswillst.«

»Ihr schient so … ihr zusammen … nun …«

»*Beta*, wenn du mich was fragen willst, tu es!«

Sie hatte nicht einmal mit der Wimper gezuckt und ich hätte gewettet, dass ihr Puls kein bisschen angestiegen war. Stattdessen schwitzte jetzt ich unter ihrem fordernden Blick.

»Ich hatte das Gefühl, ihr versteht euch gut«, stammelte ich. Von wegen Oberhand – ich hatte die Rechnung einmal mehr ohne die indische Mutter gemacht.

»Das tun wir.«

»Wie gut?«

Meine Mutter sprühte Reinigungsmittel auf die nächste Scheibe und begann, die Flüssigkeit mit dem Lappen auf dem Glas zu verreiben.

Es dauerte eine Weile, bis sie weitersprach: »Ich bin mir nicht sicher, ob du mich verstehen wirst.« Sie schaute von ihrer Arbeit auf. »Aber ehrlich gesagt, ist mir das auch egal. Zwischen mir und Mister Namboodiri läuft rein gar nichts. Aber ich bin seit über vierzig Jahren mit deinem Vater zusammen, weißt du. Eine arrangierte Hochzeit, wie das in Indien damals üblich war und in weiten Landesteilen immer noch ist. Es war und ist eine gute Ehe, das kann ich dir versichern, meine Eltern waren sehr vorsichtig und weise bei der Auswahl meines Bräutigams, doch natürlich war es nicht immer einfach. Das ist es nie. Als es damals hieß, ich müsste ihm in die Schweiz folgen, war ich todunglücklich. Er hatte schon einige Jahre hier gelebt und kannte ein paar Leute, doch für mich war alles neu, ich konnte ja nicht einmal die hiesige Sprache. Ich habe geweint, nächtelang, und fühlte mich einsam. Ich war abgenabelt von der Welt, die mir vertraut war, weit weg von meiner Familie, von meinen Freundinnen und vor allem meiner Schwester. Doch dein Vater und ich, wir haben uns aneinander gewöhnt, weißt du, schrittweise, er war ein fürsorglicher Ehemann. Wir haben uns ebenfalls arrangiert und, ja, ich habe irgendwann begonnen, ihn zu lieben. Ein langsam wachsendes Gefühl, das mir die Angst nahm und Sicherheit gab. Ich kann mich nicht beklagen, er hat immer gut für mich gesorgt und als du zur Welt kamst, war ich die wohl glücklichste Frau im Universum. Und dennoch: Ich war nie richtig verliebt, ich habe das nie erlebt, dieses flaue Gefühl im Magen, dieses Kribbeln, die Spannung.«

»Hattest du denn vor Pa keinen Freund in Indien?«

»Wo denkst du hin! Wir Mädchen wurden in Indien stets von den Jungs ferngehalten, sich heimlich mit einem von ihnen zu treffen, war strengstens untersagt. Eines Tages wurde uns dann mitgeteilt, wen wir heiraten mussten. Das hatte seine Richtigkeit, gleichzeitig war aber mein Leben dadurch immer so ... abgekartet. Alles war vorbestimmt, es gab wenige Überraschungen, keine richtige Aufregung. Erst als ich den Laden von deinem Vater übernahm, veränderte sich meine Sicht auf die Welt. Darum hänge ich so daran – er ermöglicht mir eine gewisse Freiheit. Selbst zu entscheiden, eigene Ideen zu entwickeln. Verantwortung zu übernehmen.«

Erst jetzt bemerkte ich, dass Manju zurückgekehrt und aufmerksam lauschend im Türrahmen stehen geblieben war. Selten hatte sich meine Mutter mir gegenüber so geöffnet und ich wünschte, wir würden häufiger solche Gespräche führen.

Sie lachte leise. »Mach dir keine Sorgen, *Beta.* Mister Namboodiri mag mich, vielleicht ist er sogar ein bisschen verliebt in mich, es spielt keine Rolle. Er stellt keine Gefahr dar, aber ich genieße seine Anwesenheit, sein schüchternes Werben. Nach all den Jahren ist das Liebesleben mit deinem Vater auch nicht mehr gerade ...«

»Ich will's gar nicht wissen!«

»Mister Namboodiri gibt mir jedenfalls das Gefühl, begehrt zu sein. Eine Frau zu sein, nicht nur Mutter oder Gemahlin. Das finde ich aufregend, für mich ist das eine ganz neue Erfahrung.«

So hatte ich das noch nie gesehen. Meine Mutter war einfach meine Mutter gewesen und nicht einmal im Traum wäre mir eingefallen, dass sie weitergehende Bedürfnisse haben könnte, als den Laden zu führen und für ihre Familie da zu sein. Schon gar keine erotischen. Eine etwas naive Annahme natürlich, doch es gab Situationen, in denen man sich seine Mutter einfach nicht vorstellen mochte. Verdutzt konstatierte ich, wie wenig man doch als Kind von seinen Eltern wusste, selbst wenn man einen Großteil seines Lebens in nächster Nähe zu ihnen verbracht hatte. Aber wenn man es objektiv betrachtete, war es nur naheliegend, dass Sinnlichkeit und Begehren in einem bestimmten Alter nicht einfach verkümmerten, sondern weiterexistierten und schlummernd darauf warteten, von jemandem geweckt zu werden. Dass dieser Jemand bei meiner Mutter ausgerechnet der tollpatschige Mister Namboodiri war, war eine bittere Pille, aber ihr zuliebe würde ich sie widerspruchslos schlucken.

Nachdem wir die Einladung meiner Mutter, zum Essen zu bleiben, abgelehnt hatten, schlenderten Manju und ich zu meiner Wohnung an der Dienerstrasse. Wir wollten den Abend gemeinsam verbringen, wenn wir schon mal beide keine anderen Verpflichtungen hatten. Während Manju begann, Zwiebeln und Knoblauch zu schälen, führte ich ein längeres Gespräch mit Irene Winter und unterrichtete sie über den aktuellen Stand der Dinge. Sie war entsetzt, als sie vom organisierten Kinderhandel hörte, doch ich konnte mich des Eindrucks nicht erwehren, dass sie erleichtert wirkte, als ich ihr eröffnete, bisher fehle jede Spur von Noemis leiblichen Eltern. Trotzdem sicherte sie mir ihre finanzielle Unterstützung weiterhin zu und wies mich an, die Suche nach den ominösen Akten auf alle Fälle fortzuführen.

»Wenn ich diese Unterlagen nicht auftreiben kann, bin ich aufgeschmissen«, bemerkte ich zu Manju, nachdem ich den Anruf beendet hatte.

Diese röstete mittlerweile in einer Bratpfanne Gewürze für das *Murg Makhani*, eine Mischung aus Pfefferkörnern, Nelken, Kardamom, Zimt und Mandeln, während sie gleichzeitig gewürfelte Tomaten mit Ingwer, Kreuzkümmel, Koriander, Kurkuma und zwei Löffeln Joghurt im Mixer zu einer sämigen Paste verarbeitete. Seit ich mit Manju zusammen war, hatte ich meine Junggesellenküche mit Gerätschaften und einem Vorrat an Lebensmitteln aufgerüstet und nutzte diese auch erstaunlich oft.

»Gibt es wirklich keine andere Möglichkeit herauszufinden, wer Noemis leibliche Eltern sind? Irgendein Amt oder eine dieser Nonnen vielleicht?«, fragte sie, nachdem sie nachgedacht hatte.

Ich schüttelte den Kopf und begann, unter dem Wasserhahn Basmatireis zu waschen. »Bei den Ämtern wurden diese Adoptionen ja nicht vermeldet. Die Schwestern haben die Namen der Adoptiveltern direkt in die Geburtsurkunden hineingeschrieben, weswegen es unmöglich ist herauszufinden, wer die wirklichen Eltern eines Kindes sind. Und die Nonnen selbst schweigen eisern dazu, oftmals weil sie systematisch eingeschüchtert werden. Die bedauernswerte Schwester Alma zum Beispiel hat mit dem Leben dafür bezahlt, dass sie reden wollte.«

Ich hatte Manju den Fall in groben Zügen zusammengefasst, dabei aber wohlweislich die Stellen weggelassen, bei denen ich in Gefahr geschwebt hatte. Sie hätte sich sonst nur unnötig aufgeregt.

»Was willst du jetzt tun?« Sie fügte Hähnchenstücke in eine zweite Pfanne, in der die Zwiebeln bereits goldbraun in *Ghee* brutzelten.

»Mir bleibt nichts anderes übrig, als morgen nach Bern zu

fahren. Alles, was ich habe, ist ein falscher Name und eine dazugehörige Adresse aus dem Internet. Sánchez hat gesagt, Grüninger sei seit Jahren wie vom Erdboden verschluckt. Er hat selbst nach ihm gesucht und die Wohnung tagelang überwachen lassen, dabei jedoch nicht den geringsten Hinweis zum Verbleib seines ehemaligen Kollegen gefunden. Wahrscheinlich ist er abgetaucht oder tot.«

»Abgetaucht?«

»Nach Südamerika oder weiß der Teufel wohin.«

»Würdest du auch dorthin fliegen, um ihn zu suchen?« Manju sah so besorgt aus, dass ich schnell verneinte.

»Ich vertraue auf meine Fähigkeiten als Detektiv und hoffe, den Kerl allen Hindernissen zum Trotz bald aufzustöbern.«

Sie lächelte erleichtert. »Gut zu sehen, dass dich diese scheinbar ausweglose Situation anspornt. Ich hab's dir ja gesagt: Ein Jobwechsel wäre nichts für dich, du bist bereits im richtigen Metier.«

In den letzten Tagen hatte ich so viel um die Ohren gehabt, dass ich mir überhaupt keine Gedanken mehr zu diesem Thema gemacht hatte. Doch Manju hatte zweifelsfrei recht: Mein Beruf war viel mehr für mich als eine, wenn auch magere, Einkommensquelle. Er war eine Berufung und gewissermaßen ein Privileg, wenn man bedachte, wie viele Leute ihre Arbeit nur des Geldes wegen machten und dabei unglücklich waren oder sich zu Tode langweilten. Mehr konnte man wirklich nicht verlangen.

Das Hühnchen hatte großartig gemundet. Manju hatte einige *Chapatis* dazu gebacken und ein mildes *Raita* mit Gurken und Tomaten angerührt, und nachdem ich abgewaschen hatte, machten wir es uns auf dem Bett bequem und guckten eine romantische Komödie im Privatfernsehen, wie sie Manju so gern mochte. Ich konnte nicht viel mit diesem klebrigen Zeug anfangen, doch ich ließ mir nichts anmerken, lachte an den richtigen Stellen und warf hin und wieder eine bissige Bemerkung zur voraussehbaren Handlung ein.

Manchmal war es kinderleicht, eine Beziehung zu führen, dachte ich, es musste sich ja nicht immer alles um Sex drehen.

Eine Meinung, die ich in dem Moment revidierte, als Manju ankündigte, die Nacht bei mir verbringen zu wollen. Als sie nach dem Zähneputzen das Licht löschte und zu mir unter die Decke schlüpfte, verfluchte ich einmal mehr ihren Vorsatz und versuchte krampfhaft, an etwas anderes zu denken als an ihren Körper im dünnen Nachthemd, den ich dicht an meinem spürte. Es wurde sehr spät, bis sich endlich die innere Ausgeglichenheit einstellte, die ich zum Einschlafen benötigte.

Montag

Das türkische *Bistro-Pub Aladin* an der Langstrasse wurde in keinem der schicken Stadtführer erwähnt, war nie im *Cosmopolitan* besprochen worden und beim virtuellen Reiseportal *Tripadvisor* gab es keinen einzigen Eintrag dazu. Es bestach weder durch besonders leckeren Kaffee noch eine finessenreiche Küche, und das Ambiente mit den roten Kunstlederstühlen und den abgenutzten Tischen war eher zweckmäßig denn stilvoll zu nennen.

Es gab mehrere Gründe, weshalb ich trotzdem hier saß:

Der erste war sicher die offene Fensterfront des Restaurants, die an einem warmen Sommermorgen wie heute eine unverstellte Aussicht auf das Quartier und seine Bewohner erlaubte und ein beinahe mediterranes Lebensgefühl vermittelte. Gerade weil das *Aladin* überhaupt nicht angesagt war, rotteten sich hier auch keine Szenemütter zusammen, die beim Versuch, sich gegenseitig zu übertrumpfen, ihre brabbelnden und garantiert überdurchschnittlich begabten Säuglinge zu künftigen Nobelpreisträgern hochschnatterten. Es fielen auch keine Scharen trendiger In-People auf der Suche nach dem *Next Big Thing* ein oder gelangweilte Hipster, die sich hinter den obligaten *Apple*-Laptops verschanzten, um wichtig in die Luft zu starren. Nach der Aufregung der letzten Tage sehnte ich mich nach etwas Ruhe und genau diese bot das schäbige Lokal bedingungslos.

Der wichtigste Grund war aber José. Um vier Uhr morgens hatte er, geradezu abartig nach Alkohol stinkend, bei mir geklingelt.

»Ich will nich drüber rrreden«, hatte er gelallt. »Aber kannich heut Nacht hier pennen?«

Wortlos hatte ich auf das Sofa gedeutet, auf das er sich sofort mit einem tiefen Seufzer fallen ließ und praktisch gleichzeitig zu schnarchen begann. Als ich aufgestanden war, hatte sich weder an Position noch Schnarchen etwas geändert, sodass ich entschieden hatte, ihn seinen Rausch ausschlafen zu lassen und meinen Morgenkaffee auswärts zu mir zu nehmen. Manju war für meine Verhältnisse schon früh aufgebrochen, um in *Kumar's Palace* erste Vorbereitungen für den Mittagsservice zu treffen.

Desinteressiert blätterte ich in der Gratiszeitung herum, die aufgeschlagen auf dem Nebentisch gelegen hatte. Jemand hatte offenbar vorgehabt, das Sudoku zu lösen, war aber dabei kläglich gescheitert. Erst als ich das Blatt zuklappen und beiseitelegen wollte, stach mir das Foto auf der Titelseite ins Auge. Ohne auch nur eine Zeile des Begleittextes gelesen zu haben, wusste ich, dass mir neuer Ärger drohte. Großer Ärger.

Es war wohl klüger, Raphael Fontana in den nächsten Jahren aus dem Weg zu gehen, er musste fuchsteufelswild auf mich sein. Das gestochen scharfe Foto zeigte nämlich ihn, wie er sich in einem Hinterhof direkt von der Fingerspitze Koks die Nase hochzog. Dieses Bild hatte ich selbst geschossen. Irgendwer musste meine Kamera, die ich auf der Flucht vor Raffi hatte liegen lassen, gefunden und an sich genommen haben, denn in der Bildlegende wurde darauf hingewiesen, dass die Aufnahme am Vortag im Internet aufgetaucht sei. Wenig überrascht las ich weiter, dass Raphael Fontana für eine Stellungnahme nicht zu erreichen gewesen war.

Es kam mir äußerst gelegen, dass ich heute nach Bern fahren wollte. Aber für den sehr wahrscheinlichen Fall, dass ich Raffi wieder über den Weg laufen sollte, musste ich mir dringend eine effiziente Überlebensstrategie zurechtlegen.

Ich trank den letzten Schluck Latte macchiato und schlenderte zu meinem hellblauen VW-Käfer, den ich direkt vor meiner Wohnung geparkt hatte. Als ich den Motor anließ, sprang gleichzeitig das Radio an und aus den Boxen hämmerte ein nervtötender Beat, der von noch nervtötenderem Synthesizergequietsche begleitet wurde. will.i.am quäkte sich mit der mittlerweile vollends zum Roboter mutierten Britney Spears durch einen Song, in dem die beiden mit einem bestenfalls spartanisch zu nennenden Wortschatz eine gemeinsame Nacht im Klub besangen. Ich hielt den Song immerhin ein paar Takte lang aus, bevor ich kurz entschlossen das Handschuhfach öffnete und eine CD mit blauem Cover herauszog. Guns N' Roses, *Use Your Illusion II*.

What we've got here is failure to communicate, stellte die desillusionierte Stimme einer Frau zu Beginn des ersten Stücks fest und irgendwie passte das ganz gut zu meinem Fall.

Ich war gerade in die Langstrasse eingebogen, als mir plötzlich Miranda einfiel. Bevor ich die Stadt verließ, wollte ich mich davon überzeugen, dass es ihr und ihrer Tochter gut ging. Rasch setzte ich den Blinker, drehte eine Runde um den Block und schwenkte dann in die nächste Querstraße ein, wo ich mich übers Lenkrad beugte, um zu ihrer Wohnung hinaufzublicken. Jäh trat ich aufs Bremspedal, griff hastig nach meinem Telefon und wählte Mirandas Nummer. Während die Verbindung hergestellt wurde, ließ ich das Küchenfenster nicht aus den Augen. In der einen Scheibe klaffte ein gähnendes Loch, als hätte jemand etwas hindurchgeschmissen, über die andere zog sich ein beinahe diagonaler Riss. Das neu etablierte Vater-Tochter-Verhältnis schien sich nicht ganz konfliktfrei zu gestalten.

Als niemand ranging, steckte ich das Telefon wieder ein, parkte den Käfer in einer Seitenstraße und rannte zum Wohnblock hinüber. Die Eingangstür schloss schon seit Längerem nicht mehr richtig, sodass es ein Leichtes war, sie aufzudrücken. Besorgt hetzte ich die Treppe hinauf. Als ich in den Korridor einbog, erkannte ich an der aufgebrochenen Tür, dass jemand gewaltsam in Mirandas Wohnung eingedrungen war.

»Miranda?«

Keine Antwort.

Drin hatte offenbar jemand versucht, das Apartment in seine Bestandteile zu zerlegen. Das Sofa war aufgeschlitzt, der Fernseher zertrümmert, Regale waren umgeschmissen worden und die wenigen Bücher, die Miranda besaß, lagen zerfetzt auf dem Boden. Im Schlafzimmer sah es aus, als wäre ein Gänseschwarm in eine Flugzeugturbine geflogen. Wo ich auch hinsah, häuften sich Federn, doch es war die Küche, wo das größte Chaos herrschte. Sämtliche Schränke waren ausgeräumt und deren Inhalt im Raum verstreut, über allem lag eine feine Schicht Mehl, verschütteter Zucker auf dem Herd, selbst die Kaffeedose hatten die Einbrecher ausgeleert.

Dass dies unmöglich Miranda und Joana verursacht haben konnten, war mir längst klar. Zumindest hoffte ich es inständig.

Offenbar hatte hier jemand etwas gezielt gesucht, von den beiden Frauen fehlte jedoch jede Spur. Behutsam bewegte ich mich durch das Schlamassel und suchte nach einem Hinweis, was hier passiert war, als mein Telefon klingelte.

»Wo bist du?«, keuchte Miranda. Sie klang atemlos und abgehackt, als ob sie rennen würde.

»In deiner Wohnung. Was zum Teufel ist hier los?«

»Wir brauchen deine Hilfe, dringend! Wir werden verfolgt!«

»Wo …?«

»Wir sind gleich bei dir!«

Rasch stieg ich über die Trümmer hinweg und eilte in die Küche zurück. In dem Moment, als ich durch das kaputte

Fenster auf die Straße hinunterschaute, kamen Miranda und Joana von der Kanonengasse her ums Eck geschossen. Sie bewegten sich mit einem seltsam staksigen Gang vorwärts, als würden sie gern schneller gehen, es aber aus irgendeinem Grund nicht können.

»Sieht aus wie Nordic Walking!«

»Versuch du mal, in diesen Schuhen zu rennen!«

Mein Blick wanderte hinunter zu ihren hochhackigen Tretern. »Warum zieht ihr sie nicht einfach aus und lasst sie liegen?«

»Weißt du, wie viel Louboutins kosten?«

Ich konnte mir ein Grinsen nicht verkneifen. Wie der Vater so die Tochter: selbst auf der Flucht bis zu den Zehenspitzen gestylt.

Lautes Hupen war jetzt aus der Richtung zu vernehmen, aus der die beiden gekommen waren, Reifen quietschten und ein Taxi kam brüsk zum Stillstand, gleich darauf schlitterte ein schwarzer Smart in die Einbahnstraße hinein und kriegte knapp die Kurve.

Jetzt begriff ich.

»Mein Wagen steht gleich ums Eck«, instruierte ich Miranda schleunigst. »Die Türen sind unverschlossen. Versteckt euch dort, aber beeilt euch! Sie sind verdammt nah an euch dran!«

»Ist mir gar nicht aufgefallen!«, stieß sie hervor, dann brach die Verbindung ab.

Ich rannte die Treppe hinunter und als ich aus dem Haus trat, fuhr der Smart gerade langsam an der Einfahrt der Tellstrasse vorbei, dem Quersträßchen, in dem ich den Käfer hatte stehen lassen. Unschwer erkannte ich Raffis Fitnesstrainer an seinem blauen Trainingsanzug, neben ihm saß Raphael Fontana selbst. Wie es schien, hatten es Miranda und Joana geschafft, rechtzeitig aus dem Blickfeld der beiden zu verschwinden.

Ich wartete ab, bis die Verfolger weitergefahren waren, bevor ich mich zum VW begab. Ohne nach hinten zu gucken, stieg ich ein und startete den Motor.

Noch ehe ich anfahren konnte, kehrte der Smart zurück und schlich nun in der falschen Richtung durch die Einbahnstraße. Ich duckte mich unwillkürlich.

Raffi trommelte einen hektischen Marsch auf das Armaturenbrett, während der Instruktor misstrauisch zu mir herüberäugte. Glücklicherweise fuhren sie weiter und ich lenkte den Käfer aus der Parklücke. Als ich an der Kreuzung abbremste, sah ich, dass die beiden Männer vor Mirandas Wohnhaus ausgestiegen waren und gestikulierend auf dem Gehsteig standen, gleichzeitig glotzten sie angespannt auf ein Handy.

Ich setzte den Blinker, um in die Zwinglistrasse einzubiegen, genau in dem Moment blickte Raffi zu mir herüber. Sein Mund klappte auf und ich konnte seinem dümmlichen Gesicht förmlich ansehen, wie sich das bisschen Gehirn in seinem Schädel abrackerte, bis es mich wiedererkannt und zugeordnet hatte. Als es so weit war, packte Raffi den Fitnesstrainer am Arm und deutete aufgeregt zu mir hinüber, worauf sich die beiden Typen mit drohenden Mienen in Bewegung setzten. Ich lächelte ihnen freundlich zu und trat aufs Gaspedal.

»Autsch! Fahr gefälligst vorsichtiger!«, beklagte sich Miranda, die sich im Fußraum hinter dem Beifahrersitz zusammengequetscht hatte, und hob vorwurfsvoll den Kopf.

»Runter!«, fuhr ich sie an, doch es war zu spät: Der Fitnessinstruktor hatte ihren Lockenschopf schon durchs Fenster entdeckt, ich erkannte es an seiner plötzlich noch grimmigeren Mimik.

Ich raste bis zum Ende der Zwinglistrasse und bog in die Langstrasse ein. Wir hatten etwas Vorsprung, da die Kerle erst zu ihrem Wagen hatten zurückrennen müssen, doch in

Sicherheit wähnte ich mich deswegen keineswegs. Die beiden hatten nicht danach ausgesehen, als würden sie schnell aufgeben. Unmöglich konnte ich Miranda und Joana jetzt wieder ausladen, sie liefen Gefahr, an der nächsten Straßenecke unseren Verfolgern in die Arme zu laufen. Und ich wollte mir lieber nicht ausmalen, was die dann mit ihnen anstellten.

»Lust auf einen Ausflug?«, fragte ich nach hinten und sah im Rückspiegel die beiden Damen synchron die Nasen rümpfen.

»Ich glaube, wir haben einiges zu besprechen.«

Sie schwiegen beharrlich, bis wir aus der Stadt raus und ein gutes Stück auf der Autobahn Richtung Bern gefahren waren.

Erst als ich androhte, sie beide an der nächsten Raststätte auszusetzen, lenkte Miranda ein.

»Wir haben echt keine Ahnung, was die von uns wollten! Die sind einfach …«

Wortlos schaltete ich den Blinker ein und wechselte auf die rechte Spur. »Ihr findet sicher einen netten Lastwagenfahrer, der euch für ein paar Gefälligkeiten ein Stück mitnimmt. Tramperinnen wie ihr stehen bei denen hoch im Kurs.«

»Okay, okay! Joana hat ein Mitbringsel aus Brasilien mitgebracht …«

»Wo ist der Stoff jetzt?«

Miranda und Joana rissen die Augen auf.

»Woher …?«

»Sehe ich echt so bekloppt aus?« Ich suchte Mirandas Blick im Rückspiegel, doch sie wich mir aus.

Nachdem ich die lächerliche Verkleidung Joanas bei ihrer Ankunft mit dem Einbruch in Mirandas Wohnung und dem Salatsieb in Zusammenhang gebracht hatte, war mir endlich klar geworden, worum es hier ging.

»Wo ist das Koks?«, wiederholte ich ungeduldig.

»Da, wo's herkam«, gestand Joana kleinlaut.

»Was? Du hast es schon wieder runtergewürgt?«

»Keine Angst, wir haben den Stoff in neue Fingerlinge verpackt.«

»Ihr beide?«

»Das ist ab sofort eine Familienangelegenheit! Wenn die Dealer an das Zeug wollen, müssen sie uns zuerst aufschlitzen.«

Was aus Mirandas Mund wohl beruhigend hätte klingen sollen, ließ bei mir alle Alarmglocken schrillen. »Und sie werden keine Sekunde damit zögern, wenn sie euch erst einmal erwischt haben!«

Bodypackers nannte man Drogenkuriere wie Joana, sie verpackten Kokain in Kondomen und formten daraus daumengroße Fingerlinge, die sie dann in ihrem Körper transportierten.

»Sind wir denn in Bern nicht sicher?«

Ich gab keine Antwort und überprüfte im Rückspiegel besorgt, ob wir verfolgt wurden.

Doch ein schwarzer Smart war glücklicherweise nicht zu entdecken.

»Was hat sich gestern Abend abgespielt?«

»Nachdem ihr gegangen seid, ist mir der schwarze Smart vor dem Haus aufgefallen«, berichtete Joana. »Ich wusste natürlich sofort, dass das nichts Gutes bedeuten konnte. Wir haben ein paar Sachen zusammengepackt und sind durch die Waschküche des Hauses geflohen. Über den Innenhof sind wir dann zu diesem neuen *easyHotel* ein paar Häuser weiter gelangt. Da waren wir einigermaßen sicher. Von dort aus konnten wir beobachten, wie sie … unsere Wohnung auseinandergenommen haben. Nachdem sie alles zerstört hatten, sind sie abgehauen. Wir sind dann zurück, um … eine Handtasche zu holen …«

»Ich hatte sie in der Eile vergessen«, gestand Miranda.

»Und du weißt, dass ich ohne meine Handtasche nicht ich selbst bin.«

»Zudem wolltest du noch einiges einpacken, um ein paar Tage zu verschwinden.«

»Nur das Allerallernotwendigste.« Miranda klopfte auf die prall gefüllte Reisetasche auf ihrem Schoß.

»Wir hatten schon geglaubt, wir seien sie losgeworden«, fuhr Joana fort, »doch als wir vorhin auf ein Taxi gewartet haben, waren die Typen urplötzlich wieder da.«

»Woher wusstest du, wem der schwarze Smart gehört?«, wunderte ich mich.

»Ich kannte den Kerl von meinen früheren Besuchen in Zürich …«

Miranda griff nach ihrer Hand und drückte sie fest. »Damals hatte sie ja noch keine Ahnung von mir.«

»Sprichst du deshalb so gut Deutsch?«

»Die Drogenbosse in São Paulo haben mich in die Schule geschickt. Sie dachten, wenn ich die Sprache beherrsche, würde ich nicht gleich als Touristin erkannt. Deshalb achte ich auch auf meine Kleidung. Na ja, nur bei meiner Ankunft gestern musste ich umdisponieren …«

»Wie lange machst du den Job schon?«

»Zwei, drei Jahre. Ich wollte schon länger aussteigen, doch sie haben mich immer wieder überredet. ›Noch ein letzter Flug‹, sagten sie jedes Mal, ›wir bezahlen dich auch gut.‹ Und das taten sie, bei Gott. Mit dieser letzten Ladung wollte ich abtauchen und meiner Karriere als Bodypacker ein Ende setzen.«

»Mit der dämlichen Verkleidung sollte dich dann dein Kontaktmann nicht erkennen.«

Joana blickte stumm aus dem Fenster und presste die Lippen zusammen.

Es war mir aufgefallen, wie sie es tunlichst vermied, ihren Erzeuger direkt anzureden. Immer wieder entstanden Lücken in ihren Sätzen, die Worte schwebten unentschlossen über der Gefahrenzone, bis sie eine neutrale Wendung gefunden hatte. So als könnte sie sich nicht zu ›Vater‹, ›Mutter‹ oder einfach ›Miranda‹ durchringen. Doch ich hatte mich gerade um Gravierenderes zu kümmern als um Joanas Befindlichkeit.

»Eigentlich wollte ich den Stoff schnellstmöglich verkaufen und dann irgendwo abwarten, bis Gras über die Sache gewachsen ist«, erklärte Joana. »Geld wäre ja kein Problem gewesen.«

»Von welcher Summe sprechen wir hier eigentlich?« Ich hatte keine Ahnung, wie viele von diesen Fingerlingen in einen Menschen reinpassten.

»Wir haben gemeinsam achthundert Gramm reines Koks intus, sozusagen.«

»Verdammte Scheiße!« Multiplizierte ich das Gewicht mit dem Straßenpreis von etwa hundert Franken kam ich schon auf achtzigtausend Franken. Für unverschnittenen Stoff konnte man aber vehement mehr verlangen oder man streckte ihn nur ein bisschen und … Ich wandte mich zu meinen Begleiterinnen um. Da saßen gut und gern hundertfünfzigtausend Franken auf dem Rücksitz meines Käfers. Gut verpackt in zwei attraktiven Ladys.

»Und dieser Fitnessinstruktor ist dein Abnehmer?«

Joana nickte. »Kamil heißt er. Der im blauen Trainingsanzug. Normalerweise treffen wir uns in der Stadt, aber gestern tauchte er plötzlich am Flughafen auf.«

»Hat er was geahnt?«

»Ich nehme es an, er ist ziemlich clever. Verpfiffen hat mich jedenfalls keiner, denn ich hab niemandem von meinem geplanten Abgang erzählt.«

»Und dein Besuch bei Miranda? Hast du den erwähnt?«

Joana nickte zögernd. »Aber nur einer Kollegin gegenüber, die den gleichen Job macht.«

Ich verdrehte die Augen. Dieser Kamil hatte Wind von der Sache bekommen und sichergehen wollen, dass sein Stoff bei ihm ankam. Jetzt hatten wir ihn an der Backe, und er würde nicht aufhören, uns zu verfolgen, bis er – auf welche Weise auch immer – zurückbekommen hatte, was ihm gehörte. Besorgt schaute ich durchs Fenster auf die wogenden Maisfelder entlang der Autobahn.

»Wann habt ihr das Zeugs geschluckt?«

»Heute Morgen.« Miranda grinste und klopfte erneut auf ihre Reisetasche. »Wir haben sogar ein Sieb dabei!«

Grüningers respektive Tschanz' Wohnung befand sich an der Junkerngasse, unweit des Berner Münsters. Ich gönnte mir eine kurze Verschnaufpause und flanierte gemeinsam mit Miranda und Joana durch die malerischen Gässchen der Altstadt, die sich zwischen Zytglogge und Nydeggbrücke erstreckte. Dabei drängte sich mir der Gedanke auf, dass es den armen Bernern anscheinend strengstens untersagt war, anderen Balkonschmuck als Geranien zu erstehen. Anders konnte ich mir nicht erklären, weshalb auf wirklich jedem Fensterbrett eines dieser Kistchen mit den rot oder rosa blühenden Zierpflanzen stand.

Nachdem die Aufregung auf der Hinfahrt Miranda und Joana kurzzeitig verbündet hatte, schlich sich nun erneut eine angespannte Stimmung ein, und obschon Miranda immer wieder einen Versuch unternahm, ihre Tochter in ein Gespräch zu verwickeln, antwortete diese weiterhin einsilbig und machte einen abwesenden Eindruck. Sobald wir aber von der Straße unter die Lauben wechselten, diesen geradezu pittoresken Gängen hinter den Sandsteinbögen, die entlang der Häuserzeilen verliefen und Zugang zu kleinen Geschäften boten, taute sie etwas auf. Und als sie einen winzigen Accessoireladen entdeckte, der handgearbeitete Taschen anbot, sah ich sie zum ersten Mal lächeln. Sie hatte tatsächlich mehr von ihrem Vater, als sie sich momentan bewusst war. Sie brauchte nur etwas Zeit, um sich an die Umstände zu gewöhnen.

Ich bot den beiden Damen an, sich ein bisschen die umliegenden Läden anzusehen, während ich Grüningers Wohnung einen Besuch abstattete. Begeistert stimmten sie zu und nachdem ich mich mit ihnen im nahe gelegenen *Einstein Kaffee* verabredet hatte, ließ ich sie vertrauensvoll in der Obhut einer Schmuckverkäuferin zurück. Plötzlich allein, beschleunigte ich meine Schritte, doch bereits nach wenigen Metern stieß ich fast einen älteren Mann um. Er war meines Erachtens abrupt stehen geblieben, doch als ich mich, eine Entschuldigung murmelnd, an ihm vorbeischlängelte, fiel mir auf, dass er sich vorwärtsbewegte, und das vermutlich schon die ganze Zeit getan hatte. Allerdings unvorstellbar langsam.

Da wir den Käfer im Parkhaus beim Bahnhof stehen gelassen hatten, hatte ich es nicht sofort bemerkt, denn neuerdings gab man sich in weiten Teilen Berns genauso geschäftig wie in anderen Schweizer Städten – im Bahnhof selbst hatte ich zu meinem großen Erstaunen sogar rennende Leute gesehen –, doch hier in der Altstadt bestätigte sich das Klischee von der sprichwörtlichen Gemütlichkeit: Die Berner bewegten sich zu Fuß mit der weltweit wohl niedrigsten Durchschnittsgeschwindigkeit. Tatsächlich glaubte ich sogar, zwei, drei Fälle von akuter Narkolepsie entdeckt zu haben, während ich mich im Zickzacklauf der Hausnummer von Grüningers Heim näherte und mir dabei vorkam wie in einem antiquierten Computerspiel, bei dem man auf dem Weg zum Ziel reglosen Objekten ausweichen musste.

Das opulente Wohnhaus aus dem sechzehnten Jahrhundert schien mit den beiden nächstliegenden Gebäuden der Zeile verwachsen. Die nüchterne Fassade aus Sandstein war frisch renoviert, über den hohen Fensterbögen thronten

Fresken, goldfarbene Metallornamente zierten die Balkongeländer. Der Eingang mit seiner schweren Holztür lag verborgen im Schatten der Lauben.

Annemarie Morlot, deren Name auf dem Klingelschild aus Messing direkt neben dem von Tschanz aufgeführt war, ließ mich warten. Natürlich hatte ich zuerst beim Arzt selber geklingelt, doch dieser war wenig überraschend nicht zu Hause. Seine Nachbarin war meine nächste Anlaufstelle gewesen, denn meiner Erfahrung nach waren die Nachbarinnen dieser Welt immer bestens darüber informiert, was in einem Haus abging, und hatten selbst dann etwas zu erzählen, wenn es eigentlich nichts zu sagen gab. Endlich knackste es im Lautsprecher und eine nasale Stimme wollte wissen, wer da sei.

Ich hatte mich zu einer Strategie der Ehrlichkeit entschlossen, in diesem Fall war eindeutig schon genug gelogen worden.

»Ein Privatdetektiv?« Frau Morlot klang, als hätte ich ihr eine Handvoll Filzläuse unter die Nase gehalten.

Ich erklärte ihr erneut, weshalb ich sie unbedingt sprechen musste, doch der Türöffner summte erst nach einer längeren Pause, während der ich schon befürchtet hatte, sie hätte sich gegen mich entschieden.

Es roch nach Farbe und das Holzgeländer im Treppenhaus glänzte wie poliert. Auf jeder Etage befanden sich zwei Apartments, der Raum dazwischen war geräumiger und stilvoller als manche Wohnung, die ich kannte.

Frau Morlot stand mit einer Miene im Türrahmen, als wäre ihr soeben etwas äußerst Ärgerliches widerfahren. Ihr Lippenstift war einen Tick zu rot für ihr Alter und die lila gefärbten Locken hatte sie mit Haarspray zu einem betonharten Baiser hochtoupiert. Sie trug ein dunkelgrünes Kostüm, das ihr eine mondäne Aura verlieh, dazu eine wuchtige Perlenkette und mit funkelnden Rubinen besetzte Ohrstecker.

»Vijay Kumar, Privatdetektiv«, stellte ich mich ein zweites Mal vor. »Danke, dass Sie sich die Zeit nehmen.«

»Woher kommen Sie, wenn ich fragen darf?«

Ich hatte den Verdacht, dass eine Ablehnung der rhetorischen Frage für meine Ermittlungen fatal gewesen wäre, deswegen fasste ich meine Biografie kurz zusammen. Misstrauisch hob sie die Augenbrauen – beziehungsweise die rotbraunen Striche, die sie sich an ihrer Stelle in viel zu hohem Bogen aufgemalt hatte.

»Inder, *ah oui?* Sie sprechen erstaunlich gut Deutsch.«

»Sie aber auch«, entfuhr es mir. Ein Klassiker.

»Für einen Ausländer haben Sie allerdings ein gar loses Mundwerk!«

»Ich bin gar kein ...«, setzte ich an, doch sie unterbrach mich mit der Handbewegung eines Reichsvogts, der den zum Tode Verurteilten begnadigte.

»*Ça c'est bien!* Ohne Pfeffer im Arsch kommt man heutzutage nirgendwo hin.« Abschätzend schürzte sie die Lippen und musterte mich eingehend, bevor sie mich hereinbat.

Im ersten Augenblick kam ich mir vor wie in einem Museum: Das Entree erinnerte mit seinem rekonstruierten Parkett aus Eiche und Fichte und dem opulenten Kronleuchter an Versailles. Eine Kommode, wahrscheinlich aus der Biedermeierzeit, stand neben dem Eingang, darauf ein gehäkeltes Deckchen und eine teuer aussehende Schale, die wahrscheinlich aus dem Holz eines vom Aussterben bedrohten Baumes geschnitzt worden war. Die Täfelung an den Wänden war filigran mit Gold verziert, das heimatduselige Gemälde über der Kommode stammte von Albert Anker.

»*Alors,* Sie sind also ebenfalls auf der Suche nach diesem Tschanz.« Frau Morlot schloss eine massive Tür aus dunklem Holz am gegenüberliegenden Ende des Vorraumes, und erst jetzt bemerkte ich den fettigen Geruch von Dörrbohnen und etwas Salzig-Geräuchertem, der in der Luft hing.

»Was heißt ›ebenfalls‹?«

»Vor ein paar Jahren waren ein paar Ausländer da, Spanier oder Italiener dem Aussehen nach. Ein rüpelhaftes Pack, sage ich Ihnen.« Sie legte sich die Fingerspitzen an die Wange, als litte sie unter Zahnschmerzen. »Das ganze Trottoir war nachher übersät mit Zigarettenstummeln und zusammengeknüllten Kaffeebechern, grauenhaft. Die haben ein paar Tage lang von ihrer Karre aus das Haus beobachtet und haben wohl gemeint, mir fiele das nicht auf.«

»Was macht Sie so sicher, dass sie ausgerechnet Tschanz gesucht haben?«

Sie schüttelte tadelnd den Kopf. »*C'était tellement évident!* Am ersten Tag haben Sie immer wieder bei ihm geklingelt, dann jeden Morgen in seinen Briefkasten hineingespäht und später andauernd mit ihren lächerlichen Ferngläsern zur Wohnung hinaufgelinst. Wie Detektive in einem zweitklassigen Fernsehfilm, *excusez-moi*«, fügte sie nach einem Seitenblick auf mich hinzu. »Aber mich haben sie ja nicht gefragt. Obwohl ich selbstverständlich nichts verraten hätte.«

»Was hätte es denn zu erfahren gegeben?«

»Dass der Tschanz tot ist, *par example*.«

»Was?«

»*Mais bien sûr! Il est mort.* Seine Frau hat es mir selbst erzählt!«

»Er hat eine Frau?«

»Besonders gut informiert sind Sie für einen Detektiv nicht gerade!«

Nebst den französischen Einschüben fiel mir auf, dass Frau Morlot ihr R kehlig aussprach, wie es die Patrizier, die ehemalige Adelsgesellschaft Berns, zu tun pflegten, um sich vom gemeinen Volk abzuheben.

»Ich hatte wirklich keine Ahnung ...«

»*Mais oui!* Tschanz stürzte sich bei Hochwasser von einer Brücke in die Kander, den Fluss im ...«

»… Berner Oberland, ich weiß.«

Die Morlot senkte ihre Stimme. »Er ist nie aufgetaucht, wahrscheinlich ist die Leiche von der Strömung in den Thunersee getrieben worden. Sein Wagen stand ganz in der Nähe und am Brückengeländer fand man Blutspuren.«

Grüninger war also tot. Die Nachricht ließ mich seltsam unberührt. Für mich bedeutete sie einzig, dass ich ihn nun nicht mehr persönlich nach den Unterlagen fragen konnte. Doch nachdem ihn selbst Sánchez mit seiner Truppe nicht hatte ausfindig machen können, hatte ich nicht ernsthaft damit gerechnet, ihn in seiner Wohnung anzutreffen.

»Madame ist nur noch ganz selten hier, seit das mit ihrem Mann passiert ist …«

Außer Sánchez hatte mich angelogen. »Wann war das?«

Annemarie Morlot runzelte ihre clownesken Augenbrauen. »Das muss ungefähr vor vier Jahren, vielleicht auch fünf gewesen sein, *sérieusement* – ich weiß es nicht mehr ganz genau.«

»Und es war wirklich Selbstmord?«

»*Mon dieu*, Sie meinen, jemand hat ihn …?« Entsetzt schlug sich Frau Morlot die Hand vor den Mund, derweil ihre weit aufgerissenen Augen vor Sensationslüsternheit geradezu glühten.

»Ich meine vorerst gar nichts, ich versuche nur, Fakten zu sammeln.«

Vielleicht hatte Sánchez seinen ehemaligen Geschäftspartner ja doch gefunden, ihn ermordet und es wie einen Unfall aussehen lassen. Grund dazu hatte er jedenfalls gehabt. Aber dann musste er ein verdammt guter Schauspieler sein, denn seine Erschütterung auf meine Grüße von Grüninger hatte echt gewirkt.

»Was ist mit der Witwe?«

»Eine zierliche Frau, *très sympa,* finde ich persönlich, doch es gibt Stimmen, die sie als ›Goldgräberin‹ bezeichnen. Vor allem jetzt, da sie mit diesem steinreichen Russen zusammen ist.«

»Moment! Der Reihe nach, bitte.«

»Die Tschanzens waren schon ein Paar, bevor er diese Wohnung gekauft hat. Eine solide *mariage,* hatte ich das Gefühl, auch wenn er deutlich älter war als sie. Sie hatten einen kleinen Jungen, den Jonas, ein allerliebstes Kind. Schon damals haben sie viel Zeit im Berner Oberland verbracht, er hatte da für ein paar Millionen dieses Chalet gekauft, so eine Luxushütte in Gstaad. Nach seinem Tod hat sie alles geerbt, *naturellement,* und kurze Zeit später hatte sie diese *liaison* mit einem Russen. Sie wohnen jetzt gemeinsam dort oben und sind dem Anschein nach glücklich.«

Mir brummte der Kopf ob all der neuen Informationen, doch der Besuch bei der alten Dame schien sich auf jeden Fall zu lohnen.

»Wer sieht nach der Wohnung, wenn Frau Tschanz nicht hier ist?«

»Ich natürlich. Sie hat mir einen Schlüssel überlassen, *en cas d'urgence,* wenn etwas sein sollte.«

»Wäre es vielleicht möglich, sie kurz zu besichtigen?«

Die Morlot starrte mich an, als hätte ich sie gebeten, ihre Bluse aufzuknöpfen.

»Wie gesagt, suche ich diese Unterlagen für meine Klientin und es besteht Anlass zur Annahme, dass sie sich hier bei Tschanz befinden.«

Mein Beamtendeutsch zeigte nicht die geringste Wirkung.

»Hören Sie, es geht hier nicht allein um Kinderhandel«, redete ich beschwörend auf sie ein, »sondern möglicherweise sogar um Mord. Mit Ihrer Hilfe gelingt es mir vielleicht, dieses Verbrechen aufzuklären.«

Annemarie Morlots Augen begannen zu leuchten. *»Vraiment?«*

»Ohne Sie komme ich keinen Schritt weiter.«

Das war angesichts meiner desolaten Lage nicht einmal gelogen.

Nach kurzem Abwägen kramte sie einen Schlüssel aus der obersten Schublade der Biedermeierkommode und wies mich an, ihr zu folgen.

»Aber das bleibt *entre nous, n'est-ce pas?* Ich persönlich glaube ja nicht, dass Sie etwas finden.«

»Was macht Sie da so sicher?«, hakte ich nach, doch sie blieb mir die Antwort schuldig.

Das Apartment der Familie Tschanz war vom Grundriss her spiegelverkehrt, ansonsten aber identisch mit demjenigen Frau Morlots. Auch hier bestand die Einrichtung hauptsächlich aus antikem Mobiliar, doch mit viel Geschmack hatte jemand einige moderne Designklassiker ausgewählt, die einen reizvollen Kontrast zu den tendenziell schweren und dunklen Möbeln bildeten. Während ich mich in der Wohnung umsah, wurde mir erst bewusst, wie weitläufig sie war. Von außen hätte ich das nicht erwartet. Eine hohe Decke schuf Luft, die Räume waren großzügig bemessen, und selbst wenn ich manche Dinge nur flüchtig streifte, fiel mir auf, mit wie viel Liebe zum Detail die Restaurationen durchgeführt worden waren. Die Fenster der rückwärtigen Hausseite ließen viel Licht herein und boten einen grandiosen Ausblick auf das Mattequartier und die in einer weiten Schlaufe um die Altstadt fließende Aare.

Annemarie Morlot blieb während der Besichtigung die ganze Zeit über dicht an mir dran und verfolgte aufmerksam jede meiner Bewegungen. Obschon sie mehrmals zu einer Frage ansetzte, schien sie es nicht zu wagen, mich zu unterbrechen.

Der letzte Raum, den ich besichtigte, diente als Büro und war mit einem Schreibtisch, dem Bücherregal und zwei Aktenschränken eher spartanisch möbliert. An der Wand hing ein kubistisches Gemälde in grellbunten Farben und an einem der Fenster wuchs in einem kupfernen Übertopf ein Gummibaum, der bis unter die Decke reichte. Wenn sich die Unterlagen in der Wohnung befanden, dann waren sie hier, in diesem Raum. Die Akten anderswo aufzubewahren, hätte keinen großen Sinn ergeben. Doch irgendetwas ließ mich stutzig werden.

»Was ist?«, fragte Frau Morlot beunruhigt, als sie meinen schweifenden Blick bemerkte.

Ich gab keine Antwort und musterte jede Kleinigkeit eingehend. Es dauerte allerdings einen Moment, bis ich herausgefunden hatte, was so ungewöhnlich war. Prüfend fuhr ich mit dem Zeigefinger über das oberste Tablar des Bücherregals und tatsächlich: Er war sauber geblieben. Die gesamte Wohnung war sauber. Keine Flusen in den Ecken, keine staubbedeckten Flächen, der Bildschirm des Computers spiegelte frisch poliert, die Blätter des Gummibaums glänzten und auch dieser abgestandene Geruch ungelüfteter Räume fehlte. Erstaunlich für eine Unterkunft, die sozusagen nie benutzt wurde.

»Wer reinigt das Apartment, wenn die Familie nicht hier ist?«

»Ein Putzinstitut …« Angestrengt dachte Frau Morlot nach, schüttelte aber dann resigniert den Kopf. »Ach, der Name fällt mir gerade nicht ein. Ein netter Mann, ein Italiener, der mit seinem Angestellten ein Mal die Woche sauber macht. Ich habe mir seine Adresse notiert. Wenn Sie wollen, kann ich die Notiz schnell holen.«

»Sehr gern.«

Die Morlot trippelte aus dem Büro und ich nutzte die günstige Gelegenheit, um mir die Aktenschränke genauer anzusehen. Im ersten fanden sich ein Dutzend wissenschaftlich aussehender Bücher und einige wenige Ordner. Eilig blätterte ich die Unterlagen durch und stieß dabei auf alte

Steuerunterlagen, Kaufverträge von Immobilien, Kontoauszüge und private Ablagen. Kinderhandel lohnte sich offensichtlich. Einzig die Verträge konnten möglicherweise von Nutzen sein, falls Grüninger Noemis Akte in einer anderen Liegenschaft versteckt hatte. Ich riss die entsprechenden Dokumente heraus und steckte sie ein. Als ich den zweiten Schrank öffnen wollte, stellte ich fest, dass er verschlossen war.

»Der Schlüssel befindet sich im Übertopf des Gummibaums«, erklärte Annemarie Morlot beiläufig, als sie zurückkehrte, und errötete leicht. Sie händigte mir die Anschrift des Putzinstituts aus und nachdem ich einen Blick darauf geworfen hatte, steckte ich den Zettel ein.

»Madame Tschanz hat in diesem Raum seit dem Tod ihres Mannes sozusagen nichts verändert. Jedes Mal, wenn ich sie sehe, sagt sie, sie müsse endlich mal das *Bureau* räumen, aber bislang ist sie nicht dazu gekommen.«

»Hm.« Ich ging vor dem Gummibaum in die Knie und fuhr mit der Hand im Spalt zwischen Übertopf und Pflanzenkübel herum, bis ich den Schlüssel ertastet hatte. Zu meiner Enttäuschung war der zweite Schrank jedoch bis auf einige weitere medizinische Nachschlagwerke leer. Um den Frust zu überspielen, trat ich an den Schreibtisch und öffnete aufs Geratewohl eine Schublade.

»Dort finden Sie Ihre Unterlagen garantiert nicht«, bemerkte Frau Morlot wieder in diesem beiläufigen Ton, während sie einen Briefbeschwerer auf der Tischfläche verschob.

Ich guckte sie mit gespielter Empörung an, worauf sich ein ertapptes Lächeln in ihre Gesichtszüge schlich.

»Und auch sonst gibt es nichts Spannendes in der Wohnung zu entdecken, nehme ich an?« Ich war mir sicher, die neugierige Annemarie hatte bereits im hintersten Winkel dieses Apartments herumgeschnüffelt und hätte mir zu verstehen gegeben, wo ich irgendwelche Akten finden würde.

»Ich weiß nicht, wovon Sie reden.«

»War der Schrank schon immer leer?«, hakte ich nach.

»Seit ich den Schlüssel habe, ja. Aber den hat mir Frau Tschanz erst nach dem Tod ihres Mannes gegeben, weil sie von dem Zeitpunkt an kaum noch hierherkam. Was zuvor war – *aucune idée.* Aber erkundigen Sie sich bei dieser Reinigungsfirma. Die machen da schon sauber, seit die Tschanzens eingezogen sind.« Die Morlot deutete mit der Fingerspitze in Richtung meiner Hosentasche, in die ich den Zettel geschoben hatte, und zog auffordernd ihre aufgemalten Augenbrauen hoch.

Es gab viele Möglichkeiten, Weltläufigkeit und Behagen zu kombinieren, und die meisten dieser Versuche scheiterten meines Erachtens, gerade wenn diese ganz spezielle Stimmung in Bars oder Cafés angestrebt wurde. Ganz anders das *Einstein Kaffee & Rauchsalon*, wie es sich mit vollem Namen nannte.

Untergebracht im Erdgeschoss des Wohnhauses, in dem Albert Einstein zu Beginn des zwanzigsten Jahrhunderts kurze zwei Jahre gewohnt hatte, überzeugte das Lokal mit freigelegten Gewölbemauern und warmen Brauntönen der Möblierung. Holzverkleidungen dominierten Theke und Ausschank und ein offener, im Sommer natürlich nicht benutzter Kamin sorgte für Wohnzimmerambiente. Im vorderen Teil verleitete ein zugemauerter Durchgang zu unheimlichen Spekulationen.

Hier traf ich auch Miranda und Joana an, die von ihrem Shoppingausflug mit etlichen Tüten zurückgekehrt waren und einen wesentlich vertrauteren Eindruck machten als zuvor. Einkaufstouren waren für Frauen, was Bars für uns Männer waren: Nach dem dritten gemeinsam aufgesuchten Laden hielt die Freundschaft ein Leben lang.

Unter diesen besonderen Umständen war es vielleicht verfrüht, bereits von Freundschaft zu sprechen, doch die Dinge entwickelten sich definitiv in die richtige Richtung.

Ich bestellte beim Kellner, dessen Berner Akzent so breit war wie sein Nacken, eine Runde *Hugo*, da meine Begleiterinnen mich zum neuen Trenddrink überredet hatten.

Während die beiden die einheimischen Jungs begutachteten und mit einigem Wohlwollen kommentierten, machte ich mir Gedanken zu meinem nächsten Schritt.

Optimistisch wie ich war, hatte ich darauf gebaut, die Unterlagen zu Noemis Adoption in Grüningers Wohnung zu finden. Doch einmal mehr hatte sich die Spur als Sackgasse entpuppt. Mittlerweile war ich es zwar gewohnt, doch in diesem Fall war die Rate so hoch und nervtötend wie noch nie zuvor.

Und wenn ich richtig Pech hatte, hatte Grüninger die Akten längst vernichtet, bevor ihn Sánchez hatte ausfindig machen und umbringen können.

An einen Selbstmord Grüningers glaubte ich irgendwie nicht. Er war unerkannt in der Schweiz abgetaucht und besaß genügend Geld, zudem hatte er eine junge Frau und einen kleinen Sohn, daneben gehörten ihm eine luxuriöse Stadtwohnung und ein teures Chalet im Berner Oberland. Auf den ersten Blick erkannte ich nichts, was einen berechnenden und skrupellosen Mann wie ihn in den Suizid hätte treiben können.

Nun blieb mir einzig die magere Hoffnung, dass seine Frau von den Unterlagen wusste oder mir wenigstens über den Inhalt des Aktenschranks und dessen Verbleib Auskunft geben konnte. Beides hielt ich für eher unwahrscheinlich und bezweifelte stark, dass mich ein Ausflug ins Berner Oberland meinem Ziel näher bringen würde.

Doch da ich noch viel weniger daran glaubte, dass mir der Inhaber dieses Putzinstituts, ein gewisser Claudio Moretti, weiterhelfen konnte, würde mir wohl oder übel nichts anderes übrig bleiben. Dieser aussichtslose Auftrag zwang mich, nach dem kleinsten Strohhalm zu greifen. Aber immerhin begab ich mich bei meiner Arbeit nicht mehr in Gefahr.

Dachte ich.

Es war einmal ein hübsches Mädchen mit langen blonden Haaren, das die tollsten Freundinnen hatte, an Weihnachten für die stolz versammelte Familie auf der Blockflöte spielte und im Mittelpunkt jeder Schulfeier stand. Dieses Mädchen hatte eine kleine struppige verwaiste Cousine, die man nur widerwillig im Clan aufgenommen hatte. Das arme Geschöpf musste im Haushalt die dreckigsten Arbeiten erledigen und kam Besuch, sperrte man sie im Keller ein.

Genauso verhielt es sich mit Bern und Bümpliz. Zwar gehörte der Bezirk im Westen Berns noch zur Stadt, doch er erweckte den klassischen Eindruck eines stiefmütterlich behandelten Vorortes. Graue Hochhausquartiere aus den Fünfzigern, Industriebetriebe, hässliche Lagerhallen und ein Ausländeranteil von knapp dreißig Prozent machten Bümpliz nicht gerade zur begehrtesten Adresse in der Region.

Die Putzfirma *Moretti Reinigungen* hatte sich in einem unansehnlichen Gewerbegebäude an der Morgenstrasse nahe der Autobahnauffahrt eingemietet, einem Bauwerk, das vor allem durch die schuppenartige Verschalung der Fassade in einer bestenfalls an Schokoladenmilch erinnernden Farbe auffiel. Jemand, der an einer fatalen Sehschwäche litt oder felsenfest davon überzeugt gewesen sein musste, dass diese beiden Farbtöne zusammenpassten, hatte im obersten Stockwerk und über dem Eingang mit Dunkelblau versucht, Kontraste zu setzen.

Doch bevor ich Moretti aufsuchte, musste ich notfallmäßig an der benachbarten Tankstelle anhalten und meine beiden Begleiterinnen aussteigen lassen. Die paar Gläser *Hugo* zuvor hatten einen ungünstigen Einfluss auf deren Verdauungsprozess ausgeübt, sodass Miranda bereits im Parkhaus zu jammern begonnen hatte, sie müsse dringend aufs Klo, kurz darauf war Joana in ihr Quengeln eingefallen.

»Salatsieb!«, rief ich ihnen nach, während sie aus dem Wagen stürzten und sofort die öffentliche Toilette neben dem Tankstellenshop anvisierten. Mit einer verkniffenen Grimasse machte Miranda kehrt und schnappte sich wortlos das Küchenutensil aus ihrer Reisetasche.

Erleichtert lenkte ich den Käfer vor das Gebäude nebenan. Der Transport von Fingerlingen war keineswegs ungefährlich, platzte eines der Würstchen, blieben dem Bodypacker nur wenige Augenblicke, bevor er das Zeitliche segnete. Doch nun musste ich mir keine Sorgen mehr machen, die beiden Damen würden in Kürze im wahrsten Sinn des Wortes wieder drogenfrei sein.

Moretti, ein rundlicher, gutmütig wirkender Mann mit Glatze, war gerade im Begriff, seinen Laden dichtzumachen, als ich das kleine Büro im Erdgeschoss betrat. Er verwies mich sogleich an seinen Mitarbeiter, der im Lager nebenan sei, aber jeden Augenblick zurückkommen würde. Dieser wäre für Tschanz' Wohnung zuständig. Moretti selber mache nur noch Supervision, der Berger schaffe die Aufträge mittlerweile ganz gut allein.

Bevor ich nachfragen konnte, was es mit dem ›mittlerweile‹ auf sich hatte, kam Christoph Berger zur Tür herein.

Ich schätzte ihn auf Anfang sechzig, ein schlaksiger Typ im Blaumann und weißem T-Shirt, der wohl wegen seiner Körpergröße leicht gebeugt ging.

»Hm, Tschanz an der Junkerngasse?«, fragte er zurück, nachdem ich mich bei ihm vorgestellt und mein Anliegen vorgebracht hatte. »Der ist ja schon länger verstorben. Seine Frau kommt hin und wieder nach Bern, aber ich sehe sie sozusagen nie.« Unsicher blickte er zu seinem Chef hinüber, der seinen Computer runterfuhr und dabei leise vor sich hinpfiff.

»Ihr Chef hat mir gesagt, dass Sie für die Reinigung dieser Wohnung zuständig sind.«

»Das ist richtig.«

»Haben Sie Zugang zu den Aktenschränken?«

»Nur zum einen, der andere ist verschlossen.« Sein Blick irrte umher, als wagte es Berger nicht, mir direkt in die Augen zu sehen. Zu Beginn unseres Gesprächs hatte ich ihn wegen seiner ablehnenden Haltung und dem fehlenden Lächeln einfach für mürrisch gehalten. Doch jetzt, nachdem ich ihn genauer studiert hatte, stellte ich fest, dass der Mann ausgebrannt war. Wie jemand, dem alle Lebensfreude abhandengekommen war, wirkte er. Er sprach langsam, als würde ihn jedes Wort ungeheure Überwindung kosten, seine Gesichtshaut wirkte grau und schlaff.

»Tschanz wollte nicht, dass ich im Arbeitszimmer saubermachte. Das sei privat, hat er mir schon am ersten Tag erklärt.«

»Und Sie haben nie gesehen, was in dem Schrank war? Hat Tschanz ihn vielleicht mal in Ihrer Anwesenheit geöffnet?«

»Nein, nie.«

Wie ich mir gedacht hatte: Eine weitere Fährte, die ins Leere führte. Mir blieb nichts anderes übrig, als ins Berner Oberland zu Grüningers Witwe zu fahren.

»Wonach suchen Sie denn?«, erkundigte sich Berger und sein Gesichtsausdruck kam mir mit einem Mal verändert vor. Irgendwie lauernd.

»Nichts wirklich Wichtiges, ein paar Akten, das ist alles.« Ich hatte ihm nur das Allernötigste mitgeteilt, was diesen Fall betraf, und dabei wollte ich es auch belassen.

»Vielleicht kann Ihnen seine Frau weiterhelfen. Sie wohnt die meiste Zeit in Gstaad, wo sie ein Chalet …«

»Ich weiß«, unterbrach ich Berger unwirsch.

»Ach so.« Unschlüssig guckte er mich mit seinen wässrigen Augen an. »Also wenn Sie keine Fragen mehr haben, würde ich gern nach oben in meine Wohnung …«

»Natürlich, gehen Sie ruhig. Und vielen Dank für Ihre Zeit.«

Niedergeschlagen blieb ich vor der Tür des Gewerbehauses stehen und sehnte mich mit einem Mal nach einer Zigarette. Frau Tschanz war meine allerletzte Hoffnung, doch noch an die Unterlagen zu gelangen. Eine knapp neunzigminütige Fahrt. Wenn wir uns beeilten, kamen wir rechtzeitig zur Apérozeit an und waren dann gezwungen, auf Irene Winters Rechnung in einem dieser luxuriösen Wellnesshotels zu übernachten. Argumente, mit denen ich meine Beifahrerinnen zu überzeugen gedachte, sobald sie von der Toilette zurückkehrten.

Mit dem Ziel, nach den beiden zu sehen und mir bei der Gelegenheit eine Packung *Parisienne* zu besorgen, schlenderte ich die wenigen Meter zur Tankstelle hinüber. Der blaue Bär fiel mir erst auf, als ich bereits vor dem Eingang des Shops stand. Er lachte mich von einem Van an, der direkt gegenüber vor der Längsseite des Gebäudes stand, in dem Morettis Unternehmen untergebracht war. Vor ihm parkte ein anderer Transporter, was der Grund war, weshalb ich ihn vorher nicht entdeckt hatte.

Moretti Reinigungen. Ein weißer Lieferwagen, auf dem mit blauer Schrift etwas auf Italienisch stand, dazu ein lachender Bär, ebenfalls in Blau. Er hielt einen Wischmopp in seinen Pranken, neben ihm war ein überschwappender Eimer abgebildet. So hatte Dragana den Camion geschildert, der ihr am Morgen des achtzehnten Junis vor dem Anwesen der Winters aufgefallen war. Ein älterer Mann habe darin gesessen, hager und mit dichtem, grauem Haar. Die Beschreibung passte ziemlich genau auf Christoph Berger.

Spätnachmittägliches Licht blendete mich, als ich die letzten Stufen zu Bergers Wohnung im obersten Stock des Gewerbegebäudes hochstürmte.

»Was ist denn los?« Er hatte die Tür nur spaltbreit geöffnet, nachdem ich mit der Faust heftig dagegengehämmert hatte, und blinzelte nun gegen die Sonnenstrahlen an. »Sie schon wieder?«

»Noemi«, stieß ich atemlos hervor. »Ich komme im Auftrag von Noemi.«

Mein Beruf hatte mir im Verlauf der Jahre aufgezeigt, dass Zufälle rar waren und die meisten Dinge, die einem widerfuhren, dem Gesetz von Ursache und Wirkung unterworfen waren. Dass mir die osteuropäische Haushaltshilfe der Winters von einem weißen Van mit blauer Aufschrift und ebensolchem Bär berichtet, der ihr genau an dem Morgen aufgefallen ist, an dem ein mysteriöser, für Noemi bestimmter Blumenstrauß gefunden wird, bedeutete an sich nicht viel. Wenn aber ein ebensolcher Van vor dem Heim ausgerechnet jenes Mannes geparkt ist, der beim mutmaßlichen Besitzer von Noemis echter Adoptionsakte putzt, dann musste man schon auf beiden Augen blind sein, um den Zusammenhang zu übersehen.

Berger hörte auf zu blinzeln und wich langsam zurück. Ich glaubte zwar nicht, dass dies eine Einladung war, folgte ihm aber dennoch in die Wohnung hinein, die sich als beengend kleine Mansarde herausstellte. Als wäre die Platzknappheit nicht bedrückend genug, war der Raum zusätzlich mit Müll vollgestellt. Wohin ich auch schaute, überall stapelten sich Pizzakartons. Auf dem Tisch, den Stühlen, am Boden. Flaschen und leere Konservendosen reihten sich den Wänden entlang, Briefe, Werbeprospekte und Zeitungen lagen verstreut auf dem Spannteppich. Im hinteren Bereich der Unterkunft erkannte ich ein heruntergeklapptes Schrankbett, darauf häufte sich sauber gefaltete Wäsche neben achtlos hingeworfenen schmutzigen Socken und Unterhosen.

Zwei Dachluken sorgten für schräg einfallendes Licht, zur Straße hin gab es ein großes Fenster, das nur angelehnt war und so wenigstens ab und zu für einen erfrischenden Luftzug in der ansonsten stickigen Kammer sorgte.

Mein Blick blieb an den gerahmten Fotografien auf dem Tischchen neben dem Bett hängen. Die meisten waren unscharf und aus weiter Ferne aufgenommen, wie verwackelte Paparazziaufnahmen.

»Sie sind Noemis leiblicher Vater.«

»Wie kommen Sie …?« Er beendete den Satz nicht, als er bemerkte, dass ich die Fotos von Noemi entdeckt hatte, und stakste nervös zwischen den Abfallbergen herum. Seine Finger arbeiteten sich über die Seitennähte seiner Hose rauf und runter, während er es tunlichst vermied, mich anzusehen.

»Sie hat mich beauftragt, Sie zu finden.«

Ruckartig blieb er stehen. »Aber woher wusste sie überhaupt …?«

»Sie hatte das Gefühl, dass etwas in ihrer Familie nicht stimmt. Ein längst fälliges Gespräch mit ihrer Adoptivmutter hat dann zutage gebracht, dass sie richtig lag.«

Berger gab einen zustimmenden Laut von sich und nahm seine unstete Wanderung wieder auf.

»Wie haben Sie Grüninger ausfindig gemacht?«

Berger glotzte mich an, bis etwas einzurasten schien.

»Ein Zufall …«, stammelte er leise und räusperte sich, bevor er mit kräftigerer Stimme fortfuhr: »Ich hab sein Bild vor rund sechs Jahren in der Gesellschaftsspalte der Tageszeitung entdeckt. Es hieß dort, nachdem der Berner Arzt Doktor Tschanz mit seiner Frau lange in Madrid gelebt hätte, würde er wegen der anstehenden Einschulung seines Sohnes zurück nach Bern ziehen. Grüninger hatte in der Zwischenzeit den Namen seiner Frau angenommen, doch ich erkannte in ihm sofort den Arzt wieder, der meine Frau …« Er fuhr sich mit der Hand über den Mund.

»Haben Sie ihn umgebracht?«

Er schien in Gedanken ganz woanders zu sein, erst als ich meine Frage wiederholte, erinnerte er sich an meine Anwesenheit und sah mich erschrocken an.

»Nein, um Gottes willen! Natürlich war ich wütend auf den Mann, wer wäre das nicht gewesen. Wegen ihm habe ich alles verloren: meine Frau, mein Kind, den Job, meine Existenzgrundlage. Aber umgebracht habe ich ihn deswegen nicht. Er hat sich in die Kander gestürzt …«

»Hab ich gehört.«

»Seine Frau hat es mir erzählt. Da gibt es einen Steg in der Nähe von Reutigen, kurz nach der Stelle, an der Simme und Kander zusammenfließen. Dort ist er runtergesprungen, man hat seinen Wagen in der Nähe gefunden und Blut am Geländer. Selbstmord, wie es hieß. Ich wäre auch gar nicht in der Lage gewesen, einen Mord zu begehen. Ein paar Monate bevor Grüninger nach Bern zog, erlitt ich einen Zusammenbruch und kam nur langsam wieder auf die Beine.« Niedergeschlagen starrte Berger vor sich hin.

»Trotzdem haben Sie sich als Mitarbeiter einer Reinigung auf gerissene Art Zugang zu seiner Wohnung verschafft.«

»Es war ein Leichtes, seine neue Wohnadresse ausfindig zu machen. Ich erkundigte mich, wer den Reinigungsauftrag für das Apartment erhalten hatte, fälschte meinen Lebenslauf und bewarb mich bei Moretti.«

»Weshalb haben Sie nicht schon vorher versucht, an Grüninger ranzukommen?«

»In Spanien hat er sich von Leibwächtern abschirmen lassen, es war schlicht unmöglich, sich ihm zu nähern. Zudem war ich komplett absorbiert von der Suche nach Noemi. Elf Jahre lang war ich andauernd zwischen Bern und Madrid unterwegs und fand mich auf Dutzenden von Ämtern und

Anlaufstellen wieder, füllte unzählige Formulare aus, erzählte die Leidensgeschichte immer wieder aufs Neue und traf mich mit anderen Betroffenen zum Austausch, ohne Noemi auch nur ansatzweise näherzukommen. Das hat nicht nur meine körperlichen, sondern auch meine finanziellen Reserven aufgebraucht und trotz meinen Bemühungen konnte mir niemand sagen, wessen Tochter sie nun war.«

»Sie waren überzeugt, dass Ihre Tochter noch lebt?«

»Immer.«

»Und haben sich von Grüninger Antworten erhofft.«

»Er war meine letzte Hoffnung. Als ich ihn zum ersten Mal in seiner Wohnung antraf, zitterte ich am ganzen Leib, denn ich wusste nicht, ob er mich wiedererkennen würde. Immerhin hatte er mir kurz nach Noemis Geburt in der Klinik sein Beileid ausgesprochen. Glücklicherweise hat er sich nicht an mich erinnert.«

»Wie war er?«

Berger kratzte sich den Nacken und stieß ein trockenes Lachen aus. »Normal. Korrekt. Ein langweiliger Spießer. Man hätte ihm die ganzen Verbrechen gar nicht zugetraut. Moretti und mich schien er gar nicht wahrzunehmen. Er hat regelrecht durch uns hindurchgeguckt, wir Reinigungskräfte waren für den Herrn Doktor unsichtbar.«

»Und? Haben Sie mit ihm über Noemi gesprochen?«

»Es kam nicht dazu. Ich lauerte die ganze Zeit auf eine günstige Gelegenheit, damit Moretti nichts mitbekam. Doch dann ging Grüninger eines Tages ins Büro, als ich gerade den Gang davor staubsaugte, und ließ die Tür hinter sich offen stehen. Ich beobachtete, wie er den Schlüssel zum Aktenschrank aus dem Übertopf eines Gummibaums klaubte.« Berger schüttelte verständnislos den Kopf. »Während er sich am Schrank zu schaffen machte, konnte ich einen Blick auf die Ordner werfen, es waren gut zwei Dutzend. Sie waren auf Spanisch beschriftet und mit Jahreszahlen markiert. 1997 bis 2007. Genauso lange hatte die Privatklinik existiert, bevor ein Zeitungsbericht den Skandal endlich aufgedeckt hatte und die beiden Ärzte abgetaucht waren. 1997 wurde Noemi geboren, die Klinik war damals ganz neu und genoss einen tadellosen Ruf. Ich wartete ab, bis die Luft rein war, und stibitzte mir den entsprechenden Ordner aus dem Schrank.«

»Und fanden so heraus, bei wem Noemi heute lebte.«

Christoph Berger nickte. »Ich hatte erst nur einen Namen. Die Anschrift der Winters rauszufinden, war aber keine große Sache.«

»Aber weshalb haben Sie sich Noemi gegenüber nicht zu erkennen gegeben? Vieles wäre für sie leichter und verständlicher geworden, hätte sie von Ihnen gewusst.«

Berger machte ein verzweifeltes Gesicht. »Zuerst wollte ich ja, es war mein sehnlichster Wunsch, meine Tochter nach all den Jahren der Ungewissheit in die Arme zu schließen. Doch dann stand ich dort vor dem Haus dieser Leute und habe gesehen, wie sie wohnt. Diese Pracht, dieser Luxus. Sie war gut aufgehoben und bei mir ...« Seine Hand vollführte eine hilflose Bewegung. »Ich hätte ihr nichts bieten können, außer diesem Elend. Ich lebe in einem Loch, bin körperlich und mental angeschlagen ... wer möchte schon so einen Vater?«

»Deshalb haben Sie auf Ihre Tochter verzichtet?«

»Sie lebte in stabilen Verhältnissen. Hans-Rudolf Winter hält eine außerordentlich gut bezahlte Kaderstelle inne, so viel habe ich herausgefunden. Seine Frau war Verkäuferin in einer Importparfümerie gewesen, bis sie ihren Zukünftigen kennengelernt hat. Sie liebte Noemi über alles und ich war mir sicher, dass es dem Mädchen bei den Winters gut ging. Wäre ich aus dem Nichts dazugestoßen, hätte ich ihr ganzes Leben erschüttert. Sie wäre nicht glücklich geworden bei mir.«

Nachdenklich ging ich hinüber zum Klappbett und besah mir die Fotos auf dem gelben Plastiktischchen. Irene Winter stammte also aus einfachen Verhältnissen und hatte einen rasanten Aufstieg in der Gesellschaft hinter sich. Vielleicht war das die Erklärung dafür, weshalb sie sich derart für ihren Mann verbog. Die Angst vor dem Absturz, wieder dort zu landen, wo sie hergekommen war. Aber eigentlich ging mich das nichts an.

Ich widmete mich den Bildern. Die meisten zeigten Noemi im Verlauf der letzten fünf Jahre, Berger musste sie aus weiter Distanz beobachtet und fotografiert haben, wahrscheinlich von seinem Van aus. Auf einer Aufnahme war eine lachende Frau mit dunkelbraunen Haaren zu sehen, sie war etwas füllig und machte einen temperamentvollen Eindruck.

»Ihre Frau?« Ich hielt den Rahmen hoch.

Berger trat neben mich und nahm ihn mir bestimmt aus der Hand, um ihn an seinen Ort zurückzustellen.

»Weshalb haben Sie Noemi jedes Jahr am achtzehnten Juni Blumen hingelegt?«, fragte ich.

»Weil es ihr Geburtstag ist!« Berger lächelte etwas verwundert.

»Sie sagt etwas anderes.«

»Aber natürlich! Sie wurde am achtzehnten Juni in Madrid in dieser Privatklinik geboren, kurz bevor man sie für tot erklärt hat.« Seine Lippen zitterten ein klein wenig, er bemerkte es und presste sie fest zusammen.

»Das muss die Hölle für Sie gewesen sein. Sicher zu sein, dass Ihr Kind lebte, aber keine Ahnung zu haben, was mit ihm geschehen war.«

»Wissen Sie, was für einen Vater das Allerschlimmste ist? Das eigene Kind aus der Ferne aufwachsen zu sehen! Zu wissen, dass man ganz nah dran wäre, aber doch für immer getrennt bleibt. Man stellt sich all die Dinge vor, die man gemeinsam erleben, wie sehr man jeden einzelnen dieser Momente genießen würde, während einen die Liebe, die man zu geben hätte, fast erstickt. Man beweint Erinnerungen, die man nie teilen wird, weil sie nicht existieren. Weil sie einem gestohlen wurden. Und dass man ein verdammtes Recht auf all das gehabt hätte, wenn sich nicht jemand als Gott aufgespielt hätte!«

Berger war laut geworden, schwer atmend lehnte er sich an die Wand und besah sich traurig die Fotos. »Doch die Zeit verstreicht unwiederbringlich und lässt nichts zurück.«

»Und Sie wollen Noemi noch immer nicht kennenlernen?«

Berger sah mich an wie ein verwundetes Tier, doch er schüttelte bestimmt den Kopf. »Es ist besser so, glauben Sie mir.«

Mit einem Mal fühlte ich mich überflüssig. Ich hatte Noemis Auftrag erfüllt und ihren leiblichen Vater gefunden, obschon der sie längst selbst ausfindig gemacht hatte. Hier gab es für mich nichts mehr zu tun, zudem stieg aus irgendeiner Ecke der durchdringende Geruch von gammligem Käse auf. Es war Zeit, nach Hause zu gehen.

»Zuerst hab ich nur an mich gedacht«, fuhr Berger plötzlich fort, als hätte er meine Absicht bemerkt. »Ich hatte Noemis Akte aus dem Ordner gestohlen, doch nachdem ich meine Tochter gefunden hatte, plagte mich das schlechte Gewissen. Wenn schon ich nicht haben konnte, was mir gehörte, weshalb sollten dann all die anderen verzweifelten Eltern weiterleiden? Ich erachtete es als meine Pflicht, ihnen die übrigen Unterlagen auszuhändigen.«

»Aber?« Mein Telefon klingelte, doch ich drückte Mirandas Anruf weg. Für einmal würde sie sich in Geduld üben müssen.

»Sie waren weg«, sagte Berger. »Ich habe keine Ahnung, ob Tschanz den Diebstahl bemerkt hat, zumindest wurden wir weiterhin beschäftigt. Doch die Ordner waren kurze

Zeit später nicht mehr im Schrank, er hat sie in Sicherheit gebracht. Wahrscheinlich in seinem Chalet in Gstaad, das er sich gerade neu gekauft hatte.«

Grüninger hatte zu Recht befürchtet, dass Sánchez nach ihm und den Unterlagen suchen würde und hatte sie deswegen rechtzeitig verschwinden lassen.

»Vielleicht könnten Sie mit Frau Tschanz reden?« Christoph Berger sah mich bittend an. »Sie ist ein umgänglicher Mensch und wenn Sie als Detektiv ihr die ganze Geschichte erklären, wirkt es glaubwürdiger, als wenn ich es tue.«

»Ich weiß nicht …« Eigentlich war mein Auftrag erledigt, obschon ich noch keine Ahnung hatte, was ich Noemi berichten sollte.

»Tun Sie es den Kindern und ihren Eltern zuliebe, bitte!«, flehte mich Berger an. »Diese Akten müssen dort irgendwo in einem Keller vor sich hin gammeln und nützen niemandem außer den Betroffenen etwas.«

Eigentlich hatte er recht. Momentan waren wir ohnehin nicht sicher in Zürich und einen Ausflug in die Berge samt Wellnessprogramm hatten wir uns nach der ganzen Hetzerei der letzten Tage redlich verdient.

»Okay, ich lass es mir durch den Kopf gehen«, gab ich mich vage, doch Berger trat auf mich zu und ergriff meine Hand.

»Danke! Sie sind ein guter Mensch!«

So hatte ich das noch nie gesehen.

»Eine Frage habe ich noch: Warum kam Noemi in Spanien zur Welt?«

»Ich war damals leitender Angestellter einer Schweizer Elektronikfirma mit Zweigstelle in Barcelona, mit der ich ein Treffen vereinbart hatte. Ich nahm meine hochschwangere Frau Ruth mit auf die Reise. Da wir aber Barcelona schon von früheren Aufenthalten kannten – ich war ja öfter da –, beschlossen wir, den Kurzurlaub diesmal in Madrid zu verbringen. Ich flog am Morgen nach Barcelona und wollte gegen Abend zurück sein, doch dann tobte ein Unwetter über der Küstenregion, sodass ich erst am nächsten Mittag abfliegen konnte. Während ich wartete, rief mich meine Frau verängstigt an. Die Wehen hatten eingesetzt und ich riet ihr, sich ein Taxi in die nächste Klinik zu nehmen.«

»Die Privatklinik von Doktor Grüninger.«

Berger holte tief Atem. »Wir hatten uns die Adresse notiert, für alle Fälle. Ruth war bereits zweiundvierzig, es war unser erstes Kind und wir wollten kein unnötiges Risiko eingehen. Doch es lief einiges schief. Ruth hatte in der Hektik ihre Handtasche im Hotel vergessen, sodass sie kein Geld und auch keine Ausweise bei sich hatte. Sie trug nur ein Nachthemd und hatte sich einen Mantel übergeworfen. Als sie in der Klinik ankam, war sie vom Regen komplett durchnässt.«

»Grüninger nahm an, sie sei eine Obdachlose?«

»Er bot an, sie gratis zu behandeln …«

»Worauf das Kind bei der Geburt starb.«

Ich ging zum Fenster und öffnete es ganz.

»Noemi war ein Wunschkind, wissen Sie? Sie sollte unser Glück komplett machen. Grüninger hat all unsere Hoffnungen und Träume zerstört.«

Als ich hinunter auf die Straße guckte, traute ich meinen Augen nicht. Ein silberfarbener Audi fuhr im Schritttempo an meinem Käfer vorbei. An und für sich nichts Weltbewegendes, nur war mir derselbe Wagen bereits zuvor in der Gerechtigkeitsgasse beim Verlassen des Cafés aufgefallen, ohne dass ich ihm viel Beachtung geschenkt hatte. Er war mir einfach aufgefallen. Doch diesmal erkannte ich deutlich, wer darin saß.

Mein Telefon klingelte erneut und als ich abnahm, flüsterte Mirandas Stimme in mein Ohr: »Sie sind hier!«

»Ich hab's grad gesehen! Wo seid ihr?«

»Immer noch aufm Klo. Wir trauen uns nicht raus. Die fahren schon die ganze Zeit die Straße auf und ab.«

»Bleibt, wo ihr seid!«

Ich beendete den Anruf und packte Berger am Arm. »Ich brauche Ihre Hilfe.«

Berger verließ das Haus, während ich mich im Eingangsbereich des Gewerbegebäudes verbarg und darauf harrte, dass der Audi erneut draußen vorbeifuhr. Bereits nach kurzer Zeit tauchte er auf. Eindringlich musterte Raffi meinen Käfer, bevor der Wagen langsam stadtauswärts davonrollte, derweil der Fitnesstrainer angespannt auf dem Beifahrersitz saß.

Ich hatte keine Ahnung, wie sie uns gefunden hatten, dem Anschein nach waren sie uns schon seit geraumer Zeit auf der Spur. Dabei war ich mir sicher gewesen, sie bereits in Zürich abgehängt zu haben. Der Wechsel von Kamils schwarzem Smart zum silbernen Audi hätte uns eigentlich einen zusätzlichen Vorsprung garantieren sollen.

Ich wählte Mirandas Nummer, öffnete die Eingangstür spaltbreit und wartete ab, bis der Wagen weit genug entfernt war.

»Jetzt!«, schrie ich, rannte zum Käfer und startete den Motor. Nur wenige Sekunden später kamen meine beiden Begleiterinnen die Rückseite des Tankstellenshops entlanggestürmt und überquerten den Parkplatz. Auf der Straße, ein gutes Stück von der Tankstelle entfernt, sah ich den Audi ausholen und zu einem Wendemanöver ansetzen. Jetzt hatten sie uns entdeckt, Raffi riss das Steuer herum und holperte über den Gehsteig, bevor er den Wagen auf die Fahrbahn zurücklenkte und auf uns zupreschte.

Kaum hatten sich Miranda und Joana auf den Rücksitz gezwängt, setzte ich zurück. Schon raste der Audi an der Tankstelle vorbei, ich wechselte in den Vorwärtsgang und drückte das Gaspedal durch. Mir blieb keine Zeit, Christoph Berger zum Abschied zuzuwinken, doch im Rückspiegel sah ich den Van aus der Einfahrt neben dem Gebäude schießen und dem Audi den Weg abschneiden. Das Kreischen von Bremsen war zu hören, gefolgt von anhaltendem Hupen. Unbeeindruckt setzte Berger zu einem mehr als umständlichen Rangiermanöver an, das einzig dem Zweck diente, unsere beiden Verfolger aufzuhalten. Ich hatte ihn gewarnt, dass die Typen bewaffnet seien und vor dem Gebrauch ihrer Knarren nicht zurückschrecken würden, entsprechend wenig Zeit blieb uns, um aus der Gefahrenzone zu verschwinden.

Wir schossen durch ein ruhiges Quartier mit putzigen Mehrfamilienhäuschen, wo hinter hüfthohen Holzzäunen gepflegte Koniferen und Laubbäume wuchsen, die Rasenflächen waren gemäht, die Fahrräder ordentlich geparkt. Als wäre jeden Tag ein bisschen Sonntag. Eine dieser Gegenden, denen man so schnell wie möglich entkommen wollte, selbst wenn einem keine wütenden Drogendealer auf den Fersen waren.

Am Ende der Morgenstrasse bogen wir in die Bernstrasse ein und nachdem wir unter einer Eisenbahnbrücke hindurchgesaust waren, erkannte ich in einiger Entfernung erleichtert die grünen Schilder, welche die Autobahnauffahrt markierten.

»Alles klar?«, fragte ich nach hinten, als wir Bern längst hinter uns gelassen hatten und bereits Richtung Oberland unterwegs waren. Nervös hatte ich im Rückspiegel immer wieder überprüft, ob uns Raffis Wagen folgte, doch bislang waren unsere Widersacher nicht aufgetaucht.

»Wie haben die uns bloß gefunden?«, wunderte sich Miranda, während sie sich eine Zigarette ansteckte.

»Ich weiß es nicht.« Nachdenklich blickte ich hinaus. Weite Felder erstreckten sich auf beiden Seiten der Autobahn, in einer Koppel galoppierten Pferde, hin und wieder tauchte ein Bauernhof auf, ausladend und behäbig wie man hier früher die Häuser gebaut hatte. In der Ferne war jetzt das wohl berühmtesten Bergtrio der Schweiz zu erkennen, Eiger, Mönch und Jungfrau, ebenso hatte man einen wunderbaren Ausblick auf die schroffen Gipfel der Stockhornkette und den Niesen, der sich breit und gemütlich über dem Thunersee erhob. Einem lodernden Feuerball gleich versank die Sonne hinter einem lang gezogenen Hügelzug zu unserer Rechten und ein paar Minuten lang schien es, als bestünde die ganze Gegend aus glühender Bronze.

»Seid ihr eigentlich wieder …«

»Clean?« Joana lächelte süffisant. »Ja, danke der Nachfrage.«

»Meine Handtasche ist dafür jetzt ein kleines Vermögen wert«, grinste Miranda und legte die freie Hand schützend über den glitzernden Beutel auf ihren Knien.

»Die werden nicht aufgeben, bis sie den Stoff zurückhaben«, warnte ich die beiden. »Solange ihr das Zeug mit euch herumschleppt, bleiben wir eine Zielscheibe für die.«

»Da hat er recht«, stimmte mir Joana zu und sah dabei besorgt zu Miranda hinüber.

»Vielleicht werden wir das Koks in Gstaad los? Da wimmelt es doch nur so von Hollywoodstars, die ohne einen tüchtigen Schnupf nicht mal imstande sind, sich die Schuhe zu binden.«

»Damit schaffst du uns die beiden Deppen auch nicht vom Hals«, gab ich zu bedenken. »Zudem gibt's da um diese Jahreszeit kaum Prominenz, man kann schon von unsäglichem Glück reden, wenn man Julie Andrews, Roman Polanski oder den französischen Rockstar Johnny Hallyday antrifft. Und die haben alle ihre wilden Zeiten längst hinter sich.«

Miranda verzog das Gesicht, während Joana verständnislos die Augenbrauen runzelte. »Wer?«

»Vergiss es. Tatsache ist, dass wir in ernster Gefahr schweben, solange die Angelegenheit nicht endgültig geklärt ist.«

»Was schlägst du vor?«

»Ihr gebt den Stoff zurück?«

»Niemals!«, riefen Miranda und Joana im Chor.

»Ich bin in den letzten zwei Jahren so manches Risiko für die eingegangen, der Erlös steht mir zu«, erklärte Joana.

»Eine Abgangsentschädigung sozusagen?«, grinste ich.

»Die Summe würde jedem abtretenden CEO höchstens ein verächtliches Hüsteln entlocken«, wandte Miranda berechtigterweise ein.

Ich bog in die nächste Ausfahrt ein und steuerte den Käfer auf die abgerundeten und bewaldeten Felsformationen zu, die wie zwei fette Matronen den Eingang zum Simmental bewachten. Ganz in der Nähe mussten die beiden Flüsse Simme und Kander zusammenfließen. Einem plötzlichen Einfall folgend, lenkte ich den Wagen bei der nächsten Gelegenheit von der Autobahn auf die Hauptstraße runter und nachdem wir eine Brücke überquert hatten, nahm ich die Abzweigung Richtung Reutigen.

Der Steg, von dem sich Grüninger gestürzt hatte, befand sich in der Nähe eines winzigen Ortes namens Im Hani. Ich parkte am Waldrand und schon beim Öffnen der Türen empfing uns anhaltendes Rauschen. Nach wenigen Schritten erreichten wir den schmalen Übergang aus Aluminium.

»Ich komm da unter keinen Umständen mit!«, verkündete Miranda strikt, nachdem sie einen kurzen Blick auf den Boden des Stegs geworfen und sich schaudernd abgewandt hatte. Dieser bestand aus aneinandergefügten Gitterplatten und bot freie Sicht nach unten auf das steinige Flussbett.

Sie zündete sich eine Zigarette an und lehnte sich gegen einen Baumstamm, während Joana und ich uns am Geländer festklammernd bis zur Mitte der Brücke hangelten. Man musste tatsächlich schwindelfrei sein, wenn man ausgerechnet hier das Ufer wechseln wollte, ich schätzte die Fallhöhe auf etwa dreißig Meter, vielleicht sogar mehr. Doch das spektakuläre Panorama entschädigte für den ausgestandenen Bammel. Zur einen Seite erstreckten sich mit Bäumen dicht bewachsene Abhänge und steil abfallende Felsvorsprünge, zwischen denen die Kander rauschend und gurgelnd zum Thunersee hin verschwand. Wandte man sich um, hatte man einen unverstellten Ausblick auf den Niesen, der im Abendlicht golden leuchtete.

»Ziemlich effizient, sich hier runterzustürzen«, bemerkte Joana. »Das überlebst du unter keinen Umständen.«

Im Stillen gab ich ihr recht, doch noch immer zweifelte ich an Grüningers Selbstmord. Dass ihn Sánchez' Handlanger runtergeworfen hatten, war mir bei Weitem einleuchtender. Mein Gefühl, dass hier etwas überhaupt nicht passte, meldete sich vehement zurück.

Nachdenklich startete ich den Wagen und fuhr zurück zur Stelle, wo wir abgebogen waren. Die Straße schlängelte sich durch den schattigen Bereich am Fuß der Bergmassive und mündete dann in der Enge des Tals. Zu beiden Seiten erhob sich hügeliges Weideland, das immer wieder von Nadelwald durchzogen war. Die an den Hängen klebenden Kühe und Ziegen wirkten aus der Ferne wie Spielzeugtierchen, hingeduckt die Scheunen und Ställe. Dahinter erhoben sich majestätische Bergspitzen, deren Schnee die letzten Sonnenstrahlen reflektierte.

Als wir die erste Anhöhe erreicht hatten, wagte ich einen Blick zurück. Und erschrak. Der silberfarbene Audi durchquerte soeben die vom Fluss geteilte Ebene, die wir vor wenigen Minuten hinter uns gelassen hatten. Wir hatten zwar etwas Vorsprung, doch angesichts der gemütlich schaukelnden Wohnwagenkarawane aus Holland direkt vor uns, würde dieser rasch schrumpfen. Die Flachländler reagierten mit einem verhaltenen Fahrstil auf die für sie ungewohnt enge und kurvenreiche Straße und trieben mich damit beinahe zur Verzweiflung. Schon sah ich den Audi die Steigung heraufpreschen.

Ungeduldig harrte ich auf den nächsten geraden Straßenabschnitt und setzte dann zu einem gewagten Überholmanöver an. Doch die Strecke war so kurz, dass ich gerade mal einen einzigen Wohnwagen hinter mir lassen konnte. Als sich nach einer scharfen Kurve eine weitere Möglichkeit bot, passierte ich den nächsten Wagen mit Campinganhänger. So machte ich weiter, bis ich an der Spitze der Karawane angelangt war. Endlich konnte ich ungehindert beschleunigen, doch als ich in den Rückspiegel blickte, wurde mir klar, dass der Audi spielend aufholte.

»Schneller!«, spornte mich Miranda an, doch Geschwindigkeit allein würde uns nicht retten. Gegen den brandneuen Wagen hatte meine alte Schrottkarre nicht den Hauch einer Chance. Dennoch holte ich alles aus dem Käfer raus. Wir flogen förmlich über die Landstraße, und in einem Dorf namens Weissenburg schleuderte uns die Schwerkraft beinahe von der Fahrbahn, so eng schlossen die Kurven aneinander an.

Vor uns tauchten weitere Wohnwagen mit holländischen Nummernschildern auf, wahrscheinlich hatten im Norden bereits die Sommerferien begonnen. Ich schwenkte auf die Gegenspur und drückte das Gaspedal durch, erst da bemerkte ich die mir entgegenkommende Lastwagenkolonne.

»Pass auf!«, schrie Miranda auf dem Rücksitz, doch kaltblütig zog ich an einem Feriencamper nach dem anderen vorbei, ohne dabei die auf uns zurasenden Laster aus den Augen zu lassen. Erst im letzten Moment kehrte ich auf die rechte Straßenseite zurück und der Käfer schwankte ein wenig im Fahrtwind der vorbeibrausenden Vierzigtonner.

»Hast du einen Knall?«, entrüstete sich Miranda, derweil ich im Rückspiegel mit Genugtuung beobachtete, wie der Audi ebenfalls versuchte, die Wohnwagenkolonne zu überholen, aber von den herannahenden Lastern daran gehindert wurde.

Mittlerweile hatte die Dämmerung eingesetzt, dunkle Schatten zogen die Felswände hinauf und die Farbe des Asphalts bekam einen lila Stich.

Wir gelangten zu einem winzigen Ort namens Garstatt, aber was mich vom Namen her an Bangkoks Straßenküchen erinnerte, war bloß eine lose Ansammlung von knapp einem Dutzend Häusern, die meisten mit dem typischen weiß verputzten Unterbau, während der obere Teil aus dunklem Holz bestand. Ich bemerkte die scharfe Abbiegung erst, als wir beinahe daran vorbeigefahren waren. Augenblicklich trat ich auf die Bremse, riss das Steuer herum und verließ die Hauptstraße.

»Was ist denn jetzt los?«, fauchte Miranda, nachdem sie und ihre Frisur wieder aufrecht saßen.

»Wir lassen die beiden vorbei und suchen uns hier in der Nähe eine Unterkunft. Bis nach Gstaad können wir unseren Vorsprung unmöglich beibehalten.«

Ich schaltete die Scheinwerfer aus, manövrierte den Wagen in einen schmalen Durchgang hinein und parkte dann rückwärts in der schattigen Auffahrt zwischen zwei Wohnhäusern. Von hier aus hatten wir einen prima Ausblick auf die Straße, ohne dass wir entdeckt werden konnten.

Meine beiden Begleiterinnen ließen die Mundwinkel hängen und gaben schmollende Geräusche von sich, sodass ich schnell anfügte: »Aber morgen früh fahren wir hin! Ihr geht flanieren, shoppen oder spürt Roger Moore auf, ich bringe derweil diesen unmöglichen Fall zu Ende.«

Es klang so simpel, dass es mir eigentlich auf der Stelle hätte auffallen müssen.

Nachdem Raffi und Kamil an uns vorbeigebraust waren, lenkte ich den Wagen auf die Hauptstraße und fuhr bis zum nächsten richtigen Dorf zurück. Ich hatte nicht einmal eine Zahnbürste dabei und zweifelte am Serviceangebot der Gasthöfe in der Gegend. In Reidenbach fanden wir endlich ein Geschäft, das mit *Eisenwaren und Lebensmittel* angeschrieben war und damit einen bedenklichen Einblick in die Einkaufsprioritäten der Einheimischen gewährte. Der Verkäuferin klappte der Unterkiefer herunter, als Miranda den Laden betrat, und ihr Mund blieb auch offen stehen, während meine transsexuelle Freundin alles zusammensuchte, was sie für eine Nacht auf dem Land zu benötigen glaubte. Glücklicherweise gab es eine Ecke mit Toilettenartikeln. Leider waren Deodorants für Männer gerade aus oder ohnehin nicht im Sortiment, sodass ich gezwungen war, zum einzigen Eau de Toilette zu greifen, das erhältlich war: *Blue Water* von Davidoff.

»Wir essen im Hotel, nicht?«, fragte Joana mit einem kritischen Blick auf das kulinarische Angebot, das sinnvoll sein mochte, wenn ein Atomkrieg drohte und man sich ein paar Monate mit unverderblichen Nahrungsmitteln einbunkern wollte, aber nicht, wenn man ein exquisites Picknick plante. Miranda und ich stimmten denn auch synchron zu, derweil wir unsere Einkäufe auf dem Tresen aufreihten.

»Ich bezahl alles zusammen, Schätzchen«, säuselte Miranda zur Verkäuferin und schob ihr mit der Fingerspitze sanft die Kinnlade wieder zu.

»Die hat mich angesehen, als wäre ich eine Außerirdische«, gab sie sich erstaunt, während wir zum Wagen schlenderten.

»Das bist du für sie auch! In dieser Gegend gibt's Männer und Frauen, basta. Nichts dazwischen.«

»Sie hatte dunkle Haare auf der Oberlippe und ein paar blonde am Kinn, ich hab's genau gesehen!«

»Das zählt hier nicht!«

»Sie trug Latzhosen!«

»Wahrscheinlich der letzte Schrei in Reidenbach.«

»Und mit ihren kräftigen Oberarmen hätte sie einen Ochsen erwürgen können!«

»Die Arbeit auf dem Feld.«

»Sie arbeitet in einem Eisenwarengeschäft!«

»Sie war trotzdem eine Frau!«

»Wenn du dich da bloß nicht irrst.«

»Tu ich nicht. Wahrscheinlich wird sie noch ihren Urenkeln von deinem Besuch erzählen.«

Miranda kicherte, doch Joana blieb ernst und schien das nicht ansatzweise lustig zu finden. Mir war aufgefallen, dass sie sich um eine aufgeschlossene Haltung bemühte, doch hin und wieder sackte sie ganz kurz in sich zusammen, als müsste sie neue Kraft schöpfen. Die Situation mit ihrem Erzeuger schien sie mehr zu belasten, als sie zeigte.

»Ich verhungere!«, jammerte Miranda, als wir meinen Käfer beinahe erreicht hatten. Ich hatte ihn hinter einer Scheune geparkt, damit er von der Straße aus nicht zu sehen war, falls unsere Verfolger zurückkehrten.

»Da vorn ist mir beim Vorbeifahren ein Restaurant aufgefallen«, erinnerte ich mich. »Sah gemütlich aus.«

»Diese Holzhütte?«

»Chalet sagt man hier«, berichtigte ich Joana. »Und es ist leider nicht so, dass wir wahnsinnig viel Auswahl hätten.«

Wenig begeistert folgten mir die beiden Damen, doch als uns kurz darauf ein üppiger Wurst-Käse-Salat serviert wurde, stürzten sie sich gierig auf das Abendessen. Die Ärmsten mussten völlig ausgehungert sein, denn der Transport der Fingerlinge bedingte, dass man auf Nahrungsaufnahme verzichtete.

Während ich auf meinem Smartphone nach einer geeigneten Unterkunft in der Nähe googelte, ließ ich die Straße nicht aus dem Blick. Doch ein silberfarbener Audi tauchte glücklicherweise nicht auf.

Ich schaltete das Radio ein, als wir das Sträßchen bergauf in Angriff nahmen, und suchte einen passenden Sender. Doch die Auswahl war beschränkt, sodass wir uns mit dem ersten Programm zufriedengeben mussten. Der staubige Weg wand sich in weiten Schlaufen den Hang hoch, führte uns an einer winzigen Siedlung vorbei, danach folgten noch einige Bauernhöfe, zu denen teilweise mehrere Gebäude gehörten. Doch je höher wir kamen, desto rarer wurden die Anzeichen von Zivilisation.

Das Schlagerschätzchen der Nation sang derweil, von einem Jodlerchor begleitet, eine vor Pathos triefende Ballade über das Feuer der Sehnsucht, die aber angesichts der Berggipfel ringsherum perfekt passte.

»War das nicht die mit der Standleitung zur Boulevardpresse?«, erkundigte sich Miranda, nachdem das Stück verklungen war und der Moderator die aktuellsten Verkehrsmeldungen verlas.

Eine Zeit lang hatte es tatsächlich so ausgesehen, als wäre eine Webcam im Schlafzimmer der Sängerin installiert, derart detailgenau war die Berichterstattung über ihr bewegtes Privatleben gewesen.

Ich nickte nur stumm und enthielt mich weiterer Kommentare.

Mittlerweile war es dunkel geworden und nach zwanzig Minuten Fahrt erreichten wir das Berghotel *Sparenmoos*, das leider nicht nur geschlossen war, sondern gar zum Verkauf feilgeboten wurde.

»Mist!«, fluchte ich, nachdem wir die Auffahrt wieder hinuntergefahren waren, hatte ich doch das Hotel laut den Angaben im Internet unserer Bedürfnisse für würdig empfunden.

»Was jetzt?« Ich fuhr auf den Geländestreifen neben der Straße und hielt an.

»Wir könnten wieder runter ins Tal, da finden wir schon was …«, meinte Joana unsicher.

»Die beiden Deppen suchen uns sicher schon überall.«

»Darauf kannst du wetten!« Miranda stieg aus und zündete sich eine Zigarette an.

»Gib mir auch eine«, bat ich sie, worauf sich Joana anschloss. Wir schlenderten ein Stück von der Straße weg und setzten uns ins Gras, das noch ganz warm war und würzig roch, hörten dem leisen Bimmeln der Kuhglocken in der Ferne zu und starrten auf den kleinen See, in dem sich der Mond spiegelte.

»Ist das nicht wunderschön?« Miranda ließ sich fallen, verschränkte die Arme hinter dem Kopf und blickte hinauf in den nächtlichen Himmel, während die Zigarette verwegen in ihrem Mundwinkel hing. »In Zürich sieht man die Sterne nie so klar. Da gibt's 'ne ganze Menge davon, die wir nie zu Gesicht bekommen!«

Ich legte mich neben sie und gemeinsam sahen wir hoch. Die Stille fühlte sich an wie ein sanft kühlendes Tuch nach einem viel zu langen, heißen und lauten Tag. Von weit her war das Brummen eines Motors zu hören. Misstrauisch richtete ich mich auf, als mir klar wurde, dass das Auto in einem ziemlichen Tempo herannahte.

»Verdammte Scheiße! Sie haben uns gefunden!«

Es gab keine Fluchtmöglichkeit. In der mondbeschienenen Hügellandschaft hätten uns unsere Verfolger mühelos entdeckt und bis wir beim Käfer waren, waren sie längst da. Wir duckten uns ins Gras und guckten bange zur Wegbiegung hinauf, die plötzlich von grellem Scheinwerferlicht erhellt wurde.

Der Wagen bremste ab und fuhr langsam weiter, doch bevor ich aufatmen konnte, hielt er ganz an und eine Tür wurde geöffnet. Ein stampfender Rhythmus drang jäh durch die Nacht.

»Hallo? Ist da jemand?«, rief eine Männerstimme. Schwere Schritte näherten sich dem Straßenbord und eine Gestalt trat in den Lichtkegel.

»Prost!« Ungefragt hatte Armin Zumbrunnen unsere Gläser wieder aufgefüllt und bevor ich Miranda daran hindern konnte, stürzte sie den Enzianschnaps in einem Zug hinunter.

»Eine selbst gebrannte Spezialität«, erklärte Armin und drehte die Flasche linkisch in seinen breiten Händen. »Ich hab die Wurzeln eigenhändig ausgegraben.«

»Hier oben gibt's ja so einige Spezialitäten, von denen ich nichts geahnt habe.« Miranda lehnte sich lasziv über den Tisch und legte ihre Hand vertraulich auf Armins Arm, sobald er sich wieder gesetzt hatte.

Worauf der gute Mann errötete und angesichts des üppigen Dekolletés direkt vor seiner Nase nicht wusste, wohin er seinen Blick lenken sollte.

Ich hingegen war schon heilfroh, dass meine Freundin keinen anzüglichen Spruch über auszugrabende Wurzeln gemacht hatte.

Seit er uns am Schwarzesee angetroffen und spontan ein Nachtlager angeboten hatte, war sie völlig entflammt für den stämmigen, auf seine unbeholfene Art anziehenden Bauern. Und mit jedem Glas Enzianschnaps nahm ihre Begeisterung zu. Vor allem seit sie wusste, dass er den Hof mit den vierzehn Kühen, acht Ziegen und einem Dutzend Hühnern im Alleingang bewirtschaftete.

»Ich muss mal raus, frische Luft schnappen«, erklärte Joana, die seltsam unbeteiligt mit am Küchentisch gesessen hatte.

»Lass mich wissen, wenn du was brauchst!«, rief ihr Miranda hinterher, doch als Antwort erhielt sie nur ein verächtliches Schnauben.

Miranda schenkte Armin und sich wieder voll, doch ich winkte ab, als der Flaschenhals über meinem Glas schwebte.

»Ich lass euch Turteltäubchen kurz allein«, entschuldigte ich mich und folgte Joana ins Freie.

Ich fand sie auf dem Rand eines Brunnens sitzend, der aus einem längs halbierten und anschließend ausgehöhlten Baumstamm gezimmert worden war. Das warme Licht der Lampen, das durch die Fenster nach außen drang, ließ ihre Gestalt vor dem nachtschwarzen Hintergrund aufleuchten.

Joana drehte den Kopf weg, sobald sie mich bemerkte, doch als ich mich neben sie setzte, sah ich ihre Augen feucht glitzern.

»Es ist nicht einfach«, versuchte ich, sie zu trösten, doch sie starrte nur reglos auf die nächtliche Alp. Fett und gelb hing der Vollmond am Himmel und die gezackten Bergkämme wirkten in seinem fahlen Licht wie die Rücken riesiger Drachen. Ein lauer Wind trug das Bimmeln von Kuhglocken zu uns herüber.

»Einfach? Das habe ich auch nicht erwartet«, erwiderte Joana nach einer Weile.

»Aber wieso muss sie so sein? So … vulgär? Ich habe mir so sehr einen Vater gewünscht und nun muss ich mit einer überdrehten Transe klarkommen. So habe ich mir das überhaupt nicht vorgestellt.«

»Es kommt im Leben oft vor, dass sich die Dinge anders gestalten, als man sie sich erhofft hat …«

»Mann, spar dir deine Plattitüden!«, fuhr sie mich an.

Sie machte es mir nicht gerade leicht. »Du musst dich von der herkömmlichen Vorstellung eines Vaters lösen, anders geht es nicht, denn das kann sie dir niemals sein«, startete ich einen behutsamen Neuversuch. »Gib ihr eine Chance und sieh sie als mögliche Freundin an. Nach all den maßgebenden Jahren, die euch in eurer Beziehung fehlen, ist das auch wesentlich sinnvoller.«

»Aber ich hab das Gefühl, sie nimmt mich gar nicht richtig wahr. Sie behandelt mich wie ein weiteres Accessoire in ihrer Sammlung.«

Da hatte Joana zweifelsohne recht, denselben Eindruck hatte ich in den vergangenen Tagen auch bekommen. Miranda hatte Joana einfach einsortiert und führte ihr Leben weiter, als hätte sich nichts verändert.

»Du musst mit ihr reden! Die letzten Tage waren nicht gerade geeignet, um eine solide Beziehung zwischen euch aufzubauen, aber sobald wir zurück in Zürich sind, solltest du sie dir vornehmen. Ich weiß, wie sie tickt. Sie versucht es erst auf dem einfachen Weg, nur wenn du ihr deutlich zu verstehen gibst, dass du mehr von ihr brauchst, wird sie sich dir öffnen.«

»Meinst du?«

Ich lächelte zuversichtlich. »Wir sind seit Urzeiten miteinander befreundet. Miranda hat ein großes Herz. Ich denke, die Situation macht ihr genauso zu schaffen wie dir, aber sie kennt einfach mehr Fluchtmöglichkeiten als du.«

»Sie ist schon etwas Besonderes«, bemerkte Joana, nachdem sie einen Moment lang nachgedacht hatte.

»Du kannst stolz auf sie sein. Gib ihr etwas Zeit und du wirst erkennen, wie sie wirklich ist. Hinter der glitzernden Fassade verbirgt sich ein großzügiger und warmherziger Mensch.«

»Der zurzeit gerade ›Bauer, ledig, sucht …‹ spielt.«

Nachdem wir Miranda mit vereinten Kräften vom Schoß des Bauern gezerrt hatten, bezogen wir unser Nachtquartier. Armin hatte uns in der nahe liegenden Scheune Militärschlafsäcke ausgerollt, da wir nach der Besichtigung der schmalen und hart aussehenden Pritschen, die er uns erst im Haus angeboten hatte, auf der Stelle das für uns Städter um einiges abenteuerlichere Bett im Heu vorgezogen hatten.

Ich hatte es mir gerade einigermaßen bequem gemacht, als José sich per SMS erkundigte, ob es mir was ausmachen würde, wenn er eine zweite Nacht auf meinem Sofa verbrächte. Die Situation mit Fiona hatte sich offenbar immer noch nicht entspannt, dachte ich besorgt, während ich ihm meine Zusage erteilte. Miranda neben mir schwärmte in trunkener Glückseligkeit von ihrem Bauern, bis mir ihr regelmäßiges Schnarchen verriet, dass sie eingeschlafen war.

Ich lag noch eine ganze Weile wach, da mich die ungewohnte Stille am Wegdösen hinderte, und überlegte mir, was ich Noemi erzählen sollte, wenn wir zurück waren. Ihr Vater hatte sich damit abgefunden, seine Tochter an die Winters verloren zu haben, und ich wusste nicht, ob er sich dazu durchringen konnte, sie trotzdem zu treffen. Je länger ich aber darüber nachdachte, desto überzeugter war ich davon, dass ich dem Mädchen von seinem Vater erzählen musste. Es würde für Noemi sicher nicht einfach werden, wenn sie erst einmal begriff, in welchem Zustand sich dieser befand. Andererseits war er die Antwort, nach der sie ihr Leben lang gesucht hatte. Dass sie ganz anders ausfiel, als sie sich das ausgemalt hatte – damit hatte sie rechnen müssen.

Dienstag

Ein leises Plätschern ließ mich hochfahren, doch als ich aufmerksam in die Nacht hinauslauschte, war außer dem klagenden Schrei eines Käuzchens nichts zu hören. Ich kuschelte mich tiefer in meinen muffig riechenden Schlafsack, kaum hatte ich aber die Augen geschlossen, war das Plätschern erneut zu hören.

»Wach auf!«, zischte ich Miranda zu, doch diese lag noch immer im Enziankoma. Leise erhob ich mich und entdeckte, dass Joanas Schlafsack leer war. Mein ungutes Gefühl verstärkte sich.

Ich kletterte die Leiter hinunter und vernahm ein Flüstern von draußen. Ein Blick durch die Holzlatten der Scheune bestätigte mir, was ich befürchtet hatte: Raffi und Kamil hatten uns gefunden. So wie sie herumtorkelten, waren sie ziemlich betrunken, doch wirklich entsetzten mich die Blechkanister, mit denen sie Benzin gegen die Scheunenwände spritzten. Ich rannte los, doch kurz bevor ich die Leiter erreichte, rutschte ich auf einem Büschel Stroh aus und knallte mit dem Knie auf den festgetretenen Boden. Ich biss die Zähne zusammen und hetzte die Sprossen hoch, um Miranda zu wecken.

In dem Moment setzten unsere Verfolger die Scheune in Brand. Innert Sekunden loderten die Flammen auf allen Seiten hoch, während ich gemeinsam mit der nicht einmal halbwegs nüchternen Miranda zurück zum Rand des Heubodens stolperte.

»Wo ist Joana?«, schrie sie mir ins Ohr.

»Sie muss draußen sein«, mutmaßte ich und fragte mich im Stillen, was sie dort tat. »Hier drin ist sie jedenfalls nicht.«

»O mein Gott!« Miranda schlug sich die Hand vor den Mund.

Erschüttert standen wir der Feuerhölle gegenüber, das offen stehende Scheunentor blieb unsere einzige Rettung.

»Nicht ohne meine Handtasche!«, rief Miranda aus, als ich sie aufforderte, die Leiter runterzuklettern, und machte rechtsumkehrt.

Nachdem sie sich ihren Glitzerbeutel geschnappt hatte, stiegen wir endlich runter. Kaum stand ich auf der obersten Sprosse, war ein Ächzen zu vernehmen, das nichts Gutes verhieß. Erschrocken blickte ich hoch und erkannte, wie sich ein Balken im mittlerweile lichterloh brennenden Dachwerk verschob. Mit einem gewagten Satz sprang ich hinunter, ignorierte den gleißenden Schmerz im Knie und setzte Miranda nach, die bereits auf das Scheunentor zu gerannt war. Im letzten Moment erwischte ich einen Zipfel ihres Kleides und riss sie zurück, sodass wir beide auf den Boden knallten. Einen Wimpernschlag später krachte der brennende Balken herunter und blockierte den Ausgang. Wir saßen in der Falle.

»Verdammte …« Miranda richtete sich hustend auf, fuhr sich durch die Locken und begann, in ihrer Handtasche zu wühlen.

»Musst du dich ausgerechnet jetzt frisch machen?«

Sie ging nicht auf meine Bemerkung ein, sondern drückte mir wortlos einen Parfümflakon in die Hand.

»Miranda! Wir müssen raus hier!«, schrie ich sie an, doch sie streckte mir nur ein weiteres Fläschchen hin.

Als sie sechs von den Dingern aus ihrem Beutel gefischt hatte, begann sie, den Teil meines T-Shirts, den ich ihr zum Schutz vor dem Rauch gegeben hatte, in Streifen zu reißen.

»Schlag ihnen die Hälse ab!«, befahl sie mir und deutete auf die Glasbehälter. Ich nutzte eine Leitersprosse und tat, was sie von mir verlangte.

»Pass auf, sonst sprengst du uns in die Luft!«, warnte ich sie und reichte ihr die geköpften Parfümflakons zurück.

»Das ist ja gerade das Ziel!« Sie steckte je einen Stofffetzen in die einzelnen Fläschchen, sodass noch ein Stück herausragte. »Jetzt zünden wir die Dinger an und schmeißen sie möglichst gleichzeitig auf dieselbe Stelle …« Miranda kniff die Augen zusammen und deutete dann auf eine schmale Lücke in der Scheunenwand, die sich zwischen den brennenden Latten gebildet hatte. Erneut ächzte es im Gebälk und donnernd stürzte ein Balken in die Tiefe, diesmal jedoch im hinteren Teil der Scheune. Mit jeder Sekunde, die wir länger hier drinblieben, sanken unsere Überlebenschancen.

»Molotowcocktails aus Chanel- und Diorparfüms?«

»Der Zweck heiligt die Mittel. Dein *Blue Water* allein hätte leider nirgendwo hingereicht. Abgesehen davon, dass du dir den gesamten Inhalt aufs T-Shirt gesprüht zu haben scheinst.«

Sie begann, die heraushängenden Stofffetzen an einem brennenden Strohballen zu entzünden.

»Ich zähle auf drei«, rief Miranda, nachdem wir die Flaschen unter uns aufgeteilt hatten, und zielte auf die angegebene Stelle. »Eins … zwei …«

Bei drei warfen wir die Geschosse zeitgleich gegen die Wand. Klirrend explodierten die Flakons und rissen ein beachtliches Loch in die brennenden Holzlatten. Doch die Detonation hatte auch die Bretter oberhalb des Durchgangs erschüttert, knarrend senkten sie sich und drohten, unseren Fluchtweg zu versperren.

»Lauf!«, schrie ich, griff nach Mirandas Hand und spurtete los.

Nach Luft schnappend, wälzten wir uns im Gras, während hinter uns die Scheune mit Getöse in sich zusammenfiel. Dichter Rauch quoll hoch, Funken sprühten und der flackernde Schein des Feuers tauchte die Alp weitherum in rot glühendes Licht. Sobald meine Augen etwas weniger tränten, sah ich mich nach unseren beiden Verfolgern um, konnte sie jedoch nirgendwo entdecken.

»Wo ist Joana?«, stieß Miranda atemlos hervor. »Bist du sicher, dass sie nicht mehr da drin war?«

»Eigentlich schon.«

»Eigentlich?«

»Du weißt selber, dass uns keine Zeit blieb, die Scheune abzusuchen. Aber ich gehe davon aus, dass wir sie entdeckt hätten, wäre sie noch dort gewesen. Hell genug war es ja.«

»Und wenn nicht?« Miranda rappelte sich auf und schwankte auf die lodernden Überreste der Scheune zu.

Räuspernd erhob ich mich ebenfalls und spuckte ein paar Mal aus, bevor ich meiner Freundin folgte.

»Was wenn nicht?«, flüsterte sie und umklammerte ihre Handtasche.

Ich wandte mich um und suchte mit den Augen den Waldrand ab, in dem Moment entdeckte ich zwei Gestalten, die den Hügel hochstapften. Beide trugen Gewehre bei sich.

Die Butter war goldgelb und roch so intensiv, dass ich mir nicht vorstellen konnte, je wieder das geschmacklose, kränklich-blass aussehende Zeugs aus dem Supermarkt zu kaufen. Dazu gab es knuspriges Brot, das Armin extra im Dorf unten geholt hatte, sowie Marmelade, hausgemachten Ziegenkäse, gebratene Eier und Milchkaffee. Eine Rauchhamme, die einige Wochen im Kamin über dem Herd gehangen hatte, schnitt er in dicke Scheiben auf.

Armin hatte den Tisch auf der Veranda des Bauernhauses gedeckt und während uns die morgendlichen Sonnenstrahlen wärmten, langten wir tüchtig zu. Joana erzählte zum bestimmt dritten Mal, wie sich alles abgespielt hatte: Sie hatte pinkeln müssen und sei dazu rausgeschlichen. Als sie zurückkehren wollte, standen da plötzlich die beiden Typen und bespritzten die Scheune mit Benzin. Allein hätte sie nichts gegen das Duo ausrichten können, das war ihr sofort klar geworden, deswegen habe sie Armin geweckt. Der habe dann sein Militärgewehr aus dem Keller geholt sowie eine weitere Flinte, die er normalerweise zur Jagd benutzte. Doch als sie rausgerannt seien, hätte schon alles in Flammen gestanden. Die beiden Männer hätten es sich mit ein paar Bier bequem gemacht und mit gezückten Waffen darauf gelauert, dass wir aus unserem Nachtlager flöhen, um uns den Stoff abzunehmen. Sobald aber Armin ein paar Warnschüsse abgegeben hätte, seien sie aufgesprungen und zu ihrem Wagen gerannt. Zur Sicherheit hätten sie die beiden ein Stück weit verfolgt, bis der Audi im Wald verschwunden sei.

»Von Weitem haben wir dann gesehen, wir ihr ein Loch in die Scheunenwand gesprengt habt. Da wussten wir, dass ihr in Sicherheit wart«, schloss Joana ihre Berichterstattung und nahm einen großen Schluck Ovomaltine.

»Wie habt ihr das geschafft?«, erkundigte sich Armin neugierig. Miranda erklärte es ihm, worauf er ungläubig blinzelte.

»Luxus in jeder Lebenslage, was?«

»Nicht zwingend, aber es macht vieles angenehmer«, feixte Miranda.

Wortlos sah er sie an, worauf sie rasch den Blick senkte und sich einen Tick zu konzentriert mit ihrem Frühstücksei beschäftigte.

»Ich muss dringend telefonieren«, entschuldigte ich mich, beinahe zeitgleich erhob sich auch Joana und verschwand mit dem leeren Kaffeekrug in der Küche.

Ich stieg die Treppe vor dem Haus hinunter und schlenderte bis zum Brunnen, während ich mit Manju sprach. Von dort konnte ich das Gespräch, das auf der offenen Veranda geführt wurde, mit einem Ohr verfolgen.

»Es tut mir leid wegen gestern«, murmelte Miranda.

»Keine Ursache. Ich habe mich prächtig amüsiert. So was passiert mir nicht alle Tage.«

Eine kleine Pause entstand.

»Ich würde dich gern wiedersehen«, brachte Armin schließlich hervor, danach hörte ich nur noch ein Seufzen und erachtete es als klüger, mich nicht umzudrehen.

»Ich vermisse dich«, sagte ich zu Manju. »Wenn dieser Fall beendet ist, würde ich gern mit dir irgendwohin fahren. Ein Wochenende nur du und ich. Was meinst du?«

»Vijay …« Rascheln drang an mein Ohr, Manju blätterte offenbar gerade ihre Agenda durch. »Ich bin die nächsten Wochen ziemlich ausgebucht. Beinahe jeden Abend ein Cateringauftrag und dann ist da ja auch noch das Lokal. Einzig morgen habe ich einen freien Tag, deine Mutter übernimmt das Restaurant.«

»Dann morgen. Reservier den ganzen Tag für mich.«

»Was hast du vor?«

»Das wirst du sehen«, gab ich mich geheimnisvoll, obwohl ich keinen blassen Schimmer hatte, was ich mit ihr unternehmen wollte.

»Okay«, machte sie gedehnt und lachte leise, bevor sie den Anruf beendete. »Morgen gehöre ich ganz allein dir.«

Grinsend steckte ich das Handy ein. In meinem Rücken unterhielten sich Miranda und Armin immer noch halblaut.

»Das ist kein guter Moment für mich«, erklärte meine Freundin ihrem Verehrer gerade. »Ich glaube, ich muss mich jetzt erst mal um meine Tochter kümmern. Das ist wichtiger als alles andere, sorry.«

»Aber wir bleiben in Kontakt? Wenn das mit Joana besser läuft, könntest du mich für ein paar Tage besuchen … oder noch besser: Du bringst sie mit!«

»Sei vorsichtig mit deinen Wünschen, denn sie könnten in Erfüllung gehen.«

»Das macht mir keine Angst.«
»Da ist noch was, das ich dir wohl sagen müsste ...«
»Ich weiß. Jeder hat so seine Macken.«

Ich kroch unter den Käfer und suchte jeden Quadratzentimeter ab, danach verfuhr ich ebenso mit dem Kofferraum und der Karosserie. Nichts.

»Irgendetwas muss da sein, ein Peilsender oder etwas in der Art. Anders kann ich mir nicht erklären, dass die uns dauernd aufspüren«, erklärte ich Armin, der mit den Händen in den Hosentaschen vor- und zurückwippte und ein verkniffenes Gesicht machte. Ich hätte schon längst danach suchen müssen, doch bislang hatte mir schlicht die Zeit dazu gefehlt.

»Du guckst zu viele Bond-Filme«, bemerkte Miranda, steckte sich eine Zigarette an und ließ dann das Feuerzeug zurück in ihre Handtasche gleiten.

Grübelnd hatte ich ihre Bewegung verfolgt und richtete mich plötzlich auf.

»Hast du nicht gesagt, du hättest deine Handtasche erst nachträglich geholt? *Nachdem* die Wohnung zerstört worden war?«

»Ich hatte sie in der Eile einfach vergessen. Kannst du dir das vorstellen, ich ohne Handtasche ...« Sie brach den Satz ab, als ich ihr den Beutel aus den Fingern riss und den Inhalt auf die Straße kippte.

»Bist du jetzt komplett verrückt geworden?«, schrie sie fassungslos und sammelte eilig die davonrollenden Lippenstifte zusammen, bevor sie mir das Paket aus der Hand riss, das in eine Plastiktüte vom Tankstellenshop eingewickelt war, und es mit vorwurfsvoller Miene an sich drückte.

»Guck mal in den Seitenfächern nach«, wies mich Armin mit Kennermiene an und erntete dafür einen aufgebrachten Blick von Miranda.

Gründlich durchsuchte ich jede einzelne Öffnung der Tasche, doch alles, was ich zutage förderte, war Mirandas iPhone.

»Da ist auch nichts«, stöhnte ich resigniert und gab Tasche und Handy an Miranda zurück.

»Das ist nicht meins!«, meinte sie zögernd und hielt mir ihr eigenes Telefon unter die Nase.

Ich starrte das Gerät an und begriff. Es gab eine Funktion, mit der jeder iPhone-Besitzer sein Gerät orten konnte, entweder über ein anderes Telefon oder mittels Computer. Meist diente dieses Programm zur Aufklärung von Diebstählen, aber selbstverständlich konnte man es auch anders einsetzen. Das war der Grund, weshalb Kamil und Raffi immer haargenau wussten, wo wir uns gerade aufhielten.

»Du willst es aber nicht etwa zerstören?«, rief Joana entsetzt, als ich das Handy auf den Boden legte und den Fuß anhob. Lange reichte der Akku ohnehin nicht mehr aus, aber ich wollte auf Nummer sicher gehen.

»Ich hätte da eine viel bessere Idee!«

Die Verabschiedung von Armin hatte erwartungsgemäß viel Zeit in Anspruch genommen. Der gutmütige Kerl hatte das Abfackeln seiner Scheune mit der typischen stoischen Haltung der Menschen dieser Gegend zur Kenntnis genommen und uns sogar noch etwas Proviant für den Weg eingepackt, eine Flasche Enzianschnaps eingeschlossen, die ich aus Sicherheitsgründen im Kofferraum verstaut hatte. Miranda hatte ein paar bittere Tränchen verdrückt, doch es war klar, dass sich die beiden wiedersehen würden.

Ich hatte die kürzeste Strecke nach Gstaad gewählt, doch auf einem Parkplatz in Zweisimmen legten wir einen Zwischenhalt ein. Eistee trinkend, den wir im nahe gelegenen *Café Pony* kauften, lehnten wir uns zu dritt an den Käfer und warteten ab. So lange, bis sich auf der Hauptstraße endlich ein Automobil mit holländischer Nummer und angehängtem Wohnwagen näherte. Wie zuvor abgesprochen, schickte sich Miranda sofort an, die Straße zu überqueren, und während die Touristen abbremsten, näherte sich Joana rasch dem Anhänger und klebte das verräterische und mittlerweile frisch geladene iPhone mit Gaffertape an dessen Unterseite. Der Köder war ausgelegt und mit etwas Glück folgten unsere beiden Widersacher dem Wagen bis nach Holland.

Mit seinen Holzchalets erinnerte Gstaad auf den ersten Blick an das Hüttendorf, das jeweils zur Weihnachtszeit im Zürcher Hauptbahnhof errichtet wurde und mit Glühweinständen, Lebkuchenherzen und Raclettehäuschen heimelige Gemütlichkeit vorgaukelte. Auf den zweiten Blick fiel auf, dass bis auf das hinterletzte Haus alles im selben Baustil gehalten war. Allmählich begann ich mich zu fragen, ob die Berner nebst dem Geraniendiktat in der Hauptstadt und dem Chaletzwang in Gstaad noch andere Bereiche des öffentlichen oder privaten Lebens derart obsessiv geregelt hatten.

So malerisch das Dorf in der Fußgängerzone auch wirkte – die dort eingemieteten Markengeschäfte machten deutlich, auf welch gut betuchte Kundschaft man hier ausgerichtet war. Genauso wenig täuschten die urchigen Holzfassaden der Häuser darüber hinweg, dass sie längst keine bescheiden eingerichteten Bauernstübchen mit niedrigen Decken und Holzheizung mehr beherbergten, sondern mit luxuriösesten Inneneinrichtungen sowie Pools, Billardräumen und Heimkinos ausgestattet waren.

Entsprechend wohnten auch immer weniger Einheimische hier. Die Mieten und Verkaufspreise waren exorbitant hoch geworden und der Nobelort drohte, in der Zwischensaison zum Geisterdorf zu verkommen.

Andrea Tschanz wohnte in einer abgeschirmten Liegenschaft an der Alpinamatte. Vom mannshohen Aluminiumtor aus überblickte man eine steril wirkende Rasenfläche mit perfekt gestutzten Koniferen und einen gerechten Kiesweg, an dessen Ende gerade mal das Dach und das oberste Stockwerk des Chalets aufragten, denn das Haus – wie so viele hier – war an einen Hang gebaut.

Frau Tschanz machte keine Anstalten, mich reinzulassen, und ihre Antworten, die verrauscht aus den schmalen Schlitzen der Gegensprechanlage drangen, blieben distanziert.

»Sie kommen nicht nur ungelegen, sondern auch viel zu spät«, erklärte sie kühl. »Nach dem Tod meines Mannes vor fünf Jahren habe ich seine Sachen räumen lassen.«

»Sind Ihnen da Ordner aufgefallen? Ein gutes Dutzend, in spanischer Sprache beschriftet.«

»Nein.«

»Vielleicht im Keller?«

»Mein Mann hatte da unten so viel Ramsch gebunkert ... wahrscheinlich waren da irgendwelche Ordner, aber genau erinnern kann ich mich nicht. Wäre das dann alles? Ich habe zu tun.«

Fieberhaft dachte ich nach. »Was hat Ihren Mann, Ihrer Meinung nach, in den Selbstmord getrieben?« Auch wenn mein Auftrag in einer Sackgasse endete – ein wenig herumstochern ging immer. »Er hatte doch alles: genügend Geld, ein Kind, eine hübsche Frau ...«

»Ich wüsste nicht, was Sie das angeht.«

»Hat es mit dem Kinderhandel in Spanien zu tun?«

»Davon weiß ich nichts.«

Der strikte Unterton in ihrer Stimme verriet mir, dass sie log. Irgendetwas musste sie von den Machenschaften ihres Mannes mitbekommen haben, womöglich war sie sogar involviert gewesen. Hatte sie deswegen nach seinem Tod einen Schlussstrich gezogen und alles hinter sich lassen wollen?

»Ich frage nur, weil es eine Menge Leute gibt, die ein Mordmotiv gehabt hätten: erstens sein ehemaliger Geschäftspartner Alberto Sánchez …«

Sie seufzte ungehalten und die Kamera, die über dem Tor befestigt war, veränderte mit einem leisen Surren ihren Winkel.

»Es war Selbstmord! Niemand hat ihn umgebracht. Verabschieden Sie sich von Ihren abstrusen Verschwörungstheorien! Der Wagen meines Mannes wurde im Wald gleich neben diesem Steg gefunden, an der vermutlichen Sprungstelle klebte Blut am Brückengeländer, das eindeutig seins war. Weder die Polizei noch ich hatten den geringsten Zweifel …«

»Was ist mit Ihnen? Hatten Sie einen Grund, ihn umzubringen? Hat vielleicht Ihr russischer Liebhaber Grüninger über das Brückengeländer geschmissen und es wie Selbstmord aussehen lassen?«

»Ihre Behauptungen sind widerwärtig und infam!« Jetzt wurde sie wütend, ihre Stimme schepperte richtiggehend aus der Anlage. »Kurz vor seinem Tod hat mein Mann vom Arzt den niederschmetternden Bescheid erhalten: Er litt an Alzheimer. Es gab schon länger Anzeichen, doch nach dem Befund verschlechterte sich sein Zustand rapide. Der Freitod war seine Art, diese Welt in Würde zu verlassen.« Vorwurfsvolles Schweigen schlug mir aus dem Lautsprecher entgegen.

»Das wusste ich nicht«, gab ich kleinlaut zu.

»Informieren Sie sich zukünftig besser, bevor Sie jemanden beschuldigen!«

»Es tut mir leid.« Ich nickte zum Abschied zur Kamera hinauf und trollte mich wie ein begossener Pudel.

Ich hatte die Musik aufgedreht, das Fenster heruntergekurbelt und tröstete mich mit der Fernsicht auf das grandiose Alpenpanorama. Bonnie Tyler röhrte sich mit kratzender

Stimme durch einen bombastischen Klassiker aus den Achtzigern und fragte sich besorgt, wo bloß all die guten Männer und Götter von einst geblieben waren. Während sie ihrer Sehnsucht nach einem Helden lautstark Ausdruck verlieh, fühlte ich mich wie das pure Gegenteil. Ich war kein Held. Dieser Fall hatte mich von verschlossenen Türen zu unglaublich vergesslichen und sturen Leuten geführt, und obschon er eigentlich abgeschlossen war, konnte ich mich des frustrierenden Gefühls nicht erwehren, rein gar nichts erreicht zu haben. Selbst als ich Noemis Vater endlich aufgespürt hatte, war die große Erleichterung ausgeblieben. Zu ausgebrannt war der Mann, der Verlust seines Kindes hatte ihn jegliche Lebensfreude gekostet. Zu einer dieser tränenreichen Familienzusammenführungen, wie sie in TV-Shows so gerne zelebriert wurden, würde es hier wohl kaum kommen.

Jäh überkam mich die Lust nach einer Zigarette. In der Nähe gab es vermutlich keinen Kiosk, denn ich war ein gutes Stück den Berg hochgefahren, um die peinliche Niederlage durch die Gegensprechanlage zu verdauen.

In der Hoffnung, dass vielleicht Miranda ein Päckchen Fluppen im Wagen vergessen hatte, ließ ich das Handschuhfach aufspringen. Zigaretten fand ich zwar keine, dafür quollen mir die Papiere entgegen, die ich in Grüningers Büro hatte mitgehen lassen. Ich hatte komplett vergessen, dass ich sie hier verstaut hatte.

Ich hielt am Straßenrand an, kramte die Verkaufsbelege heraus und überflog sie. Andrea Tschanz hatte offenbar alle Immobilien, die Grüninger erstanden hatte, kurz nach seinem Tod veräußert. Drei Mietshäuser in Ostermundigen, ein paar Feriendomizile im Berner Oberland, eine Arztpraxis, die er verpachtet hatte. Was von ihm wohl als Altersvorsorge gedacht war, war für seine Witwe dank dem russischen Oligarchen an ihrer Seite überflüssig geworden. Diese Informationen waren zu nichts mehr nütze. Ich wollte die

Papiere schon zerknüllen, als mir auffiel, dass auf dem letzten Verkaufsvertrag nicht ihre Unterschrift stand, sondern Grüningers. Ich griff mir das Dokument heraus und las es aufmerksam durch. Es ging um eine kleine Hütte oberhalb Gstaads, die er dem Käufer nur einen Tag vor seinem Selbstmord zu einem lächerlichen Preis überlassen hatte. Mir wurde plötzlich ganz flau im Magen, als ich las, wem sie seither gehörte.

Ich parkte meinen Wagen unterhalb des Waldrands und ging den unwegsamen Pfad, der zur Hütte hochführte, zu Fuß. Noch immer schmerzte mein Knie vom nächtlichen Sturz und ich humpelte leicht. Ein lauer Wind wehte und ließ die Gräser erzittern, Simmentaler Fleckvieh lag wiederkäuend im Schatten unter den Tannen. Es war später Nachmittag geworden, doch die Sonne brannte noch immer kräftig vom wolkenlosen Himmel, es roch nach Heu und Mist, ein blauweiß bemalter Zug fuhr in weiten Kurven den Hügel hinunter zur Bahnstation.

Ein lottriger Holzzaun markierte das Grundstück um die Hütte, die vom Eingangstor aus nicht zu sehen war. Sie musste auf der Vorderseite des Hangs stehen, von wo aus man einen imposanten Ausblick auf das Dorf und das Saanenland hatte, wie die ländliche Gegend ringsherum genannt wurde.

Ich pfiff laut vor mich hin und nur einen Augenblick später kam der Berner Sennenhund um die Ecke geschossen. Ich trat ein paar Schritte vom Zaun zurück und fragte mich bange, ob er darüberspringen oder mich gar verfolgen würde. Doch er blieb knapp vor dem Tor stehen und bellte mich von dort wütend an.

Man hatte mich gewarnt, als ich mich hierher durchgefragt hatte, der Hund sei ein besonders scharfer, der niemanden auch nur in die Nähe des Grundstücks lasse. Worauf ich erst einen Abstecher ins Dorf gemacht hatte, bevor ich zum Schafwald hochgefahren war.

Vorsichtig und jede hektische Bewegung vermeidend, trat ich ein paar Schritte vor und warf die Kugeln über den Zaun, die ich aus dem eilig beim *Buure Metzg* gekauften Hackfleisch gerollt hatte. Ich beobachtete erfreut, wie gierig das Tier diese verschlang. Danach setzte ich mich an den Wegrand, guckte auf das Dorf hinunter und wartete ab, bis das eingearbeitete Schlafmittel wirkte. Die Dosierung war heikel gewesen, schließlich wollte ich den Köter nicht einschläfern. Andererseits sollte er tief genug dösen, damit ich ungehindert zur Hütte gelangte.

Mit halb geschlossenen Augen rauchte ich eine Zigarette. Nachdem ich sie ausgedrückt hatte, klaubte ich die kleine, mit dunkelblauem Samt bezogene Schachtel hervor, die ich im Dorf nebst dem Hackfleisch erstanden und deren Inhalt meine Kreditkarte empfindlich belastet hatte. Der Ring war mir sofort ins Auge gefallen, als ich am Schaufenster des Juweliergeschäfts vorbeigegangen war, und ich hatte nicht lange nachgedacht. Ich klappte das Kästchen auf. Ein fein geschmiedetes Schmuckstück aus Silber mit einem leuchtenden Saphir in einem Nest aus winzigen Diamanten. Gut, dass sich Manju morgen den ganzen Tag freigenommen hatte.

Als ich mich zum zweiten Mal dem Tor näherte, stürmte kein Wachhund mehr heran. Ich betrat das Grundstück und setzte behutsam einen Schritt vor den anderen, alle Sinne geschärft und die Muskeln gespannt, damit ich jederzeit fluchtbereit war. Doch der Hund lag reglos auf den Steinplatten vor der winzigen Hütte, die wohl einst als Stall gedient hatte, bevor sie rudimentär umgebaut worden war. Sie war auf einer schmalen Plattform unterhalb des Waldrands errichtet, davor fiel das Gelände steil ab. Vor der Frontseite des verwitterten Gebäudes stand ein Tisch, der mit einem Plastiktuch bedeckt war, zwei schmale Holzbänke waren dazugeschoben.

»Was haben Sie ihm gegeben?« Langsam wandte sich die alte Frau, die vor der Hütte saß, nach mir um. Ihr Blick war unbeteiligt, die Haare standen wirr vom Kopf ab. Die eine Hand hatte sie um eine halb volle Teetasse gelegt, in der anderen hielt sie einen Feldstecher.

»Ein schwaches Schlafmittel«, antwortete ich und wartete vergebens darauf, dass sie mir ein Zeichen gab, mich zu setzen.

»Ich habe gewusst, dass Sie kommen werden.« Sie legte das Fernsichtgerät hin und deutete mit einer leichten Kinnbewegung ins Tal hinunter. »Ein hellblauer VW-Käfer fällt auf.«

Ich folgte ihrem Blick und stellte fest, dass man von hier aus eine geradezu ideale Aussicht auf das Tschanz'sche Chalet hatte, ein Bauwerk von epischer Breite mit einer Vielzahl an Balkonen und filigran geschnitzten Verzierungen im Holz. Das Gebäude hätte wohl noch viel eindrücklicher gewirkt, wäre es frei gestanden und hätten nicht alle Häuser ringsum genau gleich ausgesehen.

»Was tun Sie bloß hier?«, wandte ich mich wieder der Alten zu. »Sie quälen sich doch nur selbst. Grüninger lebt nicht mehr, das müssen Sie doch wissen, denn Sie haben ihm diese Hütte nur einen Tag vor seinem Tod abgekauft.«

»Sie verstehen rein gar nichts.«

»Sie trösten sich, indem sie seine Witwe und den Jungen beobachten? Familienleben aus zweiter Hand, ist es das, was Sie suchen?«

Sie sah mich nachdenklich an und erhob sich dann ächzend. Mit mühsamen Schritten folgte sie dem Weg, der an der Hütte vorbei zu einem kleinen Vorsprung führte, wo unter einer majestätischen Rottanne eine Holzbank stand. Unschlüssig trottete ich ihr hinterher.

»Noemi schickt mich«, sagte ich zu Ruth Berger, nachdem sie sich umständlich niedergelassen hatte.

Als wäre etwas in ihr jäh zum Stillstand gekommen, verharrte sie in ihrer Position. Erst nach einer Weile entspannte sie sich kaum merklich und ließ sich gegen die Rücklehne der Bank sinken. »Wenigstens den Namen haben sie ihr gelassen.«

»Sie lebt!«

»Natürlich«, flüsterte sie. »Das war nie die Frage.«

»Sie möchte Sie treffen.«

»Man kann die Zeit nicht zurückdrehen. Was verloren ist, bleibt für immer verloren.«

»Sie freuen sich gar nicht über die Nachricht? Dass Ihre Tochter nach Ihnen sucht?«

»Hören Sie mir denn gar nicht zu, junger Mann? Wir können die Zeit nicht zurückdrehen.«

»Aber Sie könnten sich doch treffen und schauen, wo das hinführt?« Ich konnte nicht fassen, wie gleichgültig diese Frau auf die Botschaft reagierte, dass ihre Tochter noch am Leben war.

»Das könnten wir, durchaus. Aber wenn es nirgendwo hinführt, was dann? Was wird mit dem Schmerz und dem Leid? Die offenen Wunden heilen nicht einfach so bei einem Kaffee an einem windigen Herbsttag. Und wenn man sie mutwillig aufreißt, bluten sie noch mehr.«

»Sie haben Angst.«

»Würde es Ihnen nicht genauso gehen?«

Insgeheim musste ich ihr recht geben. »Aber was soll ich Noemi nun sagen?«

Anstelle einer Antwort blickte sie nur mit wässrigen Augen zum Chalet hinunter.

Die Frau sah verwirrt aus, doch ich hatte nicht das Gefühl, dass sie es war. Sie machte mir eher den Eindruck eines Menschen, der mit allem abgeschlossen hatte. Ihre Kleidung war zerschlissen, die nackten Füße steckten in verfilzten Pantoffeln.

»Wie lange wissen Sie schon, dass Noemi noch lebt?«

Ruth Berger hob den Kopf, um mich eingehend zu mustern. »Von dem Moment an, als sie zur Welt kam. Nur dieser Arzt, dieser Grüninger, hat mir eingeredet, sie sei gestorben. Sie sei zu früh geboren, hat er gesagt, doch in der ersten Nacht habe ich sie durch die geschlossene Tür schreien hören. Ich bin aufgestanden und habe sie gesucht, und als ich sie gefunden hatte, habe ich sie aus dem Bettchen genommen und wollte mit ihr fliehen. Doch diese Nonnen haben mich aufgehalten!« Sie spuckte die Worte regelrecht aus. »Ich entkam ihnen, rannte die Treppe hinunter, doch unten wartete schon Grüninger auf mich, in der Hand hielt er eine Spritze. Ich versuchte, ihm auszuweichen, doch er bekam meinen Arm zu fassen und danach wurde alles um mich herum schwarz. Als ich aufwachte, hatten sie Noemi angeblich schon begraben. Sie behaupteten, ich hätte mich geirrt und ein falsches Mädchen erwischt. Aber unter ihrem Kreuz werden Sie ein leeres Grab finden und wahrscheinlich nicht nur dort!«

Frau Berger wischte sich etwas Speichel vom Kinn und guckte in die Ferne, ihre Brust hob und senkte sich heftig, wie nach einer großen Anstrengung.

»Sie haben gesagt, ich hätte es mit den Nerven, könne die Totgeburt nicht verkraften. Ich müsse lernen loszulassen und mein Leben weiterzuleben. Aber ich habe sie in meinen Armen gehalten, verstehen Sie? Dieser kleine, warme Körper … sie hat gelebt! Ich konnte ihren Herzschlag spüren, ihre Atemzüge. Mit dem Kind war alles in Ordnung.«

»Und Ihr Mann? Hat er Ihnen geglaubt?«

»Christoph war immer auf meiner Seite. Aber die jahrelange Suche, die immer wieder aufkeimende Hoffnung, die dann doch jedes Mal zerstört wurde, hat uns alle Kraft gekostet. Ich erkrankte an schweren Depressionen. Er hat sich um das Organisatorische gekümmert, ist immer wieder nach Spanien gereist und hat all die Ämter und Anlaufstellen besucht, ohne Erfolg natürlich.«

Deshalb hatte Christoph Berger vermutlich nur von sich geredet, als er mir gestern von der verzweifelten Suche nach seinem Kind erzählt hatte. Der Gedanke, dass die beiden Ärzte Irene Winter angelogen hatten und Ruth Berger bei der Geburt gar nicht gestorben war, war mir gar nicht gekommen. Deswegen hatte ich Christoph Berger nicht nach seiner Frau gefragt. Wahrscheinlich war es in der Klinik gang und gäbe gewesen, die leiblichen Mütter den Adoptiveltern gegenüber als tot zu erklären, so hatte man eine prima Erklärung, weshalb ein Neugeborenes zur Adoption freigegeben wurde, gleichzeitig unterband man allfällige Nachforschungen zur Herkunft des Kindes.

»Wir haben viel zu spät bemerkt, dass uns nichts mehr verband außer der Leere, die Noemi hinterlassen hatte«, fuhr Ruth Berger fort. »Als Christoph vor Erschöpfung zusammenbrach und die ganze Zeit zu Hause war, wurde uns bewusst, dass es aus war. Ich kann ihn nicht mehr sehen, er erinnert mich an Schmerz und Wut, immerzu sehe ich unsere Tochter in ihm.«

»Hat er Ihnen erzählt, dass er Noemi gefunden hat?«

»Nein.« Lange starrte sie vor sich hin. »Er hat mich angerufen, als er Grüninger ausfindig gemacht hatte. Aber das mit Noemi wusste ich nicht.«

»Sie lebt bei einer Familie in der Nähe von Zürich. Ihr Mann hat sich aber nicht getraut, sie zu kontaktieren, daher ahnt Noemi nichts …«

»Er wusste ganz genau, dass ich nicht gut für das Kind gewesen wäre!«, unterbrach mich Frau Berger heftig, als hätte sie ihre Überlegungen erst jetzt abgeschlossen und gar nicht mitbekommen, was ich eben gesagt hatte. »Deshalb hat er mich nicht eingeweiht. Ich hätte nicht klein beigegeben und mein Recht eingefordert, hätte dafür gekämpft, selbst wenn es nicht zu Noemis Bestem gewesen wäre.« Sie hielt inne und fuhr sich über die Augen.

»Ich weiß aber, dass Noemi Sie unbedingt kennenlernen möchte. Sie will wissen, wer ihre leiblichen Eltern sind.«

»Wie gesagt, man kann die Zeit nicht zurückdrehen, man kann niemals aufholen, was man verpasst hat.«

Ich zündete mir eine Zigarette an und steckte das Päckchen zurück in meine Hosentasche.

»Wie sind Sie eigentlich an Grüningers Hütte gekommen?«

»Wie gesagt, hat mein Mann Tschanz, wie er sich in der Schweiz nannte, nach all den Jahren in Bern aufgespürt. Ich habe ihn dann später hier in Gstaad besucht, da waren Christoph und ich längst getrennt. Tschanz wollte das Häuschen ohnehin loswerden und mir schien es der ideale Ort, um mein Leben weiterzuführen. Doch mit der Suche nach meiner Tochter konnte er mir leider nicht weiterhelfen, denn ausgerechnet Noemis Akte war unauffindbar.«

Weil sie Christoph Berger bereits in Bern entwendet hatte, aber das wusste seine Frau offenbar nicht.

»Grüninger hat Ihnen einfach so Auskunft gegeben?«, wunderte ich mich dennoch. Laut Ruth Bergers Ausführungen schien alles reibungslos abgelaufen zu sein, was ich mir irgendwie nicht so recht vorstellen konnte. Ich war sicher, dass sie mir nicht die ganze Wahrheit erzählt hatte.

»Ich kann sehr überzeugend sein, wenn es erforderlich ist«, erklärte sie knapp.

»Einen Tag nach dem Verkauf der Hütte war er tot. Selbstmord, angeblich. Haben Sie ihn von der Brücke gestürzt?«

»Sehe ich aus wie eine Frau, die einen erwachsenen Mann über ein Geländer hieven könnte?«

Mit einem vagen Gesichtsausdruck hob ich die Schultern.

»Glauben Sie mir, ich habe ihn nicht getötet. Er muss seinen Abgang längst geplant haben, vielleicht hat er mir deswegen die Hütte überlassen.«

Also war es doch Suizid, wie Andrea Tschanz gesagt hatte. Eine Moment lang herrschte Stille, nur der Wind war zu hören, der leise durch die Äste der Tanne strich.

»Aber diese Ordner, waren sie hier in der Hütte?«, hakte ich nach. »Diejenigen mit den Akten der geraubten Kinder?«

Ruth Berger nickte zögernd. »Nur habe ich sie nach Grüningers Selbstmord alle verbrannt. Ich habe nächtelang darüber wach gelegen, aber am Ende hielt ich es für besser so. Die Unterlagen beinhalten nur Unglück. Für die verzweifelten Eltern, die ein halbes Leben ohne ihre Kinder gelebt haben. Selbst wenn sie diese finden – sie können ihnen doch nie Mutter und Vater sein, dazu sind zu viele wertvolle Jahre verstrichen. Für die Adoptiveltern, die oft nichts von der Herkunft ihrer Zöglinge wissen und aus allen Wolken fallen. Und nicht zuletzt für die Kinder selbst, deren Leben in den Grundfesten erschüttert wird und denen der Hort der Geborgenheit, das Fundament ihres Daseins plötzlich wegbricht: die Familie.« Umständlich kramte sie ein fleckiges Taschentuch hervor und schnäuzte sich.

»Was soll ich Noemi nun sagen?«, fragte ich erneut.

Sie dachte nach und meinte dann bedrückt: »Sagen Sie ihr, ihre Mutter sei tot. Denn das bin ich, innerlich. Schon seit Jahren.«

»Wie Sie meinen.« Was die beiden Ärzte nach Noemis Geburt behauptet hatten, war auf tragische Weise wahr geworden. Geräuschlos erhob ich mich und ließ die alte Frau auf der Holzbank zurück. Der Hund schlief immer noch, als ich an der Hütte vorbeikam, und zuckte unruhig im Traum.

Ich ging den staubigen Weg entlang auf das Tor zu. Ein Raubvogel zog geduldig seine Kreise über den Tannenwipfeln, auf der anderen Talseite trieb ein Bauer seine Kühe mit lauten Rufen in den Stall. Ich legte die Hand auf das sonnenwarme Holz und zog das Gatter auf, als ich wie vom Blitz getroffen stehen blieb. Der Moment, wo sich im Bruchteil einer Sekunde alle Teile des Puzzles zusammenfügen und die Welt ringsherum für einen kurzen Augenblick heller wird. Schlagartig wurde mir alles klar.

Es war nicht nur das Blut, das nicht ins Bild passte. Dass sich Grüninger beim Hinaufsteigen aufs Brückengeländer verletzt hatte, war zwar möglich, wahrscheinlich war es jedoch nicht, es bestand aus Aluminium. Vielmehr vermutete ich, dass jemand absichtlich sein Blut dorthin geschmiert hatte, damit jeder Zweifel, dass tatsächlich er es gewesen war, der sich von der Brücke gestürzt hatte, aus dem Weg geräumt war.

Völlig unvorstellbar war aber, dass Grüninger über den Gitterboden, der freie Sicht auf das dreißig Meter tiefer gelegene Flussbett bot, bis zur Mitte des Stegs gelaufen war. Selbst Joana und mir war mulmig geworden, aber erst jetzt war mir eingefallen, was Oberschwester Maria beim Betrachten des Ausflugsfotos aus Turin beiläufig erwähnt hatte: Grüninger litt an vehementer Höhenangst!

Das war es, was mich die ganze Zeit gestört hatte: Der Ort des vermeintlichen Suizids hatte wie inszeniert gewirkt. Die Leiche, die nie gefunden wurde, war nur die logische Konsequenz dieser Finte.

Was, hatte Christoph Berger gesagt, war das Allerschlimmste für einen Vater? Sein eigenes Kind aus der Ferne aufwachsen zu sehen! Zu wissen, dass man ganz nah dran wäre, aber doch für immer getrennt bleibt.

Endlich ergab alles einen Sinn.

Ich drehte mich um und rannte zurück.

»Sie sind doch schlauer, als ich gedacht habe.« Ruth Berger kam mir entgegengeschlurft, als ich um die Ecke schoss.

»Was haben Sie ihm angetan?«

»Wollen Sie ihn sehen? Es geht ihm nicht besonders gut.«

»Er leidet an Alzheimer!«

Sie blieb dicht vor mir stehen und ein angedeutetes Lächeln schlich sich in ihre verhärmten Gesichtszüge. »Ist das nicht pure Ironie? Der Täter, der sich als Einziger wirklich an nichts erinnern kann?«

Sie stieß die angelehnte Tür zur Hütte auf und ließ mich eintreten. Ein kleiner, dämmriger Raum, der aufgeräumt und heimelig wirkte, an den Fenstern ein Esstisch mit Eckbank und zwei Stühlen, eine Gaslampe hing von der Decke. Gegenüber befand sich die Kochnische mit einem wuchtigen Holzherd aus Gusseisen, einigen Regalen mit Gewürzen darüber, dem Abwaschtrog und hellblau bemalten Schränken an der Wand.

Ruth Berger schloss eine Tür auf, die seitlich von der Küche wegführte.

Ich erkannte den Mann, der auf der Kante des Sofas saß und sich sanft vor- und zurückwiegte, nur mit Mühe. Grüningers Gesicht war wie leer gewischt, die einzige Emotion, die darauf noch auszumachen war, war eine leichte Verwunderung, als könnte er selbst nicht fassen, was mit ihm geschehen war. Er schien ganz in sich versunken, sein Blick zielte ins Leere, und als ich im Türrahmen stehen blieb, runzelte er die Augenbrauen, bevor er sich ganz langsam nach mir umwandte.

»Ich hatte keine Ahnung, dass er krank war«, erklärte Frau Berger leise, derweil sie ihm ein gestricktes Jäckchen anzog. »Ich wollte Rache. Ich wollte, dass er selbst erlebt, was er mir und so vielen anderen angetan hat.«

»Deswegen haben Sie als Erstes seinen Suizid inszeniert.«

»Ein klarer Schlussstrich, so würde man keinesfalls hier oben nach ihm suchen. Ich dachte, ich hätte alles perfekt geplant: die Brücke, das Blut am Geländer, der Wagen.«

»Mit einem kleinen Schönheitsfehler: Grüninger hat Höhenangst und wäre nie und nimmer bis zur Mitte des Stegs gekommen, wo später sein Blut klebte.«

»Ich habe das erst im Verlauf der Zeit herausgefunden. Aber wie es scheint, hat bis auf Sie niemand die offensichtliche Schwachstelle meiner Planung bemerkt ...«

»Andrea Tschanz muss es gewusst haben.«

Frau Berger blähte die Backen und machte eine abschätzige Handbewegung. »Ohne es zu wissen, war sie die perfekte Verbündete. Der Tod ihres Mannes kam ihr gerade recht, denn sie hatte bereits eine Affäre mit dem Russen laufen und machte der Polizei nur die Angaben, die unbedingt nötig waren.«

Wahrscheinlich hatte sich die Tschanz gedacht, dass sich Sánchez am Ende doch an seinem ehemaligen Partner gerächt hatte, und die Polizei nicht über die Höhenphobie ihres Mannes informiert, damit die Untersuchungen schnell abgeschlossen wurden. Denn die Ermittlungen hätten unweigerlich zum Kinderhandel in Spanien geführt, von dem Andrea Tschanz vermutlich mehr wusste, als sie mir gegenüber zugegeben hatte.

»Und die Geschichte, wie sie an die Hütte gelangt sind, stimmt die?«

»Ansatzweise. Nach dem Anruf meines Mannes wusste ich, dass Grüninger ein Chalet in Gstaad hatte, und begann, ihn zu beobachten. Schnell fand ich heraus, dass er auch dieses kleine Häuschen besaß. Für meine Zwecke war das Objekt tatsächlich ideal, allein schon wegen der Lage. Ich gab mich als Kaufinteressentin aus. Zuerst wollte er nicht auf den Handel eingehen, denn er hing sehr an der Hütte, doch wie gesagt, kann ich sehr überzeugend sein. Als wir dann hier oben ankamen, war es kein großes Kunststück mehr, einen alten Mann wie ihn in meine Gewalt zu bringen. Das Unterzeichnen des Kaufvertrags war – nach einer kleinen Preisanpassung zu meinen Gunsten – schließlich nur noch Formsache, ich schickte ihn gleich am nächsten Tag an seine Adresse nach Bern.«

Wo ihn Frau Tschanz nach dem vermeintlichen Freitod ihres Mannes im entsprechenden Ordner abgelegt hatte.

Ruth Berger wies zum Fenster. »Sehen Sie, das Häuschen liegt einfach perfekt, mit direkter Sicht auf das Chalet. So hätte Grüninger seinen Sohn jeden verdammten Tag gesehen, ohne dass er mit ihm in Kontakt hätte treten können.«

»Hätte Sie das mit Genugtuung erfüllt?«

»Ja, und wie!« Sie stieß ein raues Lachen aus. »Aber dann entwickelten sich die Dinge in eine unvorhergesehene Richtung. Am Anfang fiel mir nichts auf, er war, wie ältere Männer eben sind. Erst mit den Wochen bemerkte ich, dass mit ihm etwas nicht stimmte. Er schien keineswegs verängstigt, wiederholte stattdessen die immer gleiche Frage. Wo Jonas sei, wollte er wissen, was ich zuerst ganz normal fand. Doch selbst nachdem ich ihm die Antwort gegeben hatte – ich ließ ihn durchs Fernglas zum Chalet gucken –, fuhr er mit der Fragerei fort. Er verlegte Sachen, fand sie nicht mehr und wurde dann wütend auf mich. Da ahnte ich erst, wie krank er wirklich war. Ich weiß heute noch nicht, ob er überhaupt ahnt, was ich ihm antue.«

»Was hätten Sie mit ihm gemacht, wenn er nicht krank gewesen wäre? Sie hätten ihn ja kaum jahrelang in ein Zimmer sperren können.«

»Wieso nicht? Ich hatte eine Kette gekauft, dieselbe wie für den Hund. Sie hätte genau bis vors Fenster gereicht.«

Entsetzt sah ich sie an, doch sie nickte nur bestätigend. »Aber die benutzte ich nur ganz am Anfang. Jetzt geht er nirgendwohin. Er weiß nicht einmal mehr, dass er einen Sohn hat. Wenn ich ihn darauf aufmerksam mache, dass sich Jonas vor dem Chalet aufhält, zeigt er nicht die geringste Reaktion.«

Behutsam legte sie ihren Arm um Grüningers Hüfte und half ihm auf.

»Jetzt gehen wir ein bisschen raus, Herr Grüninger«, sagte sie viel zu laut. »Das wird Ihnen guttun.«

Mit wackeligen Beinen trippelte Grüninger auf mich zu und ich trat zur Seite, um ihn durchzulassen. Beruhigend sprach die Berger auf den alten Mann ein, während sie ihn in Richtung Hüttentür lenkte, und er murmelte schwer atmend Antworten, die ich nicht verstehen konnte.

»Was werden Sie jetzt unternehmen?«, erkundigte sie sich, nachdem wir uns gemeinsam auf das Bänkchen vor dem Haus gesetzt hatten. »Werden Sie mich der Polizei melden?«

Ich wusste nicht, was ich erwidern sollte.

Ruth Berger würde Grüninger garantiert nichts antun. Die beiden waren hier oben unentdeckt eine symbiotische Beziehung eingegangen. Sie hatte einen Lebensinhalt gefunden, der sie vor dem totalen Absturz bewahrte, und er eine Pflegerin, die ihn umsorgte.

Andrea Tschanz hingegen war längst einen Schritt weiter, das überraschende Auftauchen ihres verstorben geglaubten Mannes war kaum etwas, das sie begeistert hätte aufjubeln lassen. Und Sánchez landete wohl im Gefängnis, wenn alles korrekt ablief. Erfuhr er, dass sein ehemaliger Geschäftspartner noch lebte, würde er nur erneut sein Killerkommando ausschwärmen lassen.

»Worüber denken Sie nach?«, erkundigte sich Ruth Berger mit bangem Blick.

»Ich werde jetzt nach Hause fahren«, sagte ich mit fester Stimme.

Sie warf mir einen prüfenden Blick zu und lehnte sich erleichtert zurück. Ihre Augen bekamen einen feuchten Glanz und gerührt beobachtete ich, wie Grüninger seine zittrige Hand in ihre schob.

»Aber ich werde Noemi von Ihnen erzählen.«

Reglos ließ sie ihren Blick über die umliegenden Hügel und Berge schweifen.

Als ich mich erhob, um mich zu verabschieden, liefen ihr Tränen übers Gesicht, vor Freude oder aus Furcht vor dem, was auf sie zukam – ich wusste es nicht.

Epilog

Kurz bevor wir das Landesmuseum erreichten, setzte ich den Blinker, fuhr in eine frei werdende Parklücke vor dem Zürcher Hauptbahnhof und schaltete den Motor aus.

Schweigend blieben wir nebeneinander sitzen und sahen den Fahrgästen zu, die aus einem eben eingefahrenen Zug stiegen.

Der Anruf hatte mich am Tag zuvor erreicht und Christoph Berger hatte eine ganze Weile gebraucht, bis er die richtigen Worte gefunden hatte.

»Ich habe mir nochmals alles durch den Kopf gehen lassen und ich glaube, ich bin jetzt bereit«, hatte er schließlich stockend hervorgebracht. »Ich möchte meine Tochter kennenlernen.«

Kaum hatte er aufgelegt, hatte ich Noemis Nummer gewählt. Wie sich Irene Winter dabei fühlte, konnte ich nur erahnen. Als ich vorhin Noemi auf ihren ausdrücklichen Wunsch hin abholte, um sie zum Zug zu bringen, hatte sie ihre Tochter an sich gedrückt, als wollte sie das Mädchen nie mehr loslassen. Sie hatte Noemi nicht bis zum Auto begleitet und bei meinem Anblick beinahe schüchtern die Hand zum Gruß gehoben. Blass und hohlwangig hatte die Winter gewirkt, das Wissen, dass ihre perfekte kleine Familie im Begriff war auseinanderzubrechen, musste ihr schlaflose Nächte beschert haben.

»Hast du eine Zigarette für mich?«

Ich reichte Noemi das zerknitterte Päckchen, das ich in Gstaad gekauft hatte, und stieg aus.

Während Noemi sich die *Parisienne* anzündete und dabei nervös von einem Bein aufs andere trat, holte ich ihre Reisetasche aus dem Kofferraum und bedeutete ihr mit einer

Kopfbewegung, mir zu folgen. Sie nahm zwei tiefe Züge und trat die nur angerauchte Kippe wieder aus.

Der Zug nach Bern stand auf Perron 17. Wir sprachen kein Wort, als wir den Waggons entlangliefen, erst als Noemi einen nicht komplett überfüllten Wagen entdeckt hatte und sich in der offenen Tür nach mir umwandte, schien es, als wollte sie noch etwas loswerden. Doch dann schluckte sie nur leer und ich lächelte ihr ermutigend zu – als Zeichen dafür, dass ich in etwa nachvollziehen konnte, was in ihr vorging.

Auf der Suche nach einem freien Platz stieg sie die ersten paar Stufen in den oberen Stock hoch, hielt dann aber plötzlich inne, drehte sich um und kam zögernd zurück zu mir. Sekundenlang sah sie mich an, bevor sie mit einer unerwarteten Heftigkeit ihre Arme um meinen Hals schlang.

»Dein richtiger Geburtstag ist übrigens am achtzehnten Juni«, flüsterte ich ihr ins Ohr, ohne mir anmerken zu lassen, wie sehr mich ihre Geste rührte. »Deswegen hat dein Vater jeweils an diesem Tag Blumen für dich hingelegt. Sie mussten dich damals in der Klinik zwei Nächte vor deiner leiblichen Mutter verstecken. Das ist der Grund, weshalb der zwanzigste Juni auf deinem Geburtsschein aufgeführt ist und es keine Fotos als Neugeborenes von dir gibt.«

»Gar nicht so übel – für einen indischstämmigen Detektiv.« Sie löste sich von mir und lächelte schief, bevor sie den Bahnwagen wieder betrat. »Aber das Kellnern solltest du lassen!«

»Werd ich mir merken. Grüß den Weckdienst von mir, wenn er wieder anruft!«

Sie guckte einen Augenblick lang verdutzt, bevor ihr Mittelfinger hochschnellte.

Am Vormittag hatte ich von Mónica erfahren, dass der Gerichtsmediziner Textilfasern in Schwester Almas Lunge gefunden hatte, sie stammten eindeutig von einem Kissen, das auf ihrem Bett gelegen hatte. Oberschwester Maria hatte sie vermutlich damit erstickt. Diese hätte ihre Verhaftung mit stoischer Haltung über sich ergehen lassen, wie mir Mo am Telefon berichtete. Gott würde seine Hand schützend über sie halten, er allein wisse, dass sie kein Unrecht begangen hätte, hatte sie mit fester Stimme deklamiert, bevor man sie in Gewahrsam nahm.

Etwas zögerlich berichtete ich Mo im Anschluss von meiner Vermutung, die Leiche ihres Vaters könnte sich in einem der Kindergräber befinden, vermutlich in einem, das um den März 2007 herum datiert war. Die Bemerkung Ruth Bergers zur leeren Grabstätte ihrer Tochter hatte mich auf diese Idee gebracht. Schließlich gab es kaum ein besseres Versteck für eine Leiche als ein Grab. Das war wohl auch Sánchez und Grüninger klar gewesen. Nach einer unangenehm langen Pause meinte Mo mit einer seltsam emotionslosen Stimme, sie würde der Sache nachgehen und mich auf dem Laufenden halten.

Ich steckte mir eine Zigarette an und nahm mir vor, bald wieder mit der Raucherei aufzuhören. Immerhin war ich jetzt Mitglied in einem Fitnessstudio und wollte das Abonnement nicht ungenutzt verfallen lassen. Nur zu gern hätte ich Manju mit ein paar neu antrainierten Muskeln beeindruckt.

Mit einem wohligen Gefühl in der Brustgegend dachte ich an den gestrigen Tag zurück. Ich hatte mit ihr einen Ausflug nach Luzern unternommen und gemeinsam waren wir inmitten Hunderter Touristen durch die malerische Altstadt und über die berühmte Kappelbrücke geschlendert. Wir hatten eine Fahrt auf dem Vierwaldstättersee genossen und waren uns unter all den Indern, welche die Stadt in der Innerschweiz an diesem Tag bevölkerten, merkwürdig fremd vorgekommen. Gleichzeitig hatte uns dieses Gefühl amüsiert. Man hätte uns für indische Touristen halten können, so wenig fielen wir in der Menge auf, andererseits erkannte kein Mensch unseren engen Bezug zur Schweiz. Gut getarnt standen wir zwischen den Kulturen und waren doch Teil von beiden.

Am späten Nachmittag waren wir zurück nach Zürich gefahren, wo ich Manju zu einem ausgezeichneten Mehrgangmenü in *Caduff's Wine Loft* eingeladen hatte. Ein Lokal, das in den Hallen eines ehemaligen Blumengroßhändlers untergebracht war und seinem Namen entsprechend mit einer umfangreichen Weinkarte aufwartete. Auf Anraten der für Zürcher Verhältnisse geradezu unvorstellbar zuvorkommenden und freundlichen Bedienung ließen wir uns zu jedem der köstlichen Gänge den passenden Wein servieren und krönten den Abend mit einem romantischen Spaziergang entlang der Limmat, bevor ich Manju an die Zwinglistrasse begleitete.

Ich verbrachte die Nacht bei ihr, da nebst José mittlerweile auch Miranda und Joana in meiner Wohnung Unterschlupf gefunden hatten – zumindest so lange, bis ihr eigenes Apartment wieder instand gesetzt war.

Ersterer besetzte nach wie vor das Sofa, da sich Fiona nicht ansatzweise versöhnlich zeigte. Offenbar dachte sie nicht daran, ihm den Seitensprung mit Mo einfach so zu verzeihen. Trotz aller Beteuerungen seinerseits, sich zu bessern, so etwas nie mehr geschehen zu lassen, er sei betrunken gewesen sowie einer Handvoll weiterer Ausflüchte, wie sie zum Standardprogramm verzweifelter Männer gehörten.

Den beiden Damen hatte ich mein Bett überlassen. Ich hoffte, die zwangsläufige Nähe half, das Eis zwischen ihnen zu brechen. Immerhin hatte sich Joana anerboten, Miranda bei der Einrichtung des Lokals behilflich zu sein, später eventuell sogar im Betrieb. Ein erster Schritt war also getan und wenn die beiden erst einmal ihre Beziehung zueinander geklärt hatten, wurden sie vielleicht doch noch richtig gute Freundinnen. Die Zeit würde es zeigen.

Gleich nach unserer Rückkehr aus dem Berner Oberland hatten Miranda und Joana einen Anwalt angeheuert, um Raffi und Kamil des versuchten Mordes anzuklagen. In den frühen Morgenstunden des heutigen Tages waren die beiden Männer beim Verlassen eines Klubs festgenommen worden und saßen seither in U-Haft. Wahrscheinlich bedauerten sie mittlerweile, dass sie unsere Finte durchschaut hatten und dem Wohnwagen nicht bis nach Holland gefolgt waren, denn Joana hatte keine Sekunde gezögert und zugestimmt, als ihr im Austausch von Informationen über den vor allem von Kamil organisierten Drogenhandel lediglich eine Bewährungsstrafe für ihre Kurierdienste in Aussicht gestellt wurde.

Einzig bei der Aufnahme der Aussage durch die Polizei, zu der ich meine beiden Freundinnen begleitet hatte, hatte es einen kleinen Moment der Irritation für mich gegeben.

»Und wo ist das Kokain jetzt?«, fragte der Beamte und sah von seinem Computer auf.

»Verkohlt«, antwortete Miranda wie aus der Pistole geschossen und mied meinen überraschten Blick.

»Aha?«

»Die Arsch… Kerle haben die Scheune angezündet, in der wir übernachtet haben, wir wären beinahe verbrannt. Wir konnten einzig unsere Haut retten, alles andere mussten wir zurücklassen.«

Ich guckte zu Boden. Ich erinnerte mich haargenau daran, wie Miranda im letzten Augenblick zurückgehetzt war, um ihre Handtasche zu holen. Und auf der Suche nach dem Peilsender hatte ich das ziemlich genau achthundert Gramm schwere Paket sogar in der Hand gehalten. Aber ich hatte die beiden gebeten, mich aus dem Spiel zu lassen. Andernfalls hätte ich womöglich Auskunft über meinen Fall geben und dabei Ruth Berger verraten müssen. Für sie und Grüninger war es besser, sie blieben unentdeckt. Darüber hinaus wollte ich als Detektiv mit der Polizei nur das Allernotwenigste zu tun haben, das war aber eher ein Grundsatz.

»Gibt es außer den Anwesenden weitere Zeugen dafür?«

»Armin Zumbrunnen, der Bauer, dem die Scheune gehörte.«

»Er wird sich wohl für eine Aussage herbemühen müssen.«

»Großartig!«

Der Beamte musterte Miranda misstrauisch, während er sich eine Notiz machte, und ich war erleichtert, als das Gespräch endlich beendet war.

»Was macht ihr mit dem Erlös?«, erkundigte ich mich, als wir endlich draußen vor dem Polizeigebäude standen.

»Mit welchem Erlös?«, gab sich Joana ahnungslos.

Vielsagend hob ich die Augenbrauen.

»Erst wird mal ausgiebig geshoppt«, erklärte Miranda. »Aber das Hauptziel ist nach wie vor das Nudelsuppenrestaurant. Mit dem unerwarteten finanziellen Zustupf könnte mein Traum plötzlich wahr werden.«

»Unser Traum«, berichtigte Joana sie grinsend.

Mit einem Schnauben schlossen sich die Türen und der Zug fuhr an. Aus meinen Gedanken gerissen, blickte ich nach oben und entdeckte Noemi an einem Fensterplatz. Mit banger Miene hob sie die Hand zum Abschied und ich winkte zurück, bis die rot glühenden Schlusslichter des letzten Wagens in der Ferne verschwunden waren.

Einem plötzlichen Bedürfnis folgend, langte ich in meine Hosentasche, holte das samtblaue Kästchen hervor und klappte es auf. Der Saphir leuchtete tiefblau und die Diamanten glitzerten wie winzige Sterne. Gestern Abend beim Essen in der *Wine Loft* war ich nur um Haaresbreite davon entfernt gewesen, um Manjus Hand anzuhalten. Ich hatte meine Finger bereits fest um die Schachtel geschlossen gehabt, geschwitzt und zu stottern begonnen, im letzten Augenblick aber hatte ich den Ring in meiner Jacketttasche stecken lassen. Irgendwie hatte es sich nicht richtig angefühlt. Ich war noch nicht reif für diese neue Stufe in unserer Beziehung.

José hatte recht gehabt: Sex durfte wirklich nicht der Grund sein, jemanden zu heiraten. Aber mir war bewusst geworden, wie wichtig mir Manju war und wie gut wir zusammenpassten. Doch zu Liebe und Respekt gehörte auch die Bereitschaft zu warten. Und genau das hatte ich vor. Ich klappte das Kistchen zu und steckte den Ring wieder ein. Er hatte kein Verfallsdatum. Wenn der richtige Zeitpunkt gekommen war, würde ich ihn wieder hervorholen.

Versonnen blickte ich auf die leeren Gleise. Die Luft flirrte in der Hitze dieses Junitags und meine Gedanken kehrten zu Noemi zurück, die gerade die wohl schwierigste Reise ihres Lebens angetreten hatte. Erst zum Vater, zu einem späteren Zeitpunkt dann zu ihrer Mutter.

Ich schlenderte zu meinem Käfer zurück und schnippte dabei die Zigarette weg, als mir plötzlich Mirandas Worte auf der Alp einfielen: Man sollte vorsichtig sein mit seinen Wünschen. Denn manchmal gingen sie in Erfüllung.

Glossar

Apéro – Genuss alkoholischer Getränke vor dem Abendessen oder Weggehen, manchmal auch anstelle von.

bünzlig – kleinkariert. In der Schweiz sind das immer die anderen.

hängig – unerledigt, sich in Arbeit befindend

HSG – Hochschule St. Gallen für Wirtschafts-, Rechts- und Sozialwissenschaften sowie Internationale Beziehungen. In Gesprächsrunden erwähnen HSG-Absolventen ihre Ausbildung meist betont beiläufig. Aber erwähnt wird sie in jedem Fall.

Platzspitz – Grünanlage in der Nähe des Zürcher Hauptbahnhofes, die in den Neunzigern als Treffpunkt der offenen Drogenszene traurige Berühmtheit erlangte; heute vor allem Ausgangspunkt für die Limmatschifffahrten chinesischer Reisegruppen.

Rauchhamme – Rauchschinken

Rivella – kohlensäurehaltiges Schweizer Erfrischungsgetränk auf Milchsäurebasis; gewöhnungsbedürftig für Nicht-Schweizer. Wird gerne bei Wanderungen, Erster-August-Feiern und anderen patriotischen Anlässen konsumiert. In den Sorten Rot, Blau und Grün erhältlich.

Straßenbord – Straßenrand

Täfer – Täfelung. Wird zur Erzeugung heimatseliger Atmosphäre verwendet; wirkt in städtischen Lokalen aufgesetzt, auf dem Land meint man das ernst.

urchig – bodenständig. Grundsätzlich ist der Begriff von der größten Rechtspartei der Schweiz besetzt.

Zustupf – kleine finanzielle Zuwendung

Was bisher geschah ...

Sunil Mann

Fangschuss

ISBN 978-3-89425-369-1

Der erste Fall für Vijay Kumar

Der frischgebackene Privatdetektiv Vijay Kumar macht sich auf die Suche nach einem kleinen Drogendealer. Erst als er über eine Leiche stolpert, merkt Vijay, dass dieser Auftrag es in sich hat. Eine Jagd beginnt – durch das noble Zürcher Bankenviertel bis in die Einsamkeit einer Berghütte.

»Neben den hellwachen sozialen Beobachtungen ist es dieser liebevoll-ironische Tonfall, der Sunil Manns ersten Krimi so sympathisch macht.« SonntagsZeitung (CH)

Sunil Mann

Lichterfest

ISBN 978-3-89425-384-4

Der zweite Fall für Vijay Kumar

Vijay Kumar ist irritiert: Was ist so besonders an Putzfrau Rosie, die er im Auftrag des Medientycoons Blanchard finden soll? Als der rechte Politiker Graf tot aufgefunden wird, bekommt der Fall eine neue Dimension, denn auch bei Graf hat Rosie geputzt.

»Sunil Mann ... erzählt mit coolem Witz und in flottem Tempo.« NZZ am Sonntag

Sunil Mann

Uferwechsel

ISBN 978-3-89425-407-0

Der dritte Fall für Vijay Kumar

In einem Waldstück nahe des Flughafens wird die Leiche eines jungen Mannes gefunden. Hatte er sich im Radkasten eines Flugzeugs versteckt, um illegal in die Schweiz einzureisen? Vijay Kumar geht der Sache nach. Eine Spur führt ins Strichermilieu – der Detektiv trifft unerwartet bekannte Gesichter ...

»Spitzen-Spannung aus der Schweiz: Sunil Manns Vijay Kumar ist eine Bereicherung der Schnüfflerszene.« WDR